Schlesenburg wurde sie genannt, unsere Siedlung am Stadtrand, in der im Sommer 89 die Wohnung der Galówka brannte. Sechzig Familien waren wir, fast allesamt aus Polen. Und plötzlich ging die Angst um, jetzt würden hier bei uns Rumänen oder Russlanddeutsche einziehen. Die halbe Burg schaute mit Abscheu auf das Asylbewerberheim, wo sie alle wohnten, und mit zu viel Stolz darauf, dass man es selber hinter sich gelassen hatte. Es war das Jahr, in dem das neue Mädchen in die Siedlung zog, das Jahr, in dem Darius verschwand, in welchem Mutter nur Konsalik las und ich zu spät begriff, dass Vater mit der ausgebrannten Wohnung seine eigenen Pläne hatte …

PAUL BOKOWSKI, geboren 1982, ist Autor und Vorleser. 2012 erschien sein erfolgreicher Kurzgeschichtenband »Hauptsache nichts mit Menschen«. Es folgten »Alleine ist man weniger zusammen« und »Bitte nehmen Sie meine Hand da weg«. »Schlesenburg« ist sein Romandebüt. Paul Bokowski lebt und arbeitet in Berlin.

Paul Bokowski

Schlesenburg

Roman

btb

Penguin Random House Verlagsgruppe FSC® N001967

1. Auflage
Genehmigte Taschenbuchausgabe Februar 2025
btb Verlag in der Penguin Random House Verlagsgruppe GmbH,
Neumarkter Straße 28, 81673 München
produktsicherheit@penguinrandomhouse.de
(Vorstehende Angaben sind zugleich Pflichtinformationen nach GPSR)
Copyright © 2022 Luchterhand Literaturverlag
in der Penguin Random House Verlagsgruppe GmbH
Covergestaltung: semper smile, München
Covermotiv: © Gallery Stock / Neal White und
© plainpicture / Sandra Jordan
Satz: GGP Media GmbH, Pößneck
Druck und Einband: GGP Media GmbH, Pößneck
cb · Herstellung: sh
Printed in Germany
ISBN 978-3-442-77484-5

www.btb-verlag.de
www.facebook.com/penguinbuecher

1

PRECZ

Bis zum Feuer in der Nummer 11, ich war gerade neun geworden, war die Schlesenburg eine makellose Wohnsiedlung. Ein blütenweißer Sozialbaukomplex am nördlichen Ende des Breslauer Rings. Nimmt man es genau, war dieser Ring nichts anderes als eine schnurgerade Straße, die nach Süden hin abfiel. Die leichte Steigung machte den Gang zur Arbeit mühseliger als den Weg zu Aldi, was Vater seit jeher als kapitalistisches Kalkül betrachtete. Ich war zwei, als wir in die Schlesenburg zogen. An nichts davor kann ich mich erinnern. Schon gar nicht an das Flüchtlingsheim am südlichen Ende des Breslauer Rings. Eigentlich war es eine Asylbewerberunterkunft. Aber die Zeit, die es brauchte, das Wort in voller Länge auszusprechen, war so lang, dass es aufsummiert eine gut bezahlte Nachtschicht bringen konnte, das Ganze etwas abzukürzen. Außerdem fand es Mutter höhnisch, dass man den Neuankömmlingen gleich am Anfang einen Achtsilber abverlangte. Wir sagten also schlichtweg Lager dazu.

Wenn ich mich im vierten Stock der Schlesenburg in das Geländer presste und die Bäume am Ring keine Blätter trugen, war es mir im Schwindel so, als könne ich das Lager am Horizont erahnen. Aber so waghalsig ich mich später auch über die

Brüstung beugte, mit fünf oder sechs oder sieben Jahren, nie wollte mein Blick weiter reichen als bis zum Hallenbad mit seinem führerlosen Sockel. Diesem meterhohen Sandsteinklotz, auf dem früher, vor dem Krieg und im Krieg, ein großer strenger Hitlerschädel in die Altstadt gestarrt hatte, bis er in den letzten Kriegstagen verschwand. Egal wie leichtsinnig ich meinen kleinen Körper auch über dem Abgrund der Erinnerung balancierte. Nur manchmal, ganz selten, konnte ich unten im zweiten Stock unseres Hauses zwei fahle Beine entdecken. Wir Kinder in der Burg gierten immerzu darauf, endlich einen Toten zu sehen. In der Hierarchie der Schlesenburg hätte es mich ein ganzes Stück vorangebracht, dahingehend der Allererste zu sein. Einmal, mit sechs, sah ich im zweiten Stock sogar Brüste, die aber zu rosig glänzten, um eine Tote zu sein. Umgehend verlor ich jedes Interesse und fand es, bis zuletzt, nicht wieder. Der Mehrwert zweier Brüste wollte sich mir damals wie heute nicht erschließen. Auch Vater stand sehr gerne am Balkon. Dass er nicht träumerisch die Aussicht genoss oder wehmütig Richtung Osten starrte, sondern jahrelang und immerfort auf junge deutsche Brüste hoffte, das kam mir erst mit Mitte zwanzig in den Sinn.

Die Nachricht vom Bau der Schlesenburg hatte im Lager wie ein Lauffeuer die Runde gemacht. Mein Vater scharwenzelte fortan wöchentlich um die Baugrube herum, und als der Rohbau endlich stand, schoss er uns bei der ersten Maklerin am Platz die beste Dreiraumwohnung, gleich im ersten Block. Vater hatte wenig Charisma, aber einen basslastigen slawischen Akzent und tiefe braune Augen. Ich muss nicht selbst dabei gewesen sein, um erahnen zu können, wie der Frau die Hitze an den Hals schoss, als sie ihn sah. So war das oft. Einen Mann, der schon zu Ostern eine beneidenswerte Sommerbräune annahm und erst nach Weihnachten wieder erblasste. Wie es ihr vorkam, als wäre da, neben dem Muff nach Heizkörperlack und frischem Estrich, ein zarter Duft von Nadelholz und herbsttrockenem Gras und in der Kopfnote ein braunes Fohlen. Es wäre nicht das erste Mal gewesen, dass die Leute die Symphonie von Kernseife, Graubrot und Papierfabrik missinterpretierten, die Vater nach der Nachtschicht mit nach Hause brachte. Mutter sah die Maklerin, wie ihr die Augen glänzten, wie ihre Haut in Rottönen changierte, wie ihre Hemdbluse sich wölbte und wie sie Vaters leicht debiles Grinsen als Geschäker missverstand. Fortan hasste Mutter diese Wohnung. Aber hin und wieder, wenn sie vom Sliwowitz etwas angetrunken war, dann machte sie meinen Vater nach. Wie er einschlug, damals im Rohbau, mit der zarten toupierten Frau, die in Mutters herrlicher Scharade immer schwärmerischer wurde und kleiner, von Jahr zu Jahr, bis sie ihr irgendwann nur noch ans Kinn reichte. Wie er einfach einschlug, mein Vater, als hätte er soeben einem großporigen polnischen Bauern nach durchzechter Nacht die beste Kuh des Hofes abgeschwatzt. Wie er so plötzlich und grob und über jede Geschlechtlichkeit hinweg mit ihr einschlug, dass in Mutters nachahmender Einlage die Schulterpolster der Maklerin vor Schreck in die Luft sausten. Wie sogar die goldenen Seemannsknöpfe ihres Blazers rotierten, als wären sie besessen. Und Klein-Hannah lag, wenn sie denn schon existierte, auf dem Cordsofa und überschlug sich fast vor Lachen. Ich hatte diese Scharade schon hunderte Male gesehen, und als Mutter merkte, dass es mir zu doof wurde, mit zehn oder elf, da legte sie noch eins drauf. Dann machte Mutter das Gesicht. Sie machte das Gesicht der Maklerin in dem Moment, als Vater mit ihr einschlug. Als er die Spannung zwischen ihm und ihr durchbrach, wie ein Blitz, der sich durch ihre kleine behagliche Atmosphäre aus 8x4, Magie Noire und Haarlack bohrte. Mutter machte das Gesicht einer Frau, die nicht verstand, wie ihr geschah, weil eben nichts geschah. Das

Gesicht einer Frau, der man ein leeres Glas ins Gesicht geschüttet hatte. Die vor nichts und wieder nichts ganz fürchterlich erschrak. Die bis ins Mark hinein überrumpelt worden war, von einem rehäugigen Mann, der nicht mal richtig deklinieren konnte, der nichts anderes von ihr begehrte, als einen Mietvertrag, und die sogleich begriff: ach, doch nicht.

Als Frau Mazurka an jenem Morgen im August '89 den zarten weißen Qualm aus dem gekippten Fenster in der Nummer 11 steigen sah, bemerkte ich tief hinten in meinen Augenwinkeln, wie sie sich bekreuzigte. Ich lag auf den schattigen Garagen. Flach wie ein Seestern mitten auf den harten Kieseln. Von den betonierten Waben kroch mir eine frische Kühle in den Rücken. Zweimal bekreuzigte sie sich. Einmal in Höhe ihres Herzens und ein zweites Mal mittig über ihrem Nabel. Man konnte ihn ganz deutlich unter ihrem Blumenkleid erkennen, da er sich neuerdings nach außen wölbte. Weil das Kind dahinter langsam gar wurde. Es muss erwähnt werden, dass Frau Mazurka sich eigentlich immerzu bekreuzigte. Wenn sie einen Rettungswagen sah; eine schwarze, tote oder einäugige Katze; wenn ihr ein Messer zu Boden fiel oder die Milch kippte; wenn sie in der S-Bahn eine Roma sah; aber auch oft aus Dankbarkeit, wenn ihr Mann nach seiner Tour nicht nach andern Weibern, sondern käsig roch. Einmal, viele Jahre später, sah ich sie bei Aldi, wie sie sich mit einer demütigen Kreuzgeste über die Brust fuhr, nur weil sie im Kühlregal einen rabattierten Speisequark gefunden hatte. Folglich hätte Frau Mazurka keinen großen Unterschied gemacht, auch ohne die Zwillinge Baranowski, die wie jeden Tag um diese Zeit auf dem Bänkchen vor der 11 hockten und beteuerten, dass die Witwe Galówka keineswegs verbrennen, sondern nur die Kohlrouladen von gestern aufbraten würde.

»Wird's ein Bub?«, fragte der rechte Baranowski.

Aber Frau Mazurka starrte noch immer auf die dünnen Rauchschwaden, die aus dem gekippten Küchenfenster stiegen.

»Wird es ein Bub?«, wiederholte er.

»Mädchen«, sagte Frau Mazurka. Ihr Gesicht glitt herum. Es war immer fahl und vom Warten auf die Niederkunft ermüdet.

»Sie müssen Graupen essen. Und Knoblauch«, sagte der linke Baranowski.

»Roh, sag ich. Immer roh. Dann kriegt das Kind ein Glied.«

Frau Mazurka aber hatte ihre schweren Beine längst wieder in Bewegung gesetzt und schritt mit ihrem fleischigen Tornister schwankend wie ein Pendel die Kiesplatten entlang in Richtung Nummer 15. Sie ging etwas eiliger als sonst, weil Darius, ihr Großer, schon verloren vor dem Wohnblock stand und sich aus Langeweile Ligusterbeeren in den Mund schob. »Ist noch nicht zu spät!«, riefen ihr die beiden Baranowskis hinterher.

Während der Rauch, der aus dem Fensterspalt nach draußen quoll, dicker und dunkler wurde, pulte sich der linke Baranowski mit einem Stück Staniolpapier eine Graupe aus dem Kiefer. Sie war vom Speichel aufgeweicht, also zerrieb er sie zwischen seinen Fingern. Ich war mir sicher, dass er sich jetzt schon darauf freute, die krustigen Reste, nach einer Stunde, vielleicht zwei, einem Ahnungslosen mit einem langen Handschlag mitzugeben.

Von den zahlreichen Weisheiten, die Mutter mir als Kind immer wieder eingebläut hatte, war es fast die eindrücklichste: den Baranowskis nie die Hand zu schütteln.

»Hände waschen!«, brüllte Mutter oft.

»Sind doch«, rief ich.

»Was hast du angefasst?«, rief sie durch die Wohnung.

»Nichts«, beteuerte ich.

»Die tote Ratte in der Einfahrt?«

Das war ein Test. Ganz sicher.

»Welche Ratte?«, rief ich ahnungslos.

»Die Zwillinge?«, erhöhte Mutter.

»Nein!«, brüllte ich.

»Sicher?«

»Ja, sicher!«

»Dann komm essen!«

Niemand in der Schlesenburg wusste zu sagen, wie den steinalten Baranowskis die Ausreise aus dem Mutterland gelungen war. Rein körperlich. Sie hatten jenes biblische Alter erreicht, in dem die Gesichter zu wuchern begannen. In dem Lider und Lippen so sehr an Spannung verloren, dass sie sich fast nach außen kehrten. In dem sich die Ohren nicht mehr darum scherten, was die Nase tat und alle Proportionen auseinanderströmten. Einmal sah ich eine Sendung über Hummer und hatte drei Nächte lang den fürchterlichen Traum, den Baranowskis würde die schuppige Haut quer über dem Kopf zerreißen und herausgeschlüpft aus der alten Hülle kämen zwei frische, rosige Fleischlinge. Gespenstische Kreaturen, die fortan leichtfüßig durch die Nachbarschaft spazierten, bis ihnen ein neuer Panzer wuchs. Aber die beiden Greise, die im Hochparterre der Nummer 9 wohnten, schälten sich nicht und brauchten, wie immer, einen halben Tag rüber bis zur Nummer 21 und am Nachmittag zurück. Vor jedem Eingang, an jedem Bänkchen machten sie Rast, und je nachdem vor welchem Haus sie saßen, konnte man mit einer erschreckenden Genauigkeit ablesen, wie viel Uhr es gerade war. So muss es zwölf gewesen sein, als hinter den Jalousien der Witwe Galówka die Scheiben zersprangen und ein dicker schwarzer Qualm und kleine Flämmchen durch die Löcher in den Sichtblenden über dem Fenstersturz züngelten. Eben war ich noch in heller Freude von der Garage gestiegen, aber jetzt standen wir voll Ehrfurcht vor dem Haus, raunten und gafften. Erst nur Darius und ich, gleich danach auch seine Mutter und die Baranowskis, dann die ersten Kleinen und Größeren, zwei Mütterchen, vier Mütterchen, sechs Mütterchen und bald die halbe Siedlung.

Bevor die Schlesenburg gebaut wurde, war unsere Stadt am nördlichen Kopf des Breslauer Rings zu Ende. Nur zwei Dinge lagen südlich davon: das Asylbewerberheim und das Stadtbad West mit seinem Freiluftbecken. Oft habe ich mich in meiner Kindheit in diesem Hallenbad faul an den Beckenrand geklammert. Dort hing ich, während Mutter auf den beheizten Bänken lag und unauffällig las, während die anderen Kinder aus der Siedlung versuchten, sich gegenseitig ins tiefe Becken zu zerren oder zu ertränken. Verträumt lag ich im flachen Wasser und starrte auf das große Wandbild, das in einem breiten Fliesenspiegel die ganze Seitenwand bedeckte. Eine Luftaufnahme unserer Stadt, Ballonfahrerperspektive aus den späten 50ern. Das Panorama war groß gezogen und in braunstichigen Punkten auf die Kacheln gedruckt. Auf das stolze Fachwerk im alten Dorfkern folgte herrschaftlicher Sandstein, eine schmale Reihe hübscher Gründerzeitbauten, dann solider Backstein, hinter dem man die schmucklosen Wohnblöcke des Erbbauvereins verborgen hielt. Man hätte das blecherne Schild am Ortseingang mit jeder anderen westdeutschen Stadt vertauschen können. Keinem der 30 000 Einwohner wäre es länger als drei Tage komisch vorgekommen, dass die Schillerstraße nach links statt rechts abbog, oder dass der schmalbrüstige Pfarrer mit der Nickelbrille über Nacht ergraut war. Nicht einmal die sonderbar trügerische Erinnerung daran, dass die Albert-Schweitzer-Oberschule vorgestern noch den Geschwistern Scholl gewidmet gewesen war. Mit etwas Phantasie konnte ich auf dem Wandbild das Lager erkennen. Denn als die Vertriebenen kamen, aus Böhmen und Mähren und Pommern und Ostpreußen, da baute man ihnen, mit letzter Kraft und wenig Herzblut, ein schäbiges Flüchtlingsheim tief hinein in die flache Landschaft. Eine aschgraue, grob verputzte Kolonne, die auch auf dem Fliesenspiegel deutlich in die Felder ragte. Gebaut wurde die Unterkunft für fünf Winter, höchstens zehn, trotzdem sollte ich vierzig Jahre später darin liegen, sitzen, krabbeln, laufen lernen. Ein hässlicher Wurmfortsatz, von dem man tagtäglich überrascht war, dass er sich nicht entzündete. Und trotzdem hatte man die stumpfen Instrumente immerfort im Anschlag, um das septische Anhängsel bei erstbester Gelegenheit wieder aus dem Boden zu schaben. Auf dem Fliesenbild war auch die neue Grenze um die Westseite unserer Stadt gezogen. Eine Schnurgerade, die man in großstädtischem Hochmut den Breslauer Ring nannte. Mit meinen chlorgebrannten Augen folgte ich der zweispurigen Straße bis zu ihrem nördlichen Ende, in größtmöglicher Distanz zum Asylbewerberheim. Doch die Schlesenburg gab es noch nicht, dafür war das Bild zu alt. Nur drei unscharfe Trassen über eine Brache gab es, an denen Raupen und ein kleiner Baukran bereitstanden, um dem alten Reich, hier, im hintersten Winkel der Stadt, ein Denkmal zu setzen. Drei Denkmäler, um genau zu sein. Jedem Reich das seine: die Preußenzeile, den Pommernweg und die Sudetensiedlung. Und dort zogen sie hin, die Ersten aus dem Lager: die Pommern, die Ostpreußen und die Sudetendeutschen. Drei Dekaden lang zerfloss die romantische Silhouette unserer Stadt in einer Giebelzeile, je einem Kirschbaum, einer Wäschespinne, einer Laube, einem flachen Zaun und ab und zu den Löffeln eines Feldhasen. Bis im Frühjahr '83 schließlich, für den dritten oder vierten Schwung im Lager, die Schlesenburg gebaut wurde. Sechzig Wohnungen, die makellos, aber wie ein irrläufiger Zahn aus der Landschaft ragten und auf dem Fliesenbild im Hallenbad vermutlich auch noch heute fehlen.

Sechs Jahre später war Frau Galówka tot. Das war uns allen klar, sogar Darius und mir und selbst den Kleinen. Allen, die wir vor der Nummer 11 standen und zuschauten, wie der schwarze Qualm, gleich einem umgekehrten Wasserfall, die Häuserwand hinaufplätscherte. Zu ihrem Glück war sie es schon, als sie verbrannte. Die Galówka war tot, als sich die filterlose Roth-Händle in ihrer auskühlenden Hand durch den synthetischen Überwurf ihres Bettes schmorte. Als die feine Glut die dankbare Matratze in Brand steckte. Als die Baranowskis ihre Runde drehten und ganz bestimmt auch, als der alte Gottlieb Doenhardt in der Sudetensiedlung kauerte und mit dem Feldstecher die Rauchschwaden observierte. Verborgen hinter seiner Bogengardine Valentina. Jede Wohnung in der Schlesenburg ging nach vorne wie auch nach hinten raus. So konnte sich das Feuer auch zur Straßenseite hin bemerkbar machen. Dass der alte Doenhardt einen Feldstecher besaß, wussten wir schon lange. Nicht zuletzt, weil wir selbst ein dunkelgraues Fernglas im Schränkchen stehen hatten. Etwas kleiner vielleicht, entwendet vor zwei Jahrzehnten aus der Polnischen Volksarmee. Ganze Nachmittage lang stand ich hinter unserer Wellengardine Barbarella und jagte mit sagenhaftem Tempo durch die Nachbarschaft.

»Mama! Die Deutschen! Die waschen ihre Autos sonntags!«, rief ich.

»Wahnsinn!«, rief Mutter.

»Mama! Die Deutschen baden wieder!«

»Nein!«, rief sie wie entrüstet.

»Doch!«, rief ich. »Zwei Mal in der gleichen Woche!«

»Du flunkerst doch!«, rief Mutter, wenn es passte.

»Und die Deutschen, die fahren Fahrrad, Mama! Mitten am Balkon!«

Wenn abends in der Sudetensiedlung die Balkontüren auf Kipp standen, konnte man in der Spiegelung der dunklen Scheiben die Fenster unserer Siedlung sehen. Das deutsche Pärchen aus der Nummer 11 konnte ich erkennen. Einen der Baranowskis, eine schmucklose Wohnung aus der 9, vielleicht die Neue mit den Pockennarben und der burschikosen Tochter und dann bei uns im Zweiten die Familie Akkaya. Alles mit dem Feldstecher von Vater. Und einmal, im Winter, sah ich im Haus vom alten Doenhardt zwei schwarze Rohre aus dem eingeschneiten Dach herauslinsen. In einem Spalt unter der Dachluke rutschten sie hin und her. Fuhren die ganze Siedlung ab, von der 17 bis zu uns. Dann prallten unsere Blicke aufeinander, die Rohre hielten inne, rauschten hinein und krachend flog die Luke zu, so dass vom Dach des alten Doenhardt eine makellose, dicke Schneedecke auf die Veranda rutschte.

Auch dieser Schnee damals hätte Frau Galówka nicht geholfen. So wie es nicht geholfen hätte, wenn der alte Doenhardt es mit der 110 ein bisschen eiliger gehabt hätte. Geschweige denn er hätte gleich die 112 gewählt. Das machte bei der verfluchten Wählscheibe seines kieselgrauen Fernsprechers jedes Mal einen nicht zu leugnenden Unterschied. Manchmal standen Vater und ich auf dem Balkon, während der alte Doenhardt mit dem Fernsprecher auf der Veranda hockte, wählte und wählte und wählte und Vater wusste: Ostpreußen. Vielleicht hatte er die 110 auch absichtlich gewählt und nicht nur aus Gewohnheit. Weil er sich insgeheim darüber freute, dass das städtebauliche Schandmal der Schlesenburg doch noch das Potential erkennen ließ, sich ganz von allein aufzulösen. Nachdem es ihm vor ein paar Jahren fristgerecht zur Frührente zwischen seinen Rattansessel und den wohlverdienten Lebensabend gemauert worden war.

Tatsächlich kam zuerst die Polizei. Ein leichtes Murmeln, halb anerkennend, halb feixend, ging durch uns Kinder und die Schar aufgescheuchter Anwohner. Weil beide Beamte Brüste hatten. Der älteste Sohn der Familie Akkaya rieb sich, müde oder ungläubig, die Nachtschicht aus den Augen, während Frau Mazurka sich bekreuzigte.

Die erste Beamtin holte die Baranowskis von ihrem Bänkchen. Der linke Baranowski streckte ihr grinsend die graupenkrümelige Hand entgegen.

»Vielen Dank, Fräulein Kommissar«, sagte er mit einer so sauber betonten Freundlichkeit, dass es spöttisch klang.

Die zweite Beamtin trieb uns Kinder und die weiter einströmenden Anwohner auseinander, um auf dem großen Parkplatz etwas Platz zu schaffen. Vom Ring aus war bereits die erste Sirene zu hören. Das Geräusch wurde immer lauter, verdoppelte sich schließlich, weil ihm ein zweites Fahrzeug folgte, und nach einer Minute bogen beide Löschfahrzeuge mit einem lauten Scheppern durch die Einfahrt. Dem ersten Zug war die halb offene Blechtür eines betonierten Müllhäuschens in die Quere gekommen.

Das ausklingende Martinshorn holte auch die letzten Männer aus dem Nachtschichtschlaf. Es zog die Greise ans Fenster, trieb die alten Mütterchen voller Sorge in den Hof und lockte die letzten Kinder aus dem Feld hinter der Siedlung heran, wo wir uns tagsüber herumtrieben, vom Frühstück bis zum Abendbrot, und das Dahinschmelzen unserer kostbaren Ferien beweinten. Nur die Frauen aus der Siedlung, die kein Kind unter dem Herzen oder an der Brust trugen, kamen nicht in den Hof der Burg, sondern standen weiterhin in dumpfer Glückseligkeit an den Walzen in der Papierfabrik und übten im Kopf das Plusquamperfekt, einen Druckverband oder Bilanzbuchhaltung.

Die Mannschaften der beiden Löschzüge ergossen sich wie das Ensemble eines wunderlichen Balletts über den Hof. Es war eine Routine unter ihnen und eine Geschäftigkeit, die ich heute, dreißig Jahre später, nicht mehr in das rechte Tempo rücken kann. Der erste Mann, der in voller Montur aus dem Einsatzwagen sprang, sprang wie in Zeitlupe. Die beiden Männer aber, die das Treppenhaus sicherten, stiefelten wie im Zeitraffer über die breiten Terrazzostufen hinauf bis unters Dach und gleich wieder zurück. Immer auf halber Treppe erschienen ihre exotisch-bunten Silhouetten hinter den großen Milchglasscheiben im Hausflur. Auch die drei grauen Druckschläuche entrollten sich wie verlangsamt, während sich Frau Mazurka im Kreuzgriff über die Brust fuhr wie ein flottes Metronom. Erst als ein Stämmiger in Kampfmontur mit Helm und Sichtschutz eine lange Spitzhacke in die Jalousien der Galówka schlug, da rückte sich die Zeit wieder ins Lot. Der erste Schlag zeigte keine Wirkung, weil das graue Plastik in der Hitze weich geworden war. Er zog es, zäh wie Knete, mit sich nach, als er am Griff der Hacke riss. Dann holte er aus und schlug mit Wucht, etwas höher, mitten in den Fenstersturz hinein. Einer der Jungen im Pulk vor mir, einer von den Großen, vier oder fünf Jahre älter, lachte laut und abfällig. Sofort kam eine Hand, wie im Reflex, von hinten angeschossen und peitschte ihm mit einem Klatscher gegen den Hinterkopf. Er verstummte, ohne sich danach umzuschauen, woher die Schelle kam, und ich wusste gleich: Der kennt das.

Dann aber kam der große Trick: Mit einem kräftigen Ruck zog der Playmobil-Mann in Lebensgröße den ganzen verschmorten Jalousienkasten aus der Wand, schräg nach unten hin, samt Putz und einem Viertel Fensterrahmen. Kurz sahen wir, wie der qualmende Brocken in die Ligusterhecke plumpste, da schlugen die fensterhohen Flammen aus der Wohnung der Galówka. Sie stürzten sich im Blutdurst auf den Brandmeister, der sich mit schnellem Schritt entwand. Mit einer Wucht drängten die Flammen heraus aus ihrem Käfig, einer Wut und einem Wahn, wie ein wildes Tier, fast von allen Fesseln losgemacht.

Noch immer war eine große Unruhe unter uns, die größte vielleicht. Ein chaotisches Gerede, das die Überlebenschancen der Galówka diskutierte und, etwas stiller, jene der Geranien im zweiten Stock. Noch quengelten die Kleinen um gute Sicht, bettelten um Schultersitz oder die erste Reihe, noch geizten die Männer nicht mit Halbwissen und Bewunderung. Auch wenn der Radius unseres Halbkreises aus eigener Vernunft heraus immer größer wurde, brüllte ein Jungspund von der Freiwilligen: »Zurückbleiben bitte.« Schon bald fand er Gefallen daran, wurde strenger im Ton und opferte zum Wohle der Verständlichkeit jede Form von Höflichkeit. Als ihn unsere Gleichgültigkeit zu wurmen begann, wechselte er in den Infinitivus rassisticus: »Du! Abstand halten! Du! Auseinandergehen! Du! Bleiben zurück!« Jetzt schlugen uns Wahrheit und Hitze gleichermaßen ins Gesicht und machten die Welt und die Zeit wieder synchron. Es wurde still unter uns. Nur vier Mütterchen in Morgenwäsche und Bademantel beteten einen Rosenkranz, einen zweiten, einen dritten, einen vierten um das Leben der Galówka. Als aber das Löschwasser das Feuer von beiden Seiten zähmte und erstickte, als Wasserdampf und Qualm sich rasch verzogen, da beteten sie einen fünften, letzten, für Nadia Wiktoria Galówka und ihre unsterbliche Seele.

Noch bevor die Feuerwehr die Wohnungstür im Hochparterre aufgehebelt hatte, begann der Pulk der Schlesenburger, an seinen Rändern zu zerfransen. Für alle war die Sache klar und der größte Spuk vorüber. Besonders für jene, die sich danach sehnten, ihre von der letzten Nachtschicht ausgelaugten Batterien mit einer zweiten Portion Schlaf oder einer Kanne Kaffee wieder aufzufüllen. Für die Mütterchen und Kinder blieb die Sache aber spannend. Eine Handvoll von den Großen kletterte auf die Garagenzeile gegenüber, um einen Blick auf die verkohlte

Galówka zu erhaschen. Diese seltene Gelegenheit, eine Tote zu sehen, konnte man sich keinesfalls entgehen lassen. Auch ich schaute neidvoll hoch zum ersten Rang auf den Garagen, besonders als ich, etwas abseits, das neue burschikose Mädchen entdeckte: Apolonia. Mein Vater war dagegen, schüttelte den Kopf, fuhr mir nur beschwichtigend durchs Haar. Als aber einer der Baranowskis das gaffende Grüppchen auf der Garage sah und lauthals schnalzte, streng und böse, wie um ein unfolgsames Tier zu rügen, da wurde Vater zornig im Gesicht.

»Precz!«, bellte der rechte Baranowski.

»Na dół!«, der linke. Auch er mit einem harschen Ton, wie ein alter Kommandant.

Jetzt überkam es meinen Vater. Er packte mich, hob mich hinauf und hievte mich mit Schwung auf seine Schultern. Die Baranowskis hielten ihre Mienen mit Mühe beieinander, moserten und wendeten sich augenblicklich ab von uns. Ich spürte, wie meinem Vater eine stolze Größe in den Rücken stieg. Wie eine doppelköpfige Kreatur starrten wir jetzt in die ausgebrannte Wohnung. Es war, als blickten wir in einen düsteren Kessel. Einen Moment lang brauchte es, bis sich unsere Augen an die Schattierungen von Dunkelgrau und Schwarz gewöhnt hatten. Bis sich unser Blick bahnen konnte, vom verkohlten Wohnzimmer in den kleinen Flur zum Schlafzimmer hinein, durch die Glastür, halb zersplittert, halb zerschmolzen nach vorne raus auf den tropfenden Balkon. Ein schmaler, verkohlter Trichter, wie ein langer Schacht, eine Grube, an deren Ende die Sudetensiedlung glitzerte.

»Hoffentlich ziehen keine Rumänen ein«, sagte Frau Mazurka, bekreuzigte sich und wandelte davon. Ich beugte mich ein Stück nach vorne, um über Haare und die hohe Stirn hinweg den Blick meines Vaters zu erhaschen. Aber seine Augen waren weit und wach und folgten den beiden Brandmeistern bei ihrer behutsamen Begehung. Von oben sah es aus, als hätte mein Vater sein verschwörerisches Grinsen im Gesicht, das schelmische, das einem schnell debil vorkam, wenn man ihn nicht kannte. Und auch wenn mir mein Vater wohlvertraut war, recht gut sogar nach immerhin neun Jahren, wusste ich es nicht und konnte es nicht ahnen, dass er beim Anblick dieser ausgebrannten Zweiraumwohnung an seinen Bruder denken musste.

2

CZYTAJ

Es passierte nicht gerade selten, dass Herr Gałuszka aus der Nummer 17 Post für Frau Galówka aus der Nummer 11 bekam. Niemals war es andersherum. Weil der Postbote die Schlesenburg über den schmalen Trampelpfad aus der Königsberger Straße betrat, nicht über den Ring. So dass er folglich bei der Nummer 21 anfangen musste, nicht bei der Nummer 7. Wie jeden Morgen zog er dort zuerst das kleine schiefe Hakenkreuz nach, dass er damals, gleich nach dem Bau der Burg, ins weiche Aluminium der Klingelzeile gekratzt hatte. Es war ein kleines Geheimnis, das er spöttisch mit uns teilte, wenn wir Kinder ihn in unserer morgendlichen Apathie wie stumpfsinnige Kälber dabei anglotzten. Daran änderte auch der Brand im Hochparterre nur wenig. Erst das blassgelbe wuchtige Schreiben von der Staatsanwaltschaft Frankfurt machte dem Boten etwas Muffensausen. Jetzt ließ er das mit den Hakenkreuzen für ein paar Jahre sein, grüßte sogar freundlich. Aber nur so lange, bis in den 90ern die ersten Russlanddeutschen einzogen und reichsgemäß begrüßt werden wollten. Als Vater und ich, zehn Jahre später, für einen Fahrradkauf in die Schlesenburg zurückkehrten, lachte mir das Hakenkreuz noch immer frisch und breit entgegen.

Herr Gałuszka war ein wenig ratlos, was er mit dem gelben Schreiben anfangen sollte: »Zu Händen Herrn Galówka, Breslauer Ring 17«. Eine Angabe richtig, eine Angabe falsch. Solange Herr Gałuszka den Brief nicht öffnete, war dieses Schreiben für ihn und zeitgleich nicht für ihn. Schrödingers Schreiben von der Staatsanwaltschaft. Wie es so bei ihm lag, auf dem Beistelltisch im Flur, dem gedrechselten, und sich kaum behaupten konnte gegen Nachtschicht, Puschkin und das *Aktuelle Sportstudio*, war, was auch immer darin stand, sehr wichtig und sehr unwichtig zugleich. Erst am sechsten Tag, so erzählte er uns, fasste sich Herr Gałuszka ein Herz und schlug im kleinen Langenscheidt nach, den er seinerzeit im Durchgangslager Friedland zur Begrüßung zugesteckt bekommen hatte. Endlich war er neugierig genug geworden, was das Wörtchen Staatsanwaltschaft denn eigentlich bedeuten mochte.

Keine drei Minuten später eilte er im Widerschein der Hauslampen durch die stille Siedlung, in Unterhemd, kaltem Schweiß und seinen falschen Adiletten. Es waren brüchige, unbequeme Gummilatschen, die wie Herr Gałuszka selbst aus Zielona Góra kamen, sie alle drei ohne viel Liebe in einem unscheinbaren Trakt der polymertechnischen Produktionsanstalt Petrasa Süd in Form gespritzt. Als Herr Gałuszka das verkohlte Maul in der Nummer 11 passierte, verfeuerte er die letzten verfügbaren Reserven, raste am nächsten Haus vorbei und fiel, pünktlich um halb elf am Abend, mit seinem dicken Daumen auf das Klingelschild. Das erste, oben rechts, unter der ausgestanzten Sieben in Futura. Auf unseres.

Die Amtssprache in der Schlesenburg war Deutsch. Zuallererst das antiquierte, bäuerliche, das die Alten in der Siedlung aus Oppeln, Posen oder Kattowitz herübergeschleppt hatten. Krumme Begriffe, sperrig und ausladend, mühevoll ins Handgepäck gezwängt. So wäre auch der trulle Herr Szallak aus der Nummer 15 in der Andacht für die Frau Galówka gehöckert, böse pumpsend, plotschig zurechtgemacht. Saftig wie eine Nudelkulle sei er gewesen, in Potschen und einem Binder seines Tatschik. Er hätte sogar, ob du es glaubst oder nicht, einen ganzen Blumenaschel dabeigehabt und ein Täschel voller Kreppel für den Pfarrosch.

Dem Kommunismus war es nicht gelungen, diese Sprache kleinzukriegen. Aber einen Makel daraus machen, das konnte man. Nicht einmal die großen Fabriken in Tułowice hätten einen eingestellt, wenn man Tillowitz gesagt hätte. Und als mein Vater mit zehn oder zwölf im Hof seines Internats einen Groschen fand, keinen grosz, einen Groschen, da hat ihm die Lehrkraft aus Warschau ihre Meinung über die erste deutsche Lautverschiebung nicht gesagt, sondern mit einer Rute eingeprügelt. Und man muss meinem Vater nur ein Bier geben, höchstens zwei, dann zeigt er einem die dünnen Narben handbreit über dem Gesäß. Dort hat die Haut ein besseres Gedächtnis, sagt er. Und erst, wenn man jede gewölbte Spur im Fleisch ausgiebig bestaunt hat, beklagt er sich, er habe den Groschen nicht einmal behalten dürfen.

Den Kindern aus der Schlesenburg war dieses sonderbare Paralleldeutsch zur Gewohnheit geworden. Weil wir die Nachmittage nach dem Kindergarten bis zum Schichtende der Eltern bei den Alten aus der Burg verbrachten. Wenn wir dort unter dem gekachelten Sofatisch hockten und mit einem Schraubglas voller Knöpfe spielten. Wenn die schwerbusigen Mütterchen uns mit Zuckernudeln oder Milchsuppe fütterten. Vor allem aber, wenn die krummen Väterchen in ihrer erzieherischen Not versuchten, uns mit vier oder fünf Jahren das Skatspielen beizubringen. Immerzu sickerten die sonderbarsten Vokabeln in unsere kleinen blonden Köpfe und mussten gleich am nächsten

Morgen, drüben in der Sonnenblumengruppe, sorgsam aus uns herausgescheuert werden.

Würde man sich heute die Mühe machen, auf den Speicher meiner Eltern zu klettern, im kleinen Reihenhaus in ihrer Satellitensiedlung, und zwängte man sich durch die hüftbreiten Schluchten zwischen den Kartonagetürmen, man fände, ganz hinten an der unverputzten Wand ein kunstledernes Kassettenköfferchen. Und irgendwo darin, zwischen Katja Ebstein, den Flippers und Nicole, das älteste akustische Zeugnis meiner flüchtigen Existenz: das Krippenspiel der Sonnenblumengruppe 1985.

Die Geburt Christi war aus theatralischer Sicht ein etwas undankbares Ereignis. Von den fünfzehn Kindern aus der Gruppe hatten nur sieben eine Sprechrolle. Und während das heilige Ensemble für jede gewöhnliche Christmette ganz mühelos gestreckt werden konnte, um einen Baum, sechs Hirten, einen vom Arbeitsamt vermittelten Zensuszähler aus dem Hofe des Herodes, lebte unser Krippenspiel von einer äußerst bunten akustischen Kulisse. Es gab ein Windkind für das allgemeine Unbehagen, ein Rummskind, das die knallenden Türen spielte, ein Nieselregenkind, eines für das Glockenspiel der himmlischen Heerscharen und ein Tiergeräuschekind. Wobei aber die Huflaute der hineinwankenden Kamele an Darius Mazurka ausgelagert werden mussten, weil er auf dem Boden lag und sich in einem Heulkrampf voller Tobsucht wie ein Uhrwerk um die eigene Mitte drehte. Besonders lobend erwähnt sei allerdings das in unserer Familie noch immer viel zitierte »Ja, genau«-Kind! Eines der hiesigen, wortkargen Winzerkinder, deren Familie seit zu langer Zeit schon genetisch auf der Stelle trat. Es wurde von Anita, der Erzieherin, im Türrahmen zum Flur positioniert und spielte von dort aus eine Art halblauten mosernden Minivolkszorn. Jedes Mal, wenn das Heilige Paar an einer Herberge abgewiesen wurde, sollte das Winzerkind, wenn es ihm sinnvoll und passend erschien, aus dem Hintergrund hereinrufen. Weil der Junge sich aber keinen Text merken konnte und auch zu keiner vorzeigbaren Improvisation imstande war, wurden ihm zwei kurze Worte anvertraut. Nur zwei: »Ja, genau.«

Seinen sehr zögerlichen Auftakt hatte er bei »Geht zurück nach Nazareth. Niemand will euch haben.« – »Ja, genau!«, sprach er schüchtern aus dem Türrahmen und erschrak fast über das Rummskind, das überaus elanvoll ein dickes Bilderbuch auf eine Tischplatte pfefferte. Bei »Gehet schnell zurück, woher es euch verschlug!« wurde das Winzerkind selbstbewusster. »Ja, genau!«, rief es in den Turnsaal hinein. Rumms. Der Junge gefiel sich immer mehr in seiner überschaubaren Aufgabe. Spätestens bei »Kein Bett, kein Stuhl, für euch und euresgleichen!« brillierte er. »Ja, genau!«, donnerte es mit einem aufgesetzten Bass durch die offene Tür herein. Doch gleich darauf, bei »Glaubt uns wohl, wir würden, wenn wir könnten« war der Junge zu sehr abgelenkt vom Spiel der anderen. Er verpasste seinen Einsatz und wurde vom Rummskind und der fortlaufenden Handlung überrollt. Sofort stiegen dem Jungen Tränen in die Augen. Unbarmherzig eilten die Geschehnisse voran. Der Stall zu Bethlehem, die Hirten auf dem Feld, dann, aus dem Nichts, das Glockenspiel der Heerscharen. Plötzlich klang es glockenhell, wie aus einer von Licht erhellten Sphäre. Endlich sprach der Engel sauber intoniert in die Dunkelheit: »Fürchtet euch nicht!«

»JA, GENAU!«, brüllte das Winzerkind.

Nichts was danach kommt, ist mehr erwähnenswert. Wenn man die Kassette aber laufen lässt, bis zum Schluss, über das blecherne Weihnachtsoratorium hinaus, und geduldig die zwei

Minuten knisternde Stille aussitzt, die sich anschließen, dann hört man uns: drei, vielleicht vier Kinder aus der Schlesenburg. Verschwörerisch. Als wären wir Anitas Obhut für einen Augenblick entwichen, denn wir sprechen wild in unserem zopfigen Altdeutsch miteinander, faseln mit großem Ernst aufeinander ein. In unserem sonderbaren Duktus klingen wir wie geschäftige Zeitreisende, anachronistische Fremdlinge, in den schlesischen Urwäldern in flüssiges Bernstein gegossen, sauber konserviert und tausend Jahre später, hier, im rheinhessischen Oberland, herausgefräst. Und man muss es drei- oder viermal hören, um zu erahnen: Es geht um eine große Schaufel und einen Nussbaum und ein Rattenloch im Zaun und eine Luhsche und die Sandka und um die Schnicke, die man kassieren würde, falls der Plan danebengeht. Und in dem Moment, in dem das Faseln abbricht, könnte man meinen, weit im Hintergrund hinter dem mechanischen Knistern einen strengen Blick und Anitas unendlich müdes Seufzen zu hören.

Unsere Eltern jedenfalls hatte man von diesem altdeutschen Geschwafel ferngehalten. Auf dass sie es folglich einfacher hätten in der Schamottefabrik in Łódź, der Berufsschule in Breslau oder im Polytechnikum in Krakau. Und als sie Polen den Rücken kehrten, da nahm meine Großmutter es ihnen fast ein bisschen übel. Denn auch für sie war das Hochpolnische drei Jahrzehnte lang ein harter Kampf gewesen. Am Abend hätte man den Bälgern jedes Ung und Lich und Haft und Nis aus den Köpfen zupfen müssen wie Zecken aus dem Fell einer Mähre. Und dann floh die Brut, zwanzig Jahre später, ausgerechnet in die BRD. Das alte Land, dessen schnörkellose Sprache man ihnen ohne Mühe in die Wiege hätte legen können. Zur Not lag irgendwo im Kriechkeller noch eine Lutherbibel und ein kämpferischer Hitler. Aber nein. Und manchmal, an einem Sonntag, hockte Mutter im Flur, in der schmalen Nische zwischen Wand und dem Kommödchen für das Telefon und weinte. Sie hatte ihren Körper klein gemacht und in die Nische gefaltet und man musste schon frontal davorstehen, um sie zu erspähen. Um hinter dem Knoten aus Armen und Beinen einen gesenkten Kopf zu erkennen. Wenn ich nicht draußen war, in der Burg, auf dem Ring oder im Feld, dann kam mein Vater ins Kinderzimmer und spielte mit mir. Was er selten tat. Mit viel mehr Hingabe als sonst. Und irgendwann verstand ich, rückblickend vielleicht, dass jeder Moment seiner Hingabe bedeutete, dass ich nicht merken sollte, wie Mutter im Flur hockte und heulte.

Sie heulte durch den hellgrauen Telefonhörer und in den Ostblock hinein. Darüber, wie schwer sie es jetzt hätten, in der Papierfabrik in der Südstadt, der Abendschule in Frankfurt und jedem deutschen Amt, von denen es unendlich viele gab. Wir Kinder wussten nicht, dass unsere Mütter kauerten und heulten, und wir verstanden nicht, was es zu heulen und zu kauern gab, und weil sie wussten, dass wir manchmal lauschten, ich, aus meinem Bett heraus, flüsterten sie auf Polnisch in den Äther. Aber manchmal ertappten wir sie dabei. Wie sie nach einem falschen Genitiv unendlich schlechte Laune bekamen. Wie sie tief versunken und mit angestrengter Miene nach dem Tischgebet in den Kartoffelbrei starrten und das Wörtchen beten konjugierten. Und da dämmerte es mir. Aber es dämmerte nur. Ich bete, du betest, wir beten für Frau Galówkas unsterbliche Seele.

Es war halb elf am Abend, als Herr Gałuszka Mutter vom Balkon klingelte, wegen dem gelben Schreiben von der Staatsanwaltschaft. Im Sommer war unsere Wohnung im vierten Stock so unerträglich heiß, dass Mutter, auch aus Eigennutz, die übliche Sperrstunde für ungültig erklärte und es sich selbst und mir erlaubte, den Tag auf dem Balkon ausglimmen zu lassen. Sie lag mit Konsalik auf ihrer schmalen Pritsche, den Rücken durch eine eingerollte Federdecke aufgebockt. Ich döste zu ihren Füßen, etwas tiefer, auf meiner alten Kinderbettmatratze. Mutter war die einzige Frau in der Schlesenburg, die las. Bücher, nicht die *Kobieta* oder die *Frau im Spiegel*. Mir kommt keine einzige Familie aus der Siedlung in den Sinn, bei der mir jemals ein Bücherregal aufgefallen wäre. Wenn man prahlte, dann mit einer VHS-Kassetten-Sammlung. Oder einer Cognac-Parade. Acht oder neun bauchige Flaschen, von denen aber keine einzige, so ehrlich muss man sein, tiefergehende Kenntnis der Materie offenbarte. Tatsächlich ließ das gesamte Konvolut weder in Preis noch Qualität überhaupt einen Unterschied erkennen. Das einzige Spektrum, das diese Flaschen abbildeten, war die breite deutsche Discounterlandschaft. Eigenmarken aller Supermärkte. Mühevoll ersammelt und ertauscht, wie Sticker in einem Panini-Album. HL gegen toom, zwei Flaschen Massa gegen eine Flasche Tengelmann, Edeka, Minimal und Plus, neuerdings ein beißendes hellgelbes Gesöff aus der ersten rheinhessischen Lidl-Filiale. Und ein halbes Jahr lang, ein ganzes halbes Jahr, rühmte sich mein Vater, neben Arc Royal von Aldi Süd auch eine Flasche Cognac von Aldi Nord zu besitzen.

Dass aber jemand nach einer Doppelschicht in der Papierfabrik noch irgendeine Sehnsucht nach Büchern in sich finden konnte, das hatte ein fast hochmütiges Geschmäckle. Auch Mutter prahlte nicht mit ihrem beeindruckenden Verschleiß. Überhaupt ging mir erst mit fünf oder sechs auf, dass sie sich nicht seit Jahren durch den gleichen Schinken von Konsalik kämpfte, sondern dass sich hinten im Bettkasten, oben auf der Schrankwand und auch im Sitzfach unter der Küchenbank dutzende verschämte Bücher versteckten. Einen stolzen Stapel gab es nicht, geschweige denn ein offenes Regal. Sie verbarg es nicht, aber sie hielt es wie ein unsinniges Laster von uns fern.

Nie lagen der Konsalik oder seinesgleichen offen herum oder irgendwo anders als rücklings auf dem Nachttisch. Selbst wenn sie sommers auf dem Balkon eine Pause machte, um sich zu erleichtern oder ihren Instant-Eistee aufzugießen, verschwand das Buch unter der Pritsche.

Manchmal kroch ich aus Langeweile oder Neugier zu ihr hinauf und versuchte, einen Blick in den Konsalik zu werfen. Mutter aber griff in einer geschickten, fast automatischen Routine nach der durchsichtigen Plastikdose mit dem Zitronenteegranulat. Sie schüttete eine kleine Menge in den gelben Deckel, setzte ihn auf den Kunstrasen und schob das Näpfchen von sich fort, meistens mit dem Fuß, so weit es ging. Schon lag ich langgestreckt auf dem Balkonboden und führte, in maximaler Hingabe, mit meinem angeleckten Finger Körnchen um Körnchen dieses zuckersüß-sauren Mannas vom Deckel direkt in meinen Mund. Mutter lächelte mich an, ohne aufzuschauen, und hatte, für ein paar Minuten mehr, ein inniges Gespräch mit Heinz Konsalik. Im Lesen lag Mutters letzte Zuflucht. Nirgendwo sonst lief sie so wenig Gefahr, in einen verschmierten Popel zu greifen, einen klebrigen Ring einer River-Cola-Dose, in Kettenfett oder auf einen Legostein zu treten, und auf keiner Seite das surrende dröhnende Geschrei der ewigen Papierwalzen.

Dass Mutter gerne las, war in der Schlesenburg ein kleines wohlgehütetes Geheimnis. Folglich wusste jeder davon. Immer wieder kam es vor, dass irgendein Nachbar aus der Siedlung am späten Vormittag Sturm klingelte und mit einem einschüchternden Behördenschreiben bei uns vorstellig wurde.

Nur drei oder vier Familien waren sich zu fein und ließen ihre Korrespondenz, wenn überhaupt, über Mittelsmänner an meine Mutter weitergeben. Natürlich gab es auch zwei Analphabeten in der Siedlung, aber die hätten den Teufel getan, bei meiner Mutter, der Vorleserin, um eine Audienz zu bitten.

Das wirklich Verwunderliche an diesen Gelegenheitsbesuchen war, dass die meisten aus der Schlesenburg keinerlei Probleme mit der deutschen Sprache hatten. Hatte man sie doch in der Abendschule mit Ausdauer und Effizienz sanft in sie hineingeprügelt. Leichte rhythmische Schläge auf den Hinterkopf. Deklinationen und Konjugationen, auf Beugen und Brechen, die wie dicke wuchtige Tropfen auf alle aus der Burg herniedergingen. Immer auf die gleiche wunde Stelle, mittig auf die Stirn, knapp über die Augen.

Bis auf eine sehr schüchterne Frau aus Anatolien hockten nur Polen in der Abendschule. Natürlich wollte sich keiner von ihnen die Blöße geben. Immerhin kannte man sich doch, noch aus Polen damals oder Friedland oder dem Asylbewerberheim am Ring. Die größte Inbrunst aber gärte unter ihnen, als sich herumsprach, dass in der Seminarbaracke nebenan, die mit dem Nadelfilzteppich und den Sauerkrautplatten, ein seltsam stiller Mann aus Oberschlesien hockte. Es ging das Gerücht, dass dessen Schwester noch in Polen lebte, in einem Dorf namens Dąbrowa, und dass eben diese Frau bei der Poczta Polska arbeitete, als überaus geschwätzig galt und beruflich derart oft rotierte, dass sie im Endeffekt Briefe für halb Schlesien zustellte. Und weil es in halb Schlesien über fünfzig Dörfer mit dem Namen Dąbrowa gab, saßen sie alle ganz besonders brav auf ihren stapelbaren Seminarstühlen, in der tiefen, fast unerschütterlichen Furcht, es könne ihr Dąbrowa sein. Niemand wollte in der alten Heimat zum Geschwätz werden. Also warfen sie sich alle den Dozenten und ihrem Dativ an den Hals. Die vier lächerlichen deutschen Fälle waren den meisten eine willkommene Abwechslung zu den chronischen Schmerzen, die die sieben polnischen Kasus, drei Genera und der Dual im rechten oder linken Stirnlappen befeuern konnten. Und trotzdem: In den maschinell erstellten Schreiben, mit ihren Sichtfensterchen, die drohend knisterten wie Strom, lag eine Spannung, die viele aus der Siedlung versteinern ließ.

Auch Herr Gałuszka aus der Nummer 17 saß gebeugt an unserem Küchentisch, als hätte ihm ein sonderbarer Krebs die breiten Schulterblätter weggefressen. Er knetete mit seinen Daumen das Schreiben von der Staatsanwaltschaft und schwitzte, wie ich noch nie einen Mann zuvor hatte schwitzen sehen. Die polnische Geheimpolizei hätte ihre blanke Freude an ihm gehabt. Und was Vater mir am nächsten Tag erzählte: Sie hatte gehabt. Plusquamperfekt. Man kannte sich bereits. In Herrn Gałuszkas Nacken konnte man ein winziges Bächlein beobachten, das sich in seiner Nackenfalte staute, überquoll, und dann unter seinem Unterhemd versickerte. Der Brief von der Staatsanwaltschaft lag offen auf dem Tisch. Er war winzig, harmlos. Also traute ich mich aus dem Türrahmen, kroch unter die Eckbank, vorbei an den Adiletten und dem beißenden Geruch von frischem Schweiß und Puschkin, und stieg langsam hinter der Bank hervor, wie ein Krokodil aus seinem Tümpel. Vier hauchdünne Seiten lagen auf dem Tisch. Nur ein Hundertstel Konsalik. Aber Herr Gałuszkas Augen wanderten in einem panischen Zickzack über das Papier. Ein dicker Tropfen Schweiß landete auf dem Deckblatt. Er markierte eine Stelle. Und trotzdem mochte sich keines der Worte darin verfestigen. Formulardemenz nannte Mutter das.

»Czytaj!«, sagte sie, aber Herr Gałuszka reagierte nicht, also setzte sie fünf Finger auf das Schreiben und schob es quer über den Tisch in meine Richtung. »Möchtest du«, sagte sie. Wie eine Frage klang es nicht. »Herr Gałuszka kann noch nicht«, fügte sie hinzu. Verunsichert schaute ich ihr ins Gesicht. Manchmal konnte sie einen Ausdruck unter ihre Stirn pflanzen, der leer und unbehauen war, wie ein Stück Speckstein. Dann richtete ich mich auf, die Schultern gerade, wie Wilhelm Wieben in der *Tagesschau* oder *Hallo Spencer*, und mein Blick flog über das hauchdünne Papier. Ich konnte lesen, seit ich vier war. Es war ein Trick, den Vater gerne vorführte. Wenn er mich an der Wurstheke im Arm hielt und ich für eine dicke Scheibe Gelbwurst die Angebote rezitieren musste. Aus irgendeinem Grund war Mutter oft beschämt davon, griff eilig nach dem Wochenvorrat Rindfleisch. Zwei Stunden dauerte es, bis sie wieder mit uns sprach, und alles, was sie sagte, war: »Menschen können lesen, Affen können Tricks.«

Wenn ich den anderen Kindern in der Grundschule in unserem ersten und zweiten Jahr etwas voraushatte, dann, dass mir das Entziffern auch größerer Buchstabenkolonnen ganz mühelos gelang. Und auch jetzt, in den Sommerferien, hatte ich geübt, wie im Spiel mit mir selbst, indem ich jedes Wort, das mir unter die Nase kam, sauber in meinem Kopf aufreihte, nach gerade und krumm sortierte und heimlich in mich hineinflüsterte. Ich streifte aufgeregt durch das eng gesetzte Dickicht des Briefes auf dem Tisch. Auf der Jagd nach einem imposanten Wort, scheu und großgewachsen, einem Zwölfender. Ich mied, angeekelt, die kleine saure Tränke, die Herr Gałuszka mit seinem Kopfschweiß ins Unterholz gelassen hatte, und suchte, fieberhaft, zwischen den Wortstämmen nach meiner Beute.

Kleinwild ließ ich liegen: Bruchmann, Amtsarzt, Kennedyallee. Auch Rotten ließ ich ziehen oder in Ruhe äsen: ohne Nachweis, binnen 14 Tagen, Kopie für Ihre Unterlagen. Aus den Augenwinkeln sah ich, einsam grasend am Anfang einer Zeile, ein altes ausgezehrtes Rehwild: entgegenzunehmen. Dann das erste Damwild: Fremdeinwirkung. Ein Muttertier aber, an den langen Zitzen drei Kälber: kein, Hinweis und das kleine auf.

Dann, endlich, weit oben, auf einer chlorgebleichten Lichtung thronend, prächtig und stolz, mein Fang des Tages. Also hob ich an, zielte kurz und wie ein Schuss drang es laut dröhnend aus mir heraus: Obduktionsergebnis. Mutter sprang in Panik auf und riss mir das Blatt Papier wie eine heiße Flinte aus der Hand. Der Rückstoß packte mich am Kragen, zog mich von der Bank, trug mich über das Linoleum und erst im Flur setzte er mich ab, wo ich wieder festen Grund unter meinen Füßen spürte. Mutter machte in einer eleganten Drehung kehrt und verschwand fast lautlos hinter der braunen Küchentür mit ihrer dicken Ornamentglasscheibe, die jede Hoffnung weiter mitzulesen wie im Keim erstickte.

In meinen vier Jahren in der katholischen Kinderkrippe habe ich leider nie etwas anderes gespielt als einen Hirten. Und trotzdem griff ich jedes Jahr aufs Neue, sobald Anita die heißbegehrten Rollen verteilte, voller Hoffnung und Elan in ihre hohle Hand, um einen der winzigen Loszettel aus dem knisternden Gewühl zu fischen. Anita war liebevoll und gut und voller Nachsicht mit uns, auch wenn wir oft mit unserem Kinderdeutsch, manchmal verschlafen nach der Mittagsruhe, manchmal in hellem Aufruhr nach dem Morgenkreis, ein oder zwei Jahrhunderte nach hinten durch die Zeit kippten. Dass Anita uns für das Krippenspiel losen ließ, begeisterte mich. Schon Wochen vorher war ich wie euphorisiert von der Aussicht, für etwas so Wichtiges wie das Krippenspiel die Fäden des Schicksals in der eigenen Hand zu halten. Ich verstand nichts von Stochastik, aber ich begriff das Konzept von Glück und Pech. Dass ich hier, diesmal, zum ersten, zweiten, dritten Mal in meinem Leben, einen direkten, nicht zu leugnenden Einfluss darauf nehmen konnte. Und wenn wir fortan in der Schlesenburg Verstecken spielten, wurde nicht bestimmt, nicht ausgezählt, es wurde jetzt gelost, und ich war der Zeremonienmeister. Wenn ich an einem regnerischen Nachmittag zu Hause am Küchentisch hockte und malte oder knetete, knetete und malte ich überhaupt nicht. Stattdessen übte ich, stundenlang und voller Hingabe, mit mir selbst etwas auszulosen. Erst riss ich unter großer körperlicher Anspannung winzige quadratische Zettel aus einem Schmierblatt, dutzende Schnipsel, die ich sauber aufreihte, und dann nach gerade oder krumm sortierte. Nur die Zettel, die sich am ähnlichsten waren, kamen in die zweite Runde und wurden jeweils mit einem bunten Kreis verziert. Jeder Zettel eine Farbe. Dann faltete ich sie einzeln und sauber zu winzigen Knötchen, mischte mit großer Geste und loste dann den nächsten Buntstift und die nächste Knete, die das Schicksal und mein Glück mir, Hand in Hand, erlaubten. Mein Vater stand oft stumm staunend daneben und naschte mit seinem Taschenmesser dünne Schnitte Pressfleisch aus einer Dose. Wenn er es gut mit mir meinte, war meine entrückte Art mich selbst zu beschäftigen ein Anblick, in dem mein Vater sich verlieren konnte. Er sah dann in mich hinein, träumerisch, wie in die knisternde Glut eines kleinen Feuers. Aber manchmal schaute er zu lange und zu tief, und dann fing das Feuer an zurückzuschauen. Und im Glanz seiner Augen sah mein Vater sich und seinen Vater und dessen Vater, und über allem lag die Wehmut und der stille Zorn, nie von diesem Feuer fortgekommen zu sein. Dann rief er durch die Wohnung, hinüber zum Balkon, wo meine Mutter lag und las: »Wir sollten noch ein Zweites machen. Nur für alle Fälle.«

Oft trug ich die selbstgemachten Lose wie die Fackel eines demokratischen Gebarens aus der Wohnung, führte sie wie ein ewiges Licht durch die heidnische Dunkelheit der Schlesenburg. Darius Mazurka konnte ich schnell dafür begeistern. Er fand an allem Freude. Selbst dann, wenn wir gemein zu ihm waren. Vielleicht lag es an seinem freundlichen Gemüt, vielleicht daran, dass er nach seiner Geburt ein kleines Stück zu lang das Atmen verweigert hatte. Auch der dünne Kuba erbarmte sich unser, ein hagerer Junge aus der Nummer 13. Selbst wenn er drei Jahre zu alt für uns war, spielte er gerne mit, auch so etwas Albernes wie Losen. Weil zu Hause nur seine unsichtbare Mutter auf ihn wartete und sein vom Nachtdienst ausgezehrter Vater, der einen schrecklich leichten Schlaf hatte und eine nervöse rechte Hand.

Zwanzig Jahre später habe ich den dünnen Kuba wiedergesehen. Die Statur und sein hängendes Auge haben ihn verraten. In einem Bordbistro kurz hinter Freiburg. Das hängende Auge war ein letztes trübes Andenken an seinen Herrn Papa. Im Winter '91, nachdem die Netzhaut halbwegs wieder ausgeheilt war, sind der dünne Kuba und seine Mutter fortgezogen, als sein Vater in der Frühschicht war. Ich habe dem dünnen Kuba in meiner Rührung von Anita erzählt, unserer Erzieherin aus der Kinderkrippe. Er könne sich noch gut an sie erinnern, sagte er. Immerzu habe er einen Hirten spielen müssen. Ich erzählte ihm, wie mich diese Frau in ihrer Fairness und Güte geprägt hätte. Wie heilsam es gewesen wäre, dass sie keinen Unterschied machte zwischen uns aus der Burg, den wortkargen Winzerkindern und allen anderen aus der Preußenzeile oder aus der Südstadt. Wie das etwas affige, überzeremonielle Losen in der Adventszeit einen guten standfesten Demokraten aus mir gemacht hätte. Kubas Lächeln kippte in eine mitleidige Schieflage. Wortlos friemelte er einen Kugelschreiber aus seiner Ledertasche. Dann zupfte er einen kleinen Fetzen Papier von einem Dokument, malte ein Kreuz darauf, faltete den Schnipsel und mischte das einsame Los mit großer Geste hinter seinem Rücken. Endlich hielt er mir die flache Hand, samt Zettel, vor die

Nase. Ich griff danach, hielt es erst für einen merkwürdigen Scherz. Er aber wurde ernst in seinem Blick, also faltete ich den Zettel auf, langsam wie früher, wie ein Zeremonienmeister, bereit, mich über das Gewinnerkreuz überrascht zu geben. Aber das Stück Papier war von beiden Seiten blank.

Der dünne Kuba sah lange dabei zu, wie hinter meiner Schädeldecke ein kleiner Funken ziellos durch die Dunkelheit flimmerte. Dann legte er wortlos, aus seiner anderen Hand, ein zweites Los vor mir auf den Tisch. Dieses Mal das richtige. Das mit dem Kreuz darauf. »Niemand aus der Burg«, sagte er bitter, »hat jemals etwas anderes gespielt als einen Hirten.«

3

PRZEPRASZAM

Einen Tag nach dem Besuch von Herrn Gałuszka kursierten in der Schlesenburg schon vier Varianten, wie Frau Galówka in ihrer Wohnung zu Tode gekommen sei. Vier Varianten, eine grausamer als die andere. Weil sich niemand aus der Burg das Wörtchen Aortenaneurysma merken konnte. Und doch waren es allesamt gnädige Versionen. Immerhin setzte jede damit ein, dass die arme Frau Galówka schon lange vor dem ersten Flämmchen das Zeitliche gesegnet haben musste. Trotzdem waberten grausame Details durch die Burg, von Hauseingang zu Hauseingang. Sie hingen wie ein Schwarm Trauermücken in der Luft. Diese Wolken mikroskopisch kleiner Fliegen, in die man sommers immerfort hineinrannte.

Die Zwillinge Baranowski wachten wie zwei alte Sphinxe vor der Nummer 11. Sie ließen ihren Rundgang durch die Burg für zwei oder drei Tage ruhen. Stattdessen machten sie sich einen Spaß daraus, den vereinzelten Gaffern, die von beiden Endstücken des Rings in die Siedlung stießen, vom Todeskampf der Frau Galówka zu berichten. Am allerliebsten erzählten sie den jungen deutschen Frauen aus der Siedlung davon, die viel zu höflich waren, um sich dem geschwätzigen Sirenengesang der Baranowskis zu entwinden.

»Einen schönen guten Morgen, Fräulein Müller!«, frohlockte

es vom Bänkchen zu den Briefkästen hinüber. Die Zwillinge kämpften mit harten Bandagen. Sie waren die Einzigen in der Siedlung, die jedes der sporadisch eingestreuten blutsdeutschen Paare bei seinem Nachnamen nennen konnten. Ein Kunststück, das uns Kindern eine gewisse Bewunderung abnötigte, auch weil es uns so schrecklich überflüssig vorkam.

Manchmal, wenn wir zu Hause davon anfingen, mit viel zu viel Begeisterung, als ginge es um eine Marienerscheinung auf der kleinen Brache hinterm Aldi, tat Mutter, als wäre es ein Leichtes. Sie begann prahlerisch und siegessicher mit Jänsch oder Röseler.

»Was? Jänsch? Jänsch sind '85 ausgezogen«, protestierte Vater.

»Schneider«, rief Mutter. »Schneider, meinte ich«. Dann spielte sie die Grübelnde, warf ihre Stirn in tiefe Falten, zögerte ironisch und kaschierte fast brillant, wie sie hinter ihrem Pony panisch nach einem vierten Namen suchte. »Ach, und die Lüders!«, sagte sie nach kurzer Zeit betont gelangweilt.

»Rüders«, korrigierte ich. Mutter zuckte auf. Jetzt fing sie zu schwimmen an, wurde fahrig und stampfte ziellos durch die Küche. Vater und ich schauten ihr fordernd nach, auch über Bande. Wie sie erst am Spülbecken, dann am Küchentisch abprallte, gegen den Kühlschrank und zurück. Und dann, mit einem Mal, stieß sie sich von der Küchenzeile ab, schoss in den Flur hinaus, schlug im Badezimmer ein und rief aus der sich eilig schließenden Tür: »Na, Hankes noch! Und Storchs!«

»Hahn, nicht Hanke!«, brüllte Vater durch die Wohnung, zwinkerte mir zu und ich lachte, weil ich wusste, dass er es sich ausdachte.

»Wer sind denn Rüders?«, fragte er verschwörerisch.

»Hab ich erfunden«, sagte ich und es dauerte fast eine Viertelstunde, bis er sich sein stolzes stammväterliches Grinsen aus dem Gesicht gemüht hatte.

»Haben Sie schon gefrühstückt, Fräulein Müller?«, fragte der rechte Baranowski. Darius und ich hockten auf der Kante der Garagenzeile und hatten alles gut im Blick.

»Weil, wenn nicht …«, sagte der linke und würgte einen eingespeichelten Klumpen Toastbrot hinunter. Man konnte den Brocken wie am Hals eines Gänserichs hinuntergleiten sehen.

»… dann behalten wir die Neuigkeit für uns.« Sein großer kantiger Adamsapfel glitt zurück in Position und machte dabei ein knackendes Geräusch, wie es nicht einmal Vater mit den Wirbeln konnte. Die junge Frau war vor dem Steinpodest am Hauseingang stehen geblieben. In sicherer Entfernung, die scheu, aber nicht unhöflich wirkte. Sie verschleierte ihre Neugier, indem sie immerzu durch die gleichen drei Briefumschläge blätterte. Den Baranowskis reichte das als Zeichen ihrer Zustimmung.

»Wissen Sie, was man im Magen Ihrer Nachbarin gefunden hat?«, fragte der rechte Baranowski. »Trockenobst!«

»Und Gelbwurst. Ein halbes Kilo Gelbwurst«, sagte der linke.

»Die Gute. Vom Metzger! Geschnitten, aber nicht zerkaut«, fügte der rechte hinzu.

»Gerollt und geschluckt. Wie eine kleine Flöte.«

Dem Fräulein Müller versagte das angespannte Lächeln. Jetzt stand sie wie versteinert. Nur ihre Finger blätterten noch ziellos in der Luft nach einem vierten oder fünften Brief.

»Eine Scheibe haben sie in der Luftröhre gefunden«, flüsterte es.

»Erstickt ist die arme Frau Galówka. Lange vor dem Feuer.«

»Ganz lange. Kein bisschen Rauch in der ganzen Lunge.«

»Nur fünfzehn Jahre Roth-Händle.«

Die Baranowskis hatten einen Witz gemacht. Aber das Fräulein stand stumm wie ein Rehkitz im doppelten Lichtkegel der heranrasenden Pointe.

Natürlich waren die Baranowskis nicht die Einzigen, die die Passionsgeschichte der Galówka mit Hingabe und dichterischer Eigenleistung verbreiteten. Als Vater und ich eines Abends, eine Woche nach dem Brand, durch die Preußenzeile auf den Ring kamen, fielen wir Frau Mazurka und der Mutter des dünnen Kuba in die Arme. Sie standen im Schatten einer Laube und redeten verschwörerisch aufeinander ein. Vater hatte mir mehrfach eingebläut, kein noch so kleines Wort über Herrn Gałuszkas abendlichen Besuch zu verlieren. Mahnend sah er zu mir herunter, mit dicken Brauen, als würden zwei wilde Katzen über seinen Augen drohend einen Buckel machen. Ich aber war seit dem Kiosk an der Schwedenstraße mit der Not eines zerfließenden Noggers völlig ruhiggestellt. Wir platzten mitten hinein in Frau Galówkas Todeskampf. »Epilepsie«, zischte Frau Mazurka und bekreuzigte sich. Dann kam sie etwas näher, als wolle sie sich von meinem Vater auf die Wange küssen lassen. Sie drängte mich mit ihrem Bauch einen halben Schritt zurück. Ich stellte mir vor, dass in ihrer dicken Murmel ein nahezu fertiges Kind seine letzten Runden durch das Fruchtwasser drehte. Vielleicht konnte es mich sehen, schemenhaft, wie hinter einer Milchglasscheibe. Frau Mazurka begann zu flüstern. Frau Galówka habe so gekrampft, dass sie sich selbst vier Rippen gebrochen habe. »Vier?«, fragte die Mutter des dünnen Kuba. Sie schob sich vor Fassungslosigkeit den eigenen Atem zurück in den Mund. »Vier«, wiederholte Frau Mazurka, machte eine dramatische Pause und bekreuzigte sich. Noch hatte Vater Freude daran, das Geschwätz mit den harten Fakten abzugleichen, die das Schreiben der Staatsanwaltschaft uns verkündet hatte. Eine Rippe, sagte Frau Mazurka, hätte sich durch Frau Galówkas Haut ans Tageslicht gebohrt. Eine zweite in die Lunge. Sie deutete mit ihren Fingern die Richtung der unzüchtigen Rippen an, schwebend über ihrem Bauch, und nickte dabei sehr bedeutungsschwer. Stille lag zwischen Vater und den Frauen, während mir vor Staunen das Eis aus dem offenen Mund zurück auf meine Hand tropfte. Es war eine grauenhaft blutige Darstellung, wie sie nicht einmal die Baranowskis zustande gebracht hätten. Frau Mazurka schaute jedem von uns pathetisch ins Gesicht, Vater, Kubas Mutter, sogar mir. »Zmarła«, flüsterte Frau Mazurka in ihrer Muttersprache. »Tot«, schob sie hinterher, damit auch ich verstand. Es war, als hätte der Verkehr auf dem ganzen Ring aus Bestürzung aufgehört zu fließen. Vater hatte längst genug und tat sein Bestes, um sich Frau Mazurkas lebhafter Berichterstattung zu entwinden. Aber anders als Mutter war er zu höflich, sich mit einer brüsken Abschlussformel aus ihrem Geschwätz zu lösen.

Mutter hatte Frau Mazurka gegenüber eine raffinierte Mischung aus Chuzpe und gespielter Eile etabliert. Ein verbales Manöver, das immer dem gleichen Schema folgte: Artikel, Substantiv, eine respektvolle Ansprache, und eine kleine Wiederholung an den Schluss, wie zur Bekräftigung. Wenn Frau Mazurkas Babybauch am Horizont erschien, aufging wie eine pralle Sonne, wenn sie stehen blieb und sanft unter ihre Wölbung fasste, als wolle sie eine kleine Ansprache nach oben schieben, dann rief ihr Mutter vorauseilend entgegen: »Die Wäsche, Frau Mazurka, die Wäsche« und entschwand. Manchmal ergriffen Vater und ich die günstige Gelegenheit und rauschten in Mutters Fahrtwind an Frau Mazurka vorbei, nickten aber höflich mit leicht gesenktem Kopf: »Der Bus, Frau Mazurka, der Bus.« Oft warfen wir uns dabei einen Blick der Bewunderung zu oder ein ungläubiges Grinsen. »Das Gulasch, Frau Mazurka, das Gulasch.« Wenn Mutter es besonders eilig hatte oder schlechte Laune, dann kürzte sie in ihrer Gleichgültigkeit auch gerne den Artikel weg. Dann rief sie nachmittags um zwei: »Nachtschicht, Frau Mazurka, Nachtschicht«. Und manchmal, ganz selten, wurde Mutter experimentell. Fast kryptisch rief sie einmal zur anderen Seite des Rings hinüber: »Thunfisch, Frau Mazurka, Thunfisch« und hob in einer unschuldigen Geste beide Hände in die Luft. Ich habe viele langweilige Zugfahrten damit zugebracht, meine Erinnerungen an die Schlesenburg zu filetieren. Ich kann mich an keine Begebenheit erinnern, zu welcher meine Mutter und Frau Mazurka ein Gespräch geführt hätten, das länger als sechs Worte gedauert hätte. Trotzdem standen die beiden Frauen gut miteinander. Als aber einmal, im Frühjahr, ein schwarzer Qualm aus unserer Garagenzeile quoll und Vater in Panik um seinen Jahreswagen durch die Siedlung jagte, da stand ihm Frau Mazurka so im Weg, dass er sie an ihrer Hüfte packte und halb entnervt, halb im Scherz zu ihr sagte: »Feuer, Frau Mazurka, Feuer.« Und ausgerechnet das nahm Frau Mazurka meinem Vater derart übel, dass sie ihn eine Weile lang keines Blickes mehr würdigte. Manchmal machte sie sogar kehrt, wenn sie ihn kommen sah, oder überquerte hochschwanger und eilig die belebte Straße. Sie mied meinen Vater ganze dreißig Tage lang oder wie er es gerne nannte: den schönsten Monat seines Lebens.

»Zmarła«, wiederholte Frau Mazurka und starrte tief in mein von Schokosplit und Eiscreme verschmiertes Gesicht. Sie konnte es nicht wissen, aber mein erster Toter war nicht Frau Galówka, es war ein hypothetischer.

Bis zum Fall der Mauer hockten alle meine Großeltern hinter dem Eisernen Vorhang und waren dort kaum mehr als ein zweidimensionales Abbild für mich. Meine ganze Familie, die linke, wie die rechte Hälfte, bestand aus mythischen Gestalten, die irgendwo weit hinter dem antifaschistischen Schutzwall lebten. Weil der Strom, der durch die Mauer presste, wenn überhaupt nur in eine Richtung floss. Einzig der Mutter meines Vaters hatte man vor ein paar Jahren eine Urlaubsreise in den Westen abgenickt. Aber ich war kaum drei, und die Erinnerung an sie verschwamm und vermischte sich mit der Erinnerung an all die anderen Mütterchen aus der Burg. Die alten weichen Weiber, die in der Siedlung auf und ab stapften. Die hin und wieder eine geflickte Steppjacke bei uns vorbeibrachten oder ein Schüsselchen Makówki, einen ekelhaft süßen Mohnbrei. Meine Großeltern dagegen hatten nur eine dünne metaphysische Präsenz, keine haptische. Lange hatte ich es schwer, alle vier in meinem Kindskopf auseinanderzuhalten. Auch die matten Fotos, die in der Glastür unserer Schrankwand klemmten, halfen wenig. Diese Bilder wurden nie gerahmt. Sie waren Gebrauchsgegenstände, wie Heiligenbildchen, die abends oder nachts, an Ostern oder Weihnachten, am eigenen Geburtstag oder an ihrem, von der Schranktür gepickt wurden. Sie wurden betrachtet, befühlt und beküsst, und weil die Fotos schnell abgegriffen waren, an den Ecken eingeknickt und an den Rändern wellig, gab es oben im Regal, wo ich nicht hinreichen konnte, ein kleines Sperrholzkästchen, in dem von jedem der vier Fotos fünfzehn bis zwanzig Abzüge lagen.

Es kam immer wieder vor, dass ich mitten in der Nacht aufwachte und für ein paar Minuten im Halbschlaf durch die Wohnung tigerte. Dass ich wie entrückt irgendetwas tat, von dem ich am Tag noch nicht genug bekommen hatte. Etwas, das mein kleiner Körper, wie ein Automat, noch zu Ende bringen musste, bevor ich leise und von dieser Welt gelöst zurück ins Bett kriechen durfte. Es war eine stille Unruhe, die Vater und mich durchzog, wie eine gemeinsame Marotte. Manchmal traf ich ihn, nachts um zwei, wie er in der Küche auf der Eckbank hockte und grübelnd eine Dose Pressfleisch anstarrte. Ich setzte mich dazu, mit viel Abstand, meistens auf den kleinen Holztritt neben der Tür, unter dem Kalender. Stumm besah ich mir den Sichelmond, der durch das Fenster leuchtete, oder legte meinen Blick auf die Küchenzeile, die im abstrahlenden Licht des Rings mal gelblich, fast orange, mal grau aussah. Es war, als hockten wir in einem alten Stummfilm. Irgendwann griff ich mit den Augen nach der Dose Pressfleisch und Vater, wie auf ein erlösendes Kommando, wie bei einem stummen Wachwechsel, stand leise auf und ging zurück ins Bett. Wissend, ich war da, aber ohne meine Anwesenheit in irgendeiner Form zu würdigen. Nicht einmal seine große weiche Pranke legte er auf meinen Kopf.

Nur ganz selten sah ich auch Mutter mitten in der Nacht im Widerschein des Fernsehers. Lange nach Sendeschluss hockte sie vor dem Testbild oder der Schrankwand und weinte leise in sich hinein. Sie hatte die wunderliche Fähigkeit, jede Emotion, die in ihr aufstieg, hinter ihrer Stirn aus Speckstein verborgen zu halten. Wenn es ihr denn wichtig und sinnvoll erschien. Nicht zu bändigen, aber für eine beliebig lange Zeit im Zaum zu halten. Manchmal traf mich ihr erzieherischer Zorn mit einer so großen zeitlichen Verzögerung, dass ich überrascht auflachen musste. Natürlich goss ich damit Öl ins Feuer ihrer Wut. Ganz selten aber schaute sie mich nur lange an. Dann konnte ich erahnen, wie unter ihrer Schädeldecke jedes einzelne Zählwerk zurück auf null gesetzt wurde. Erst nach quälenden Sekunden fing sie zu grinsen an, dann zu kichern und stimmte schließlich lauthals in mein Gelächter ein.

Nur wenn sie weinte, war Mutter macht- und wehrlos. Dann kroch sie wie ein verletztes Tier in eine Nische und heulte sich leise ein. Meist neben den kleinen Schrank im Flur. Dort hockte sie, weinte erst und grämte sich dann, weil es etwas in ihr gab, das sie nicht bändigen konnte. Heimweh.

Einmal stand Mutter mitten am Nachmittag in unserem Wohnzimmer, starrte auf das abgegriffene Foto ihres Vaters und
heulte dicke Tränen. Eben noch hatte sie wie in einem Zwei-
kampf den knöcheltiefen Teppichboden abgesaugt, aber jetzt
war sie so aufgelöst, dass sie sich nicht einmal, wie sonst immer,
vor mir und meinem Blick genierte. Vater war in der Spätschicht, und ich stand verstört im Flur. Ich konnte mich nicht
daran erinnern, dass ich Mutter jemals im hellen Licht des Tages hatte weinen gesehen. Vielleicht war es nur Scharade. Das
Spiel einer Frau, die weinte. Ich hatte noch kein Bewusstsein dafür, weshalb ihr Gesicht zerfloss und keine Begrifflichkeit für
den dumpfen, drückenden Schmerz, der mir bei ihrem Anblick
von innen auf der kleinen Brust hockte. Liebevoll befühlte Mutter das Porträt ihres Vaters, während der Frau, die sie spielte, das
Kinn vor bitterem Gewinsel bebte. Dann aber, plötzlich, hielt sie
inne. Ihre Stirn wurde wieder glatt. Wie Mutters Stirn. Wie der
gewohnte Speckstein. Ihr Blick wurde fest und prüfend und mit
einem Ruck zerriss sie das kleine Foto ihres Vaters. Ich wusste
nicht, warum. Vielleicht weil es ihr zu speckig war, zu abgegriffen oder zu vergilbt. Vielleicht um zu sich selbst zu sagen: »Jetzt
beruhig dich wieder.« Sie ließ die Schnipsel auf den Boden rieseln, gleich neben den Staubsauger, und fischte aus dem Sperrholzkästchen im Regal einen neuen unbefleckten Abzug, den
sie in die Schrankwand klemmte. Dann stöpselte Mutter die
Maschine wieder ein, und mit einem flatternden Geräusch verschwanden die Fragmente ihres Vaters in der langen Röhre.

Als mein Großvater ein halbes Jahr später, im Sommer '88,
starb, war ich gerade acht geworden. Ich war alt genug, das
Konzept von Tod und Verlust zu begreifen, aber Mutters Trauer,
die von einem gespenstischen Delirium hin zu rasender Hyste-
rie pendelte, wollte einfach nicht in mir widerhallen. Auch

wenn der lange, auszehrende Todeskampf meines Großvaters mir verheimlicht worden war und mich dann umso heftiger aus meiner unschuldigen Kindlichkeit herausschleuderte. Stattdessen hatte ich, zum ersten Mal, das stumpfe Gefühl der eigenen Entwurzelung. Auch wenn ich Mutter voller Verunsicherung, Ratlosigkeit und mit einem stechenden Gefühl der Schuld umschlang, wollten ihre Trauer und ihr Verlust nicht auf mich überspringen. Ich starrte auf das Foto in ihrer Hand, ein neues aus dem Sperrholzkästchen, und schämte mich fast, weil es sich nicht bewegte, nicht zu mir sprach, und weil ich nie, mitten in der Nacht im Widerschein des Fernsehers weinend darüber gebrütet hatte. Zwei Tage später fuhren Mutter und Vater ohne mich in die alte Heimat. An einem brüllend heißen Wochenende im August, wie in einem Höllenritt durch die Zone in die Volksrepublik Polen. Zum allerersten Mal seit ihrer Flucht. Zwischen der Frühschicht am Freitag und der Spätschicht am Montag. Ohne Urlaub. Niemand in der Schlesenburg hätte es gewagt, wegen etwas so Lächerlichem wie einem Todesfall in der Familie die Aufmerksamkeit der Personalabteilung auf sich zu ziehen und einen Urlaubstag einzureichen. In der Siedlung herrschte ein seltsamer Respekt vor jeder deutschen Bürokratie, auch der betrieblichen. Selbst bei den Bewohnern in der Burg, die ihre polnische Staatsbürgerschaft gleich nach der Einreise wie eine alte Haut abgeworfen hatten. Deutsch werden war zwar mühevoll, aber wenigstens umsonst. Wer aber kein Pole mehr sein mochte, der musste im Polnischen Generalkonsulat in Köln vorstellig werden und sich für einen stolzen Obolus ausbürgern lassen. Eine unverschämt hohe, fast dreiste Summe. Für sich und mich und seine Frau hatte Vater fast zweitausend Mark bezahlt. So viel war ihm Deutschland wert. Und trotzdem gab es unter allen in der Siedlung die absurde Angst, dass man den deutschen Bogen überspannen könnte. Wenn also etwas war, eine Einschulung vielleicht, eine frühe Niederkunft oder Frau Galówkas Totenmesse, ging man den kurzen Weg und kündigte beim Vorarbeiter einen Diensttausch an. Nur wenn es wirklich dringlich war, im absoluten Notfall, wurde man ein bisschen mutiger und machte sich den Umstand zunutze, dass die beiden maulfaulen deutschen Schichtleiter einen Piotrek aus der Frühschicht nicht von einem Paweł aus der Spätschicht unterscheiden konnten.

Frau Mazurka hatte sich in Rage geredet. Ich hatte den Stiel von meinem Nogger schon faserig gekaut. Vater stand mit verschränkten Armen vor den beiden Frauen. Immer wieder legte er sein Gewicht vom rechten auf das linke Bein. Ich merkte, wie er jedes Mal mit seinem Fuß ein kleines Stück zurückwich. In den letzten zehn Minuten hatte er einen stattlichen Abstand zwischen uns und die plappernde Mazurka gebracht. Dreißig, vielleicht vierzig Zentimeter. Und trotzdem: So war es noch ein weiter Weg nach Hause.

Vater war das lange Stehen nicht gewohnt. Während die rotierenden Walzen in der Papierfabrik, die Sortiermaschine, die ewige Falzstraße oder die heißbegehrten Plätze an der Leimanlage die Mutter des dünnen Kuba standhaft gemacht hatten. Doch auch sie starrte seit ein paar Minuten mit großen leeren Augen gut einen halben Meter hinter Frau Mazurkas endlos fabulierendes Gesicht. Dachte verträumt an das frische Bigos, das sie aufbraten musste. Unbedingt aufbraten. Mindestens einmal aufbraten, damit ihr Mann nach dem Abendessen nicht wieder diese schrecklich stinkenden Flatulenzen bekam. Alle in der Burg kannten diese Flatulenzen. Sie hatten etwas Mythisches. Auch an ihrem Sohn, dem dünnen Kuba, war der Kelch dieser Unverträglichkeit nicht vorübergegangen. Wenn ich ihn irgendwo stehen sah, auffällig einsam, etwas abschüssig, wie eine menschliche Enklave, mit einem unschuldigen Gesichts-ausdruck und diesem ausscherenden Knick in seinem Rücken, da wusste ich: Jetzt furzt er wieder. Und jedes Mal, wirklich jedes Mal, kam mir der gleiche Gedanke: Der dünne Kuba müsse Gott und seinen Engeln doch dankbar dafür sein, dass ihm von den Schlesenburgern ausgerechnet seine Schlaksigkeit und nicht seine elende Furzerei als Attribut angeheftet worden ist.

Plötzlich stockte Frau Mazurka. Ihr Blick jagte haarscharf an der Wange meines Vaters vorbei, den Ring hinab. Nach einem winzigen Moment sprach sie unbekümmert weiter, doch eines ihrer Augen büxte unverzüglich wieder aus. Sofort stockte Frau Mazurka wieder, länger als zuvor, mitten in einem ihrer unend-lichen Nebensätze. Sie starrte jetzt völlig entgeistert den Ring hinunter, mit großen Augen, die wie schimmernde Kacheln in ihrem Gesicht klebten. Dann wurde ihr Blick finster, fast zornig, ein stechender Blick, der meinen Vater in die Wange schnitt wie ein Streifschuss. Der ihn wie aus seiner Träumerei herauszerrte, als würde sein Kopf durch die Wucht des Projektils herumge-schleudert. Ich folgte ihrem Blick. Alle drei starrten wir den Ring hinunter, Richtung Lager, Hallenbad und Aldi und nur die Mutter des dünnen Kuba schmorte noch verträumt an ihrem Bigos.

Es war eine junge Frau, die den Ring hinaufspaziert kam. Sie sah aus wie aus der Burg, war es aber nicht. Ein rundes slawisches Gesicht, aber nicht die maischefahle Haut, sondern eine tiefe Bräune, wie sie die alten Winzer nach dem Sommer tragen. Ihre braunen Augen waren eingefasst von rabenschwarzem Haar. Niemand in der Schlesenburg hatte schwarze Haare. Alle Frauen in ihrem Alter waren blond oder blondiert. Wären wir groß ge-nug gewesen, den Frauen aus der Nachbarschaft von oben auf den Scheitel zu starren, wir hätten uns eines der größten Geheimnisse unserer Kindheit erschlossen: Warum es bei den Frisuren unserer Väter mit einem Trockenschnitt in Gałuszkas Garage getan war, während unsere Mütter für einen halben Tag verschollen blieben. Fast alle Männer in der Siedlung hatten das gleiche rattenbraune Haar, das bei den Frauen gebleicht und übertönt wurde. Eine Familie gab es, an deren Namen ich mich beim besten Willen nicht erinnern kann, die waren rotbraun wie Feldmäuse, allesamt wie aus einem Guss. Dann gab es uns Kinder, blond schattiert wie Hamster, einen Glatzkopf ohne Wimpern oder Brauen, er war rosig und faltig wie ein Mull, mit kleinen Zähnen, die breit und einsam in seinem Mund standen wie ein alter Kiefernwald. Es gab die Mütterchen, schneeweiß wie Hermeline, Väterchen mit einem lichten hellgrauen Fell wie alte Feldhasen und natürlich meinen Vater. Vater hatte schwarzbraunes Haar wie ein Maulwurf, so dass er sich an jedem wolkenlosen Tag mit nassem Kopf und Zitronensaft im Haar über die Balkonbrüstung warf und von der Sonne bleichen ließ.

Die junge Frau schob einen Kinderwagen vor sich her. Keines der faltbaren Modelle, wie eiernde Campingstühle mit angeschraubten Rädern, sondern ein altes, starres Gebilde, das wie auf Schienen langsam auf uns zurollte. Es wirkte schrecklich aus der Zeit gefallen. Ein verchromter Rahmen, hellgraue schmale Gummireifen, ein Überzug aus senfgelbem Cord. Als hätte jemand die alten, stapelbaren Stühle aus dem Haus des Küsters kunstvoll umgeschweißt und rundherum bestickt mit einer albernen Bordüre. Und trotzdem ließ der Kinderwagen ein wohliges Gefühl in mir aufsteigen. Wie der trübe Blick auf das vorbeiziehende Asylbewerberheim, immer dann, wenn Mutter uns im Winter in die Schule fuhr. Ein Blick auf das eingeschneite Lager, kurz und flüchtig, weil sie viel schneller als vernünftig an der schlammgrauen Kolonne vorbeiraste.

Die junge Frau führte den Wagen mit nur einer Hand. Im anderen Arm trug sie das Kind aufrecht an der Schulter und fuhr ihm mit dem Kinn und ihren Lippen liebevoll über den Kopf. Es war noch winzig, drei, vielleicht vier Monate alt und trotzdem bedeckte ein glattes rabenschwarzes Haar seinen kleinen Schädel, als hätte man dem Säugling mit einem Filzstift ein schimmerndes Toupet aufgemalt. Ich merkte zuerst gar nicht, wie ich dem Kind gaffend ins Gesicht starrte. Irgendwas an ihm kam mir eigentümlich vor. Falsch und befremdlich. Wie jene unscheinbare Katze, die ich vor zwei Jahren in einem der Passionsbilder unserer Kirche entdeckt hatte. Erst schien sie mir ganz stimmig zu sein, ein bisschen krumm und groß vielleicht, doch mit jeder Etappe der zähen Liturgie kam sie mir grotesker vor. Stand sie doch buckelig zwischen den Seligen, mit Schenkeln wie ein Vogel, Fingern statt Pfoten, und über das Gesicht ein manisches, menschliches Grinsen gemalt. Als hätte der Künstler zeitlebens niemals eine Katze gesehen.

Das Kind kaute genüsslich auf seinem Fäustchen herum, während seine Mutter und der Kinderwagen immer näher kamen. Ich konnte meinen Blick nicht abwenden. Die dicken Bäckchen, die dünnen Brauen, die glitzernde Stirn, alles für sich hatte seine Richtigkeit. Als ihm aber das nasse Händchen aus dem Mund rutschte, fuhr mein Blick komisch tief in seinen Kopf hinein. Eine breite Spalte teilte seine Oberlippe, sogar der kleine Kiefer klaffte bis zur Nase auseinander. Das Kind hatte eine Lippen-Gaumen-Spalte.

Frau Mazurka erschrak mit einem pfeifenden Geräusch. Sie packte die Mutter des dünnen Kuba am Handgelenk und ohne ihren Blick von der jungen Frau und dem unseligen Kind zu lösen, riss sie die verträumte Frau von ihrem Bigos fort, mitten auf die Straße. Erst im Stolpergang, quer über den Ring, fand

Kubas Mutter in die Szenerie zurück, schaute uns ratlos nach und starrte dann dem Säugling voller Entsetzen ins Gesicht. Fast liefen beide Frauen vor ein Auto, aber der hellrote Kadett bremste ruckelnd in den Stand. Ich hoffte auf ein Hupkonzert, aber mehr als eine dicke Hand, die drohend von innen gegen die Windschutzscheibe klatschte, war mir nicht vergönnt. Kubas Mutter und ihre schwangere Schlepperin schenkten dem Auto keinerlei Beachtung. In Rekordzeit hatten die beiden Frauen den Ring samt einer Mittelinsel überquert. Dort drüben fuhr sich Frau Mazurka im Kreuzgriff über die Brust und zeitgleich, nicht danach, regte sich auch ihre linke Hand, sank ihr bis zum Bauch hinunter und zog mit spitzen Fingern ein großes Kreuz mittig über ihren Nabel. Alles ohne ihren kalten Blick, der wie ein langer Draht quer über die Straße gespannt war, von der jungen Frau und ihrem Kind zu nehmen.

Plötzlich packte Vater mich im Nacken und zog mich aus der Bahn. Etwas Chrom und Cord und eine hässliche Bordüre rauschten haarscharf an meinem Gesicht vorüber. Ich spürte einen Fahrtwind auf der Stirn, der meinen Blick hinaufzog. Die junge Frau hatte ihr Gesicht gesenkt und auch ihr Kind verborgen, tief zwischen ihrer Brust und dem langen Haar. Für einen winzigen Moment fand ich ihren Blick. Ich konnte sehen, wie ihr hinter dem schwarzen Vorhang dicke Tränen über die Wangen perlten.

»Przepraszam«, sagte mein Vater, mit einer weichen, brüchigen Stimme, die ich nur viermal in meinem Leben von ihm hörte.

»Entschuldigung«, wiederholte ich, flüsternd, viel zu leise, bevor Vaters Pranke mich an der Schulter packte und ich wie von einer Sturmflut fortgetragen wurde.

4

NIE WOLNO

Vater zerrte mich an meinem ärmellosen Hemd den Ring hinauf. Er hatte mich fest am Halsauschnitt gepackt, so dass das Leibchen sich verzog und mir die Nähte in den Hals und in die Achseln schnitten. Er schleifte mich am letzten Haus der Preußenzeile vorbei, an jedem einzelnen Garten der Sudetensiedlung, dann schräg über den Ring. Aus den Augenwinkeln konnte ich erhaschen, wie Frau Mazurka und Kubas Mutter noch immer tuschelnd auf der anderen Straßenseite standen, aber immer kleiner wurden. Ich sah Hecken, Hecken, Gartenhäuschen und dann, am Rand seiner Terrasse, den alten Doenhardt ungläubig zu uns herübergaffen. Wie ein Kind auf einem Schlitten winkte ich stolz und frech zu ihm hinüber, aber der Alte war sich viel zu fein zurückzugrüßen. Vater moserte in einem endlosen polnischen Brei. Meter um Meter. Ein pressender Zorn, in dem ich kein einziges Wort ausmachen konnte, nichts packen, nichts greifen. Nur ein zischender Druck, der entwich und uns wie ein Rückstoß vorwärtstrug. »Jebana rasa«, hörte ich ihn murmeln.

Den meisten in der Schlesenburg hatte man von einer bilingualen Erziehung abgeraten. Die Dozenten in der Abendschule oder gleich zu Beginn die Mitarbeiter aus dem Durchgangslager

Friedland. Jeder, der nach Deutschland kam, wurde für mindestens eine Nacht durch dieses Nadelöhr kurz hinter Göttingen geschleust. Begrüßt, registriert und umverteilt. Wenn Mutter später, in den 90ern, an Weihnachten der Bowle frönte, malte sie sich manchmal nach dem vierten oder fünften Glas mit einem Löffelchen und dem Ruß einer flackernden Adventskerze einen dicken Schnurrbart unter die Nase. Dann stemmte sie sich einen herrlich komischen Überbiss, zog sich den Hosenbund bis über den Nabel, streckte den Bauch zu einem prächtigen Wanst heraus und sprach mit einer Fistelstimme: »Hallo, hallo, guten Tag! Willkommen in Deutschland. Hier ist ein Duden, ein Bett und ein Bausparvertrag. Hier können Sie sich waschen, schlafen, Kinder machen. Wählen Sie bitte sozialdemokratisch, gucken Sie samstags *Wetten, dass …?*, sonntags *Tatort*, aber bringen Sie Ihren Kindern bloß kein Polnisch bei. Vielen Dank! Auf Wiedersehen!«

Beim Wort Kinder stürmte Mutter wie ein Monster auf uns zu, packte uns, schwang erst mich und später auch Klein-Hannah in die Luft, drehte uns bei »Vielen Dank!« wie einen Brummkreisel um unsere eigene Achse, eine halbe Drehung rechts, links, rechts und bei »Auf Wiedersehen!« flogen wir durch die Luft und plumpsten vor Freude gackernd auf den Dreisitzer.

Auch die polnischen Familien aus dem Asylbewerberheim, die unseren Eltern sechs oder zwölf Monate Deutschtum voraushatten, fanden es klug und richtig, dass man die polnische Sprache von uns Kindern fernhielt. »Integration, Frau Mazurka, Integration!« Auf dass wir es einfacher hätten, im Gymnasium in Koblenz, auf der Fachhochschule Mainz oder bei Bilfinger in Mannheim. Jedes Bedürfnis, das polnische Geplänkel an uns Nachkommen weiterzugeben, wurde im Keim erstickt. Diesen wunderlichen Singsang, in den alle Erwachsenen aus der Burg zurücktaumelten, sobald es inhaltlich zu schwierig wurde, zu brenzlig, deftig oder ausgelassen. Auch weil der schlesische Dialekt, den alle von ihnen sprachen, in den restlichen Wojwodschaften Polens als dumm und bäuerlich belächelt wurde. Hier im deutschen Mutterland scherte man sich natürlich wenig darum, besonders in der Schlesenburg. Hier war man unter sich. Grund aber sah man trotzdem keinen, die Kinder aus der Siedlung mit diesem lächerlichen Geschwafel zu belasten. Stattdessen war man stolz darauf, wenn wir Kinder mühelos konjugieren konnten, wie beiläufig das Futur II benutzten und aus dem Kindergarten unsere ersten selbstgebastelten Konditionalsätze mit nach Hause brachten. »Wenn ich Pole wäre, wäre ich lieber Deutscher geworden«, soll der dünne Kuba im Kommunionsunterricht gesagt haben. Und auch wenn unsere Eltern es uns gleichtaten, mit viel Herzblut und Elan, war es doch so, dass Aldi Süd und die Papierfabrik und der *ZDF Fernsehgarten* ihnen nicht sonderlich viel abverlangten. Also fing das Herzblut bald schon an zu stocken, und sie hörten dort mit ihrer sprachlichen Integration auf, wo ihnen ein kuscheliges Mindestmaß erreicht schien.

Vater jedenfalls war immer sehr rigide darin gewesen, das Polnische von uns fernzuhalten. Wenn Mutter sonntags in der Wanne lag und Radio Trójka hörte, ließ er es ihr durchgehen. Wenn aber endlich ich in die trübe Brühe gesenkt wurde, meistens erst nach dem zweiten Nachlassen aus dem großen Boiler, drehte Vater das Transistorradio zurück zum Südwestfunk. Wenn ich Glück hatte: Popwelle. Auch mit Schubert und Schostakowitsch konnte ich mich arrangieren, mit dem schwermütigen Pärt, selbst mit dem ewig gleichen Gedudel von Zelenka, solange ich nur selig im heißen Wasser dösen und verträumt an einem Waschlappen saugen konnte. Aber manchmal, wenn Fortuna es besonders böse mit mir meinte, lief eine Wiederholung von Günter Gaus mit Hannah Arendt, Willy Brandt oder Wolf Biermann und nicht einmal das Piratenschiff von Lego hätte mich länger als irgend nötig in der Wanne halten können.

Man musste meinen Vater schon beschatten und belauschen, wenn man ihn Polnisch sprechen hören wollte. Mit dieser zweiten Stimme, die so befremdlich klang wie ein eingewachsener Zwilling, der in ihm wohnte. Mutter wechselte mühelos und fließend von einer Sprache in die andere. Wenn ich nicht auf den Sinn der Worte hörte, merkte ich es manchmal gar nicht. Aber Vater wurde von einem Satz zum nächsten wie ein anderer. Seine polnische Stimme war tief und gedrungen, wie verbogen. Sie war aber auch sicher und rasend schnell, so dass mir manchmal Zweifel kamen, ob nicht mein Vater selbst der kleine Zwilling war. Was hatte ihn wohl aus seinem fleischigen Unterholz heraus bis hinauf ans Tageslicht befördert?

Zwei wiederkehrende Gelegenheiten gab es, meinen Vater dabei zu erleben: Die bessere von beiden war, wenn er einmal im Jahr mit seinem Bruder telefonierte. Nur dann kam mir diese zweite Stimme entfernt vertraut, ja sogar angenehm vor, nur dann klang sie schön und klar. Sie lockte mich vom Balkon hinein, den eisig kalten Heizkörper hinunter, die Schrankwand entlang, geschmeidig um den Dreisitzer herum bis hinein in die dreieckige Fläche zwischen Wand, Wand und verglaster Zimmertür. Dort konnte ich kauern und meinen Vater unbemerkt belauschen. Ich hing an seinem Singsang, wartete gespannt auf das nächste einsame Wort, das ich verstand, auf die nächste dünne Sprosse, nach der ich greifen konnte. Mit einem leichten Schwindel baumelte ich an seiner Melodie, ich wusste nicht, ging es voran oder zurück, hinauf oder hinunter, aber ein merkwürdiger Ehrgeiz hatte mich gepackt und einen halben Tag lang lief ich beseelt durch die Schlesenburg und betete im Kopf alle Worte herunter, die ich auf Polnisch sagen konnte.

Weit häufiger aber hörte man meinen Vater in seine Muttersprache kippen, wenn er wütend wurde. Er hatte eine dünne Strenge, mein Vater, die, wenn überhaupt, nur in einem stillen Zorn kontrolliert vor sich hin köchelte. Aber manchmal, aus dem Nichts, konnte seine Beherrschung mittig aufreißen und überkochen wie ein Topf mit Milch. Dann donnerte eine Tirade aus ihm heraus, als ginge der masurische Wallach, den er irgendwo in seiner Brust an einer kurzen Leine hielt, plötzlich mit ihm durch. Und genau dann, wenn sein Puls so schnell davongaloppierte, dass der flatternde Duden in seinem Kopf nicht hinterherkommen konnte, dann dauerte es nur einen halben Satz, bis Vater das stolpernde, stotternde Deutsch wütend von sich warf, den Rest des Satzes fuchtelnd in der Luft zerriss und mit einem gebrüllten »Kurwa«, von allen Ketten frei, zu fluchen begann.

Erst als wir die Feuerdornsträucher erreichten, die unsere Siedlung umwucherten, wurde Vaters Gezeter leiser. Das Mosern wurde zu einem Murmeln, und als wir in die Einfahrt der Schlesenburg traten, in die breite Lücke zwischen der Nummer 11 und 13, bremste Vater unvermittelt in den Stand. Wie ein weicher Ball prallte ich gegen ihn. Er drehte sich zu mir herum, griff mir fest an beide Schultern, beugte sich ein Stück hinunter und sagte ernst in mein Gesicht: »Nie wolno!«

Das kannte ich. Aber Vater wollte sichergehen.

»Rozumiesz?«, fragte er. Ob ich wisse, was das heißt.

»Ja!«, sagte ich. Er hatte Mitleid mit der jungen Frau und ihrem Kind gehabt. Und wie die Frau Mazurka sich benommen hatte, daher kam sein Zorn. Dass sie das Kind mit seiner Gaumenspalte so unheilvoll, so gottlos und so schrecklich fand, dass sie wie eine aufgescheuchte Henne fliehen musste. »Nie wolno!«, wiederholte Vater. »Das sollst du nicht. So darfst du niemals sein und niemals werden.«

Das ausgebrannte Wohnzimmer der Frau Galówka und ihr winziger Balkon starrten wie ein ausgehöhltes Auge aus dem Hochparterre zu uns herunter. Auf der kleinen Wiese zur Straße hin, die unsere Burg wie ein grüner Ring umschloss, lag noch immer eine seltsame Skulptur. Ein verschmortes Stück Teppichboden. Rechtsseitig zerschmolzene Borsten, linksseitig eine verkohlte Gummischicht, bröckelig und hart. Garniert mit einem bis zur Unkenntlichkeit zerschmolzenen Gartenstuhl. Überall auf dem Rasen lag rußgeschwärztes Glas und mittig vor uns, wie eine rettende Scholle, die abgesprengte Tür des betonierten Müllhäuschens, die der Wucht des einfahrenden Löschzugs zum Opfer gefallen war.

Vater wusste, dass ich ihn verstand. »Marsz do domu!«, sagte er leise. Er starrte auf die im Gras treibende Blechtür und dann hinauf in die ausgebrannte Wohnung.

»Marsz do domu!«, wiederholte er. Ich begriff sehr wohl, was er von mir wollte, ließ mir allerdings nichts anmerken. Aber gerade weil ich mich dumm stellte, kam es Vater wieder in den Sinn, dass er noch immer Polnisch sprach. Ohne sich nochmal zu mir umzudrehen, streckte er den Arm aus und legte mir die große Pranke sanft auf den Hinterkopf.

»Geh nach Hause!«, sagte er. Er war zurückgekehrt in seine deutsche Stimmlage. Kurz fuhr er noch mit seinem Daumen durch mein sprödes blondes Haar, dann stieß er meinen Kopf und alles, was vom Sommertag ermattet an ihm baumelte, mit liebevollem Schwung davon.

Nur widerwillig schlurfte ich die gepflasterte Einfahrt hinunter. Mit großen Schritten, die ich aber schwerfällig bis ins Endlose hinauszögerte. Schamlos schaute ich zurück, hielt meinen Vater fest im Blick, und erst als sich das betonierte Müllhäuschen wie ein grauer Vorhang zwischen uns schob, verschwand er. Wie auf Kommando blieb ich stehen, pflanzte mich schmal und aufrecht mitten auf den abgesenkten Gehweg, der die Einfahrt wie eine unscheinbare Grenze vom Hof der Burg trennte. Ich stand ganz eng an die Kante meiner Sichtachse gedrückt. Wenn ich mein Gewicht nach hinten schob, ging der Vorhang auf und Vater glitt zurück ins Bild. Pendelte ich nach vorne, rutschte der Beton wieder geschmeidig zwischen uns, wie eine Blende. Ich begann, mich wie ein einsamer Rohrkolben im Wind zu wiegen. Vor und zurück, bis Vater für einen kurzen Blick vor meinen Augen aufflackerte. Dann schoben sich drei Takte Schalbeton ins Bild, dann wieder Vater. Zuerst stand er noch, verloren, wie grübelnd mitten auf der Wiese. Im nächsten Auftakt aber war er einen ganzen Schritt vorangerückt, gleich darauf schon einen zweiten. Dann änderte sich allein sein Blick, der schwer und schnurgerade in den Boden fuhr, wie traurig. Plötzlich aber sah ich meinen Vater in einer tief gebückten Haltung mit der Hand ins Gras hineinfassen. Drei Takte grau, dann lag die Blechtür nicht mehr flach im angesengten Grün, sondern lehnte aufrecht an dem schmalen Streifen Hauswand unter dem Balkon. Ich pendelte wie ein Metronom. Ich musste aus der Ferne aussehen wie ein Kind mit Harndrang. Drei Takte noch. Erst hatte Vater seinen Fuß wie bei einer Räuberleiter auf das Blech gelegt, im zweiten hatte er die Hand ins Gitter des Balkons gekrallt, im dritten dann hingen sein Rücken und die Beine schon mitten in der Luft, während sein Arm, wie eine sehnige Tangente, nach dem Balkongeländer griff. Es folgten noch drei Anschläge Beton, dann war mein Vater fort. Verschwunden.

»Musst du scheißen?!« Eine fremde Stimme klatschte mir wie ein feuchtwarmer Waschlappen von hinten in den Nacken. Meine Fußgelenke wurden kristallin. Sofort stoppte ich meine dumme Pendelei. Aber ich kam nicht aus der Amplitude in die

Aufrechte zurück und stand jetzt windschief wie eine krumme Birke mitten in der Einfahrt.

»Bist du behindert?«, fragte die Stimme. »Ob du scheißen musst?!«

Es war das neue Mädchen aus der Nummer 13. In der tiefstehenden Sonne zog sich ihr Schatten wie ein Gummiband schräg über das Pflaster. Ich hatte den Moment verpasst zu antworten und stand noch immer spindeldürr und schräg wie ein gerammtes Straßenschild in der Landschaft. Der Schatten ihrer breiten Schultern lag wie ein Keil in der Einfahrt. Ihr Topfschnitt überragte mich. Ich hatte Angst, er könne jeden Augenblick auf mich hinunterrauschen und mir wie eine angeschwitzte Kopfnuss ins Gesicht donnern. Es war das burschikose Mädchen. Mit der Mutter. Ohne Vater. Apolonia.

»Ich bin Apolonia«, sagte die Stimme jetzt, ruhig und beschwörend, wie zu einem scheuen Reh. Es half. Meine Knöchel tauten, mein Becken zog mich in die Senkrechte, und ich wagte es, mich umzudrehen. Sie trug eine feuerrote Hose, die mit einem dünnen weißen Gürtel über ihrer Hüfte zusammengezurrt war. Es war eines dieser vielen Kinderkleidungsstücke, die jahrelang in der Burg die Runde machten. Die immer den Besitzer wechselten, sobald ein Kind herausgewachsen war. Die mal mit Gürteln und Gummizügen enger geschnürt wurden, mal einen Sommer lang wie angegossen saßen oder zwickend in die Verlängerung gingen, bis eine andere Jungmutter aus der Burg Anspruch darauf erhob.

Die Hosenbeine mochten Apolonia bis unter die Knie reichen, aber sie hatte beide bis weit über die Oberschenkel gekrempelt. Kein verdrehter dicker Wulst über jedem Bein, sondern ein glatter Saum, als wäre es Routine. Sie trug ein weißes Leibchen mit winzigen Ärmeln, die sich rechts wie links auf ihren Schultern rafften. Mittig auf ihrer Brust konnte man einen blassen Aufdruck erkennen. Mein Gehirn krampfte beim Versuch, die dicken Lettern zu entziffern, und gerade als ich LRIG und HCAEB als kyrillisches Kauderwelsch verwerfen wollte, fiel mir an den Nähten unter ihren Armen auf, dass sie das Oberteil auf links trug.

»Meine Mutter sagt Loni zu mir«, sagte das Mädchen. »Aber wenn du Loni zu mir sagst, schlage ich dir auf den Mund.« Sie betonte es nicht wie eine Drohung, sondern nüchtern und klar wie eine Tatsache. Ich nickte stumm mein Einverständnis.

»Bist du sicher, dass du nicht scheißen musst?«, fragte Apolonia. Es war jetzt allerhöchste Zeit, mir eine schlagfertige Antwort abzuringen.

»Ja«, sagte ich.

»Gut«, sagte sie. »Dann komm.«

Erst jetzt fiel mir auf, dass wir die gleichen Schuhe trugen. Transparente farblose Plastiksandaletten, die man uns als kläglichen Ersatz für einen Sommerurlaub unter die Fußsohlen geschnallt hatte. Manchmal, wenn wir rannten, schlüpfte ein scharfkantiges Steinchen vorne in die Sandale, kullerte zwischen Ballen und Sohle, und beim nächsten klatschenden Schritt auf das harte Pflaster durchfuhr uns der größte Schmerz der Welt. Dieser Schmerz war meine Kindheit.

Apolonia marschierte über den Hof, ihre Fäuste schwangen einen guten Kopf breit an ihrer Hüfte vorbei. Während meine Füße blank in den Sandalen steckten, trug Apolonia Socken. Sie waren mit winzigen roten Blumen bestickt und einem weißen sich kräuselnden Rüschenrand verziert. Sie waren das einzige Mädchenhafte an ihr. Als wäre sie morgens, in großer Eile, aus dem Bett gehechtet und versehentlich in die falschen Füße geschlüpft. Ich trottete ihr mit großem Abstand hinterher, starrte auf die strahlend weißen Ringelsöckchen und musste an das Klappbilderbuch aus dem Kindergarten denken, das Darius Mazurka im allerletzten Jahr im Zorn zerfleddert hatte. Man konnte in dem Buch die Köpfe, Bäuche und Beine diverser Tiere aufschlagen, alle einzeln, und somit die wunderlichsten Kreaturen erschaffen. Oben Tiger, mittig Eisbär, unten Krokodil. So in etwa kam es mir vor, wenn ich Apolonia über den Hof stapfen sah. Oben Junge, mittig Junge, unten Mädchen. Und erst viele Jahre später sollte ich begreifen, dass Apolonia dabei war, sich eine Form von Weiblichkeit zu erkämpfen, die mir in der Siedlung, vielleicht auch in der ganzen kleinen Stadt, bis dato nie begegnet war.

Die beiden großen Wohnblöcke der Schlesenburg schmiegten sich wie der lange Schenkel eines L an den Breslauer Ring. Der kurze Schenkel, ein dritter Wohnblock aus zwei Hausnummern, knickte in die Königsberger Straße ab. Beide Schenkel, der lange wie der kurze, spannten zwischen sich ein unsichtbares Rechteck, das als Ganzes keinen Namen hatte. Wir sagten manchmal »runter« dazu. Wie ein Adverb, dem wir ein kleines bisschen Leben einhauchen wollten. Das Rechteck war umzogen vom immer gleichen grünen Gürtel und einer brusthohen Feuerdornhecke. Alles dahinter war nicht runter, sondern »raus«. Wenn wir an den Nachmittagen, am Wochenende oder in den Ferien bei den anderen Kindern aus der Burg Sturm klingelten, fragten wir wahlweise nach raus oder runter. Damit definierten wir in einem Schwung drei Dinge: unser Alter, unsere Absicht und den zu erwartenden zeitlichen Aufwand. Den Kleinen war nur das »runter« erlaubt. Nicht mehr klein war, wer »raus« durfte. So hatten die kurzen Dialoge an der Gegensprechanlage oft etwas Kryptisches:

»Kommst du runter?«

»Runter oder raus?«

»Egal.«

»Wir essen aber gleich.«

»Wir haben schon gegessen.«

»Also raus?«

»Nein runter!«

»Ich muss fragen.«

»Ja, mach.«

»Mama! Darf ich raus?«

»RAUS ODER RUNTER?«

»Raus!«

»WIR ESSEN ABER GLEICH.«

»Ja eben!«

»ABER NUR RUNTER. NICHT RAUS!«

»Ja, runter! Bist du noch da?«

»Ja.«

»Ich komm gleich raus.«

»Nicht raus! Nur runter!«

Das Runter war der Mitte nach gespiegelt. An beiden Polen lag ein Sandkasten, keine Schaukeln, keine Wippen, keine Rutsche, aber ein aus Fichtenpfosten gezimmertes viereckiges Häuschen. Es war spitz zulaufend, ganz Dach, wie das Skelett einer Kirchturmspitze. Und auch wenn wir manchmal darin Hochzeit spielten oder Darius Mazurka zum zehnten, elften, zwölften Mal weismachten, es wäre allerhöchste Zeit für seine erste Kommunion, nur um ihm im Anschluss kleine Stücke Rinde zuzufüttern, nannten wir es trotzdem das Indianerzelt. Dann kam zu beiden Seiten eine doppelte Kolonne aus betonierten Garagen und erst danach begann der eigentliche Hof, das Herzstück der ganzen Siedlung.

In den ersten Jahren meiner Erinnerung war dieser Hof die einzige konstante Welt. Eine riesengroße gepflasterte Freifläche, die im Sommer glühte und uns im Winter in ihren weißen Dünen für einen halben Tag verschlucken konnte. Es gibt ein Foto vom ersten Schnee in der Schlesenburg aus dem Jahre '85, aufgenommen vom Vater von Darius Mazurka aus dem dritten oder vierten Stock der Nummer 13. Es sieht aus wie ein Wimmelbuch oder ein Winterbild von Bruegel. Der Blitz der Kleinbildkamera hat jede einzelne Schneeflocke in das glänzende Papier gebrannt. Dahinter tollen punktgroße Gestalten über den weißen Hof der Burg. Zwei Dutzend vielleicht, die Älteren versprengt am Rand, mit dicken braunen Fellhauben. Vor und zwischen ihnen tummeln sich bunte Mützen, etwas kleiner, gestrickt oder gehäkelt. Die meisten Kinder jagen selig über den Hof, ein Kind aber liegt lang und flach, wie bei einer Priesterweihe, mitten in der winterlichen Landschaft. Drei Schlitten ziehen wie Zirkel oder angeleinte Kreisel große Ringe durch den frischen Schnee. Ich kann mich nur schwer an die winterliche Weite dieses Ortes erinnern. Was sich eingebrannt hat, sind die Hochsommer. Wie ich mit fünf Jahren auf den gepflasterten Markierungen herumbalancierte, die den ganzen Hof verzierten. Wie wir mit dünnen Stöcken in den Ritzen zwischen den Pflastersteinen nach Ameisennestern pulten. Ohne zu begreifen, dass die dunkelgrauen quadratischen Steine, die in immer gleichen Abständen in die Landschaft gesetzt worden waren, Parknischen definierten. Auch weil in den ersten Jahren in der Burg im ganzen Hof der Siedlung kein einziges Auto stand. Natürlich hatten viele Schlesenburger schon im Lager auf einen kleinen Wagen aus zweiter oder dritter Hand gespart. Längst hatten die Männer ihre Führerscheine aus der Volksrepublik anerkennen lassen und die Frauen der verhassten S-Bahn nach Koblenz, Mainz oder Bad Kreuznach die Treue gekündigt. Stattdessen rasten sie nach der Spätschicht in kleinen gackernden Fahrgemeinschaften in die Abendschule. Mutter hatte schon im ersten Jahr der Burg einen alten weißen Fiat bekommen, der in einer winzigen Parknische direkt unterhalb unserer Wohnung am Straßenrand kauerte. Und jeder in der Schlesenburg, wirklich jeder, wusste, dass der alte Herr Szallak '76 mit einem brandneuen GAZ-24-Wolga aus dem Ostblock geflüchtet war. Manchmal standen die beiden Autos direkt hintereinander, und wenn ich vom Balkon nach unten schaute, sahen sie aus wie ein Vater mit seinem Sohn, die beide neugierig zu mir hinaufschauten. Die Karosserie von Mutters Fiat war so dünn, dass sie sich lebendig anfühlte. Wenn man gegen die Verkleidung drückte, knackte die ganze Tür wie ein Spielzeugfrosch aus Blech. Einmal hatte der linke Kotflügel eine dicke Delle, aber Mutter hatte gute Laune und ärgerte sich nicht, sondern krempelte den rechten Ärmel ihrer Bluse nach oben, schob ihre Hand unter die Verschalung, drückte von innen dagegen, und die Delle sprang heraus und war verschwunden. Der größte Makel, der beständigste, waren zwei Rostlöcher im Unterboden. So war auch im tiefsten Winter eine fortlaufende Versorgung mit Sauerstoff und ein nie versiegender Quell frischer Wieselköttel sichergestellt.

Vielleicht lag es daran. Niemand aus der Siedlung wollte sich die Blöße geben und die Jungfräulichkeit der Schlesenburg mit einem alten Fiat beflecken, mit einem schäbigen Käfer oder einem rostigen Golf. Genauso wenig wollte irgendwer aus der Burg prahlerisch und eitel mit einem saharabeigen Seat oder einem smaragdgrünen Passat durch die schmale Einfahrt in das Allerheiligste paradieren. Stattdessen standen alle Wagen verschämt am Straßenrand des Rings, sauber aufgereiht wie Perlen einer Kette.

»Warst du das?«

Apolonia war mit einem plötzlichen Ausfallschritt zwischen zwei parkende Autos geschlüpft. Sie war schon jetzt einen halben Kopf größer als ich. Ihr Topfhaarschnitt ragte wie ein schimmerndes Maronenhäubchen hinter dem ersten Autodach hervor. Ich kannte diesen Wagen gut. Es war ein senfgelber Golf, hinter dessen Heckscheibe noch immer ein angebrochenes Päckchen Roth-Händle-Zigaretten lag. Wie zur Andacht harrte es dort aus und hoffte stumm auf die Wiederaufersteung der Witwe Galówka. Vier Wochen hatten ausgereicht, den satten Purpurton in bleiches Pergament zu verwandeln.

»Muss ich alles zweimal sagen?«, fragte Apolonia. Sie drehte schnaubend den Kopf zu mir herum, ihre Haarhaube schwang nach. Knapp über der gelben Karosserie sah sie zu mir herüber. Zum ersten Mal sah sie mir mitten ins Gesicht. Die sommerliche Hitze, die vom Dach des Wagens abstrahlte, machte, dass ihre Augenschlitze flimmerten wie ein winzig kleines Feuer. Dann bemerkte ich in meinen eigenen Augenwinkeln ein Tänzeln in der Luft, ein Schwirren und Kreisen. Es waren dicke Fliegen, die meinen Blick sofort hinüberzogen, auf das schimmernde Dach des petrolfarbenen Mercedes neben uns. Oben auf dem Wagen, keinen Meter von uns entfernt, lag etwas, das dort nicht hingehörte. Etwas das so entrückt war aus seinem üblichen Kontext, dass mein Gehirn einen zähflüssigen Moment brauchte, um es zu begreifen. Es war eine dunkelbraune Hinterlassenschaft. Eine dicke schwitzende Kackwurst. Kein klassischer Haufen, sondern ein eilig abgelegter, geschwungener Bogen, von einer changierenden Konsistenz, von dicken gepressten Kötteln bis zu festem Brei, der halb abgeschnürt, halb abgerissen, mittig auf dem Wagen lag.

»Ist das deine oder nicht?«, fragte Apolonia. Ich war, ohne es zu merken, in die Nische zwischen die beiden Autos getreten. Angelockt von ihr oder dem Exkrement. Zwischen keinem von uns dreien lag jetzt mehr als ein Meter Abstand. Ich starrte auf das Dach der glänzenden Karosse. Vier dicke Fliegen landeten nach einem kurzen Sturzflug sicher auf der dicken Steißfrucht. Ihre Körper schimmerten wie kleine geflügelte Smaragde.

»Mann, du Krüppel, jetzt mach doch mal den Mund auf!«

Ich wusste nicht, was ich auf Apolonias Frage antworten sollte. Ich hatte meine Hände tief in den Hosentaschen vergraben. Nervös knibbelten meine Finger an der sandigen Naht herum. »Ist das deine oder nicht?«, hatte sie gefragt. Jeder geistesklare Mensch hätte sofort mit einem echauffierten »Nein« darauf geantwortet. Und trotzdem ging es mir nicht aus dem Kopf, dass dieses Mädchen mit den kurzgekauten Fingernägeln und dem Topfhaarschnitt und dem Leibchen auf links womöglich hoffen könnte, dass ich nicht nein sagen würde. Apolonias Geduld schien aufgebraucht. Endlos lang ließ sie Luft aus ihren Nüstern strömen, wie einen Countdown, und ich sah sie vor meinem inneren Auge schon Schwung holen. Wie sie sich mit spitzwinkeligen Ellenbogen zwischen dem Mercedes und mir hindurchrempelte und für alle Zeit davonrauschte. Als ihre verschränkten Arme auseinanderglitten, stieg stille Panik in mir auf. Endlich regte ich mich und tat etwas, das mich bis heute, ein gutes Drittel Lebenszeit später, noch immer mit tiefer Ehrfurcht vor mir selbst, aber auch mit großem Ekel erfüllt. Mit einer fließenden Bewegung schlüpfte meine rechte Hand aus der Hosentasche, glitt durch die flimmernde Hitze über die Kante der Karosserie, über den petrolfarbenen Lack, über das glühende Autodach und mit stoischer Miene und einem bis zur Unendlichkeit angespannten Mittelfinger schnippte ich gegen das abgelegte Exkrement. Die vier fetten Fliegen stoben wie grüne Funken auseinander und Apolonia, die ich niemals Loni nennen durfte, detonierte. Erst stieß sie ein hohes Kreischen aus, das irgendwo aus ihrem Kopf herauszischte. Es raste in einer breiten spitzen Welle von uns fort, wurde aber gleich von der Schlesenburg zurückgeworfen. Als läge irgendwo im dritten Stock ein Wasserkessel in den Wehen. Dann aber, wie bei einem stufenlosen Regler, sackte das Kreischen ab. Es fiel in

ihren Rachen hinein und aus einem Schrei voller Ekel und Entsetzen brach sich ein Brüllen der Begeisterung Bahn. Apolonia
schlug sich die flachen Hände ins Gesicht, fuhr mit den Fingern
wie im Wahn durch die Topffrisur und riss die Arme in die
Luft. Reglos stand sie da, mit überspannten Ellenbogen. Dann
sausten die Arme wieder hinunter, lang und dünn wie eine
Spindel, und ihre heißen feuchten Hände klatschten mir gegen
die Schulter, packten mich, drückten mich mit Abscheu weg,
zogen mich mit Begeisterung heran, schubsten mich sofort wieder davon und der zarte Flaum in meinem Nacken richtete sich
auf. Jedes einzelne hauchdünne Härchen funkte es mir wie ein
Sendemast von hinten durch den Schädel. Mir wurde klar: Wir
würden Freunde werden.

Das Foto vom ersten Schneetreiben in der Schlesenburg hat wie
eine Ikone jede Erinnerung an diesen Tag überlagert. Auch
wenn ich es nur drei- oder viermal gesehen habe, hat es die Erinnerung an diesen Nachmittag eingefärbt. Es hing in einem
Großformat, fast wie die Doppelseite der *Hörzu*, an der Rück-
wand der Garage von Darius Mazurkas Vater. Nur selten bot
sich die Gelegenheit, unbemerkt hineinzuhuschen. Und wenn
es mir gelang, dann konnte ich mich kaum daran sattsehen.
Auch wenn mir die Größe des Abzugs gemessen am Motiv immer etwas eigenwillig vorkam. Dass es in einem gläsernen Foto-
rahmen eingefasst war, samt eines knallroten Passepartouts,
aber ausgerechnet in dieser düsteren Männerhöhle hing. Links
über der Werkbank, neben einem Turm alter Sommerreifen,
hinter einem an der Decke aufgeschnürten Mountainbike.

Genau dieses Kinderrad ließ uns zehn Jahre später, lange
nach unserem Auszug aus der Siedlung, in die Schlesenburg zu-
rückkehren. Mein Vater hatte in der Zeitung eine Annonce für
ein kleines Mountainbike entdeckt, kurz gestutzt, dann grin-

send die vierstellige Telefonnummer in den Apparat gehackt und direkt nach dem zweiten Freizeichen mit einer festen tiefen Stimme in den Hörer gerufen: »Dobry wieczór, panie Mazurka!«

Keine Stunde später standen wir etwas verloren zwischen der doppelten Garagenkolonne. Mutter hatte geschäftig und gleichgültig getan und die Gelegenheit, noch einmal in die Burg zurückzukehren, ausgeschlagen. Und auch Vater, zuerst noch voller Tatendrang, stand jetzt, verborgen hinter einer großen Fliegerbrille, in der Siedlung und hoffte, dass niemand von früher aus der Tür fallen oder dem Fenster lugen mochte. Mich hatte Vater nicht lange bitten müssen. Mir kamen die Jahre seit unserem Umzug in die Reihenhaussiedlung vor wie eine halbe Ewigkeit. Schon jetzt begann die Erinnerung an die Burg zu zerbröseln. Ich hatte die etwas alberne Hoffnung, dass mit jedem Schritt durch die Siedlung meine Kindheit wieder an mir vorüberziehen würde. Dass die Jahre meiner Abwesenheit wie in einem Zeitraffer über alle Dinge dahingleiten würden. Ja vielleicht sogar, dass sich am schleichenden Verfall der Burg, an ihrer erbarmungslosen Erosion, das Wesen der Zeit selbst offenbaren mochte. Alles untermalt von einer zuerst plätschernden, zum Ende hin aber aufbäumenden Melodie von Ravel, Smetana oder Zimmer. Aber alles in der Burg lachte mich an, lachte mich aus, strahlte und schimmerte, als wären wir nur kurz, für ein langes Wochenende, fort gewesen, im Harz oder im Schwarzwald. War denn nicht wenigstens der schmale Trampelpfad durch den Feuerdorn ein bisschen breiter geworden? Oder das Feld dahinter kleiner? Hatte die Streugutkiste einen neuen Deckel aus Fiberglas bekommen? Nur die Fußballsticker, die fein säuberlich am Rand jedes Garagentores klebten, feierten jetzt den FCSB Bukarest, Dynamo Moskau und Inter Sibiu.

Ein mechanisches Knattern lockte unsere Blicke zur Einfahrt hinüber. Darius' Vater kurvte auf einem alten Mofa mitten in den Hof. Er war deutlich aus dem Leim gegangen und hockte wie eine pralle Birne auf der kantigen Hercules. Sein Beruf als Spediteur hatte sonderbare Spuren an ihm hinterlassen. Die Monate und Jahre im Führerhäuschen seines Vierachsers hatten seinen linken Arm gegerbt wie Leder. Die Haare darauf waren borstiger, die Finger wulstiger. Es sah aus, als hätte man ihm in einer unsinnigen OP den Arm eines anderen an die linke Schulter genäht. Und auch die linke Gesichtshälfte, die Jahrzehnte lang zur Straße gewendet gewesen war, zum glühenden Asphalt, zur knallenden Sonne, sah faltiger aus, als hätte sie ein vollkommen anderes Leben gelebt. Darius war nicht dabei. Natürlich nicht.

»Witold«, sagte Herr Mazurka zur Begrüßung und packte meine Hand. Es war, als presse seine feuchte Pranke mir alles Blut den Unterarm hinauf. Meinem Vater schlug er mit einem lauten Klatscher auf die schmale Brücke zwischen Hals und Schulter, so fest, dass es fast zwei Minuten dauerte, bis die weiße Spur wieder verschwand. Ich fand es albern, fast beleidigend, dass er es für nötig hielt, sich mit seinem Vornamen bei mir vorzustellen. Die ganze Missachtung, die wir Kinder von fast allen Vätern und Väterchen der Schlesenburg zu spüren bekommen hatten, kochte bitter in mir hoch. Als aber das Garagentor mit dem Aufkleber der Legia Warszawa etwas bockte und erst ein dreifaches polnisches Gefluche nötig war, bis die metallische Pforte scheppernd aufschleuderte, hatte ich Zeit genug gehabt, mir darüber klar zu werden, dass ich den Namen Witold womöglich nie zuvor gehört oder längst vergessen hatte.

Die Garage war fast leer geräumt. Die Reifenstapel waren fort, die Werkbank war verschwunden, Lackspuren, Ruß und gelbes

Nikotin zeichneten zwei unsichtbare Regale an die Wand. Links an der kurzen Kante ein hoher Stapel altes Laminat, mittig an der Decke das eingestaubte Mountainbike, dahinter, wie früher, das verglaste Wimmelbild.

Herr Mazurka war ein maulfauler Charakter. Aber Vater wusste, dass es keinen großen Sinn machte, ihn mit irgendeiner Beiläufigkeit oder Steilvorlage aus der Reserve zu locken.

»Der ist ein alter Gaul«, sollte Vater ein gutes Stündchen später zu Mutter sagen. »Den muss man kommen lassen.«

Und so stand er ungerührt wie eine Sphinx am Rand der ölbefleckten Estrichplatte und schaute stumm in die Garage hinein. Herr Mazurka begann damit, das Laminat von der linken auf die rechte Seite zu schichten. Wir wussten nicht, warum, sahen auch keinen großen Sinn darin, ließen ihn aber machen. Nach einem guten Drittel sagte er einen kurzen Satz auf Polnisch. Ich konnte ihn aus seinem Kontext heraus mühelos entschlüsseln. »Wir wohnen seit zwei Jahren in der Südstadt«, sagte Herr Mazurka. Nach dem zweiten Drittel hielt er inne, besah sich die beiden ungleichen Stapel und fügte murmelnd hinzu: »Niemand will die Scheißgarage.« Es war ein ewiges Geheimnis der Schlesenburg, warum mitten in einer Sozialbausiedlung Garagen standen, die nicht vermietet wurden, sondern verkauft worden waren. Vielleicht war die langweilige Lösung nichts anderes als die Sucht nach Kapital. Herr Mazurka änderte seine Meinung und schichtete den größeren Turm schnaufend zurück von rechts nach links, bis alles wieder war wie zu Beginn. Er machte es mir leicht, den nächsten Satz zu übersetzen: »Hier wohnen nur noch Russen, Schwarze und Rumänen«, sagte er.

Mit halb offenem Mund und einem Geräusch wie ein umgekehrtes Keuchen holte Herr Mazurka eine dicke Fuhre Schleim aus seinen Bronchien. »Und die Russen«, sagte er auf Deutsch, machte eine Pause und hielt den Schleimklumpen unter seiner Zunge in Bewegung, »wszyscy to starzy Żydzi!« Er funkelte meinen Vater an, fast eindringlich, dann drehte er seinen Kopf ein Stück nach links und spuckte einen dicken gelben Klumpen Schleim neben uns. Er hatte es mit einem Ton gesagt, mit einer Abscheu, die keine Übersetzung nötig hatte. Aber mein Hirn ließ sich nicht bremsen und übersetzte es: »alles alte Juden«. Der Pfropfen klatschte leise auf das warme Pflaster, eine Handbreit außerhalb seiner national befreiten Parkzone.

Herr Mazurka hob das Fahrrad mit einem Satz herunter, packte es am Sattel und schob es meinem Vater entgegen. Er zog es mit quietschenden Reifen in den Hof. Mit einem Drehschritt machte ich ihm Platz, und als Herr Mazurka aus der schattigen Garage herausgetreten war, nutzte ich den Schwung und traute mich hinein. Mein Vater nickte kurz zu mir herüber. Auch Herr Mazurkas Apathie war mir Genehmigung genug. Das Foto rief nach mir. Drei kleine Schritte auf dem kühlen Estrich und ich stand davor. Eine bebende Hoffnung pochte in mir, dass ein vierter Blick, zehn Jahre später, vielleicht zwölf, aus den zerklüfteten Gräben meiner Hirnmasse eine alte, eine eigene Erinnerung an diesen Tag heraufbeschwören würde. Ich sah die überbelichteten Flocken, die man wie kleine Spritzer Wandfarbe vom Glas herunterkratzen wollte. Ich begrüßte fast jeden einzelnen. Ich erkannte auch die kreisrunden Kufenspuren, die Punkte im Schnee, die Fellmützen und Fäustlinge. Doch alles, was aus meinem Innersten als Erinnerung aufstieg, war die Erinnerung an dieses Bild. Eine doppelte Belichtung, die sich langsam wie ein Pegel von unten über meine Netzhaut schob, mehr und mehr mit dem verschmolz, was darauf abgebildet war, bis sich beides restlos überlappte.

Woran ich mich erinnerte, war der Tag danach. Der Morgen nach dem winterlichen Treiben. Ich war in aller Frühe zu meinem Fenster gehechtet, hatte das Rollo mit großer Kraft ein Stück hinaufgezogen und durch den schmalen Spalt geschielt. Gierig auf einen zweiten ersten Schnee. Was ich aber sah, kam mir fremd vor, wie ein großer kleiner Irrtum. Als hätten sich die Zimmer unserer Wohnung über Nacht klammheimlich umsortiert. Als ginge der Blick nach hinten jetzt neuerdings nach vorne. Zum ersten Mal, zum wirklich allerersten Mal, standen Autos über den ganzen Hof verstreut. Ich jagte ins Badezimmer, kletterte auf den Rand der Wanne und gaffte wie ein Wasserspeier aus dem schmalen Oberlicht: Tatsächlich. Autos. Überall Autos. Noch war die Restfläche zwischen den einzelnen Wagen groß genug, um den gestrigen Tag auf seinen weißen verkrusteten Ruinen in die Verlängerung zu schicken. Es fiel sogar noch Neuschnee, der mir in meiner Hoffnung mit jeder herabrauschenden Flocke entgegenzukommen schien. Nach dem Frühstück aber war schon der halbe Hof zugestellt und zum Mittag hin, als das Schneegestöber endlich stockte und die Wolkendecke quer über den ganzen Himmel aufbrach, war fast jede freie Fläche durch ein Auto zugeparkt. Sogar den tiefschwarzen Wolga vom alten Szallak hatten drei Männer mühsam in den Hof gerollt. Ich war am Boden zerstört.

»To ty!«, sagte Herr Mazurka und lachte mir donnernd ins Ohr. Seine wulstige Hand war so plötzlich an meinem Kopf vorbeigerauscht und mit dem Zeigefinger gegen die Glasscheibe des Bildes geprallt, dass ich vor Schreck zusammenfuhr. Sogleich zündete ein zweiter Schuss aus seiner Kehle, bis ihm rasselnder Husten das Gelächter abschnürte. »Das bist du!«, presste er über meine Schulter und zeigte auf das Kind, das hilflos und flach wie ein Lebkuchenmännchen bäuchlings im Schnee lag. Sein Gesicht hing über meinem Schlüsselbein. Ich konnte im Rücken seine Hitze spüren. Sein Atem roch säuerlich und süß, wie

Würzfleisch und Essig und eine ausklingende Seitenstrang-angina. Mit viel Mühe widerstand ich dem Drang, mich ange-ekelt abzuwenden oder einen Schritt zur Seite zu treten.

Herr Mazurka war jetzt still geworden. Sein rauer Finger, mit der überbogenen Spitze, ruhte auf dem Bild. Ich sah aus den Augenwinkeln, wie er träumerisch auf das große Foto starrte. Wie sich seine Mimik entspannte, sogar so weich wurde, dass sie etwas Düsteres bekam. Er hob seinen Finger vom Bild, tat noch einen zweiten dazu, wie zum Nachdruck, und legte beide mitten hinein in die weiße Fläche. »Widziałeś?«, sagte er tonlos. »Hast du gesehen?«, transkribierte das Echo in meinem Kopf. Vorsichtig schob ich mein Gesicht nach vorne, starrte auf die weiße Fläche und rechnete jeden Augenblick mit einem necki-schen Fausthieb in die Seite. Plötzlich aber hob sich aus der ver-schneiten Landschaft eine breite Linie, die ich vorher noch nie gesehen hatte. Sie führte fast senkrecht, wie ein unsauberer Knick, von oben in das Foto hinein. Sie war dünn verweht, fast überschneit, aber jetzt stach sie deutlich aus der Wimmelei heraus. Irgendjemand hatte mit festem Tritt eine lange Spur in den Schnee gezogen. Mit zwei Stiefeln vielleicht, mitten in den Hof gefräst. Der Neuschnee, das Treiben und der Kontrast der schwarzen Kufenspuren, das alles hatte sie fast getilgt. Aber jetzt hob sich vor meinen Augen auch eine zweite Achse aus der winterlichen Szene, die mir vorher niemals aufgefallen war. Sie führte quer durch das Motiv, von links nach rechts, wie zu einem großen Kreuz. Herr Mazurka dirigierte meinen ahnungs-losen Blick, fuhr seinen Finger wie einen dicken Taktstock durch das Bild. Er zeichnete erst die beiden Achsen nach, setzte dann ans Ende jeder Linie einen Winkel, einen ersten, einen zweiten, einen dritten und tatsächlich, unter jedem Schenkel lag eine breite, blasse Spur im Schnee. Der letzte Schenkel führte aus dem Bild heraus. Herr Mazurka tippte gegen das Glas: ein

Kreuz und seine vier linksdrehenden Winkel. Irgendjemand hatte am Tag des ersten Schnees, vielleicht noch in der Nacht, vielleicht erst kurz vor Morgengrauen, ein großes breites Hakenkreuz in die frische weiße Pracht der Schlesenburg getrampelt. »Niemcy«, sagte Herr Mazurka. »Die Deutschen.«

»Machen wir hundert!«, rief mein Vater in die Garage und zeigte auf das Fahrrad. Witold Mazurka fuhr herum, trat ins Licht und nur der süßliche Gestank von Würzfleisch und seiner Seitenstrangangina leistete mir noch einen kurzen Augenblick Gesellschaft.

5

TURCY

»Frauen scheißen auch!«, sagte Apolonia.

»Ich weiß«, sagte ich und machte meinen Hals ein bisschen kürzer. Wir waren zwischen den glühenden Karossen in die Hocke gegangen. Jetzt saßen wir mit aufgestellten Beinen auf dem Pflaster. Zwischen den Autos lag ein schmaler Schatten, den wir uns mit scheuem Abstand teilten. Ich hatte ihr erzählt, dass das die siebte oder achte Wurst sein musste, die seit Ostern in der Burg gefunden worden war. Immer auf den Autos. Auf dem Dach oder dem Heck und einmal auf der Windschutzscheibe. Dass Herr Mazurka sich nach der dritten auf die Lauer hatte legen wollen und es wirklich tat. Dass Darius deshalb gekreiselt hatte, weil er nicht mit ihm im Auto übernachten durfte. Wie sein Vater nur gesagt hatte: »Wer scheißt, der schlägt!« und Darius nach Hause in die Heia geschickt hatte. Und danach hatte ich zu Apolonia gesagt: »Früher oder später wird schon wer den Lump erwischen!« Deshalb war es erst aus ihr herausgebrochen. Wegen dem Lump. Diesem Wort, das ich von den Alten aus der Siedlung kannte und niemals, bis heute nicht, außerhalb der Burg gehört habe: »Frauen scheißen auch!«, hatte sie darauf genölt.

»Ich weiß«, sagte ich.

»Meine Mama kann so scheißen«, prahlte Apolonia.

»Echt?«, gab ich mich beeindruckt, aber für sie musste es wie Zweifel geklungen haben, weil sie wütend hinterherschob: »Besser wie du bestimmt!«

Aus irgendeinem Grund gefiel es mir, wenn sie böse wurde. Ich sah ihr mit gesenkten Augen dabei zu, wie sie an ihren Knien knibbelte. Dabei war da nichts. Dann schaute sie mich an und sagte: »Ich glaub, dein Papa war's.«

Ich musste lachen bei dem Gedanken.

»Doch«, sagte sie. »Dein Papa. Der hat Geheimnisse.«

Der zweite Satz, der saß. Mit einer frechen Lüge hätte sie mich nicht aus der Reserve gelockt. Aber wie sie tat, als wisse sie etwas, ausgerechnet über meinen Vater, was mir verborgen geblieben sein sollte, das traf mich wie vier Knöchel und ein Daumen in die Magengrube.

»Das mit dem Blech war schlau«, sagte sie. Doch ich verdaute noch. Sie merkte aber gleich, dass ich still geworden war. »Ich will auch so schlau sein wie dein Papa«, sagte sie. Und tatsächlich schaffte sie es so, mich zu besänftigen.

Für eine halbe Minute schaute ich ihr beim Blindknibbeln zu, dann blickte sie zurück und fragte: »Was will dein Papa in der Wohnung?«

»Ich weiß nicht«, sagte ich. Und es stimmte. Seitdem er über das Balkongeländer verschwunden war, ging in meinem Hinterkopf ein kleines Rotorblatt, das alle Erinnerungen nach irgendwelchen Hinweisen durchpflügte.

»Er hat's gestern schon versucht«, murmelte Apolonia. »Gestern Abend. Meine Mama hat's gesehen. Mama hat gesagt, das soll ich niemandem sagen. Aber dir erzähl ich das. Wenn du mich verrätst, dann schlag ich dir aufs Maul.«

»Ja, gut!«

»Vom Balkon aus hat sie ihn gesehen. Abends. Aber ohne Blech, da hat er's nicht geschafft.«

Tatsächlich hatte Vater gestern Abend die Hände voller Ruß. Mit schnellen Schritten war er gleich vom Hausflur bis ins Bad marschiert. Sonst, wenn er von der Spätschicht kam, war er wie geleckt. Aber gestern Abend nicht. War mir ein Rätsel, was er in der Wohnung der Galówka wollte.

»Geld bestimmt«, murmelte Apolonia.

»Geld verbrennt«, dachte ich.

»Aber Geld verbrennt«, nuschelte sie. »Dann Diamanten. Ach, Diamanten auch.« Sie ging jetzt alles durch im Kopf. Hielt mit sich selber Zwiegespräch. »Silber oder Gold oder Bilder. Bilder nicht. Die brennen auch. Dann Gold und Silber. Wenn ich wüsste, dass es Gold gibt in der Wohnung, ich glaub, dann wär ich auch da reingeklettert. Ich sag, ich schaff das. Ich sag, ich hätte das geschafft. Auch ohne Blech. Man muss nur leichter sein. Dann geht das. Räuberleiter reicht. Glaubst du, das geht? Ich glaube schon.« Ich schaute ihr belustigt ins Gesicht, wie es so aus ihr herausgrübelte, bis ihr mit einem Mal die Brauen in die Höhe sausten und der Kopf herumfuhr. Plötzlich schob sich eine große Blende in den Sonnenschein. Genau zwischen den Autos. Erschrocken schauten wir hinauf. Apolonia packte mich am Handgelenk. Es war ein Griff, der mir mit festen Fingern in die Haut sank, um mich notfalls hoch- und fortzureißen. Wir blinzelten dem Schatten ins konturlose Gesicht. Um einen sauberen Façonschnitt schien die Sonne wie ein Strahlenkranz. Ich spürte, wie meine Waden fester wurden. Dann drehte sich der Schatten kurz nach links und starrte auf die Hinterlassenschaft. Jetzt wurden meine Pupillen langsam weiter. Aus dem verdunkelten Gesicht stiegen zwei dicke Balken auf. Ein borstiger auf der Oberlippe, ein zweiter, etwas feiner, unterhalb der Stirn. Direkt am Hals, formte sich ein Knoten, darunter war es heller, Haut oder ein Hemd, und rundherum ein fast trapezförmiges Sakko. Nur aus der rechten Brusttasche starrte uns ein

Dreieck wie ein trübes Auge an. Dann drehte das düstere Gesicht sich wieder zu uns, kam drohend einen halben Meter näher, bis uns seine laute Stimme anbellte. Apolonia sprang in die Luft. Der Schreck fuhr ihr in den ganzen Körper vom Scheitel bis zur Sohle und hob sie in die Luft. Sie stürzte in den Sprint, riss mich aus der Nische und schleuderte mich mit fort wie einen Diskus. Dann schlug sie einen Haken und im schnellen Wechsel klatschten ihre Sandaletten von mir fort. Ich schaute ihr beeindruckt hinterher, rannte dabei blindlings weiter, quer über den schmalen Streifen Hof und donnerte meinem Vater mit Karacho in die Brust. Die tiefe Stimme aus dem düsteren Gesicht lachte auch. Erst jetzt erkannte ich, es war Herr Akkaya, der Türke aus dem zweiten Stock.

Familie Akkaya war die einzige türkische Familie in der Schlesenburg. Sie wohnten wie wir in der Nummer 7, aber linker Hand, zwei Stockwerke und eine Diagonale von uns entfernt. Über und unter ihnen schweigsame Deutsche, die einen freundlichen sozialdemokratischen Schutzwall zwischen sich und uns hochgezogen hatten. Den deutschen Proletariatspärchen, allesamt Arbeiterkinder aus den umliegenden Dörfern, war kein Gemunkel zu entlocken. Alles was über Familie Akkaya zu hören gewesen sein mochte, prallte ab am laminierten Estrich über ihrer Wohnung oder versickerte im verputzten Schalbeton unter ihren Füßen. Sie waren ein Geheimnis, das alle polnischen Mütterchen in unserem Aufgang so sehr wurmte, dass sie für den zweiten Stock dreimal so lange brauchten wie für den Rest des Treppenhauses. In jeder achten Woche, wenn der Putzplan im Erdgeschoss ihren Namen proklamierte. Mutter brauchte drei Minuten für jedes Stockwerk. Außer bei den Akkayas. Als ich meine erste Armbanduhr bekam, konnte ich mir selbst beweisen, wie sie den zweiten Stock künstlich in die

Länge zog. Ich kauerte im dritten, auf halber Treppe, eng an den rauen Putz gepresst, den Mickymauszeiger fest im Blick, und lauschte. Wie sie die polierten Jurafliesen mit einer Sorgfalt und Demut fegte, als käme noch am gleichen Tag der Papst persönlich zu Besuch. Wie sie flach, fast lautlos, dabei atmete. Und manchmal konnte ich durch das Geländer einen Blick darauf erhaschen, wie ihr rechtes Ohr, auf dem sie besser hörte, zwischen den Wohnungstüren hin- und herwanderte. Wie mit einem unsichtbaren Tanzpartner schwebte sie immer wieder an der Fußmatte der Akkayas vorbei. Aber alles was Mutter uns am Nachmittag verkünden konnte war: »Hühnchen. Ich glaub, die essen Hühnchen.«

Mutter grüßte alle Akkayas mit freundlichem Respekt, auch die Kinder, blieb aber immer auf Distanz. Kurz nach Ostern '88 hatte sie in einem Roman von Konsalik das Wörtchen »Sippe« gelesen. Und weil sie es anheimelnd und ulkig fand, fing sie ausgerechnet bei den Akkayas damit an, es zu benutzen. Es gab diese heimtückischen Wörter, die Mutter in ihren Büchern fand wie Bernsteine. Die sie niemals hinterfragte, weil sie doch mit Sorgfalt gesetzt, gedruckt und wiederaufgelegt worden waren. Achte Auflage, las Mutter im Impressum, schlug wieder zurück, pflückte das versteinerte Harz aus den sandigen Seiten und kratzte es mit ihrem Fingernagel von jedem Kontext sauber. Sie schwärmte für diese neu gefundenen Vokabeln und streute sie wie zur Zierde in ihren Wortschatz. Das war Mutters Form der Prahlerei. Es machte sie stolz, wenn Frau Mazurka oder Herr Gałuszka die neue Mode übernahmen. Auch ich trug das neue Wort nach ein paar Tagen auf, weil Mutters Begeisterung mich ansteckte. Ich nahm es raus und runter und sogar mit in die Schule, zeigte es wie zufällig herum und streute es in jeden Satz, in den es halbwegs passte. Aber manchmal war der trübe gelbe Klumpen gar kein Bernstein, sondern ein angeschwemmter

Brocken Phosphor. Dann konnte der Begriff einen Einkauf bei Aldi überstehen und den Familiengottesdienst, die Sommerferien und sogar eine Woche Nachtschicht in der Papierfabrik. Aber früher oder später, wenn nur genügend Luft daran kam, fing das Phosphor lichterloh zu brennen an. Mitten im Unterricht zog mich Frau Richling aus dem Pulk der Kinder. Still wurde es im Raum, beschämend still, und sie beschwor mich, mit einem Ernst und einem Grimm, die ich nie zuvor an ihr gesehen hatte, das Wort »Sippe« nie wieder zu gebrauchen. Und dann, gut eine Woche später, als wäre es nicht genug damit, sprang die Wut auch auf Mutter über. Weil ich ihr nicht davon erzählt hatte. Weil sie erst beim Halbjahresgespräch davon erfuhr, dass ihr neuer Schmuckstein despektierlich schimmerte. Weil nicht nur in meiner halben Klasse, sondern überall, in jedem Haus der Schlesenburg, längst ein kleines Phosphorfeuer schmorte, das ihren Namen zischelte. Und weil die Baranowskis, noch im übernächsten Jahr, die »Sippe Akkaya« flüsterten, heimlich und leise wie eine letzte feine Glut.

Herr Akkaya war auf den ersten Blick eine sehr imposante Gestalt. Er war von allen Vätern in der Schlesenburg der größte. Trotzdem trug er glänzende Halbschuhe mit drei Zentimeter hohen Absätzen. Zwar hatte er schmächtige Schultern, aber jedes Sakko, das ich in all den Jahren an ihm sah, war ausladend und mit Schaumstoffkissen oder Filz gepolstert. Das Markanteste an ihm aber war sein dominanter Oberkiefer. Wenn er lachte, sah es aus, als würde sein Schnurrbart kleine Sprünge machen. Es musste etwas mit seiner Lippe zu tun haben. Ein fliehendes Stück Haut, das bei jedem Lachen aufspannte und seinen Schnurrbart nach außen wölbte. Manchmal starrten wir Kinder diesen borstigen Balken an, als wäre da eine dicke Raupe, die ihm drohend unter seiner Nase hing.

Immer wieder verirrten wir uns mit unseren schamlosen Blicken in seinem Gesicht. Manchmal, wenn wir in dem Wäldchen zwischen seinem Schnurrbart und den gekappten Haaren, die ihm aus der Nase ragten, verlorengingen, ließ er seine dicke Bürste unauffällig für uns tanzen. Aber kaum hatten uns die pulsierenden Haare in Trance gezuckt, schob Herr Akkaya sein Gesicht in unsere Richtung und schubste uns mit einem lauten Brocken Türkisch zurück ins Hier und Jetzt. Oft presste er ein lautes knalliges »Günaydın« aus sich heraus oder prustete »Hoş geldiniz«, hustete mit einem falschen Rasseln »merhaba«, und am allermeisten liebten wir es, wenn er ein aufsteigendes Niesen vortäuschte und ein feucht sprühendes »Atatürk!« über den Hof zischen ließ. Dass er sich an unserem Schreck erheiterte, mit einem närrischen Kichern oder Gackern, das verlieh ihm eine stille Würde, die unsere eigenen Eltern oft ein bisschen überstrahlte. So wie die Tatsache, dass er immerzu, im tiefsten Winter und im schwülsten Sommer, einen Anzug trug.

Ich konnte fast nicht glauben, dass Herr Akkayas Leinenanzug, jetzt da ihm die Sonne nicht im Rücken stand, hellblau und freundlich leuchtete. Apolonia war längst außer Sicht gesprintet, und Vater pflückte mich von seiner Brust wie eine Distel, während er auf das petrolfarbene Autodach hinüberstierte. Seine Hände waren wieder voller Ruß. Sie hinterließen zwei aufgefächerte Prankenabdrücke auf meinen Schultern.

»Acht oder neun?«, fragte mein Vater. Er war wie immer viel zu laut, wenn er mit Herrn Akkaya sprach. Als müsse man bei zwei Menschen, die nicht in ihrer Muttersprache miteinander redeten, auf Nummer sicher gehen.

»Acht!«, antwortete Herr Akkaya, fuhr herum und packte ohne Umschweife nach der Steißfrucht. Ich wollte mir im Ekel an die Brust greifen, erkannte aber noch, dass er die Hinterlassenschaft im gleichen Griff mit einem Taschentuch bedeckt hatte.

»Szallak, Gałuszka, die Galówka, Sie und wir.« Er betonte die polnischen Familiennamen völlig makellos. Tatsächlich hatte sich Herr Akkaya jeden letzten Rest seines anatolischen Akzents ausgescheuert wie einen Rotweinfleck.

»Aber Sie schon zwei!«, rief mein Vater mitfühlend.

»Zwei Autos, zwei Köfte!«, rief Herr Akkaya, grinste schief und warf die Notdurft tief hinein in die angesengte Feuerdornhecke.

Drei Kinder hatte die Familie Akkaya. Der Älteste, Serkan, war im letzten Winter neunzehn geworden. Er war das erste Kind aus der Schlesenburg, das studierte. Aber immer wenn es zwischen unseren Eltern oder den anderen Schlesenburgern Thema war, wurde sein Erfolg mit Spott oder Missgunst abgetan. Besonders Frau Mazurka wurde nicht müde zu erwähnen, dass es nur ein Studiengang an der Fachhochschule war, kein Studium an einer Universität. Sie sprach das Wort »Fachhochschule« immer leise aus, fast flüsternd, wenn wir in ihrer Nähe waren, als wolle sie keines der Kinder aus der Siedlung damit infizieren. Nur wenn Darius allein danebenstand und mit offenem Mund ein großes Loch in die Luft starrte, schien es ihr egal zu sein. Manchmal echauffierte sich Frau Mazurka darüber, dass Serkan in seinem Alter schon ein Auto hatte. Manchmal darüber, dass er mit neunzehn noch immer bei seinen Eltern in der Siedlung wohnte. Den logischen Zusammenhang, der selbst uns Kindern mehr als offensichtlich war, negierte sie. Das Einzige, was sie immer in den Vordergrund rückte, in einer befremdlichen Häufigkeit, war, wie hübsch sie ihn fand.

Wenn er auf dem Ring an uns vorbeilief und wie immer freundlich grüßte, dann reagierte sie nicht. Stattdessen jagte sie unbeirrt durch ihren Monolog. Doch sobald sein sauberer Bürstenschnitt außer Hörweite war, konnte man zwischen den kurzen Sätzen, die sie abspulte, einen kleinen lüsternen Kommentar entdecken.

»Wir sind bis nach Dierdorf gefahren«, sagte sie einmal. »Weil der polnische Metzger im Herbst eine andere Route fährt. Manchmal fährt er über Weinbach, manchmal nicht. Aber hübsch ist er ja, der Junge von der Sippe. Ich glaube, weil die Pommernstube immer viel bei ihm bestellt. Das muss man den Turcy schon lassen. Hübsche Söhne können die. Manchmal kaufen wir auch Flaczki und viel Pressfleisch. Wirklich hübsche Söhne.«

Wir Kinder hatten kein Register dafür, dass Serkan hübscher sein sollte als der dünne Kuba, die Vollwaise aus der 21 oder der Sohn vom alten Doenhardt. Für uns sah er aus wie das Duplikat seines Herrn Papa. Nicht zuletzt deshalb, weil sie den gleichen kantigen Militärschnitt hatten. Schlank war er und großgewachsen, mit schmalen braunen Augen, die ganz gerade in seinem Gesicht lagen, und seltsam langen Wimpern. Für uns aber gab es keinen Zweifel daran, dass wir Serkan zu den großen Kindern zählten, nicht zu den Erwachsenen. Wir sahen die letzten Reste Akne, die ihm an den Schläfen hochzogen, und nicht den reifenden Bizeps, den er frühmorgens an einem Querbalken im Indianerzelt trainierte. Wir sahen den dicken Schorf auf seinen Knien, den er sich abends, wenn er hinter den Garagen eine Zigarette rauchte, abknibbelte, nicht die feine Spur Haare, die ihm aus dem Hosenbund herausragte und mit einem kleinen Wirbel bis zum Nabel wanderte. So kam es uns umso seltsamer vor, wie Frau Mazurka, die Witwe Galówka und, ich muss es sagen, wie es ist, auch Mutter ihm manchmal unverhohlen hinterhergafften. Besonders dann, wenn er den halben Tag am winzigen Freiluftbecken neben dem Hallenbad verbrachte und nach vier oder fünf Stunden in gleißender Sonne mit nacktem glitzerndem Oberkörper zurück in die Burg sprintete.

Zweimal im Jahr bekam ich eine alles zersprengende Migräne. Als wir '86 zum ersten Mal im Ausland waren, in einer riesigen verwohnten Hotelanlage außerhalb von Side, die Herr Akkaya uns verschwörerisch empfohlen hatte, brach das Migränegewitter das erste Mal über mich herein. Es war bei einem Spaziergang an der endlos langen Promenade. Ich tänzelte und sprang gerade ausgelassen auf einer schmalen Kaimauer herum, während gut zwei Meter unter mir Wellenbrecher aus erodiertem Beton ineinander verkeilt im Wasser lagen. Sie sahen aus wie stumpfe Weihnachtssterne. Ein leichter Schwindel stieg in mir hoch, den ich aber ignorierte und lange auf den Abgrund schob. Und selbst als mir die Finger taub wurden und ein ekelhafter Druck sich in meine Schläfen bohrte, hüpfte ich munter weiter den schmalen Wall entlang. Ich spürte das Stechen groß wie klein, spitz wie dumpf, als wäre meine rechte Hand riesig genug, ein Dutzend Wellenbrecher aus dem Sand zu heben und mir nach einer wundersamen Schrumpfung winzig wie eine Kompanie Zinnsoldaten in die linke Hand zu pressen. Der Himmel und das Meer changierten und direkt vor meinem Trampelpfad aus Sandstein trieben spitzwinkelige Formen eilig auseinander. Zwei flackernde Farbplatten schoben sich rechts und links ins Bild, bevor sie an meinem Mäuerchen zusammenstießen und in einem zähen Fluss aus kreiselnden Dreiecken nach oben fortgetrieben wurden. Eine prickelnde Hitze schoss mir den Rücken hinauf und strömte unter dem Haaransatz in meinen Kopf hinein.

Mutter merkte nichts davon. Das war ihr wichtig zu erwähnen, immer wenn ich die alte Geschichte erzählte. Fünf oder sechs Meter vor ihr sei ich gewesen. Mit einem Mal feuerrot im

Nacken. Sie habe noch, wie in Zeitlupe, gesehen, dass ein dicker Schweiß von meinen Kniekehlen hinabperlte, und dann, mit einem Mal, als wäre ich ein Besenstiel oder ein langer dünner Kegel, sei ich nach links gekippt und mit voller Drehung von der Mauer gefallen. Keine Geschichte treibt Mutter so schlagartig und verlässlich Tränen in die Augen. Noch heute jagt dabei ein so starker Schauer durch ihren Körper, dass sie aufspringen muss, sich bewegen, sich mit ganzer Kraft und ganzem Körper der grausamen Erinnerung entwinden, diesem düsteren Waswäre-wenn von damals. Auch wenn Vater es in hohem Maße albern findet. Nur ein einziges Mal war Mutter betrunken genug, dass sie mich ohne große Gegenwehr durch ihr Gedächtnis wühlen ließ. Und zu meiner großen Überraschung war nur ein winziges Bohrloch nötig: »Es hat sich angefühlt wie eine Hand«, sagte Mutter. »Eine richtig lange Hand. Die hat mir das Herz aus der Brust gerissen. Aber schnell. Richtig schnell. Ganz ohne Schmerzen. Nur das Loch hab ich gespürt. Und dann ist die Hand mit meinem Herz weggeflogen. Das konnte ich richtig sehen. Ganz weit weg. Über Bulgarien und Budapest, bis zurück nach Dąbrowa. Und ich habe ganz Deutschland verflucht in dem Moment. Und die ganze Schlesenburg. Und Papa. Weil er mich weggeholt hat aus Polen. Ohne Papa keine Schlesenburg. Ohne Schlesenburg kein Side. Ohne Side keine Promenade. Ohne Papa nur Bulgarien und Goldstrand. Aber dann hat dieser dicke Mann gebrüllt. Dem bist du mitten in den Schoß gefallen. Mitten auf den Bauch. Und dann hab ich dich kotzen gesehen. Auf den allerersten Meter Strand. Einen Kopf neben den Mann. Zwei Köpfe neben das Betonding. Und der Mann hat dir beim Kotzen in den Nacken geklopft, und ich hab den weißen Abdruck seiner Hand gesehen und sofort gewusst: Migräne. Und dann hat er dich geschnappt und hochgeschoben. Du warst ganz glitschig von der Sonnenmilch. Von deiner oder seiner.

Und es hat noch einen halben Tag gedauert, bis mein Herz aus
Dąbrowa wieder da gewesen ist.«

Die Attacke im Freiluftbecken war dann meine siebte. Ich habe
sie immer gern gezählt. Das war der einzige Spaß, den ich daran finden konnte. Jede einzelne, fast bis ich fünfzehn wurde.
Und manchmal half es mir sogar. Immer wenn ich schmerzge-
krümmt unter dem langen Teil der Eckbank in der Küche lag,
wo es düster und kühl gewesen ist wie nirgendwo sonst in unserer Wohnung, dann half es mir, jeden meiner Migräneschritte
im Gedächtnis vorsichtig zurückzuwandern. Wann ich aufgehört habe zu zählen, das weiß ich nicht mehr. Sonst hätte ich
auch nahtlos bis heute weiterzählen können. Die siebte Migräne aber, das weiß ich genau, hatte ich am Ende der Freibad-
saison im Sommer '88.

Das Freiluftbecken neben dem Hallenbad war eine osteuro-
päische Exklave. Wie Königsberg oder Kaliningrad, nur dass die
ersten Russlanddeutschen erst in den 90ern dazugekommen
sind. Nach der Mittagshitze fielen die Kinder und Jugendlichen
aus den umliegenden Siedlungsgebieten ein. Allen baumelte ein
kleiner Brustbeutel um den Hals, in dem der Ferienpass und ein
silbernes Fünf-DM-Stück steckte. Die nördliche Wiese war der
letzte Ausläufer der Schlesenburg und ab 14 Uhr, kurz nach dem
Mittagessen, ausschließlich für uns reserviert. Südlich lag der
Nachwuchs aus dem Lager. Ein paar flachgesichtige Kinder irgendwo aus der Ukraine, aber größtenteils Rumäniendeutsche
oder Donauschwaben. Immer wieder verirrten sich auch kleine
Banden aus den drei hellgrünen Hochhäusern in der Südstadt
hier herüber. Sie hockten brav und still abseits an der Brandmauer und kamen nie ans tiefe Beckenende geschwommen.
Nur ganz selten tauchte etwas langes Dürres tief am Becken-
grund entlang, strampelte dort unten auf der Stelle, schielte

hinauf, drehte entkräftet wieder ab und schwamm zurück ins Flache. Die wenigen deutschen Zöglinge aus der Preußenzeile, dem Pommernweg und der Sudetensiedlung wurden von ihren Eltern meist ins Freizeitbad gekarrt. Dafür langte weder unser Ferienpass noch die matte Münze aus dem Brustbeutel. Manchmal aber lagen auch sie vormittags auf unserer Wiese und rammten ein paar schmerzhafte Andenken in den ausgedörrten Boden, einen spitz angebrochenen Eisstiel, einen rostigen Nagel und hin und wieder sogar eine dicke scharfkantige Glasscherbe. Die Mädchen aus dem Lager und der Burg wichen mit der Pubertät vom Beckenrand auf die kleine Düne hinter der alten Eibe aus. Sobald sie richtige Brüste bekamen, kamen sie gar nicht mehr, sondern wurden von den Jungen aus der Südstadt zwei Dörfer weiter zur alten Kiesgrube gefahren. Ich bin nie selber dort gewesen. Aber ich müsste lügen, wenn ich behauptete, ich würde nicht ein Mal im Jahr durch einen digitalen Atlas wandern und mich sehnsuchtsvoll wie in der Winterreise dorthin prokrastinieren.

Das Freiluftbecken hinter dem Hallenbad war auch eine Elternexklave. Lange kam es mir vor wie eine schöngefärbte Erinnerung, aber tatsächlich zogen die Kinder und Jugendlichen aus der Burg an jedem einzelnen Nachmittag fast ganz ohne Begleitung den Breslauer Ring hinunter. Nur eine einzige reguläre Monatskarte für Erwachsene rotierte unter den Eltern durch die Siedlung und wurde nach Bedarf weitergereicht. Manchmal war es Herr Gałuszka, der uns hinterhertrottete, abseits in der Sonne brutzelte und am Ende des Tages sicherzustellen hatte, dass alle Schäfchen in die Burg zurückkehrten. Alles andere regelten wir untereinander. Nie im Leben wäre es uns in den Sinn gekommen, den schwitzenden haarigen Berg, der auf einem winzigen Handtuch in der Sonne lag wie tot, mit irgendetwas zu behelligen. Auch Frau Galówka ließ sich manchmal breitschlagen und lag barbusig am schmalen Ende der entmilitarisierten Zone, einem schmalen Kiesstreifen, der mittig zwischen der nördlichen und der südlichen Wiese vom Sprungturm hinauf zur Düne führte. Auch sie hatte die wundersame Fähigkeit, stundenlang in der glühenden Hitze zu liegen, ohne zu verenden. Sie lag reglos auf ihrer Bambusmatte wie ein fleischig glänzender Findling. Weil ihre massigen Brüste ihr im Liegen zu den Seiten wegfielen, hatte sie am Ende jedes Sommers rechts wie links an ihrem Oberkörper eine tellergroße Stelle, die heller war als alles andere. Zwischendurch hob Frau Galówka ihren Arm, gemächlich wie bei einer Yogaübung, ließ ihn dann im rechten Winkel ins trockene Gras sinken und griff, ohne hinzuschauen, nach ihrer brennenden Zigarette. Sie hatte die Roth-Händle mit der Glut voran in ein altes Wespenloch gesteckt. Dort glomm sie wie auf der Ruhekante eines Aschenbechers.

Manchmal fiel das Los der Vormundschaft auf Serkan. Wenn er uns begleitete, fanden sich auch seine beiden Schwestern in dem bunten Trupp, der von der Schlesenburg ins Hallenbad marschierte. Sie hießen Meryem und Nilhan. Obwohl die beiden Teenager ein knappes Jahr auseinanderlagen, konnten sie auf den ersten Blick für Zwillinge gehalten werden. Nicht weil sie einander besonders ähnlich gewesen wären, sondern weil ihr Auftreten und Erscheinen immer eine Aura der Unzertrennlichkeit umgab. Selbst im Hochsommer gingen sie dicht an dicht, im flotten Gleichschritt und eng untergehakt. Dabei waren die Mädchen nicht nur an ihren Ellenbeugen eingerastet, sondern hielten sich auch, mit ihrer zweiten Hand, am eingehakten Arm der jeweils anderen fest. Es sah total bescheuert aus. Wie ein doppeltes Maskottchen führten sie den Kinderkreuzzug aus der Schlesenburg ins Hallenbad hinüber. Serkan hielt den größtmöglichen Abstand zu seinen Schwestern. Als stummes Schlusslicht spazierte er hinterher, gemütlich und teilnahmslos, wie ein Passant, der nur zufällig das gleiche Tempo hatte. Meryem und Nilhan waren die Einzigen, die der natürlichen Ordnung der beiden Liegewiesen keinerlei Beachtung schenkten. Je nach Tageszeit und Sonnenstand nahmen sie den besten aller rar gesäten Schattenplätze für sich in Anspruch. Weil sie immer theatralisch wie eine doppelte Mondfinsternis in die Sonne traten, teilte sich die vor ihnen liegende Badeschar. Einzelne Kinder wichen ohne Gegenwehr erst einen symbolischen Meter zur Seite, rückten aber jedes Mal, wenn sie alle tropfend aus dem Wasser kamen, ganz unscheinbar eine gute Fußlänge weiter von den beiden Schwestern weg. Am Ende jedes Badetages war ein stattlicher, kreisrunder Feenring um Meryem und Nilhan gezogen. Ins Wasser aber gingen die beiden nie.

Serkan hockte ein wenig abseits, meistens unter der zerklüfteten Robinie. Er lehnte mit nacktem Oberkörper direkt an ihrem Stamm, so dass sich am Ende des Tages eine rot glühende Furche über seinen Rücken zog. Die meiste Zeit saß er im Schneidersitz am Baum und blätterte mit angestrengter, fast grimmiger Miene durch ein abgegriffenes Buch. Es waren zweifarbige Schinken mit langen, dicht gesetzten Titeln, in denen er immer wieder vor- und zurückblätterte. Eine ganze Stunde konnte das gehen, dann hatte er genug, schlug das Buch zu, pfefferte es mit großem Schwung zur Seite und legte sich auf seine marineblaue Luftmatratze, wie immer eine Hand im Nacken. Und auch wenn wir gerade durch das lauwarme Becken tobten, uns mit den Beinen aus dem Wasser stießen, einander an den Schultern packten und in die Tiefe drückten, musste ich immer wieder zu ihm herüberschielen. Wie konnte ein Mensch in dieser kruden Haltung schlafen. Ich hatte es selber ausprobiert. Auf dem auskühlenden Balkon, auf dem Bett der Eltern, unter der Küchenbank, aber jedes Mal waren mir nach zwei oder drei Minuten die dünnen Ärmchen taub geworden. Sobald ich aus der Ferne sah, dass er döste oder sogar eingenickt war, kam mir manchmal, auch ohne es zu wollen, der immer gleiche Drang in den Sinn. Ich spürte eine treibende Lust, die Sache näher zu beschauen. Eine Stimme in mir formulierte leise säuselnd einen fadenscheinigen Grund, aus dem Becken zu steigen. Und ganz plötzlich packte es mich im Innersten und lockte mich zu dem kleinen Kiosk neben der Brandmauer oder zu der überdachten Pissrinne hinter der Baracke mit den Umkleiden. Aber statt den kurzen Weg zu nehmen, quer durch das flache Becken, zwang die Stimme mich ins Tiefe, strampelte mit mir an den westlichen Beckenrand und hievte mich dort, wo es keine Leiter gab, mühselig aus dem Wasser. Ich tippelte mit nackten, stechenden Sohlen in einem unsinnigen Bogen über Stöckchen, Äste und ausgedorrten Rasen, bis mein krummer Gang wie in einer Ellipse an Serkan und seiner Robinie vorbeiführte. Und ausgerechnet hier wollte mir die Stimme das Tempo aus den Beinen treiben, wollte mich herunterbremsen, mich im verträumten Schleichgang an ihm vorbeiwandeln lassen wie an einer Marmorplastik. Aber das Herz schlug mir so wild gegen die Brust, dass ich mit einem stieren Blick, der zitternd über seine blanke Achsel zuckte, an ihm vorbeistolperte. Und dann stand ich minutenlang wie ein Trottel an der Pissrinne, ganz hinten an die Wand gepresst, bis die kleine Schwellung abflaute und ich mir endlich einen halbgaren tröpfelnden Strahl aus meiner Blase pressen konnte.

Immer wenn er ausgedöst hatte, sprang Serkan auf und streckte sich, als wäre er ein Schwimmer, der sich lieblos warm machte. Dann aber schritt er über die Badetücher, stieg über Wurstbrote und Quartettkarten, und kam auf kürzester Strecke zum Beckenrand herüber, gleich über die Frischwasserdüse, wo sich die älteren Rumänienkinder kurz vor Badeschluss immer in ihre Weichteile sprudeln ließen. Dort senkte er sein trockenes Handtuch ins kalte Wasser und legte sich das tropfnasse Stück Frottee wie ein kleines Cape um die Schultern. Dann ging er mit großen Schritten zu seiner Robinie zurück, hockte sich in die Sonne, steckte sich eine dünne selbstgedrehte Zigarette in den Mund und schaute uns eine Weile lang beim Baden zu.

Dieser kleine Ritus war mein großes Glück. Es war drei Tage vor dem Ende der Saison, als ich auf der Kachelnaht zwischen dem flachen und dem abfallenden Becken balancierte. Ich stand bis zum Brustbein in der warmen Brühe, als mir plötzlich wieder diese treibende Hitze den Rücken hinauf in den Schädel schoss. Links von mir stand der dünne Kuba und drosch zähnefletschend mit schräger Hand ins Wasser hinein. Jede kleine Woge brannte mir kalt und spitz wie eine Eisscholle ins Fleisch. Überall dort, wo sich die Wasseroberfläche um mich schlang, flammte es an mir auf, wie eine zwickende Narbe, die meine Brust umzog. Ich spürte nichts darunter, nur ein dumpfes Gefühl in meinen Beinen, als steckte ich bis zu den Oberschenkeln in einem Block aus Fett und Filz. Alle Kinder, die ich vom Rand ins Becken fallen sah, sanken nicht mehr ins Wasser, sondern zersprangen mit ihrem Aufschlag in hundert kantige Einzelteile. Irgendwo hinter dem Gebrüll, auf seinem Hochsitz, hockte Klaus, der Bademeister. Er war der Sohn vom alten Doenhardt. Wir kannten ihn schon lange, aber wie ich meinen Kopf im einfahrenden Schmerz auch drehte, ich konnte im rechtwinkeligen Becken keine Ecke mehr finden. Ohne diese Ecken erschloss sich keine Seite mehr und ohne die Seiten keine Himmelsrichtung. Der Schmerz hatte mich still werden lassen. Mir schossen die ersten Tränen in die Augen. Meine Hüfte sackte Richtung

Knie, und das Wasser stieg mir bis zum Kinn. Dann kroch ein bitterer Geschmack meinen Rachen hinauf. Wie im Reflex biss ich mir auf die Unterlippe, schmeckte Blut und frischen Speichel. »Bitte nicht ins Wasser kotzen«, dachte ich. »Bitte, Mama, bitte nicht!« Ich flehte meine unsichtbare Mutter an, als wäre sie die Schutzheilige des Freiluftbeckens. Aber Mutter döste am Balkon und las und ahnte nichts. Gerade als eine gleißend helle Vignette mir von den Rändern her das Sichtfeld zusammenschnürte, legte sich mit einem Mal eine Hand auf meine Stirn, kühl und pressend wie eine dicke Regenwolke. Sie kam von hinten über meine Schläfe, zog mir für eine unendlich erlösende Sekunde die Hitze aus der Stirn und schob mir mit einem leichten Wisch über die Brauen beide Augen zu. Dann packte mich etwas an den Schultern, richtete mich auf und rüttelte mich gerade. Wie der Wasserspiegel wieder Richtung Nabel fiel, presste mir dieses Etwas mit Zug die Beine auseinander, tauchte dazwischen, packte mich oberhalb der Knie und ein glatter Buckel hob mich aus dem Becken. Ich flog über das Wasser, den Einstieg, den Beckenrand, den Kacheltritt. Ich blinzelte an mir herunter, zwischen meine Schenkel und hätte schwören können, dass ich auf einer haarigen Kanonenkugel ritt. Monochrome Flächen zogen unter uns vorbei. Ausgelöste Augen schwebten wie dicke Punkte in der Luft und starrten meinem Steigflug nach, während ich über sie hinwegsauste. Winzige Blitze zuckten über meine Netzhaut, bis unter uns ein dunkelgrüner Schatten aufging und mir in einem langen dünnen Strahl ein beißender Geschmack aus dem Mund ins Gras fiel. Eine Hand nahm meine Hand und wischte mir damit den Geifer aus dem Gesicht. Und gerade als mein Gleichgewicht nach hinten hin zerbröselte und ich fast hintenüberkippte, rutschte ich von der Kanonenkugel und landete auf einer marineblauen Luftmatratze unter der Robinie.

Serkan griff sanft an meinen Hinterkopf, legte mich lang, packte etwas Kaltes in meinen Nacken und breitete sein kühles Cape über mich aus. Eine winzige Decke aus nassem Frottee, die nach Chlor und seinem Nacken roch, sich so schwer anfühlte, als würde sie die ganze Welt bedecken. Ich hörte vier oder sechs Füße, die davongescheucht wurden. Ich hörte Klaus, der zu uns herüberrief und wie Serkan ihn mit einem Wort beschwichtigte: Migräne. Dass er der Bestie einen Namen geben konnte, entspannte mich. Ich sank in die Matratze, als hätte jemand an einem Ventil ein bisschen Luft herausgelassen. Serkan zog mich auf ihr hinüber in den Schatten. Durch das grobgewaschene Handtuch tanzten seine Umrisse, wie eine Rastergraphik. Ich sah ihn im Profil. Wie er sich wie ein Wachhund ins Gras neben der Luftmatratze hockte. Wie er sich langsam eine Zigarette drehte. Wie er seinen Blick dabei ganz ungerührt über das Becken streifen ließ. Ich hörte ein Feuerzeug in seiner hohlen Hand, einen tiefen Zug und dann die Worte: »Gib mal deine Finger.« Während mir die Hitze durch den Schädel strahlte, massierte Serkan mit beiden Daumen meine linke Hand. Mit viel Druck die flache Stelle rechts unter meinem Zeigefinger. Ohne abzusetzen nahm er einen zweiten Zug von der Zigarette. Einen dritten. Ich zählte mit. Er brachte es auf acht. Dann hielt er inne, drehte sich unendlich lange eine zweite, und wie er zu mir sagte »Die Rechte bitte«, meinte ich fast hören zu können, wie ihm die dünne Zigarette glühend an der Unterlippe hing. Irgendwie zog der Druck seiner Finger mir das kreischende Stechen aus dem Kopf. Immer wieder tauschte Serkan meine Hände, massierte sie mit einer Unermüdlichkeit. Zog an jedem Finger und ließ aus jeder einzelnen Kuppe ein bisschen Hitze aus mir herausströmen. Und als ich den Mut aufbrachte, in mich hineinzuhorchen, ob der Schmerz endlich versickert war, kam Klaus, der Sohn vom alten Doenhardt, lüftete das

Handtuch, nur einen Spalt breit, und flüsterte herein: »Ich mach gleich zu. Glaubst du, du kannst laufen?«

»Ich trag ihn«, sagte Serkan, fast zu forsch. Dann legte er drei Worte nach wie Brennholz: »Zehn Minuten noch?«

Klaus nickte, richtete mich auf und fühlte mir die Stirn. Erst jetzt merkte ich, dass Serkan mir ein gefrorenes Calippo in den Nacken gelegt hatte und der Schmerz verdunstet war.

»Du hast eine Stunde lang geschlafen!«, sagte Darius Mazurka. Er lief in unruhigem Takt neben uns her und saugte das zerschmolzene Calippo durch einen Fingernagelschnitt im Deckel. Serkan trug mich auf dem Rücken wie einen Rucksack aus rosigem Leder. Meryem und Nilhan hatten im gleichen Rhythmus abfällig gelacht, als er mich aufbuckelte. Aber noch war ich zu müde und taub hinter der Stirn, als dass sich irgendein Gefühl von Peinlichkeit in meinen Eingeweiden hätte Bahn brechen können. Ich hatte mein Gesicht schamlos in Serkans Nacken gelegt und konnte hören, dass er tief und keuchend atmete. »Der dünne Kuba hat gewettet. Du bist tot, hat er gewettet. Aber keiner hat mitwetten wollen. Ich wollte. Aber nur um Ehre. Aber auch, dass du tot bist. Wegen der Kotze. Die sah aus wie tote Kotze.«

Serkan machte einen Ausfallschritt nach links, und ich konnte spüren, dass er Darius mit einem leichten Hüftschwung gegen eine Hecke bugsiert hatte. Nur damit er zwei oder drei Schritte zurückfiel und wir Ruhe hatten. Das Haar in Serkans Nacken war so scharfkantig rasiert, als hätte jemand mit einem Filzstift eine schnurgerade Linie gezogen. Wir waren schon auf Höhe der Papierfabrik, als Mutter uns mit schnellem Schritt entgegenkam. Der Sohn vom alten Doenhardt hatte angerufen und ihr Bericht erstattet. Im ersten Augenblick war es mir unangenehm, wie sie sich mit den Resten leichter Panik im Gesicht durch den Kinderkreuzzug schlug. Ohne es zu wollen, schlossen sich meine Knie mit frischer Kraft um Serkan und seine Rippen. Aber als Mutter uns erreichte, stieg ich willig und erlöst wie ein Beuteltier von seinem Rücken tief in ihre Arme. Natürlich war ich viel zu schwer für sie, aber drei Sekunden lang hielt sie es aus, presste meinen Schwerpunkt gegen ihren, aus Liebe und aus Not, damit wir nicht zur Seite kippten. Dann rutschte ich hinunter in einen wackeligen Stand. Mutter prüfte mit beiden Händen mein Gesicht. Dann überkam es sie. Mit der linken Hand fuhr sie Serkan an die Schulter, packte seine Rechte, zog den verdatterten jungen Mann zu sich heran und drückte ihm, halb mit dem Mund, halb mit der Wange, einen trockenen schmallippigen Kuss gleich unter die Schläfe. Sofort schoss ihm eine kräftige Röte ins Gesicht, als bekäme er, aus schierer Sympathie, eine plötzliche Migräne.

Zwanzig Jahre muss es her sein, dreißig Jahre nach der Attacke im Freibad, dass Klein-Hannah und ich mit unseren Eltern bei einem Griechen in der Innenstadt von Koblenz hockten. Bei einem der seltenen gemeinschaftlichen Besuche, die wir der alten Heimat abstatteten. Eine Art Wintergarten war mitten in einen Ausläufer der Fußgängerzone hineingebaut. Darin standen vier schmale Tische, dicht an dicht, während uns die Sonne ungehindert von oben auf den Schädel hämmerte. Die bodentiefen Fenster waren von außen mit einer Spiegelfolie beklebt. Das hatte den kleinen Vorteil, dass man schamlos hinausstarren, aber niemand hineinschauen konnte. Als kleiner Nachteil entpuppte es sich, dass immer wieder Passanten vor der Spiegelfolie eine Pause machten, ohne zu ahnen, dass direkt dahinter Mittagstischler über ihrem Gyrosteller hockten. So wurde ein Pärchen am Nebentisch eine gute Viertelstunde lang von einem alten Mütterchen begafft. Sie hockte auf ihrem Gehwägelchen, hatte ihre von Arthrose gekrümmten Finger in den Schoß gelegt und starrte reglos in den aufgeklebten Spiegel. Auch wir konnten uns nicht über mangelnde Belustigung beklagen. Schon in den ersten zwei Minuten trat ein Mann direkt an unseren Tisch. Er prüfte erst sein Hemd und fuhr sich dann beherzt hinter seinem Gürtel unter den Hosenbund. Dort richtete er mit grobem Gewühle sein Allerheiligstes und roch dann mehrmals prüfend an seinen Fingerspitzen. Dann, kurz nach dem Pitabrot, kam eine Frau, die sich ihren schaumig verkrusteten Lippenstift aus den Mundwinkeln rubbelte. Sie rubbelte so gleichgültig gegenüber der Welt hinter dem Spiegel, dass sie ihren Mund aufriss wie ein erstickender Karpfen. Und als der griechische Kellner mit den Mezedes kam, sagte er ohne aufzuschauen mit breitem moselfränkischem Dialekt: »Ach guck, dat Urakel vun Kowelenz.« Er hatte das so trübsinnig und lustlos betont, dass wir wussten, er machte diesen Witz seit 35 Jahren.

Mitten in der Hauptspeise stand mit einem Mal Herr Akkaya neben unserem Tisch. Keine sechzig Zentimeter von meiner Rinderleber entfernt. Niemand hatte ihn kommen sehen, aber der tiefschwarze Anzug, der plötzlich an die Scheibe trat, ließ uns alle nacheinander aufschauen. Ich erkannte ihn sofort. Wie er ganz dicht hinter der Glaswand stand und sein Gesicht prüfte. Noch immer hing ihm der dicke Schnurrbart unter der Nase, auch wenn jetzt hellgraue Borsten die Ränder säumten, wodurch die haarige Raupe fast ästhetisch in Herr Akkayas blasse Wangen überblendete. Vater sprang auf, schaute ihm strahlend durch die Fensterfront mitten ins Gesicht und versuchte, seinen Blick zu fassen. Aber gerade als Vater seine Hand hob, um mit der Faust gegen die Scheibe zu pochen, machte Herr Akkaya eine Vierteldrehung, einen großen Ausfallschritt, und reihte sich wieder ein in den Strom der eiligen Passanten. Einen kurzen Augenblick lang konnte ich im fließenden Gewirr der Beine noch die Halbschuhe mit den Absätzen ausmachen, dann aber hatte ihn die Masse fortgetrieben.

»Du weißt, dass sein Sohn verreckt ist?«, fragte Mutter. Sie schob sich ein Stück gegrillten Fetakäse in den Mund.

»Verreckt?«, fragte ich.

»Ja«, sagte Mutter.

»Serkan?«, fragte ich.

»Ja. Vor fünf oder sechs Jahren. Er und seine Frau.«

»Freundin!«, korrigierte Vater.

»Frau!«, insistierte Mutter. Noch hatte sie einen nachgiebigen Ton in ihrer Stimme. Wie sie atmete, den Bruchteil eines Augenblicks zu lang, deutete ganz unverkennbar darauf hin, dass sie uns diese Anekdote sehr gerne ohne Zwischenruf erzählen wollte.

»Die haben einen alten Bulli umgebaut. Der war doch Ingenieur für Mechatronik ganz zum Schluss. Und dann sind die im Sommer bis nach Anatolien gefahren.«

»Nein, andersrum!«, sagte Vater.

»Egal!«, zischte Mutter.

»Nicht egal!«, wollte Vater dagegenhalten. Man konnte ihm die erste Silbe schon an der angespannten Oberlippe ablesen. Klein-Hannah aber zerstreute den Moment, indem sie ihm ein halbes Bifteki auf den Teller wuchtete. Sie war das sanftmütige Korrektiv, das unserem kippelndem Dreiergespann von Familie vom ersten Tag an gefehlt hatte. Hin und wieder starrte ich sie an und wurde wehmütig, weil wir so weit und lange auseinanderlagen. Manchmal aber schien mir diese stille Wehmut unendlich selbstsüchtig. Ich kam mir dumm und egoistisch dabei vor, und es gab viele Momente zwischen uns, in denen ich mit meiner brüderlichen Zuneigung lieber hinterm Berg gehalten hatte.

»Die haben einen Bulli umgebaut, einen dunkelblauen Bulli«, betonte Mutter laut und trotzig, kochte sich aber sofort wieder herunter. »Und im Sommer sind die beiden bis nach Anatolien gefahren.«

»Fast«, faselte Vater durch das halb zermahlene Bifteki.

Mutter seufzte. In den letzten Jahren seufzte sie oft und tiefer, als wir es von früher kannten. »In drei Tagen von Wiesbaden nach Griechenland«, fuhr sie fort.

»Ist länger, aber lohnt sich!«, kommentierte Vater. Alle am Tisch wussten, dass er niemals südlicher mit einem Auto gewesen war als Stuttgart.

»Kennst du die Danuta noch?«, fragte Mutter.

»Wen?«, fragte ich routiniert. Wenn Mutter eine dieser Fragen stellte, eröffnete ich die Partie mit dem immer gleichen Zug, fast im Affekt.

»Die Danuta. Aus der Burg.«

»Welche Danuta?«, fragte ich. Es war das alte Spiel.

»Die Danuta Gnys!«, sagte Mutter. Sie schien auch diesmal beinahe entrüstet darüber, dass ich mich im Gegensatz zu ihrer so lückenlosen Erinnerung, die sie an jedes noch so winzige Detail in sich trug, nicht im Geringsten erinnern konnte.

»Na, die Danuta!«, rief Klein-Hannah und funkelte mich schelmisch an.

»Die ist eingezogen, als wir ausgezogen sind!«, sagte Mutter.

»Da-nu-ta Gnys!«, sagte Vater. Er hatte sich eine bierernste Miene aufgesetzt, betonte jede Silbe in feinster schlesischer Kopfstimme und tätschelte mit einer gespielten Besorgnis meine Hand.

»Ganz kurz nach uns ist die eingezogen!«, wiederholte Mutter.

»Ganz kurz!«, sagte Vater spöttisch.

»Und die kennst du nicht!? DIE Gnys!?« Klein-Hannah lachte so laut auf, dass ein paprikarotes Reiskorn wie ein brennender Pfeil über den Tisch sauste. Mutter schnaufte pikiert, warf Messer und Gabel von sich und sagte trotzig: »Dann erzählt ihm die Geschichte doch alleine.«

Vater ließ sich nicht lange bitten. Er schnappte sich den Ball und preschte übers Feld: »Wir haben die Gnys bei Globus getroffen. Da hat sie uns erzählt, wie der Serkan und dem Serkan seine Freundin …«

»Frau!«, grätschte Mutter dazwischen, riss das Spiel wieder an sich und jagte Richtung Tor: »Also, die haben in einer Bucht am Strand geschlafen. Aber im Bulli, weil es nachts gewittert hat. Und mitten in der Nacht hat sich im Bulli die Handbremse gelöst. Und wegen dem Sturm ist der Bulli ganz langsam ins Meer gerollt. Und dann hat das Meer eine Kante gemacht. Und der Bulli ist nach vorne gekippt, vollgelaufen und beide sind verreckt!«

»Verreckt?«, fragte ich.

»Ja!«, sagte Mutter. Sogar das Paar am Nebentisch war still geworden.

»Drei Wochen lang hat sich niemand groß gewundert, dann ist der alte Akkaya die ganze Strecke abgefahren. Und kurz hinter Thessaloniki hat er dann selbst gesehen, wie sie den Bulli aus dem Wasser gezogen haben.«

Die Frau mit dem Karpfenmund stand wieder vor der Glaswand, starrte in die Spiegelung und gaffte, ohne es zu ahnen, direkt auf unseren Tisch. Dann schob sie die rechte Hand in ihren Ausschnitt, wuchtete jede ihrer Brüste einzeln in die Luft und richtete sich links, dann rechts, den Büstenhalter.

»Wie schrecklich muss das sein«, sagte Mutter. »Wenn ich mal so verrecke, möchte ich nicht gefunden werden.«

»Verrecke?«, fragte ich ein drittes Mal.

»Ja! Verrecke! Was hast du denn damit, die ganze Zeit!?«

»Das ist ein sehr hässliches Wort!«, sagte Klein-Hannah.

»Welches? Verrecken?«

»Nein. Bulli«, sagte ich genervt. Ich merkte, wie mir ein Druck von hinten in den Schädel schoss. Keine Migräne, sondern gestockte Traurigkeit, die ich nur dadurch überspielen konnte, dass ich sie in Spott und Zorn verwandelte.

»Ja. Verrecken. Wo hast du das denn her?«, fragte Klein-Hannah. Sie hatte jedes Wort ganz flach betont und Mutters Blick gemieden, indem sie Vater mit spitzen Fingern einen Zwiebelring von seinem Teller geklaut hatte.

»Das sage ich seit zwanzig Jahren so!« Mutter hatte einen drohenden Ton in ihrer Stimme, als zöge sie mit einer spitzen Klinge eine dünne Linie in den Sand.

»Dann hör mal lieber damit auf«, sagte Klein-Hannah. Sie klang jetzt eindringlich, fast mahnend.

»Wieso?«, sprang Vater seiner Frau beiseite.

»Das ist wie Sippe«, sagte ich.

»Was?«, fragte Mutter.

»Sippe«, wiederholte ich.

Mutter wurde laut: »Ach, die Geschichte weißt du noch, aber Danuta Gnys, die hast du vergessen.«

Kurz war es ruhig am Tisch, dann platzte Vater in die Stille: »Hieß die nicht Daria?«

Und wäre die verspiegelte Scheibe nicht gewesen, man hätte wohl von außen das gleißende Flackern eines Phosphorfeuers sehen können.

6

GILOTYNA

Nach dem Fund der Hinterlassenschaft stand Vater gebückt
über dem Spülbecken und seifte sich die Hände bis zu den
Handgelenken ein. Entgegen jeglicher Gewohnheit ließ er das
Wasser dabei laufen. Im Sommer konnte es eine gute Minute
dauern, bis bodenkaltes Nass den vierten Stock erreichte und
nicht die lauwarme Suppe, die den halben Tag lang in den Roh-
ren gestanden hatte. Vater fuhr sich scheuernd zwischen die
Finger, wie ein sowjetischer Chirurg, der gleich damit beginnen
würde, einen Makakenkopf auf den Rücken eines Schäferhun-
des zu verpflanzen. Ich hatte einmal im Spätprogramm eine Se-
quenz davon gesehen. Wie dem Äffchen vor Angst und Panik
die großen Augen kullerten. Und als auch noch der Hund aus
dem Nebel der Narkose hochschreckte und ungelenk nach dem
Affenkopf hinter seiner Schulter schnappte, hatte ich so einen
Schreck davon bekommen, dass ich samt Fernbedienung aus
dem Wohnzimmer jagte und das kantige Stück Funktechnik
wie eine Blendgranate aus dem offenen Schlafzimmerfenster
pfefferte. Zu meinem Glück landete sie unversehrt im Sandkasten und sollte Hund und Äffchen um Jahrzehnte überdauern.

Wir konnten Mutter noch im Badezimmer fluchen hören. Sie
hatte kurz, aber mit Inbrunst auf uns eingeschimpft und mir mit

spitzen Fingern mein Oberteil über den Kopf gezogen. Nur kurz hatte Vater mir auf dem Parkplatz in die Schultern gegriffen, als ich im Sprint in ihn hineinraste. Aber seine Hände waren vom Einstieg in die ausgebrannte Wohnung der Galówka so verdreckt, dass er mir sofort zwei tiefschwarze Prankenabdrücke in die Baumwolle gepresst hatte. Wie die schwarze Hand bei *Emil und die Detektive*. Mir war im ersten Augenblick nicht klar, was Mutter daran ekelte. Aber als Vater beim Scheuern seiner Hände immer blasser wurde und sich plötzlich in die Spüle erbrach, kam mir in den Sinn, woran es lag. Dass im Ruß aus Frau Galówkas Wohnung auch mikroskopische Teilchen von Frau Galówka selbst stecken mochten. Mutter und Vater hatten sich in ihrem Ekel angesteckt. Für mich war das Feuer, das damals züngelnd aus den Fenstern trieb, so gierig gewesen, dass es nichts Lebendiges hinterlassen konnte. Vater aber hatte Zweifel und einen schwachen Magen. Egal ob bei Fett, Eiern, Auberginen und allem Anschein nach auch bei Schlesierruß unter seinen Nägeln. Bei der polnischen Marine hätte er sich kein einziges Mal übergeben, sagte er oft.

»Bei der Marine hab ich nie gekotzt«, sagte Vater und spuckte einen dünnen Schleim ins Spülbecken. Ich saß auf dem Hocker neben der Tür zum Flur und musterte ihn. Es machte keinen Sinn, wie gut gelaunt er war. Nicht einmal mit dem Scheuern seiner Fingernägel hatte er aufgehört. Er schaute nur kurz in die Spiegelung im Oberschrank, prüfte sein Gesicht und ließ einen dicken Tropfen Speichel in den Ausguss fallen. Nur ein Mal, da hätte er bei Westwind in die See gepisst. So ging die alte Anekdote weiter, zumindest dann, wenn er gut gelaunt war.

»Nur ein Mal. Da hab ich so gemusst. Da hab ich direkt vom Schiff ins Meer gepinkelt.«

»Bei Westwind«, dachte ich.

»Bei Westwind war das gewesen«, schob er hinterher. Erst wenn Vater eine Geschichte schon hundertmal erzählt hatte, fing er an, als wirklich allerletztes ausschmückendes Element, das Plusquamperfekt zu benutzen. Dann aber hätte der Wind gedreht, und der komplette Mittelstrahl wäre ihm von unten wie warme Gischt zurück ins eigene Gesicht gespritzt.

Manchmal benutzten unsere Eltern Worte, deren Herkunft nicht einmal Mutters Liebe für Carré und Konsalik erklären konnte. So wie das Wörtchen Mittelstrahl. Ich stellte mir oft vor, diesen Begriffen wie ein zeitreisender Ermittler, wie ein vierdimensionaler Detektiv nachzustöbern, bis zu ihrem Ursprung, bis zur ihrer Stunde null. Ich wollte wissen, wo sie alle herkamen. Um dann vielleicht, im richtigen Moment, dazwischenzugehen und zuzuschauen, wie die Gegenwart, aus der ich selbst kam, zerbröselte.

»Russentaufe haben wir dazu gesagt«, spottete Vater und lachte sich in der Glasscheibe im Oberschrank selber ins Gesicht. Es machte wirklich keinen Sinn, wie gut gelaunt er war.

Mittlerweile schien ich alt genug zu sein für die Geschichten von der Zeit beim Militär, weshalb Vater mir nach der Russentaufe auch eine zweite anvertraute. Aus Sankt Petersburg. Auch wenn es gar nicht seine war.

»Dein Onkel Staszek. Der war nur vier Wochen bei der Marynarka. Weißt du, was das ist?«

»Marine«, flüsterte ich, aber nur halbherzig und leise, weil Vater seit der Russentaufe so beseelt durch seine eigene Geschichte galoppierte, dass sich jede Frage in eine rhetorische verkehrte.

»Also in der zweiten Woche, ja? Da sind die mit dem Schulschiff bis nach Russland gefahren. Hab ich das schon erzählt?«

Ich nickte stumm.

»Eigentlich macht man das nicht, ja? So ganz am Anfang mit den Neuen bis nach Russland fahren. Kaliningrad vielleicht. Aber niemals nicht bis Petersburg.«

Vater scheuerte sich verträumt jede Nagelhaut einzeln von den Fingern.

»Ach, weißt du was?«, sagte er. »Wenn er kommt, dann soll er dir das alles selbst erzählen.« – »Wenn die Mauer einmal offen ist«, schob er hinterher.

»Ok«, sagte ich mit piepsig hoher Mäusestimme, nur um zu sehen, ob Vater es bemerkte.

»Also vier Wochen bei der Marynarka, ja? Und in der zweiten sind die bis nach Petrograd gefahren.«

»Leningrad«, korrigierte Mutter. Sie stand mit meinem tropfnassen, schneeweißen Leibchen in der Tür, schaute zu uns hinein und lauschte.

»Also Leningrad«, sagte Vater. »Leningrad und die weißen Nächte. Weißt du, was das ist?«

»Nein«, sagte ich.

»Genau!«, sagte Vater.

»Und die Frauen von Petrograd!«, flüsterte Mutter, zwinkerte mir zu und grinste. Sie roch nach Gallseife, Zitronentee und frischem Sommerschweiß.

»Und die Frauen von Petrograd. Da hat sich jeder von den Matrosen dumm gefreut. Auch dein Onkel Staszek. Staszek ganz besonders. Der ist ja erst sechs Monate in der Dingsanstalt gewesen, wegen uns. Korrekturanstalt. Und dann haben sie ihn gleich nach Gdynia gebracht. Vom Gefängnis rüber zur Marine.«

Mutter rollte mit den Augen. Weil Vater jetzt noch diesen Bogen machen musste. Dann fuhr sie aus dem Stand herum, zog mir schnell noch ihre nasse Hand quer über das Gesicht, um mich zu ärgern, und verschwand.

»Ach, egal«, zügelte sich Vater. Er war für einen kurzen Augenblick ganz still, fast traurig, setzte aber unvermittelt wieder an. »Und dann haben die Russen das Anlegen verboten. Nur weil die Russen keine polnischen Matrosen gemocht haben. Kein Landgang, keine Frauen. Und keine weißen Nächte!«

»Weißt du, was das ist?«, flüsterte ich, machte ihn vielleicht sogar ein bisschen nach dabei.

»Was?« Vater horchte auf. Kurz sah es aus, als hätte ich es übertrieben. Als fiele sein Kopf aus der wohligen Trance, in der er trieb. Dann aber rief Mutter aus dem Badezimmer, brüllte »PETROGRAD!« quer durch den ganzen Flur, und die dünne Nadel sprang zurück in ihre Spur.

»Die Matrosen hat das ganz wütend gemacht«, sagte Vater und fand noch etwas Ruß an seinem rechten Ringfinger. »So wütend, dass ganz früh am Morgen vierzig von denen…«

»Fünfzig«, dachte ich.

»Fünfzig, sagt dein Onkel. Ich glaub aber, der lügt ein bisschen. Vielleicht erinnert er sich falsch. Wegen den Schmerzen. Fünfzig sind zu viel. Aber vierzig, das kann ich mir schon vorstellen. Also vierzig von denen haben ihren nackten Arsch über die Reling gehalten. Reling. Weißt du, was das ist?«

»Ja«, sagte ich.

»Doch, weißt du«, sagte Vater.

»Also vierzig von denen haben ihren nackten Arsch über die Reling gehalten. Und dann haben alle vierzig in die Bucht von Leningrad gekackert.«

Vater sagte immer »Asch«, wenn er Arsch meinte. Wie Asche oder Aschenbach. Er ließ das R in der kleinsten Silbe untergehen. Ließ es schleifen. Nur weil er zu behäbig war. Manchmal war es mir peinlich, dass schon vier Buchstaben, vier elendige Buchstaben, ohne irgendein Gefälle, ihn verraten konnten. Und bald machte es mich fuchsig, unglaublich fuchsig, dass er seinen faulen Allerwertesten nicht hochbekam, seinen faulen Asch. Nicht einmal im allerkleinsten Kreise. Und erst heute ist dieser dumme Zorn einer Milde und einer stillen Scham gewichen, weil ich jetzt, dreißig Jahre später, auch selber und noch immer jedes Mal nachschlagen muss, wie man Separee schreibt, und Kommilitone und Rhythmus, Terrasse und wiederum, und weil sogar hallo auf Polnisch nicht ohne Google geht und manchmal nicht mal mit. Cześć.

Vater hielt seine Hände unter die verchromte Armatur. Er spülte den Schaum von seinen Fingern, wie ein Geistlicher beim Gebet. Vor vier Wochen war Ruhollah Chomeini gestorben. Ruhollah Chomeini ging problemlos. Ich konnte mir den Namen ganz ohne Mühe merken, während Vater damit haderte wie mit einem Zungenbrecher. Mutter war beeindruckt oder tat als ob. Zweimal am Tag ließ sie mich Ruhollah Chomeini sagen. Manchmal merkte ich, wie sie mich über den Rand ihres Konsaliks anstarrte. Vollkommen still und ohne jeden Ausdruck anstarrte. Drei Sekunden lang starrte ich zurück, bis ich begriff. Dann flüsterte ich Ruhollah Chomeini und Mutter schob, wie von einem Bann erlöst, das Buch zurück über ihre Augen und las in aller Seelenruhe weiter.

Vater zog jeden Finger einzeln durch das kalte Kranwasser. Als müsse er spätestens beim Daumen seiner rechten Hand fertig mit der ganzen Anekdote sein. Er erzählte, wie die Matrosen auf der Reling hockten. Wie die Reling nachgab. Wie Onkel Staszek direkt über der Stelle hockte, wo die Reling brach. Wie er fast über Bord gegangen wäre. Dass er aber noch so geistesgegenwärtig und leider auch so dumm gewesen sei, nach dem ausgesprengten Stück Reling zu greifen. Mit nur einer Hand. Geistesgegenwärtig, weil ihm vierzig polnische Hinterlassenschaften und die Bucht von Leningrad erspart geblieben waren. Dumm, weil ihm natürlich erst die Schwerkraft und dann auch noch das eigene Gewicht in die rechte Schulter fuhren und dort von allen Bändern jedes einzelne riss. Aber deshalb, nur deshalb, und weil alle neununddreißig Matrosen dichtgehalten hatten, hätte ihm die Volksrepublik den Fluchtversuch damals verziehen. Und nach vier Stunden Vollnarkose und vierzehn Wochen Polytherapie hätte er als Nachtwart bei Rokita angefangen, der Chemiefabrik westlich von Trzebnica. Wo er selten, ganz selten, wenn er wirklich Glück hatte, ein offenes Büro samt Telefon entdeckte und das Nachtschichtfräulein im Fernsprechamt mit etwas Chuzpe überreden konnte, ihn bis nach Deutschland durchzustellen.

Seit dem Herbst gab sich der dünne Kuba nur noch selten mit uns ab. Er kam weder raus noch runter. Seine Mutter beklagte sich, dass er die Nachmittage verschlief und sich nur noch von Milchbrötchen und Fleischwurst ernährte. Die Ferien vor Pfingsten hatte er größtenteils mit zwei grobschlächtigen Jungen aus der Königsberger Straße verbracht. Und als die ersten Abende allmählich sommerlicher wurden, verfestigte das Trio seine Bande und vergrößerte sein Revier bis in die Südstadt hinein. Manchmal streunte die Clique paffend den Ring hinunter, lungerte nach Einbruch der Dunkelheit in der Liefersenke hinter Aldi herum oder marschierte am späten Nachmittag quer durch das Feld hinter der Burg. Darius und ich stiegen auf das Indianerzelt und spähten ihnen neidisch nach, bis die Erdkrümmung sie alle drei verschluckt hatte. Sie mussten mindestens bis zu der kleinen Rasthütte gelaufen sein, die am Feldweg hinter dem Schweinebach lag. Keines der Kinder aus der Schlesenburg durfte dermaßen weit hinaus. Weil der Schweinebach an den Hochspannungsmasten entlangfloss, die quer über das Feld nach

Biblis führten. Für uns waren Bach und Masten und dieses ominöse Biblis der äußerste Rand der Welt.

Es war ein glücklicher Zufall, dass der dünne Kuba und Apolonia einander in der Siedlung ablösten. Dass Apolonia genau in jenem Frühjahr dazustieß, in dem Kuba dem sabbernden Darius und mir abhandenkam. Sonst hätten er und ich tagein, tagaus nur Kommunion spielen müssen, Parcours und die immer gleiche dumme Mutprobe auf der Kellertreppe, die wir Darius seit fast zwei Jahren schon gutmütig gewinnen ließen. Und jeden verdammten Tag hätte ich mit ihm in einer der Betonnischen gehockt, die ebenerdig unter den Balkonen vom Hochparterre lagen. Immer und immer wieder hätten wir aus Liguster- und Mahonienbeeren den ewig gleichen Gummibärensaft gebraut.

»Willst du mir Stöckchen unter die Vorhaut stecken?«, hätte er gefragt, sobald ich mit meiner Langeweile nicht mehr hinterm Berg hätte halten können. Darius hatte die verstörende Idee vor drei Jahren aus dem Emsland mitgebracht. Der dünne Kuba und ich hatten uns immer schwer damit getan, diese merkwürdige Frage entgegen unserer so brennenden Neugier zu ignorieren. Wir wussten, dass im Emsland, kurz hinter Meppen, eine Tante von ihm wohnte. Wir wussten, dass diese Tante zwei deutsche Stiefsöhne in Darius' Alter hatte. Wir wussten, dass man mit Darius, wegen seiner Gutmütigkeit, seiner Panik, nicht dazuzugehören, aber vor allem wegen der zehn Minuten Luft, die ihm damals bei seiner Geburt und noch bis heute fehlten, machen könnte, wonach einem der Sinn stand. Und so war unsere brennende Neugier, was die Jungen aus dem Emsland mit ihm und seiner Vorhaut alles anstellten, genau genommen eine rein rhetorische.

Wäre Apolonia nicht in die Schlesenburg gezogen, vielleicht hätten Darius und ich unter dem Balkon der Witwe Galówka gehockt. An jenem Tag, als ihre Wohnung lichterloh in Flammen stand. Wir hätten das Feuer erst bemerkt, als das Glas zersplittert, die Balkonverkleidung geschmolzen, der dünne Schalbeton gesprengt und alles unter ihm begraben worden wäre. Vielleicht hätten wir mit letzter Kraft den Gummibärensaft gesüffelt und gemerkt: Die Rezeptur war falsch. Vielleicht wären wir sofort im Rauch erstickt oder erst im Löschwasser ertrunken. So oder so schon lange tot, bevor die grobschlächtigen Männer von der Feuerwehr auf die Idee gekommen wären, in die Nische unter den Balkon zu lugen. Aber alles nur, wenn Apolonia damals nicht in die Burg gezogen wäre. Doch zum Glück: Sie war.

Es dauerte zehn Tage, bis Apolonia sich traute, ans nördliche Ende der Schlesenburg zu marschieren und auf unser Klingelschild direkt unter der Nummer 7 zu drücken. Wie ein aufgescheuchter Köter jagte ich durch den Flur zur Gegensprechanlage. Der dunkelbraune Hörer, der über ein Spiralkabel mit einer flachen Armatur neben unserer Wohnungstür verbunden war, war das einzige technische Gerät in dieser Wohnung, das vollständig meiner Aufsicht oblag. Ich war der Klingelwart und war mir meiner Verantwortung mehr als bewusst. Was aber auch dazu führen konnte, dass es mich unendlich traurig machte, wenn irgendjemand in meiner Abwesenheit bei uns geklingelt hatte. Jeden zwischenzeitlichen Besuch musste Mutter mir behutsam offenbaren oder verbergen. Nach jedem »raus«, nach jedem »runter«, nach jedem Nachmittag im Freiluftbecken lief ich wie ein Leichenspürhund durch unsere Wohnung und prüfte, ob alles noch so war wie vor meinem Verschwinden. Und ich war selig, wenn ich nichts anderes fand als eine neue aufgeschraubte Dose Pressfleisch. Auch wenn Vater diese kindliche Neurose nervte, konnte ihn Mutter weich und gütig klopfen. Weil niemand sonst in der ganzen Schlesenburg die Johanniter, den Deutschen Tierschutzbund und die Zeugen Jehovas so voller Leidenschaft auf Abstand halten konnte.

»Ja?«, brüllte ich in den Hörer.

»Kommst du raus?«, schallte Apolonias Stimme durch die Gegensprechanlage. Ich erkannte sie sofort.

»Raus oder runter?«, fragte ich.

»Was?«, brüllte sie.

»Runter oder raus?«, wiederholte ich.

»Bist du dumm?«, fragte Apolonia. Natürlich war mir augenblicklich klar, dass ihr noch niemand aus der Burg den Unterschied erläutert hatte. Aber wie schnell sie wild und zornig wurde, wie sie plötzlich aus der Haut fahren konnte, das trieb mir eine heiße Freude ins Gesicht, die ich gern verborgen gehalten hätte.

»Wir spielen Flucht. Wenn du Lust hast, komm. Wenn nicht, dann tschüss.«

»Flucht?«, rief ich in den Hörer.

»Ja, Flucht!«, hörte ich sie rufen. Aber ihre Stimme hatte Raum gewonnen, sich von der Klingelzeile abgewendet, vielleicht sogar entfernt. Panik sackte mir in die Beine, fuhr mir in die Knie und schleuderte mir meine Kinderlatschen in hohem Bogen von den Füßen. Ich sah noch den dicken Schriftzug in der Flurecke einschlagen: Adida. Am jeweiligen Fehler auf dem Latschenrücken konnte man das Jahr ablesen, an dem der polnische Metzger die lächerlichen Raubkopien quer durch die DDR gekarrt und für einen Zehner extra zu den Kabanossi gepackt hatte. Vater trug im Sommer oft Aidas. Mutter hatte für den Keller ein Paar Pume.

»Ich komme!«, brüllte ich in den Hörer, streifte mir das aufgewickelte Spiralkabel vom Finger und keine zwei Minuten später donnerte ich mit meinen Plastiksandaletten durch das Treppenhaus, klatschte auf jedes halbe und volle Stockwerk wie ein Peitschenhieb und stolperte über die Gummimatte an die frische Luft.

Zu meiner Überraschung war Apolonia allein. Sie schnalzte zu mir herüber, fuhr wie ein Grenadier herum und marschierte strammen Schrittes davon. Ich folgte ihr eilig, aber ihren großen flinken Beinen war kaum beizukommen.

»Wo ist Darius?«, fragte ich.

»Woher soll ich das wissen?«, rief sie und mir wurde klar, dass sie mich mit einer Finte aus dem Haus gelockt hatte. Wir eilten in einem asynchronen Rhythmus durch die halbe Schlesenburg. Apolonia stakste in glasklarem Takt voraus, ich hetzte ihr in kakophoner Klangfolge hinterher. Zwölftonmusik, wie ein Naturgeräusch, ein dicker unförmiger Kiesel, der eine Grasböschung hinuntereierte.

Sie ging mit ausgestrecktem Finger auf die Klingelzeile zu. Hausnummer 15. Spalte zwei, Name zwei, Mazurka. Ich musste grinsen, weil es offensichtlich war, dass sie das ganze Dutzend Klingelschilder kannte. Ausgespäht. Vorhin, gestern, letztens nach der Sache mit der Steißfrucht. Sie sah mich grinsen, funkelte mich böse an, aber das Knacken in der Gegensprechanlage rettete mein Leben:

»Kommst du raus?«, rief Apolonia.

»Ich?«, antwortete Frau Mazurka. Man konnte sie auf eine überdrehte Weise lachen hören.

»Nein. Darius!«, rief Apolonia, als wäre der Witz mit einem Scheppern von ihr abgeprallt.

»Raus oder runter?«, fragte Frau Mazurka.

»Seid ihr alle dumm oder was?«, zischte Apolonia mir wütend zu. Ich drängelte mich vor die Gegensprechanlage. »Nur runter«, rief ich tief in das kleine rauschende Aluminiumgitter hinein. Frau Mazurka antwortete nicht. Es war nur ein dumpfes bröckeliges Rauschen zu hören. Gebannt starrten wir in die Finsternis zwischen die winzigen Metallstäbchen.

»Der Darius!«, rief Frau Mazurka. Apolonia sprang vor Schreck ein Stück zurück. »Der ist schon unten!«

»Runter oder raus?«, fragte ich noch, aber während Frau Mazurka den Hörer in die Muschel donnerte, boxte mir Apolonia auf die Schulter.

»Runter oder raus!«, äffte sie mich nach und stiefelte davon.

Apolonia spielte anders Flucht, als wir es getan hätten, damals an den ganz besonders faden Nachmittagen mit dem dünnen Kuba. Mit ihm mussten wir immer erst im Sandkasten die Umrisse eines Autos ausheben: zwei Vordersitze, eine in den Sand gemalte Rückbank und eine flache Kuhle für den Kofferraum. Eine Motorhaube trampelten wir nur dann in den groben Sand, wenn uns der Sinn danach stand. Meistens hob ich mir noch einen flachen Fußraum aus, kroch auf den Fahrersitz und steuerte den Wagen mit zwei gekreuzten Stöcken oder mit einer Frisbeescheibe durch die Tschechoslowakei. Darius lag auf der Rückbank und spielte dort den kleinen Kuba. Er machte Autobahngeräusche und verpopelte die lange Fahrt. Der dünne Kuba selbst tigerte um uns herum, nicht durch den Sand, sondern weit um den Sandkasten herum. Er kommentierte unser Spiel, manchmal streng wie ein Dramaturg, manchmal mit einer tiefen und ruhigen Zufriedenheit wie Heinz Galinski. Kurz vor dem Grenzübergang Richtung Österreich steuerte ich den Wagen auf Kubas Ansage hin in eine schmale Nothaltebucht. Ich hatte mich prüfend umzuschauen, zur Rückbank zu drehen und dem kleinen Kuba-Darius zwei Mahonienbeeren in den Mund zu stecken. Beruhigungsmittel oder Schlaftabletten, die er, verblüffend gut gespielt, widerwillig hinunterwürgte. Sobald er sich müde hängen ließ wie ein Sack Kartoffeln, musste ich ihn von der Rückbank zerren und nach hinten in den Kofferraum wuchten. Auf Ansage hatte ich den Kofferraum zu öffnen und den bewusstlosen Kuba-Darius ganz vorsichtig hineinzulegen. Dann kam das immerzu Gleiche: Darius gähnte. Dass er sich Bewusstlosigkeit vorstellte wie eine schwere Müdigkeit, das war ihm leider niemals auszutreiben gewesen. Er gähnte übertrieben laut. Anfangs hatten wir noch einen alten Waschlappen mit phantasiertem Chloroform getränkt, aber ein in den Schlaf gezwungenes Kind, das davor, währenddessen oder danach lauthals gähnte, das passte nicht in Kubas Vorstellung und machte ihn rasend vor Wut. Besonders dann, wenn sich Darius zu allem Überfluss wie ein Kätzchen streckte oder wie ein lebensmüder Hund zusammenrollte. Immer wenn ich ahnte, dass Kubas Stimmung kippte, rannte ich um den Wagen, steckte meine Beine wieder in den Sand, trat auf das imaginierte Gaspedal und rollte ohne Schulterblick auf die Autobahn zurück. Mit etwas Glück besänftigte ihn das und er befahl mir, langsam wieder in den zäh fließenden Grenzverkehr zu steuern. Jetzt trat der echte Kuba auch selber auf und spielte einen Grenzer. Zwei sogar. Erst einen tschechoslowakischen, dem ich aus meiner falschen Westentasche ein kleines Bündel Geldscheine zustecken musste. Nur dann durften wir passieren. Manchmal variierte er auch, verlangte kein Bündel, sondern Schein um Schein, einzeln aus meiner unsichtbaren Geldbörse gezupft, bis es ihm gerade so genügte. Danach erst durfte ich ein paar dutzend Meter weiterrollen, bevor aus dem dünnen Kuba ein Grenzbeamter aus Oberösterreich geworden war. Ihm musste ich nur schnell und flüchtig meine Brüste zeigen. Manchmal griff er auch danach. Schraubte kurz an meiner unsichtbaren Oberweite herum, bis er mich augenzwinkernd durchwinkte.

Dieses ganze Spiel konnte eine gute Stunde dauern, und wenn vom zähen Nachmittag noch immer etwas übrig war, spielten wir noch die Weiterfahrt nach Deutschland durch. Direkt hinter Linz sollte ich unbedingt nach Westen abbiegen.

»Unbedingt!«, sagte der dünne Kuba. Er stand auf einem der kniehohen Rundhölzer, die den Sandkasten umschlossen, und starrte auf mich hernieder. Kurz hinter Passau sollte Darius dann schläfrig und benommen aus der Kofferraumkuhle rollen und parallel dazu der Wagen aus dem Sand in die Bundesrepublik. '88 aber tat ich mich mit Ost und West noch derart schwer, dass der dünne Kuba bei jedem Fehler, als wäre er wieder in seiner Tschechenrolle, laut und böse werden konnte. Besonders dann, wenn ich irrtümlich nach links gesteuert hatte. Dann brüllte er mit einer lauten, kippenden Stimme, die mir erst gespielt vorkam, aber plötzlich, nach dem zweiten Satz, die Oktavengrenze durchbrach und von der Schlesenburg wie ein kurzbeiniges Echo zurückgeworfen wurde: »Wien! Du fährst nach Wien!«

Sofort stieg ich auf die Bremse, aber schon war es zu spät: Kuba, der dünne stille Kuba, rastete aus. Es war kein sauber abbrennender Zorn mehr, der ihm gleichmäßig entwich, sondern eine Presswut, die ihm durch jede Ader in den Hals und in den Schädel stieg. Sein ganzer Körper fing zu zucken und zu knattern an. Wie ein großer Tropfen Wasser in einem Topf voll heißem Öl. »Wien! Wir sind in Wien! Du bist nach Wien gefahren! Was will ich denn in Wien?«

Ich steuerte zurück, wendete in einem Zug, kurbelte nach links und rauschte panisch in den ausgedachten Gegenverkehr hinein. Aber wie ich mich auch hupend gegen den Blechstrom kämpfte, es half nichts: »Zu spät! Zu spät! Jetzt waren wir in Wien! Waren! Jetzt bist du schon in Bratislava. Bratislava! Alles für den Arsch!«, rief der dünne Kuba. Seine Arme schossen in die Luft. Sie waren kreidebleich, weil jedes Blut ihm in den Kopf gestiegen war. »Alles für den Arsch! Alles! Du bist in Bratislava und ich bin tot! Erstickt! Erstickt im Kofferraum. Erstickt an meiner Kotze! Bratislava! Bravo!«

Mit einem riesengroßen Satz, der ihn direkt aus der Hüfte in die Luft hob, sprang der dünne Kuba vom allerhöchsten Rundholz. Sein langer schlaksiger Körper donnerte wie ein Katapultgeschoss auf die Rückbank, mit voller Wucht und einer Kraft, als läge um jedes seiner Körperteile eine unsichtbare Schicht aus Muskeln, Fett und Haut. Die flache Mulde, mit der wir uns die Rückbank in den Sand gezeichnet hatten, war jetzt völlig zerfurcht. Während Kuba wie aus einer Sprungfeder wieder in die Höhe schoss, plumpste Darius wie ein Klumpen Lehm aus seiner Kuhle auf die ausgedachte Straße. Und als Kuba zu strampeln begann, zu treten wie ein Bekloppter und der ganze Kofferraum in einer Sandfontäne auseinanderflog, machte auch ich einen schnellen Satz nach links und rettete mich mit einem Hechtsprung aus der phantasierten Wagentür. Sofort flogen mir Karosse, Glas und Gummidichtung in dicken sandigen Brocken in den Rücken. Ein letztes Mal noch sprang der dünne Kuba in die Luft, stürzte wie im Blutrausch auf den Fahrersitz, kickte schon im Landen wie ein Besessener gegen die kleine aufgeschüttete Sitzfläche, dann tief in meinen Fußraum hinein, und zu guter Letzt flogen die Stöcke für Lenkrad, Gangschaltung und Handbremse im hohen Bogen auseinander. Darius und ich krochen im Krebsgang über die Rundholzmauer, duckten uns und sahen zu, wie der dünne Kuba ins Keuchen kam, noch viermal kräftig in den Sand furchte und die allerletzte Linie und Struktur mit einem festen Schwung durchtrat. Dann lag Stille über der Grube. Der dünne Kuba hockte ausgelaugt und atemlos in der Senke. Seine Augen hellrot unterlaufen. Er hatte sich Sand ins eigene Gesicht gekickt. Sein Blick fuhr durch die Sandgrube, durch den flachen Krater, den er ausgehoben hatte. Dann schaute er auf, erhob sich, stieg mit großem Schritt über die

Rundholzmauer und ging davon, ohne sich nochmal nach uns umzudrehen.

Es gab viele kleine Unterschiede zwischen Apolonia und dem dünnen Kuba – und es gab den einen großen, nämlich den, wie sie Flucht mit uns spielte: Apolonia schonte uns keine Sekunde lang. Jede krude Phantasie, mit der wir aufwarteten, wurde sofort in etwas Körperliches übersetzt. Jede Vorstellung von Anstrengung und Mühe, von Distanz und Zeit, wurde nicht bloß mit halbherzigem Elan angedeutet, sondern sofort in etwas Greifbares verwandelt. Apolonias unerschöpfliche Ressource waren die Impulse, die sie wie Gewitterblitze in uns hineinschleuderte wie in eine faule Ursuppe. Die uns organisch machten und ehrfürchtig und folgsam. Jetzt gab es keinen Kuba mehr, der um uns herumschlich und uns dirigierte, der uns führte und baumeln ließ wie Puppen. »Wir hauen ab«, sagte Apolonia. Und dann hauten wir ab. Und jede Phantasie lag offen vor uns, mit allem, was die Schlesenburg zu bieten hatte.

Vier Tage nach der Steißfrucht, sechs Tage, bevor sie sich zu klingeln traute, hockten Darius und ich auf der Streugutkiste neben den Garagen, als uns ein feiner Sprühregen aus Spucke von oben auf die Stirn fiel. Wir drehten unsere Köpfe synchron wie Erdmännchen herum. Schräg über uns, mittig auf der Garagenkante, hing Apolonia. Sie hatte ihren Kopf rückwärts und weit überstreckt über die knöchelhohe Brüstung gelegt, ihr Schädel hing wie ein Wasserspeier in der Luft. Ich musste an die Königin aus Frankreich denken, der man mit einer Gilotyna den Kopf abgeschlagen hatte. Apolonia war mutiger als jede Königin, dachte ich. Weil sie auf dem Rücken lag, nicht auf dem Bauch. Weil sie das Fallbeil kommen sehen wollte. Eine dicke schnurgerade Ader zog sich mittig über ihre Stirn. Ihr Topf-schnitt baumelte wie ein hässlicher Lampenschirm in dünnen Fransen aus ihrem Schädel heraus, und zum ersten Mal konnte ich ihre Ohren sehen, ihre winzigen kreisrunden Ohren, die wie ungepflückter Rosenkohl an ihrem Kopf klebten.

»Nur einer von tausend kann so spucken!«, rief Apolonia und rotzte kopfüber in den Haselnussstrauch. Sofort quollen meine Drüsen auf, und meine Zunge wurde mit frischem Speichel überschwemmt. Mein ganzer Mund wollte es ausprobieren. Aber ich hielt mich zurück, weil ich ausnahmsweise nicht zur Mehrheit gehören mochte.

»Ich spiel jetzt Flucht«, schob sie hinterher. Es klang nicht wie ein Angebot. Aber Darius fuhr herum, packte mich am Ober-arm und starrte mir bettelnd ins Gesicht. Ich kämpfte mich frei und rief zurück: »Wir können mitspielen.«

»Ich spiel aber richtig«, sagte Apolonia und drehte ihren Kopf über der Kante. Fast sah es aus, als wäre es ein Zaubertrick. Als würde sie ein haariges hellbraunes Ei mit kleinen aufgemalten Augen auf einer Leine tanzen lassen.

»Ich bin Kuba!«, rief Darius.

»Geht auch ohne Kuba!«, rief Apolonia. Sofort schoss ihm eine feine Emulsion aus Trotz und Jähzorn ins Gesicht. Ein fal-sches Wort und er würde für die nächsten zehn Minuten heu-lend auf dem Boden kreiseln.

»Du kannst der Vater sein. Und dann der Geist vom Vater. Weil der Vater in der Mitte totgeschossen wird.«

Darius Mazurkas Miene schlug sofort in einen Zustand end-loser Begeisterung um.

»Wo erschossen?«, rief er.

»Egal. Hauptsache richtig.«

»Und ich?«, fragte ich.

»Du musst das Kind sein. Aber ein wildes Kind.«

Ihr Kopf rollte um 180 Grad herum, ihr Körper drehte sich vom Rücken auf den Bauch.

»Das kann ich!«, rief ich, sprang auf und rupfte Darius vom Boden, der von der Streugutkiste auf das Pflaster gesunken war und Sterben übte.

»Dann los!«, rief Apolonia. »Gleich zu den Baracken. Wo die Grenzer schlafen.« Sie zog ihren Kopf über die Garagenkante und verschwand.

Sofort stieg mir blanke Panik in den Hals, eine pressende Angst, hier auf der verdammten Streugutkiste zurückzubleiben. Ich drängte Darius an die grobverputzte Wand, fasste ihm wie einem Gaul unter das Bein und stemmte ihn hinauf. Mit zwei schnellen Griffen packte er die Brüstung, zog sich in die Höhe und stieg mit Schwung über die Garagenkante. Kräftig war er immer schon gewesen. Nur endlos langsam konnte er sein. Und immer lief man Gefahr, ihn und seine kurzspannige Aufmerksamkeit an einen matt glänzenden Kronkorken oder zwei Bumskäfer zu verlieren. Vier Sekunden lang stand ich an der Mauer und kippelte ungeduldig auf den Fersen. Mazurka, Mazurka, lass deinen Arm herunter. Ich flüsterte ein Stoßgebet in mich hinein, dass nichts auf dem Garagendach ihn mir entzog, keine bunte Flechte, keine Raketenhülse. Und als die Hand dann endlich um die Kante fuhr, schnappte ich fast zu gierig danach. Ich musste an Onkel Staszek denken, wie ihm sein Griff nach der Reling die Schulter zersprengt hatte. Schnell griff ich nach der flachen Brüstung, suchte festen Halt und zog mich ganz allein hinauf.

Darius sei unten, hatte seine Mutter gesagt. Tatsächlich suchten wir fast eine halbe Stunde lang nach ihm. Streunten über den Hof, marschierten durch die Einfahrt, schauten in jedes betonierte Müllhäuschen, bogen auf den grünen Gürtel zwischen

Burg und Straße und schoben unseren Blick unter jede einzelne Balkonnische. Ringseits, kurz nach der Nummer 15, inspizierten wir ein gutes Dutzend Rattenlöcher, die hier fast senkrecht durch die Grasdecke in den Boden führten. Im ersten Stock wohnte Herr Szallak, der mittlerweile so umnachtet war, dass er Fußgänger am Ring manchmal freundlich vom Balkon aus mit »Heil Hitler« grüßte, aber »pierdoleni faszyści« flüsterte und ausspuckte, sobald sie vorüber waren. An guten Tagen kippte er altes Brot und Nudelreste aus dem Fenster, weil er die Ratten und Kaninchen für winzige Schweine hielt. Nur deshalb gab es hier eine kleine Kolonie. Wir schauten in jedes der pechschwarzen Rattenlöcher hinein. Nicht mal wegen Darius. Eher aus einem zähen Brei aus Neugier, Bummelei und Langeweile heraus. Es war eine halbherzige Hoffnung, die jedoch jedes Mal enttäuscht wurde. Manchmal lagen drei oder vier Rattenlöcher so dicht beieinander, dass es aussah, als hätte Gott an dieser Stelle mit Schwung ins Gras gegriffen und den ganzen Gürtel angehoben, nur um ausgerechnet hier, am Breslauer Ring, nach dem Zustand seiner Schöpfung zu schauen. Vor dem letzten Rattenloch fiel Apolonia mit Karacho auf die Knie. Sie hielt eines ihrer Rosenkohlöhrchen schwebend über die tennisballgroße Öffnung und schlug mit der flachen Hand immer wieder auf den ausgedörrten Rasen.

»Und?«, entfuhr es mir, als sie innehielt und lauschte. Ein schrecklich infantiles »und«, das ich sofort bereute.

»Niemand zu Hause«, sagte sie, dann aber drehte sie ihren Kopf und rief in das Rattenloch hinein: »Bist du scheiße oder was? Wir suchen dich! Ewig schon! Kommst du raus? Ja, raus! Raus oder runter! Scheißegal!«

Apolonia fuhr herum, lachte mich an, vielleicht aus, sprang in den Stand und hechtete, wie immer, flott voran.

Nach ein paar Metern bogen wir links in die Königsberger

Straße, durchsuchten sogar noch den kurzen Arm der Siedlung, warfen aber nur noch beiläufige Blicke unter die Balkone und schielten hier und da durch die Ligusterhecke auf den Ring hinaus. Fast war ich erleichtert darüber, dass wir Darius nicht finden konnten. Ich wollte ihn nicht außen vor lassen, aber der Gedanke, dass ich mich erst einmal allein mit Apolonia verbrüdern konnte, ein etwas engeres Band knüpfen, als er oder alle anderen in der Siedlung, legte sich mir wie eine kuschelige Wärme um die Brust.

Als wir aber über den schmalen Trampelpfad zurück in die Schlesenburg schlichen, fanden wir ihn. Auf dem allerletzten Meter, als unser Blick gerade so um die Ecke in die Siedlung biegen konnte, tauchte sein geduckter Körper vor uns auf. Er stand schräg vor dem Hauseingang der Nummer 21 und starrte hinüber zu dem kleinen Bänkchen, das Apolonia und mir in dem Moment noch verborgen war. Darius war so dicht gegen die wilde Berberitze gedrückt, dass nicht besonders viel dazu gehört hätte, ihn dort, im weinroten Gebüsch zu übersehen. Als würde er Spion spielen oder etwas ungeschickt Verstecken. Wie eng er sich an den weichdornigen Busch schmiegte, hatte etwas Irrsinniges. Aber Apolonia stimmte augenblicklich mit ein, was auch immer er da gerade spielte. Sie packte mich am Arm, zog mich einen Schritt zurück und drängte uns mit Schwung gegen die Häuserwand. Die Spitzen ihrer Haare rauschten mir links über das Gesicht, was mich, ich wusste nicht warum, ein kleines bisschen ekelte. Sofort legte sie sich den Finger auf die Lippen und lugte wie ein Detektiv in tiefgebückter Haltung um die Mauerkante. Als sie nicht sofort zurückschnellte, traute ich mich selbst ein Stück voran, schob mich zaghaft vor, langsam um die Ecke gleitend, bis die purpurrote Berberitze vor mir aufging. Darius hatte einen schiefen Ausdruck im Gesicht. Er knibbelte mit den Fingern ziellos an seinem Hosenbund herum und starrte auf die Waschbetonplatten, die zu seinen Füßen durch die ganze Siedlung führten. Er sah einsam, verloren und verwirrt aus. Dann aber hörten wir eine Stimme, die vom Bänkchen zu ihm sprach: »Wir werden dich vermissen«, sagte sie.

»Wieso?«, fragte Darius verunsichert. Sein Blick ging kurz hinauf, glitt aber sofort zurück zum Boden. Wir konnten sehen, wie die Stacheln der Berberitze ihm in die nackten Oberarme zwickten, wie seine Haut auch an den Beinen zuckte, und trotzdem presste er sich mit dem Becken tief in das brusthohe Gebüsch hinein.

»Na, wenn die Mama dich zurückschickt!«, sprach eine Stimme irgendwo vom Hauseingang zu ihm hinüber, vielleicht vom kleinen Bänkchen.

»Nach Hause?«, säuselte Darius.

»Do Polski!«, hörten wir es nölen. »Nach Polen.«

Ich schaute Apolonia ins Gesicht. Suchte nach einer Regung, irgendein Zucken, das mir verriet, ob sie begriff. Ob sie wohl verstand, dass das jetzt eine zweite Stimme war, die wir gehört hatten. Die nur der ersten ähnlich war, fast sogar identisch.

»Der Papa packt dich wieder ein«, sagte die erste Stimme.

»Und dann gibt er dich auf«, sagte die zweite.

»Bei der Hauptpost in Bad Kreuznach.«

»Ist weit. Aber da geht das. Ganz einfach.«

»Oder im Krankenhaus.«

»Gleich wenn das Baby kommt.«

Beide Stimmen hatten etwas Beschwörendes. Ich musste an die Schlange aus dem Dschungelbuch denken oder das eine Mal im letzten Jahr, als Frau Galówka meiner Mutter unbedingt Tarotkarten legen musste.

»Ja. Wenn das nowe Baby kommt.«

»Wenn das neue Baby fertig ist.«

»Muss nur fertig sein.«

»Fertiger als du.«

»Dann lassen sie dich da. Tauschen dich.«

»Und nehmen nur das Baby mit.«

Darius schob jetzt auch seinen Rücken immer tiefer in die stachelige Berberitze hinein. Der ganze Strauch gab nach, neigte und wölbte sich unter dem Druck, und fast sah es aus, als treibe er sich aus eigener Kraft in der Mitte auseinander.

»Aber nur wenn die Mama einen Knaben kriegt«, setzte die erste Stimme wieder ein.

»Wenn sie ein Mädel bekommt, dann hast du Glück gehabt.«

»Dann werden sie dich schon behalten.«

»Wegen Kindergeld.«

»Und besser als ein Mädla bist du doch.«

»Gerade so.«

Ein hauchdünner Trotz fuhr Darius Mazurka ins Gesicht, seine feuchten Augen wurden schmal und starr. Doch die Baranowskis ließen nicht mehr locker.

»Es wird aber ein Junge.«

»Denk ich mir auch.«

»Das sieht man.«

»Du nicht. Aber wir sehen das.«

»Du musst der Mama gut sein.«

»Solange du noch kannst.«

»Gut musst du sein.«

»Nicht frech und nix.«

Alle Wirbel, die bis dato noch aufrecht in Darius' Rücken aufeinandergelegen hatten, sackten ineinander. Die letzten Sätze waren ihm wie unsichtbare Kanthölzer in den Bauch gedonnert. Anders konnte ich mir nicht erklären, dass sich sein Körper wie ein abgebranntes Streichholz krümmte. Als wölbe sich die Berberitze von seinen Schultern über ihn.

»Ich denk, es wird ein Junge!«, sagte der linke Baranowski.

»Das denk ich mir doch auch«, sagte der rechte.

»Die Mama ist eine Knabenfrau.«

»Das sieht man an den Brüsten.«

»Die Mama hat die besten Tittchen aus der ganzen Burg.«

»Weiber wie deine Mama kriegen Jungs.«

»Da kann der Papa stochern, wie er will.«

»Weißt du, was das heißt?«

»Weißt du, warum?«

»Weil Mädchen, die wissen so Tittchen nicht zu schätzen.«

Mit einem Knacken brach der linke Arm der Berberitze, der ganze Strauch gab nach. Und plötzlich, wie bei den Männern von der Feuerwehr, rutschte die Zeit aus ihrer Form. Ich sah, wie Darius in Zeitlupe nach hinten kippte, wie er die Arme nach oben riss, wie sein Kopf nach hinten in den purpurroten Busch jagte. Nur zwei kleine Tränen blieben wie festgestickt in der Luft hängen. Ich stürzte im Schreck aus unserem Versteck. Sofort rutschten die Baranowskis auf ihrer Bank ins Bild, ich konnte im Gleitflug sehen, wie sich bei beiden fast synchron, beim linken noch ein kleines bisschen schneller, die wulstigen Lippen spannten. Wie sich ihre Kiefer langsam aufklappten, wie eine Phalanx aus gelbschwarzen Zähnen und graurotem Zahnfleisch erschien und ihre Zungen, ganz tief in der Rachengrube, im einsetzenden Gelächter bebten. Dann plötzlich schlug der Takt um, und alles wurde schnell. Schneller als normal. Darius' Becken ging in Führung und zog ihn mit dem Arsch voran tief in die Berberitze. Das Gebüsch verschluckte ihn, spurlos und ohne jede Mühe. Ich griff mit dem Arm hinein und kriegte mitten im Gestrüpp etwas zu fassen, das ein Handgelenk sein mochte.

Erst jetzt ging mir alles auf. Dass es nicht der Schreck gewesen war, der mich um die Mauerecke gejagt hatte, sondern Apolonia. Ich spürte noch ihren Stoß und die Hitze ihrer Hand zwischen meinen Schulterblättern. Sah vor mir, wie ihr flacher Handabdruck in meinem Nacken allmählich verblasste. Apolonia war mir nachgejagt, schlug aber auf dem Gehweg einen Haken. Und dann geschah das Unglaubliche: Aus dem Schwung einer halben Drehung heraus spuckte sie dem ersten Baranowski eine dicke Ladung Rotze ins Gesicht. Einen dicken weißen Pfropfen mitten in den Mund hinein. Sie musste seinen Gaumen oder sein Zäpfchen getroffen haben, weil dem Alten, noch bevor ihm irgendetwas klar werden konnte, bevor der rasend feixende Gesichtsausdruck zersprang, ein erstes Würgen durch den Schädel zuckte.

Der zweite Baranowski hatte ein Tausendstelsekündchen mehr, spannte seine Schultern, wollte sich gerade hochwuchten, aber wie aus einer halbautomatischen Pistole schoss auch ihm ein dicker Klumpen Rotze ins Gesicht. Die schaumige Substanz prallte ihm flächig auf die Stirn, die Braue und ins rechte Auge hinein. Mit so einer Wucht und Überraschung, dass das schwache Männlein nach hinten zurückfiel und wieder auf das Bänkchen kippte. Ich hatte Darius Mazurka aus der Berberitze gezogen. Apolonia griff nach seiner zweiten Hand, hievte ihn auf die Beine, und als der erste Baranowski in einem lauten krächzenden Lärm aus Husten, Wut und Würgen explodierte, rannten wir davon.

7

ROZUMIESZ

Vater hockte mit verschränkten Armen auf der Küchenbank, mittig auf der kurzen Seite, so dass ich ihn vom Flur aus sehen konnte. Wie eine dunkelgraue Silhouette hing sein Oberkörper im großen Fenster, das so breit war, dass wir den ganzen Tisch abräumen mussten, wenn wir es öffnen wollten. Er hatte seinen Hinterkopf gegen die Scheibe gelegt. Weil er ungleichmäßig und in kurzen Zügen atmete, wusste ich, er schlief. Alles hinter ihm war dunkelblau und diesig. Nur von unten zog ein warmer gelber Schein wie ein Farbverlauf ins Fenster hinein. Manchmal sah es nachts so aus, als wäre unsere Fensterfront, die ganze Schlesenburg, ganz dicht an einen Lavastrom gebaut. Zäh fließendes Gestein, das lautlos den Ring hinunterströmte und mit seiner schwachen Glut den Nachthimmel über uns mit einem dünnen Gelbstich überzog.

Vater hatte Pressfleisch gegessen. Der säuerliche Duft hing noch im Türrahmen. Die aufgerissene Dose stand dicht neben der Tischkante. Er hatte die wunderliche Eigenart, alle Dinge möglichst nah an eine Kante zu stellen. Keine Woche verging, in der nicht irgendwas vom Fliesentisch im Wohnzimmer oder der Küchenzeile segelte. So hatte Mutter einen besonderen Automatismus ausgebildet: Egal was sie tat, egal wie geschäftig sie gerade war, immer konnte es passieren, dass eine Hand, ein

Arm aus ihrem Tun ausscherte, wie ein Spinnenbein oder ein feinmechanischer Tentakel. Und ohne dass irgendetwas sonst an ihr Notiz davon zu nehmen schien, schob die dritte Hand ein Wasserglas, ein Keramikschälchen, die Fernbedienung oder Vaters Armbanduhr vom drohenden Abgrund in die Geborgenheit der Tischmitte hinein. Sie räumte ihm nicht hinterher, aber sie griff wie ein guter Geist in aller Dinge Lebenszeit ein, in all die kleinen zerbrechlichen Sachen, die in unserer Wohnung verstreut waren.

Vier Tage lang hatte ich bei bestem Kaiserwetter in der Wohnung gehockt. Der Hochsommer und die Ferien hatten ihr Bergfest überschritten. Aber noch waren wir Kinder aus der Burg nicht melancholisch deswegen. Ich zerdöste die Tage und stromerte nachts, noch mehr als sonst, vom Kinderzimmer ins Wohnzimmer, in die Küche und zurück.

Am Abend nach den Baranowskis wartete ich jede Minute darauf, dass ein Jahrhundertgewitter über mich herniederging. Ich wartete auf flackerndes Phosphor und himmlische Plagen, auf brennende Frösche, die mich beregneten wie ganz Ägypten. Und jedes Mal, wenn schwere Tritte durch den Hausflur zu uns heraufschallten, sah ich den Tod persönlich durch die Siedlung ziehen und uns Erstgeborene dahinraffen. Jeden einzelnen von uns. Alle drei. Erst Apolonia, dann Darius, dann mich. Der dunkelbraune Hörer der Gegensprechanlage hing drohend wie ein dicker Lederriemen an der Wand. Jedes Mal, wenn meine hospitalisierten Spaziergänge mich durch die Wohnung führten, eilte ich mit beschleunigten Ausfallschritten daran vorbei.

Alle Fenster, die in Richtung Hof und Bänkchen hinausschauten, mied ich, als wären ihre Giebel mit Lammblut getränkt. Und jedes Mal, wenn das Telefon klingelte, zuckte ich zusammen, hockte mit rasendem Puls auf meinem Bett und zermalmte die Stille. Ich rechnete dann jeden Augenblick damit, dass Mutter wie eine Herde wilder Nashörner durch den Türrahmen ins Kinderzimmer brechen und mich mit einem dumpfen Hieb ins Jenseits schleudern würde.

Und wenn Vater nach der Schicht nach Hause kam, flüchtete ich mich unauffällig hinter ein Möbelstück, das breiter war als die Spanne seines Armes. Er hatte und hätte nie, kein einziges Mal, die Hand gegen uns erhoben. Aber nach dem Zwischenfall mit den Baranowskis hätte ich es ihm nicht übel genommen. Wenn er nur dieses eine Mal widerhallen lassen würde, was er selbst als Kind gelernt hatte. Geprügelt werden. Einmal in der alten Vatersprache zu mir sprechen. Damit die alte Tradition nicht unterginge. Aber nichts und wieder nichts geschah.

»Hast du Streit?«, rief Mutter gleich am zweiten Nachmittag vom Balkon hinein.

»Mit wem?«, rief ich zurück.

»Mit Darius und so.«

Ich hockte seit Stunden in der glühenden Hitze unseres Wohnzimmers und ließ mir von einem halben Dutzend Legopiraten bereitwillig und immer wieder den Oberkörper kanonieren.

»Nee!«, röchelte ich.

»Bist du sicher?«, rief Mutter.

»Nein!«, brüllte ich.

»Also ja?«

»Ja, sicher. Sicher, nein!«, rief ich entnervt, packte das Piratenschiff und segelte davon. Durch den Flur ins Schlafzimmer hinein, die größtmögliche Entfernung, die unsere Dreiraumwohnung zu bieten hatte. Im Sommer, wenn alle Türen offen standen, und die drückend heiße Luft eine fast physische Gestalt bekam, wie dünner Kleister, war es noch schwerer als sonst, sich aus dem Weg zu gehen. Es war paradox, aber je weiter die

Türen und Fenster aufgestemmt worden waren, umso stickiger wurde die Luft. Sie hing schwer zwischen den Zimmern und machte die Akustik dicht und eng. Ich konnte im Schlafzimmer hinter dem Bett liegen, unter dem Nachttisch, der aus der saharabraunen Konstruktion aus Sperrholz und Presspan und dünn bespanntem Polster herausragte wie ein Kotflügel. Sogar unter das Rückenteil des Ehebettes konnte ich kriechen. Und trotzdem hörte ich deutlich, wie Mutter auf dem Balkon in stetiger Rastlosigkeit durch ihren Konsalik blätterte.

Als Vater am dritten Tag nach der Nachtschicht sagte: »Geh doch raus!«, rief ich durch die Wohnung: »Ich geh später!« Und wenn Mutter mich am Nachmittag, kurz nach der Frühschicht, ins Gebet nahm, sagte ich, ich wäre schon am Vormittag gewesen.

So log und bog ich mir die Tage zurecht und klebte den Eltern wie eine Distel an den Hüften. Wie eine wilde Ähre, die sich unter die Schnürsenkel gegraben hatte, in die Lasche gezwängt, ins Futter hinein, nur um Tage später mit einem mörderischen Zwicken in die Haut zu treiben. Ich war immerzu bereit, beim ersten wilden Hämmern gegen die Wohnungstür in den Flur zu jagen, um das Schreiben der Staatsanwaltschaft abzufangen, das uns Apolonias merkwürdigen Unfalltod verkünden würde. Unerwartetes Ableben nach mütterlichem Blutrausch. Obduktionsergebnis: Backpfeifenüberdosis. Im Anhang noch die Einladung zur Beisetzung. Das Kind, oder was auch immer von ihm übrig war, würde offen aufgebahrt. Kränze explizit erwünscht.

Am dritten Abend nach den Baranowskis war es Mutter schließlich leid, dass ich ihr die Nachmittage nach der Frühschicht mit meiner Anwesenheit madig machte. Mit meiner nervtötenden Unruhe hatte ich jede ihrer glückseligen Minuten auf dem sonnigen Balkon getrübt. Entweder eierte ich wie ein Flipperball durch die heiße Wohnung oder kullerte wie ein Brummkreisel auf dem Balkon herum, sank vom Geländer auf den Kunstrasen, hievte mich auf die Kinderbettmatratze, popelte mich mit Leidenschaft ins Delirium oder döste zuckend weg. Nur um zehn Minuten später vor Hitze glühend wieder hochzuschrecken und mit frischer Energie um meine eigene Achse zu kreiseln.

»Habt ihr wirklich keinen Streit?«, fragte Mutter. Gleich würde sie, zum dritten Mal, wie beiläufig erwähnen, dass es draußen langsam kühler wurde. Ein schamloser Versuch, die Sehnsucht nach runter oder raus in mir zu wecken.

»Ja!«, sagte ich.

»Sicher?«, hakte Mutter nach, aber ich streute mir ein bisschen Eisteegranulat in den Mund, ließ die Brühe hinten auf der Zunge aufschäumen und röchelte »Ruhollah Chomeini«.

Aber es half nichts. Mutter funkelte mich von der Seite an, atmete lange ein und griff zum Äußersten: »Wenn du willst, kann ich auch anrufen.«

Sie hielt die eingesogene Luft hinter ihrem Gaumen fest, zischte aber noch einen zweiten kurzen Satz, wie ein Raucher, der seinen letzten Zug nicht hergeben mochte: »Drüben bei Mazurkas.«

»Wozu?«, wollte ich fragen, aber Mutter hielt es nicht mehr aus, ließ die Luft entweichen und sagte leise: »Der Darius, der kann doch gar nicht.«

»Was kann der nicht?«

»Böse sein. Mit dir. Mit niemand eigentlich.«

»Ich war heute schon draußen«, raunte ich.

»Wann?«

»Am Morgen!«

Mir ging auf, dass es langsam brenzlig wurde. Mutter war es offensichtlich ernst. Sie hatte ihren Blick scharf über den Rand ihres Konsalik geklemmt und legte nach: »Ich wollte sowieso noch anrufen!«, sagte sie. »Ich muss doch fragen, wann das Baby kommt.«

Ich fuhr herum, auch aus Ekel über diese freche Lüge. Ich starrte Mutter prüfend an, schnappte nach dem Eisteegranulat und tauchte meine Hand tief in den durchsichtigen Kanister.

»Wird langsam kühler«, sagte ich, löste meinen Blick, legte den Kopf zurück und ließ mir eine halbe Handvoll Granulat direkt in meinen Rachen rieseln. Säureschaum stieg mir brennend in die Nase. Ich zog ihn höher, nieste braun und hatte endlich einen Grund, mit schnellen Schritten vom Balkon zu stiefeln.

Später am Abend, als es draußen langsam diesig wurde, kauerte ich auf dem langen Arm der Küchenbank. Ich hatte die Schritte bis zur Wohnungstür gezählt. Vom Balkon waren es achtzehn, von der Bank nur sechs. Ich hatte mir einen Streifen sauber ausgenagte Melonenschale wie eine Sonnenbrille auf die Augen gelegt, als Mutter vom Balkon brüllte: »Guck mal runter!«

»Was?«, rief ich zurück und riss mir den grünen Visor vom Gesicht, nur um Mutter besser zu verstehen. Worüber ich den Rest des Tages lachen musste.

»Runter auf den Ring!«, rief Mutter.

Ich stieg von der langen auf die kurze Bank, hoch auf die Lehne und mit schrägem Kopf ans Küchenfenster. Nur hier oben war der Winkel steil genug, um auch die diesseitige Straßenseite zu überblicken. Und tatsächlich: Unten auf dem Bürgersteig ging Apolonia. Sie kam mit ihrer Mutter den Ring hinaufgestakst.

Ich hatte Apolonias Mutter noch nie aus der Nähe gesehen. Sie hatte einen kleinen weißen Seat, der direkt auf dem ersten Stellplatz vor der 13 stand. Die Männer aus der Schlesenburg gönnten ihr dieses Filetstück, weil das winzige Auto den Wendebogen aus der Einfahrt etwas größer machte. Und weil sie öfter als alle anderen Kreuzschichten in der Papierfabrik absaß. Kreuzschichten waren Wechselschichten. Man eilte nach der Frühschicht heim, schlief sechs oder sieben Stunden, nur um pünktlich zur Nachtschicht wieder in der Fabrik zu sein. Dann, wenn am Morgen der Schichtdienstleiter eintraf, wurde man um kurz vor sechs nach Hause geschickt, zwang sich dort bis zum frühen Nachmittag in einen hauchdünnen, unleidlichen Schlaf und stand um 14 Uhr zur Spätschicht wieder an der Walze. Frühschicht, Nachtschicht, Spätschicht und von vorne. Und weil diese Wechselschichten so kräftezehrend waren, dass sie jedes innere Gefüge von Wochentag und Lebensmut zerhackten, weil man am Ende eines Monats so blass und ausgemergelt aussah, dass alte Frauen in der Messe sich bekreuzigten, wurden die Wechselschichten in der Burg nur Kreuzschichten genannt. Wir sahen die Neue aus der 13 also bestenfalls von Weitem, wenn sie flüchtig und blass wie ein Nachtgespenst vom Treppentritt am Hauseingang zu ihrem Wagen huschte. Aber selbst dann konnte man erkennen, was an ihr so anders war: dass ihr kreisrundes Gesicht von großen Pockennarben überzogen wurde.

Noch am Tag von Apolonias Einzug in der Burg hatte Mutter Darius und mich vom Hof gefischt und in den nächsten Hauseingang gezerrt.

»Die Neue aus der 13!«, raunzte sie uns an.

»Ja?«, fragte ich eingeschüchtert.

»Hast du die schon gesehen?«

»Die mit dem Mädchen?«, fragte ich.

»Noh!«, tönte Mutter.

Wenn Mutter hektisch wurde oder sich aus irgendeinem Grund genierte, dann ploppte dieses schlesische Lautwort in ihr auf. Noh. Im Inneren der Burg war das kein Problem, aber wenn es ihr andernorts entwich, außerhalb der Mauern, bei den Deutschen, dann zuckten ihre Lippen, als versuche sie, das kleine Wort wieder unauffällig einzufangen und mit spitzen Lippen aus der Luft zu zuzeln.

»Nur kurz!«, stammelte ich. »Von weit!«

Ich machte mich ganz klein dabei. Ich hatte mich aus irgendeinem Grund ertappt gefühlt.

»Die hat das Gleiche im Gesicht, wie der alte Szallak auf dem Rücken«, sagte Mutter. »Auch am Hals und an den Achseln!«

»Krater?«, fragte ich.

»Noh!«, sagte Mutter.

Das Wort war winzig, harmlos, aber es hatte so einen fremden nasalen Laut, der weit sichtbar über ihm hing, dass es aus jedem Satz herausstach. Es konnte seinen Urheber mit einem Rutsch entlarven. Manchmal hieß es »ja«, manchmal hieß es »nein«, manchmal »aber hallo« und manchmal »trau dich nur, wenn du dir hier und jetzt vor allen deinen Freunden eine einfangen möchtest«.

»Pockenkrater!«, rief Darius, lachte aus irgendeinem Grund, der sich nur ihm erschloss und griff sich im Kreuzgriff an die Brust.

Mutter aber schlug ihm die Hand aus der Bahn und packte ihn, ein ganzes Stück zu grob, an seiner Schulter.

»Ich will das Wort nicht hören!«, blaffte sie ihn an.

Darius kreischte. »Welches Wort?«, tat er unschuldig.

»Noh!«, sagte Mutter drohend und sofort wurde er still.

»Noh?«, fragte ich grinsend. Mutter fuhr zu mir herum.

»Pockenkrater«, nölte Darius, als hätte ich es wirklich nicht verstanden.

»Nie wieder!«, schob Mutter hinterher und griff jetzt mir an beide Schultern. »Niemals nicht darf die Neue hören, wie das einer von euch sagt.«

Mir schoss die Frage durch den Kopf, ob Mutter uns das Wort denn nun verbot oder nur tüchtig darauf einschwor, es möglichst heimlich zu benutzen.

»Niemals. Verstehst du? Und sag das auch dem Darius!«, zischte sie.

Das machte Mutter oft, dass sie mir sagte: »Sag das auch dem Darius.« Auch wenn er wie jetzt direkt danebenstand. Tatsächlich war sein Blick in der Zwischenzeit davongewandert und hing an einem roten Zettel, der an der Korkwand mit dem Putzplan hing und alle in der Burg vor Rattenködern warnte.

»Sag es ihm nochmal!«, beschwor mich Mutter.

»Ja. Mach ich!«, sagte ich.

»Damit er es behält!«

»Ja, mach ich ja!«, rief ich.

»Noh!«, sagte Mutter. Dieses kleine Ostblockwort. Es konnte auch »Na, geht doch!« heißen.

»Ich sag's euch gleich,«, schob Mutter hinterher. »Und nur einmal. Die Neue ist allein. Rozumiesz? So wie die Frau Galówka.« Mutter packte Darius am Kinn und pflückte seinen Blick vom Zettel an der Korkwand. »Das heißt, das Mädchen von der Neuen hat keinen Papa.«

»Warum?«, fragte ich.

»Ist egal!«, sagte Mutter.

»Warum?«, echote Darius.

»Geht euch zwei nichts an!«, sagte Mutter. Mit einem Mal war ihre Stimme wieder sanft geworden. Sie fasste Darius und mir mit jeweils einer Hand in einer zarten Geste unters Ohr, lächelte aus dem Hauseingang heraus und war mit einem schnellen Satz verschwunden.

Apolonia marschierte den Ring hinauf und suchte mit dem Blick nach unserem Balkon. Sofort sah sie mich, wie ich krumm gebeugt im Küchenfenster stand. Der Takt ihrer Schritte änderte sich, sie wurden kürzer, und erst jetzt wurde mir klar, mit welchem unbarmherzigen Tempo ihre Mutter den Ring hinaufstiefelte. Dass Apolonias strenger Kommandantengang eine Mitgift ihrer mütterlichen Linie war. Apolonia blieb stehen und schaute überrascht und fragend zu mir in den vierten Stock. Als wäre sie verblüfft zu sehen, dass ich noch am Leben war. Sie nickte, mit kurzem Schwung vom Hals hinauf, wie invertiert, als hätte man die Zeit und ihre Strömung umgekehrt. Ich starrte sie an, zuckte nur mit den Schultern, und als sie keine Regung zeigte, schüttelte ich noch den Kopf zum Nachdruck.

»Und du?«, flüsterte ich leise gegen die Scheibe. Apolonia las von meinen Lippen und verstand. Auch sie zuckte mit den Schultern und hob flüchtig ihre Handflächen, bis knapp über ihre Hüfte. Es war auch ihr ganz offensichtlich mehr als rätselhaft, dass wir beide nach der Sache mit den Baranowskis noch am Leben waren. Dann hob sie plötzlich den Zeigefinger senkrecht in die Luft. »Gib fein acht!«, schien ihre Geste mir zu sagen. Ich presste meine Stirn gegen das warme Fensterglas. Sie streckte mir die Hüfte entgegen, fuhr mit der Zeigefingerhand in ihre Hosentasche hinein und wühlte wild darin herum. Vier, vielleicht fünf Sekunden lang, bis sie ihre Hand mit einer prahlerischen Geste wieder herauszog und mir grinsend ihren Mittelfinger entgegenhielt. Ich musste lange lachen, während sie davonrannte.

Noch im Schlaf dachte ich an ihren Mittelfinger. Träumte davon. Auch jetzt, mitten in der Nacht, kam er mir wieder in den Sinn, als ich in der dunklen Küche stand und meinen Vater musterte. Je länger ich in die Finsternis starrte, desto deutlicher konnte ich erkennen, dass er über einem Buch hockte. Ganz langsam war es aus der Dunkelheit der Tischplatte emporgestiegen. Es lag aufgeschlagen an der Tischkante. Ich konnte erkennen, dass keine dicht gesetzten Zeilen die große Doppelseite füllten, sondern eine chaotische Struktur. Und als ich einen zaghaften Schritt näher trat, schlängelten sich dicke und dünne Linien über das Papier, dazu Kästchen mit Namen und Zahlen. Lübeck konnte ich entziffern und Fehmarn und B 207 Vater hockte über einem Autoatlas. Vielleicht hatte er schon hier gesessen, als es draußen noch hell genug gewesen war, um ihn zu studieren. Denn kein Licht brannte in der Küche. Nicht einmal der kegelige Schein der Abzugshaube, der manchmal über dem Bigos leuchtete. Es war eine winzige Birne, die den riesigen dampfenden Topf mit dem gelbroten Kraut bestrahlte wie das Jesuskind. Das gleiche Licht, das winters die Krippe im Garten vom alten Doenhardt erhellte. Pünktlich um 16 Uhr sprang eine einsame Birne an, beleuchtete mit himmlischen 4 Watt den König der Könige, bis die Zeitschaltuhr mit einem Klacken in den Nachtmodus schaltete. Acht Stunden lang lag das Christkind in seiner Notbeleuchtung, heilig und schmorend wie ein Topf mit Bigos. Diese kleinen Lämpchen, die mit schwacher Kraft einen winzigen Teil der Welt beleuchteten, die ihren eigenen Kohlefaden wie einen blassen Schatten unter sich warfen, die immer glühten, wo es einen warmen Topf mit Bigos gab, ein dampfender Topf, von einem Gott gestiftet, kein Licht machte mir so ein wohliges Gefühl wie dieses.

Ich stand jetzt fast bei meinem Vater. Zwei Schritte vor ihm, an der langen Tischkante. Ich konnte sehen, dass sein Mund halb offen stand. Schaumiger Speichel hing in seinem rechten Mundwinkel und glitzerte. Ich sah, dass in dem Falz vom Autoatlas das Foto meines Onkels steckte. Gern hätte ich danach gegrif-

fen, leise den kleinen Schiebeschalter an der Abzugshaube um-
gelegt und das Bild im Schein der Glühlampe studiert. Aber das
Foto von Onkel Staszek war tabu. Nur an Weihnachten und Ostern tauchte es hinter der Schrankscheibe im Wohnzimmer auf
und ganz selten sogar dann, wenn ich neugierig, aber nicht zu
bettelnd, danach fragte. Es war ein Polaroid. Das erste und einzige, das mein Vater besaß. Und anders als die seidenmatten
Heiligenbildchen meiner Großeltern, von denen fünfzehn Abzüge in ihrem Sperrholzkästchen lagen, gab es von Onkel Staszek nur dieses eine. Weil Foto Dosse aus der Mainzer Straße erst
im Frühjahr '91 einen Bild-vom-Bild-Abzug für Polaroids an-
bot. Und weil Vater erst im Frühjahr '91 seinen ganzen Mut auf-
bringen und das kleine quadratische Bild für vier ganze Arbeitstage hergeben sollte. Vier Arbeitstage vor Onkel Staszeks
dreißigstem Geburtstag.

Ich starrte Vater lange an. Wie er leise röchelnd vor mir hockte,
den Hals überstreckt, den Kopf nach hinten an die Scheibe gelegt, und schlief. Manchmal konnte ich nicht anders, als Apolonia zu beneiden. Darum, dass ihre Fluchtgeschichte eine so viel
bessere war als unsere. Und manchmal, mitten in der Nacht,
auch darum, dass man ihren Vater auf der Flucht erschossen
hatte. Das hatte sie uns selbst erzählt, wie beiläufig, aber Darius
und mir sofort den Mund verboten, als wir danach fragten.

Ohne Vater zu sein, das war ein stechender Gedanke, der mir
in die Seite trieb wie eine Lanzenspitze. Dem ich mit bloßen
Händen an die Klinge packen und den ich herausziehen wollte.
Niemals hätte ich meinen eigenen Vater missen oder hergeben
wollen, und trotzdem war da diese glühend heiße Eifersucht in
mir. Ich war voller Neid auf dieses Mädchen, darauf, dass es
eine saubere sichtbare Wunde gab in ihr, von der sich jeder un-

gläubige Thomas überzeugen konnte. Ich war neidisch auf diese klare Lücke, diesen schwarzen Fleck, den man klar benennen konnte und vorzeigen wie ein Einschussloch. Ich war voller Eifersucht darauf, dass sie sagen konnte: Hier ist die Lücke, und hier hört die Lücke auf.

Mutter vermisste ihre Eltern, Vater, etwas stiller, seinen Bruder, aber die meisten Kinder aus der Burg, die Hiergeborenen, mich oder Darius, hatte man von Anfang an so sauber abgekapselt von unserer Herkunft, von allen, die hinter dem Eisernen Vorhang hockten, dass jedes Vermissen nur ein Theoretikum bleiben konnte, ein Konzept. Allen Großen und Alten in der Schlesenburg war der Verlust eine tröstende Gemeinsamkeit. Sogar Kuba und Apolonia hatten noch eine blasse Erinnerung an das Verlorene. Wir anderen aber waren Keimlinge. Fortgetragen und in frische, aber fremde Erde gesetzt, die kein Gedächtnis hatte. Darius und ich und alle, die nach uns kamen. Was uns verband, war allenfalls die Tatsache, dass jede Sehnsucht genau genommen eine Lüge war. Es gab keine klar sichtbare Lücke in mir, keinen Mangel, keine Mulde, nichts, was ich füllen oder beheben konnte. Es gab nur dieses wabernde diffuse Gefühl, dass etwas fehlte. Mein Sehnsuchtsort war keine Erinnerung, der ich hinterherjagen konnte, nostalgisch frönen oder sie bitterlich beweinen. Mein Sehnsuchtsort war eine Projektion, eine Nacherzählung, er war ein Schatten an einer Höhlenwand, etwas, das mit den Großen und den Alten, mit ihrer Zeit, durch die Ritzen in der Siedlung strömte, aber mit ihrer Laune, mit ihrem bröckelnden Gedächtnis Stück für Stück auch wieder versickerte. Ich hätte keinen Tag auf meinen Vater verzichten wollen, aber dass Apolonia sagen konnte: »Meinen Vater haben sie erschossen, da war ich grade fünf«, das trieb mir einen Neid ins Gesicht und zugleich eine Röte, weil ich mich für diese Eifersucht genierte. Ich wollte diese Lücke und manchmal, für einen winzigen Moment, tat sie sich auf wie echt. Es war ein düsterer Gedanke, der nur im Halbschlaf oder mitten in der Nacht die Oberhand gewann. Wenn mir die Augen immer schwerer wurden, wenn jeder Widerstand im Inneren versagte und durch die dünnen feuchten Spalten zwischen meinen Muskeln dieser grausame Gedanke emporstieg. Wie neidisch ich war auf dieses burschikose Mädchen und ihre Lücke. Und das Letzte, was meinen kleinen Körper überkam, bevor die Erinnerung im Schlaf versank, war das Gefühl der Scham darüber, dass es etwas gibt, das einem fehlt.

Was uns gerettet hat vor den Baranowskis, war die Tatsache, dass Frau Mazurka vier Tage danach, mitten im achten Monat, eine Totgeburt erlitt. Am Samstagabend sei es still in ihr geworden. Sie habe schrecklich gut geschlafen, wie seit Monaten nicht mehr. Das hatte Witold Mazurka eine Woche später dem Gałuszka erzählt. Aber am Sonntagmorgen hockte sie apathisch, wie im Wachkoma in der heiligen Messe, der ganze Körper wie ein aufgestocktes Männchen aus Knete oder Salzteig. Vater war es gewesen, der als Erster von uns dreien bemerkte, wie sie nicht der Liturgie folgte, sondern minutenlang mit schwachem Kopf und leeren Augen aus der Bank heraus in den Mittelgang starrte. »Tief hinter die Luft!«, sagte Vater später. Ich mochte das Metaphysische an dieser Formulierung. Eigentlich war Frau Mazurka in jeder Messe das treibende Element. Jedes »Dank sei Gott«, jedes »Wir haben sie beim Herrn« schoss zuallererst aus ihr heraus. Sie war eine dieser Frauen, die mit ihrem Eifer die ganze Gemeinde antrieben wie eine Herde verschlafener Schafe. Immer einen halben Schlag schneller als alle anderen. Frau Mazurka kniete auch im achten Monat noch und bekreuzigte sich inbrünstig. Aber sie tat es anders als bei Aldi oder in der Burg. Hier in der Messe tat sie es mit einer Anspannung, als würde sie den feierlichen Gestus gerade erst ersinnen. Manchmal träumte ich vom Hallenbad, davon dass ich unten auf dem Boden durch das Becken stapfe und wie der Widerstand des Wassers jeden Schritt in einen Kampf verwandelt. Genau so bekreuzigte sich Frau Mazurka in der Kirche. Gegen aller Welten Widerstand. Aber jetzt starrte sie nur aus der Bank heraus, knapp über eine Grabplatte, und fuhr mit einer kreisenden Bewegung über ihren Bauch. Wie jedes Mal saßen wir schräg hinter den Mazurkas, links am Rand im rechten Block. Schon bei »Lob sei dir Christus« war es Vater aufgefallen, dass Frau Mazurka alle Einsätze vertrödelte. Beim Glaubensbekenntnis stimmte ich in seine Gafferei mit ein und schon bei den Fürbitten hockten wir zu dritt, Mutter, Vater, ich, wie fette Hühner in der Bank und schielten ungläubig hinüber, wie die heilige Mazurka jedes »Wir bitten dich, erhöre uns« verpasste und vernuschelte. Sie sprach die Formel so entrückt, dass man sie nach jeder Fürbitte mit halbem Satz in die Stille hineinsäuseln hören konnte: »Erhöre uns.« Sie kniete nicht und sie erhob sich nicht, sie hockte nur in ihrer Bank und rieb sich ihren Bauch. Und irgendwann schielten alle Schlesenburger, die in der Messe saßen, zu ihr hinüber. Sogar ein paar Rumäniendeutsche in den Bänken hinter dem Kreuzgang fingen an zu flüstern. Und als bei der Eucharistiefeier Brot und Wein gesegnet wurden, als die Messdiener mit ihren Schellen das Wunder vertonten, als ihr Klang das Kirchenschiff durchfuhr wie die treibenden Blätter einer Goldakazie, als alle Schlesier sich mit dem Daumen erst auf der Stirn, dann auf dem Mund und dann auf der Brust bekreuzigten, tat Frau Mazurka gar nichts. Und genau da, ganz plötzlich, wie in einer fürchterlichen Vorahnung, wurden Mutter und Vater ernst und schubsten mich zur Ordnung. Ein eindringlicher Blick spann sich zwischen ihnen auf. Mutter fuhr mir mit der Hand ans Kinn und lenkte meinen Kopf zurück zum Tabernakel. Ich wusste, dass ich es nicht einmal versuchen durfte, noch einmal hinüber, in den linken Block, zu dieser polnischen Pieta zu schielen.

Kurz vor dem Mittagessen brachte Herr Gałuszka Darius vorbei. Witold Mazurka habe bei ihm Sturm geklingelt und darum gebeten. Mutter fasste den Jungen sanft am Kopf, lotste ihn hinein und bot auch Herrn Gałuszka an zu bleiben. Er aber habe noch Kardinadle auf dem Herd und Kartoffeln im Ofen und Spätschicht an der Walze.

Mutter behielt uns in der Wohnung. Was mir sehr verdächtig vorkam. Auch dass sie uns zum Nachtisch nicht mit einem Alaskaboy oder einer Milchschnitte abspeiste, sondern feierlich ein ganzes Viennetta auf den Tisch stellte. Niemand in der Burg sprach dieser Eisspeise all die Silben zu, die das Marketing von Langnese eigentlich verlangte. Wir sagten nur »Vineta« dazu und hatten immer eins davon im Eisfach liegen. Es war ein Tabu wie das Polaroid von Onkel Staszek und existierte einzig für den Fall, dass überraschend Gäste zu Besuch kamen. Mutters Kriterien aber, wem ein Vineta zugestanden wurde, waren streng: Nur bei Wojtyła, Wałęsa und der Wiederkunft Christi wäre ich mir sicher gewesen, aber bei allen anderen Gästen wurde abgewogen. Als Mutter es mittig zwischen Darius und mir platzierte, war mir lange noch nicht klar, warum. Aber hinter ihrem Lächeln konnte ich einen tieftraurigen Ernst erahnen. Im Laufe der Jahre wurden Mutters Kriterien für das Vineta undurchsichtig und verworren. Und als Klein-Hannah vierzehn wurde, prägte sie den Ausdruck »Viennetta-Linie.« Ich musste lange lachen darüber, auch wenn es sie mir schrecklich fremd machte, dass sie wirklich Viennetta dazu sagte.

Als Darius und ich im Zuckerrausch über den grünen Kunstrasen auf dem Balkon kullerten und als Vater sogar Uno mit uns spielte, griff die mitleidige Güte, die meine Eltern seit dem Mittagessen an den Tag legten, auch auf mich über.

Weil niemand kam, um ihn abzuholen, blieb Darius über Nacht bei uns. Er durfte sogar in Unterwäsche mit mir in die Wanne, was ich erst rückblickend, drei Tage später, befremdlich und ein bisschen eklig fand. Früh am Morgen sah Vater vom Balkon aus Witold Mazurka. Langsam, wie durch Nebel, sei er den Ring hinaufgefahren. Aber Vater habe schon geahnt, dass er nur gekommen war, um eilig etwas Wäsche und Wurst zu holen. Und um das Kinderbett, in aller Herrgottsfrühe ohne viel Radau, aus der Wohnung und ganz hinten auf den Dachboden zu wuchten. Zwei Tage später erst, am frühen Mittwochmorgen, holte er Darius wieder bei uns ab. Es waren jetzt drei volle Tage nach der Messe.

»Mazurka!«, rief Witold Mazurka durch die Gegensprechanlage.

»Ja, hallo!«, sagte ich.

»Darius?«

»Nein, ich.«

»Kannst du Darius runterschicken?«

»Runter oder raus?«, fragte ich, aber schon jagte Mutter aus der Küche, ein Buttermesser in der Rechten, und riss mir den dunkelbraunen Hörer aus der Hand.

»Kommen Sie hoch?«, fragte Mutter sanftmütig.

»Lieber nicht!«, rief eine laute Stimme aus der Muschel.

»Dann komme ich und bringe ihn!«, sagte Mutter. Aber sie hatte etwas zu viel Fürsorge in ihrer Stimme.

»Schicken Sie ihn. Bitte!«, sagte Herr Mazurka.

Die Pause vor dem »Bitte« machte Mutter wieder klein.

»Sicher?«, fragte sie.

»Ja. Sicher!«, rief Herr Mazurka. Dann löste Mutter ihren Kopf vom Hörer, schaute zu mir runter, stockte kurz über meiner Stirn, und ich konnte sehen, dass in ihren Augen Wasser stand. Mit merkwürdig krummer Stimme rief sie Darius. Nur seinen Namen. Nichts drum herum. Und Darius, wie ein kleiner Automat, rutschte von der Bank, zog eine eingespeichelte Käseflöte aus dem Mund, streifte das Leibchen ab, das nicht sein eigenes war, griff nach seinen Schuhen und lief barfuß und mit nackter Brust zur Tür hinaus.

»Er kommt«, sagte Mutter in den Hörer. Ihre Stimme klang jetzt dick und sämig.

»Danke«, rief Herr Mazurka, und wir beide hörten es ganz deutlich, er hatte sich entfernt.

Selbst in der Dunkelheit warf Vater einen fahlen Schatten auf den Küchentisch. Ich stand direkt davor und konnte meinen Blick nicht von dem Polaroid lösen. Es lag mit der breiten weißen Kante im Falz. Flach verzerrt schaute mein Onkel durch die Nacht zu mir herüber. Ich musste nur den Arm ausfahren und mit Vorsicht danach greifen, um ihn wieder in das richtige Verhältnis zu heben. Und tatsächlich: Ich traute mich. Auf halber Strecke aber versagte meiner Hand der Mut. Sofort zogen meine Finger nach links und griffen, wie nach einem Substitut, in die Finsternis hinein. Ich fuhr hinüber an die Kante unseres Küchentischs und schnappte nach der Pressfleischdose. Ein frischer Duft von Fleisch schoss mir in die Nase, als das Etikett sich mit einem Mal vom Weißblech löste. Eben noch war der schmale Streifen wie eine lange Bauchbinde um die Dose geklebt gewesen. Aber jetzt flatterte das scharfkantige Papier links wie rechts vom Blech und schließlich segelte das ganze Etikett zu Boden. Und als es einen Salto tat, mitten in der Luft, tat ich etwas Dummes. Blitzschnell fuhr ich mit den Händen hinterher, wollte danach greifen, ließ in meiner Hast aber die Dose los und wunderte mich noch, dass sie nicht von alleine in der

Schwebe stand, sondern mitten aus der Luft plumpste und scheppernd auf den Fußboden fiel.

Vater schreckte auf, fuhr hoch, stieß den Küchentisch ein gutes Stück von sich und schnellte mit der rechten Hand an die Abzugshaube. Das kleine Licht über dem Herd knallte alle Dunkelheit davon. Vater stand mit breiter Körperspanne vor dem Fenster, aufgebäumt wie ein schmaler Bär. Er war vor Schreck ganz außer Atem und röchelte nach Luft. Entgeistert starrte er mich an, wie ich windschief, mit gekreuzten Unterarmen, vor ihm buckelte. Ich war dem flatterhaften Etikett noch hinterhergestürzt und stand, wie bei einer tiefen, höflichen Verbeugung mitten zwischen Tisch und Küchenzeile. Zu meiner großen Überraschung klebte mir das Etikett tatsächlich zwischen den Unterarmen.

Vater funkelte mich an. Ein starrer Gesichtsausdruck, wie ein wildes Tier, das mitten in der Nacht aus seiner Mulde schreckt und schaut. Dann aber wurden seine Mundwinkel weich und gütig. Als aber sein Blick das schmale Etikett entdeckte, das mir zwischen den Ärmchen klemmte, stülpte sich der ganze Gesichtsausdruck wieder um und wurde grimmig.

Erst jetzt bemerkte ich, dass die Papierbinde auf ihrer Rückseite beschrieben war. Eine engzeilige Schrift. Perlend. Als wären Murmeln in kleinen eiernden Bahnen über das Papier gerollt. Vater schrieb ganz ähnlich. Aber weil er selten schrieb, war seine Handschrift kringeliger. Höhen und Linien machten ihm und mir immer schon Probleme. Und wenn wir beide in Eile waren, auch heute noch, sah alles, was uns aus dem Füller floss, so aus, als kämpfe sich ein Mehlwurm oder eine Made aus einem Tintenklecks heraus. Wenn das aber nicht Vaters Handschrift war, wessen war es dann?

Er fasste mir mit beiden Händen an die Schultern. Nicht von oben, um mich klein zu halten, sondern von den Seiten, um mir das windschiefe Rückgrat wieder in Form zu pressen. Er beugte sich herunter, sah mich an und sagte still: »Niemand darf das wissen.« Es war ihm ernst damit. »Rozumiesz?« Ich wusste, was das hieß: »Verstehst du?« Jetzt war ich derjenige, der ihn wie aufgeschrecktes Wild beäugte. Weil ich nicht verstand, worum es ging. Weil ich noch nicht wusste, dass die Handschrift auf dem Etikett die seines Bruders war. Vater packte mich fester an den Armen, schüttelte mich, als wolle er mich wecken. »Niemand!«, sagte er. Es klang so streng, dass mir sofort ein feuchter Glanz in die Augen stieg. Mit eingekrümmter Oberlippe nickte ich. Er löste seinen Griff von meinen Schultern, zupfte mir das Etikett aus den Händen und legte es zu meinem Onkel, in den Autoatlas. Schon tat es Vater leid, wie grob und streng er war. Er fuhr mit der Pranke über meinen Kopf, löschte das Licht über dem Herd, wuchtete mich hoch und legte mich wie frisch erlegtes Rotwild über seine Schulter. Dann trug er mich durch den Flur ins Bett, mit Schwung um jede Tür, und ich bilde mir bis heute ein, es wäre das letzte Mal gewesen, dass er das gemacht hat.

»Ich erzähl dir alles«, sagte er. »Aber morgen. Nach dem Frühstück.«

»Nach dem Frühstück«, wiederholte ich.

»Aber nur, wenn du mich nicht weckst.«

»Mach ich nicht.«

»Doch machst du.«

»Nein.«

»Wenn du mich weckst, dann nicht.«

»Versprochen!«, sagte ich.

Er legte seine Hand auf meine Stirn und dann, mit einem letzten Satz, schob er mir die Augen zu. »Wenn Mama es erlaubt.«

8

PIENIĄDZE

Mutter war wie ein Ruderboot. Ein Ruderboot, in dem zwei Männer saßen. Tüchtige Kerle, dicht beieinander, jeder von ihnen einen Riemen in der Hand. Aber bedauerlicherweise ruderte der eine von ihnen voraus, der andere zurück. Es war egal, mit welcher Kraft sie in das Wasser prügelten, mit welchem Tempo sie die Wellen peitschten, sie schwankten und schaukelten nur, und weil sie beide gleich an Kraft waren, kamen Mutter und ihr Bötchen nicht vom Fleck. Einmal hatte Klein-Hannah mich gefragt, ganz früh, mit acht oder neun: »Hast du das auch? Dass du immer alles willst und lieber nicht?«

»Was?«, hatte ich maulig zurückgerufen und über sie gelacht. Ich denke oft daran, wie ich immer über sie gelacht habe. Wie ich mich lauthals und voller Hochmut über sie beömmeln musste. Nur weil sie mich als kleines Kind schon bis ins Mark hinein verunsichern konnte. Weil sie den Finger damals schon so zielsicher wie heute noch in meine Wunden legen konnte.

»Das ist so anstrengend!«, hatte Klein-Hannah gerufen und sich mit einer theatralischen Geste über den Zweisitzer im Wohnzimmer geworfen. »Sooo anstrengend!«, murmelte sie tief in das Sofa hinein, das Gesicht ins Polster gepresst, mit den kleinen Zähnen ins Cord beißend.

Vom Ufer aus hätte man durchaus meinen können, Mutter wäre ein Ruderboot, das seelenruhig in einer schwachen Strömung lag. Das langsam, seines Kurses sicher, durch das Wasser trieb. Niemand konnte von der Böschung aus die beiden Kerle sehen, die jeden Tag aufs Neue im immer gleichen Takt gegeneinander pullten. Dass das kleine Boot nur deshalb friedlich auf der Stelle blieb, weil zwei große Kräfte immer und unermüdlich gegeneinandertrieben. Ich habe lange, viel zu lange, nicht verstanden, warum Mutter auch an Tagen ohne Schicht so matt und eingefallen auf dem winzigen Balkon lag und sich in der Sonne brutzeln ließ. Abgesehen vom Gesicht, dank eines rechteckigen Schattens vom Carré oder Konsalik. Und ich habe viel zu spät verstanden, warum sie immer wütend wurde, wenn Vater wieder davon anfing, dass er und sie und Onkel Staszek, wäre es nach ihr gegangen, nie, in tausend Jahren nicht, geflohen wären.

Ich habe auch erst lange nach der Pubertät begriffen, dass alles, was Vater von der Flucht erzählte, nur die halbe Wahrheit war. Die andere Hälfte war dann diese: Mutter wollte fort. Auch wenn sie ihm die Flucht an schwachen Tagen vorgeworfen hat. Sie wollte raus aus Polen. Und zwar früher als Vater oder Onkel Staszek. '78 schon, als ihr der unbehaarte gelbgraue Abteilungsleiter nach der zweitägigen Regionalversammlung in Zielona Góra mit glühenden Versprechen an die Wäsche wollte. Klein-Hannah hat diese Geschichte ein halbes Dutzend Mal gehört. Ich nur über Bande. Seine ganze Haut hätte ausgesehen, wie die Fingerkuppen von Menschen, die schon ewig rauchen. Sogar die Augenbrauen hätten ihm gefehlt. »Aber *Pani*!«, hätte er zu meiner Mutter gesagt. »*Pani*!« Und vom Alkohol schon halb geschielt. »Für das Sekretariat muss *Pani* aufhören. Aufhören mit diesen Hosen. Mit diesen burschikosen Hosen. Warum trägt *Pani* immer Hosen? Immer diese Hosen?« Er hätte mit zu viel

Schwung zwischen zwei Gläser gegriffen und sich die Rippen an der Tischkante geprellt, dann aber gleich nach einem fremden Glas gegriffen, das etwas abseits stand, nur um sich den lauwarmen Żołądkowa Gorzka schräg neben den Mund in seinen Hemdkragen zu kippen.

»Hat er gezuckt dabei?«, fragte ich Hannah.

»Weiß ich nicht«, sagte sie.

»Dann frag doch mal!«, drängte ich sie.

»Wen?«

»Na, Mama!«

»Wann?«

»Egal! Beim nächsten Mal.«

»Frag doch selber!«

Wenn Hannah mir über Bande all die kleinen Geschichten zuspielte, die Mutter mir damals noch verwehrt hatte, fehlte mir Mutters lebhaftes Spiel, ihr Talent für Mimik, Gestik und Details so sehr, dass ich Klein-Hannah immer mit einer unendlichen Neugier auf den Zahn fühlen musste. Ich hätte Mutter selbst danach befragt, aber sie schnitt ihre Hälfte der Wahrheit immer mittig noch einmal in zwei Teile. Und in meiner Mitgift war er nie dabei, der gelbgraue Abteilungsleiter aus Zielona Góra. Auch nicht der Mann im Feld oder der nackte Mann im Wäschehaus in Friedland oder das Hakenkreuz im Schnee oder Frau Mazurkas Totgeburt. »Der Direktor möchte Knie sehen, *Pani*. Der Direktor, der erwartet nur zwei Dinge: Disziplin und Knie. Knie müssen sein. Knie mehr als Schenkel. Kleine weiche Knie mag er, Knie müssen sein. Mehr verlangt er nicht. Nur nackte weiche Knie und zu jedem Paar Knie ein Parteibuch.«

Seit diesem Tag ging Mutter schwanger mit dem Gedanken an die Flucht in den Westen. Mit abenteuerlichen Tagträumen, die sie erst Vater und dann auch meinem Onkel beiläufig hinter die Stirn pflanzte. Wenn aber irgendetwas davon keimte und Vater sagte: »Komm, wir hauen ab!«, weil er dachte, es sei sein Gedanke gewesen, dann zuckte sie zusammen, wurde blass, träumte schlecht und weinte sich drei Tage aus dem Schlaf. Nicht hinein, sondern heraus. In den Schlaf weinen, das konnte jeder, aus dem Schlaf heraus, das kann nur unsere Familie. Mutter wollte fort und wollte nicht. Wieder hockten die beiden Kerle in dem Boot und schlugen die Riemen in die Wellen. Einer prügelte voraus, der andere mit strammem Zug nach hinten, und Mutter, die Arme, drehte sich, wie eingekeilt, mitten auf der Stelle.

Und ganz vielleicht hätten sie Polen nie verlassen, in tausend Jahren nicht, wenn bei Mutter nicht die Monatsblutung ausgeblieben wäre. Und hier scheiden sich die Geister. Denn das war nur der erste Teil der Wahrheit. Die biertrunkene Variante der Geschichte, in der Vater nur allzu gern so tat, mit einem lausbubenhaften Grinsen, als wäre er allein das Zünglein an der Waage gewesen. Als wäre nur sein Tun allein der Grund dafür, dass das, was er da sechs Wochen vor der Flucht gesät hatte, nicht im Szpital Powiatowy in Nysa zur Welt gekommen ist, sondern im Hildegardis-Krankenhaus in Mainz. Nicht weit hinter der Mauer, sondern knapp, ganz knapp hinter dem Drususwall.

»Ich hole Onkel Staszek in den Westen!«, sagte Vater.

Ich hatte penibel darauf geachtet, mein Versprechen nicht zu brechen und den ganzen Morgen keinen Mucks gemacht. Jetzt stand Mutter bäuchlings an der Küchenzeile und ließ Vater von seinem Plan erzählen.

»Weißt du, was das heißt?«, fragte er.

Mir kam die Frage dreist vor. Gierig hatte ich Vater seit zehn Minuten gegen die Schläfe gestarrt. Ich hatte meinen Blick durch jede seiner Poren gepresst. So erwartungsfroh hatte ich ihn angegafft, dass mir beim Kauen fettige Brotkrümel aus dem offenen Mund auf die Tischplatte gebröselt waren. Aber er hatte in aller Seelenruhe eine Scheibe Graubrot nach der anderen mit dicken Schnitzern Butter bedeckt. Eiskalter Butter, die er in kleinen Hobeln, gründlich wie ein Mosaik, auf seiner Brotscheibe verteilte, nur um sie ganz zum Schluss mit einer feuchten Scheibe Kochschinken zu überziehen. Und erst als Mutter sich zum ersten Mal erhob, weil in der Spüle noch Radieschen schwammen, erst also, als sie uns den Rücken zugekehrt hatte, da platzte es aus ihm heraus:

»Am letzten Sonntag im August fahre ich nach Dänemark und hole ihn!«, sagte er.

Die Luft im Raum trieb auseinander. Der ganze Satz blähte sich auf und wurde so gewaltig, dass ich aus mir selbst herausgerempelt wurde. Ich schaute jetzt von außen auf den Tisch, auf mich, auf Vater, auf das Mosaik unter dem Schinken und sogar Mutter durch den Kopf. Sie stand mit nassen Händen über dem Spülbecken und stopfte sich gegen den aufsteigenden Unmut zwei eiskalte Radieschen in den Mund. Dann drehte ich mich, oder das Spektrale oder was auch immer ich gerade war, herum und starrte Richtung Küchentür. Mein Blick flog quer über das PVC und landete rechts neben dem Türrahmen, einen guten Meter über dem Höckerchen, auf dem Wandkalender aus der Kurpfalz-Apotheke. Der letzte Sonntag im August. Wir hatten schon August. Der letzte Sonntag im August. Die letzte rote Doppelziffer auf dem schmalen Bogen. Der letzte Sonntag im August. Ich kletterte mit Mühsal jedes der kursiv gesetzten Kringelchen hinauf, Zeile um Zeile. Das waren weniger als sieben, vierzehn, einundzwanzig Tage. In achtzehn Tagen fährt mein Vater bis nach Dänemark, warum um Gottes willen Dänemark, und holt in Dänemark meinen Onkel Staszek aus der Volksrepublik Polen in den Westen.

»Und weißt du, wo der wohnen wird?«, fragte Vater. Er machte sich einen großen Spaß daraus, ohne jede Miene sein belegtes Graubrot zu verspeisen. Ich aber hockte mit offenem Mund auf der Küchenbank, die Arme leblos neben meinem Brettchen, zeigte ihm meinen letzten, halb zermalmten Bissen und schüttelte den Kopf. Ich rechnete mit allem: Darmstadt, Bingen, Koblenz, Mainz.

»In der 11!«, sagte Vater. Meine Augen jagten ungläubig über sein Gesicht. Sprangen von den Mundwinkeln zu seinen Brauen und zurück.

»Und weißt du, wo in der 11?«, fragte Vater. Schon wieder wollte er die Spannung wie warme Bonbonmasse in die Länge ziehen, aber Mutter zersprengte wie als Kommando ein Radieschen zwischen ihren Kiefern.

»In der ausgebrannten Wohnung!«, flüsterte Vater.

»Von der Galówka?«, fragte ich.

»Richtig!«, sagte Vater. Plötzlich sprang er auf, packte mich mit beiden Händen an den Wangen, schwang meinen Kopf ein paarmal hin und her, wie um einen Dunst oder dünnen Nebel zu vertreiben, und schaute mir aus nächster Nähe ins Gesicht: »Ich hole deinen Onkel in die Burg.«

Ich muss es sagen, wie es ist. Mir kam die Flucht unserer Eltern, sobald einer von beiden davon anfing, immer öde vor. Wenn Anita aus dem Kindergarten schüchtern danach fragte oder die Winzerkinderpaare aus dem dritten Stock. Schrecklich öde, weil niemand in der Morgendämmerung durch einen eiskalten Fluss gebuckelt wurde, weil kein sediertes Kind im Kofferraum verborgen lag, weil kein Schuss über irgendeine finstere Lichtung abgefeuert wurde und man erst im Westen merkte, dass man einer weniger geworden war. Die Flucht unserer Eltern war ein bürokratischer Prozess. Formalien. Wie schwierig es gewesen war, mit sechs oder sieben die nötige Aufmerksamkeit zu halten. Und sogar heute noch ist der erste Reflex ein innerliches

Aufstöhnen. Keine Mauerspringer, keine Tunnelbauer, nur unsere Eltern, die aufgewühlt, aber trocken und bequem in einem Zug der Deutschen Bundesbahn von Breslau bis nach Offenbach gerauscht waren. Die einzige Unbequemlichkeit: ein Fensterplatz. Vierzehn Stunden Eiseskälte von der Scheibe und ab der DDR der schmale Mittelsitz, bei welchen man um jeden Zentimeter seiner Armlehne streiten musste wie bei der Konferenz von Jalta.

Wenn man allerdings die ganze Vorarbeit erzählt, dann wird es etwas besser. Dass Mutter, Vater und mein Onkel drei Heiligtümer brauchten für etwas, das sie intern eine Studienreise nannten. Drei Dinge waren nötig, um die Volksrepublik Polen hochoffiziell in den Westen zu verlassen: Visa, Pässe und Passierscheine. Ein Visum bekam man irgendwo in Warschau und die Passierscheine in der staatlich geführten und observierten Reiseagentur Orbis. Bei sich zu Hause hatte man nicht einmal die Pässe, nicht in der schmalen Schublade im Nachttisch, nicht in Großvaters ebonisierter Zigarrenkiste. Pässe wurden von der Polizei verwahrt und nur im sogenannten Bedarfsfall herausgegeben. Paare hatten es schon schwer. Familien konnten sich die Mühe sparen. Mutter, Vater und mein Onkel waren beides, zu dritt waren sie die fragwürdigste Schnittmenge, die Schlesien zu bieten hatte, das fauligste Amalgam. Was aber half: dass Mutter und Vater noch nicht verheiratet waren, noch nicht gemeinschaftlich gemeldet, dass Onkel Staszek noch immer auf dem Hof unserer Großeltern wohnte, Vater aber alleine in Świdnica. Und was besonders dienlich war, war nicht zuletzt die Tatsache, dass Vater und Onkel Staszek ihr Jahresgehalt in einer zwielichtigen Wechselstube gegen amerikanische Devisen eingetauscht hatten. Man kam sehr weit im Kommunismus, wenn man Dollarnoten über dem Herzen trug.

Die unerhörte Summe wurde gedrittelt. Vater trug seinen Teil gleich am nächsten Morgen in einen Intershop. In Polen hießen die schmucklosen Flachbauten voller Westwaren und blickdicht abgeklebter Frontscheiben allerdings nicht Intershop, sondern Pewex. Wer Westdevisen in der Tasche hatte, konnte hier dem kapitalistischen Konsum huldigen. Wer keine Westdevisen in der Tasche hatte, musste vor dem Drehkreuz oder der Lichtschranke herumgammeln und auf einen zarten Hauch von Freiheit aus dem Allerheiligsten hoffen, auf den süßen Mischduft von Dallmayr, Persil und westdeutschen Weichmachern. Wenn es Mutter nicht entging, wie fad und fremd mir die ganze ewige Geschichte vorkam, baute sie manchmal kleine Anekdoten ein, um mich bei Laune zu halten. Kinderanekdoten, die sie heute nicht mehr so erzählen würde. So lungerten in den Sommerferien angeblich Heerscharen von Knirpsen aus der Nachbarschaft stundenlang unter dem schmalen Überbau herum. Immer in der stillen Hoffnung, es würde zufällig ein reicher Russe des Weges kommen und vom Wechselgeld, das niemals ausgezahlt wurde, weil überhaupt kein Wechselgeld im Umlauf war, ein Raider oder eine braune Stange Hubba Bubba für sie springen lassen.

»Was denn für ein Russe?«, rief Mutter letzten Winter aus dem ersten Stock.

»Hubba Bubba!«, brüllte Vater abfällig aus der Nordmanntanne.

»Was ist denn Raider?«, fragte Klein-Hannah. Sie lag wie Kaiser Nero auf dem Sofa und popelte sich mit einer Gräte Karpfenhaut und Krautsalat aus ihrem makellosen Grinsen.

»Was denn für ein Russe?«, rief Mutter aus dem Treppenhaus.

»Ein reicher Russe!«, rief ich entnervt zurück.

»Das habe ich erzählt?« Sie schwang sich von der letzten Treppenstufe und wartete auf Applaus. Es war erst kurz nach neun, aber sie hatte sich in feierlicher Vorfreude schon für die Christmette zurechtgemacht.

»Schickschick!«, rief Hannah, hatte aber nicht mal ihren Kopf gedreht.

»Wie ein reicher Russe!«, säuselte Vater aus der Nordmanntanne.

»Das habe ich erzählt!?«, fragte Mutter noch einmal. Ihre Stimme kippte.

Ich brauchte es nicht zu bejahen. Ich wusste, was kommt. Ich wollte alle drei mit scharfkantigen Zimtsternen bewerfen.

»Du und dein Gedächtnis!«, sagte Mutter. »Wie ein Sieb. Wo unten mehr rauskommt als oben rein.«

Klein-Hannah lachte mich an. Das war ihr eine Drehung wert. »Russe!«, sagte sie abfällig und grinste. Und wem sollte ich erklären, wie wütend mich das machte. Wenn alles, was ich hatte, dieses eine Narrativ, von drei Seiten gemeuchelt wurde.

Vater war das Wechselgeld egal, damals im Frühjahr 1980. Er tauschte das stolze Drittel Devisen gegen zwei Stangen Marlboro, eine Flasche Freixenet, Nylonstrümpfe und zwei brandneue Jeanshosen ein. Sie kamen beide in einer fremden Konfektionsgröße, die sich die Verkäuferin erst augenrollend selbst anhalten musste, bevor mein Vater überzeugt war. Mutter erzählte es ein bisschen anders. Außerdem hatte Vater für das Wechselgeld noch zwei Kühltaschen von Aldi springen lassen, die die Kassiererin mit Westverwandtschaft aus eigenem Bestand unter dem Ladentisch verkaufte.

»Eine Kühltasche von Aldi war das größte Geschenk, das man Hausfrauen in diesen Zeiten machen konnte!«, sagte Mutter. Sie würden ausgewischt, an der Luft getrocknet und wie die gute Sonntagswäsche aufgetragen. »Und am Ende werden sie vererbt oder gerahmt oder den toten Omas mit ins Grab gelegt.« Hier war ich mir nie sicher, ob Mutter scherzte oder nicht.

»Das habe ich erzählt!?«, rief sie später aus der Diele, aber Vater nickte. Er hätte ganz genau gesehen, wie die Kassiererin einen blassgrünen Zehn-Dollar-Schein gefaltet und in ihre Kitteltasche hätte gleiten lassen. Zehn Dollar für zwei Kühltaschen. Die billigen, bei denen schon nach einer Woche der schmale weiße Plastikgriff gebrochen wäre. Da hätte man als Oma schon sehr zeitig ins Gras beißen müssen. Und dann erzählte Vater gern, wie er kurz ganz wütend geworden war. Weil die beiden Frauen bei Orbis, in der Reiseagentur, denen er je ein Präsentkörbchen über den Furniertisch schieben musste, damit die eine ihn bedient und die andere sich raushält, großmäulig so getan hätten, als wären schon die Kühltaschen von Aldi völlig ausreichend gewesen. Aber auf dem Rauchertisch in der Pausenstube oder dem Pausentisch in der Raucherstube hätte dann ein ganzer Karton Raider gestanden. Das größte Vorkommen an Raider, das Vater jemals im Kommunismus gesehen hätte. Und dann kippte der Zorn in eine Sorge, im Pewex auf das falsche Pferd gesetzt zu haben. Überhaupt auf Pferde und nicht auf dieses Raider. Aber der Kaffee, der Sekt, die Strumpfhosen und Jeans hätten den beiden Frauen aus der Reiseagentur letztlich doch ein gutmütiges Lächeln ins Gesicht gezaubert und meinem Vater drei Passierscheine direkt in seine Jackentasche. Drei druckfrische Passierscheine für eine zehntägige Studienreise in die BRD. Dänemark, wenn man es genau nimmt. Aber das hat Vater gerne weggelassen.

Mutter hatte das zweite Drittel der Devisen genommen und war nervös, fast krank vor Sorge, mit dem Autobus nach Breslau gefahren. Ihre Stimme klingt auch heute noch belegt und hastig, wenn sie die Anekdote wiedergeben muss. Immer wieder stockt sie, wird einsilbig und trübe in ihren Details. Am klarsten sickert das dünne Rinnsal der Erinnerung aus ihrem Kopf heraus, wenn sie dabei geschäftig sein darf. Wenn sie Piroggen falten kann oder Lohnzettel summieren. Vater gibt man Bier, Mutter eine Aufgabe, dann werden sie geschwätzig. In Breslau hätte Mutter die prächtige Menge Penunzen einer einsilbigen Alten von der Polnischen Staatsbahn in die Hand gedrückt. Sie hätte nichts über die Frau gewusst, schon gar nicht ihren Namen.

Wenn man hier, an dieser Stelle Pech hatte, erwischte Mutter die falsche Ausfahrt ihrer eigenen Geschichte. Dass die vage Beschreibung, die sie von der Alten hatte, auf jede zweite Mitarbeiterin der PKP gepasst hätte. Und bei den männlichen Beamten, solange sie nur halbwegs frisch rasiert waren, immer noch auf jeden dritten. Es wäre nur um eine Frau in dunkelblauer Uniform gegangen, braunhaarig und birnenförmig, fahl, mit einem Pokerface. Und ein Pokerface, sagt Mutter, hatte im Osten jeder.

»Wirklich jeder!«, sagte Vater. Poker kannte keiner. Aber das passende Gesicht dazu, das hätten wirklich alle gehabt.

»Das Päckchen mit dem Geld hat geglüht!«, sagte Mutter. »Wie Fieber. Ich habe das so fest gepackt, ich hab am nächsten Tag einen richtigen Kater gehabt im Arm. Muskelkater. Bis hoch zum Ellenbogen. Ich hab gedacht, mir brennt die Manteltasche aus. Ich habe mit dem Daumen immer an der Naht der Tasche rumgefummelt. Schon im Autobus. Immer wieder bin ich die Naht entlang. Weil ich so Angst hatte, dass sie aufgeht und das Päckchen mit dem Geld rausfällt. Ich hab gedacht, mir brennt das Päckchen durch die Manteltasche an die frische Luft.«

Wenn Mutter hier ist, an dieser Stelle, kommt sie nicht mehr raus. Dann bleibt sie in der Phantasie, dem Wäre-wenn. Dass sie das dicke Bündel übergibt, die Frau in Uniform hineinlugt, und mit Chuzpe, Pokerface und festem Gang davonspaziert, und Mutter erst am dritten Tag begreift: Das war die falsche Frau.

»Wir haben nichts gewusst über die Alte von der PKP«, sagt Vater dann oft. Damit Mutter wieder rausfindet.

»Nur dass sie gegen Geld mit dem Nachtexpress nach Warschau fährt!«, sagt Mutter. »Das haben wir gewusst.«

»Das hat aber jeder gewusst«, zischelt Vater dazwischen. »Ganz Bielawa!«

»Und dass sie schon am nächsten Tag mit frischen Visa wiederkommt!«, fährt Mutter fort.

»Das auch!«, flüstert Vater.

»Mit echten Visa!«, sagt Mutter.

»Guten Visa!«, korrigiert Vater.

»Nein, echten Visa!«, zischt Mutter dann streng. Wenn sie grantig wird, weiß man, jetzt hat sie wieder Halt in ihrer Anekdote.

»Auf alle Fälle gut genug!«, sagt Vater. »So gut, dass die Visa niemandem Probleme gemacht haben!«

»Sonst haben wir nichts gewusst über die Alte von der PKP«, sagt Mutter.

Nur dass sie eben freitags, immer um halb zehn, links vor dem Bahnhofskino stand und rauchte. Das hätten sie gewusst. Das hätte ihnen der Küster aus Bielawa erzählt, mit dem Vater bei der Marynarka war. Dass aber eben diese Alte von der PKP seine Tante war, und er jedes Mal fünf Prozent Vermittlungsgeld bekam, das hätten sie nicht ahnen können.

Die Alte jedenfalls hätte schon an Mutters Gang erkannt, dass sie alles, nur kein Billett kaufen wollte. Wie sie dreimal im Westflügel des Bahnhofs an dem schmalen Kino vorbeimarschiert wäre, wo sonst nichts war außer dem Kino, da hätte die Alte sie zweimal gemustert und beim dritten Mal mit der Zunge geschnalzt.

»Na komm!«, hätte sie gezischt und eilig nach dem dicken Bündel Wachspapier gegriffen. Da wäre es kaum zwei Sekunden an der frischen Luft gewesen.

»Stimmt das Geld?«, fragte die Alte.

»Ja!«, sagte Mutter.

»Wenn das Geld stimmt, bin ich morgen wieder da und warte.«

»Wo?«, fragte Mutter.

»Ach, Mädchen!«, sagte die Alte und rollte mit den Augen. »Wo wohl. Warten kannst du ab halb neun.«

»Wie lange?«, fragte Mutter. Sie wäre sich schon nach ihrer ersten Frage, aber ganz besonders jetzt, dämlich vorgekommen.

»Ach, Mädchen, Bahn ist Bahn!«, sagte die Alte.

Mutter hätte nicht verstanden. Nur gestarrt. Dann hätte die Frau wie eine alte Diesellok mit einem Oberton geseufzt: »So lange, bis ich wieder da bin!«

»Und wenn Sie nicht wieder da sind?«, fragte Mutter.

»Dann ist deine Mutter böse geworden«, grätscht Vater hier immer gern dazwischen.

»Böse?«, frage ich dann.

»Ja, böse!«, sagt Vater.

»Auf mich selber!«, sagt Mutter. »Ich hab mich durch das dünne Futter in der Manteltasche gezwickt. Ins Bein. Richtig Haut gepackt und rein. Nur damit ich endlich mit der dummen Fragerei aufhöre.«

»Hat aber nicht geholfen«, sagt Vater gern.

»Was, wenn Sie nicht wieder da sind?«, hätte Mutter damals die Frage wiederholt. Einfach die gleiche dumme Frage nochmal. So wenig hätte die ganze Zwickerei geholfen. Und weil die Alte von der PKP die Frage nicht einmal mit einem abfälligen »Mädchen« quittiert hätte, wäre Mutter in den Sinn gekommen, dass sie jetzt, spätestens jetzt, auch der Alten von der PKP ein bisschen dumm vorkommen musste.

»Wenn das Geld nicht stimmt, bleibe ich in Warschau«, sagte die Frau. »Also, Mädchen, stimmt das Geld?«

Mutter nickte.

»Sicher?«, wollte die Alte wissen.

»Ja, stimmt«, sagte Mutter.

»Wer hat das Geld gezählt? Du oder dein Chłopak?«

»Ich!«, sagte Mutter.

Die schmalen Lippen von der Alten wären noch ein bisschen dünner geworden.

»Bestimmt tausendmal hab ich das gezählt!« Da hätte Mutter spüren können, wie sie langsam grantig wurde, wie der Unterzucker und die Fahrt im Autobus und das Knibbeln an der Manteltaschennaht sich jetzt bemerkbar machten. Aber irgendwie hätte das die Alte von der Bundesbahn zurück ins Boot geholt.

»Vorname, Nachname, Mädchenname?«, fragte die Alte.

»Alles drin!«, sagte Mutter stolz und zwickte sich gleich nochmal. Weil sie mit einem Mal so übermütig wurde.

»Was alles?«, fragte die Alte.

»Was?«, raunte Mutter und spürte, wie ihr die Haut am Bein pulsierte.

»Was noch, Mädchen?«

Mutter zählte auf: »Reiseland, Reisezweck, Reisedatum, hin, zurück!«

»Zurück!«, sagte die Alte spöttisch, grinste und zog zum ersten Mal seit zwei Minuten an ihrer Zigarette.

»Geburtstag und Geburtsort!«, sagte Mutter.

»Gut, Mädchen!«, hätte die Alte gesagt. »Halten«, hätte sie kommandiert, sich die halb gerauchte Zigarette aus dem Mund gepflückt, meiner Mutter gereicht und wäre schnellen Schrittes, ganz ohne einen letzten Gruß, davongestampft. Das war das einzige Detail, das mir gefiel. Weil es ganz offensichtlich bei Konsalik abgekupfert war. Und weil es hieß, jetzt waren wir zur Hälfte durch.

Über eine Stunde lang hätte Mutter vor dem Kino gestanden und geatmet. Nur gestanden und sich freigeatmet. Um kurz vor

Mitternacht hätte Mutter gehen wollen und sich ein Zimmer für die Nacht suchen. Aber gefunden hätte sie nur die Piwiarnia hinter dem Bahnhof. Sie war eh zu aufgeregt gewesen. Der Wirt hätte sofort gemerkt, dass sie nicht ganz bei sich war und sie wortlos aus der Ecke an die Bar geholt, damit sie ihre Ruhe hatte. Er hätte sie mit Limonade wach gehalten, ihr ein Buch von Stanisław Lem hingelegt und nachts um zwei einen Teller wässriger Fasolka. Und um halb sechs hätte Mutter bezahlt, sehr großzügig bezahlt, und sich in den Pendlerstrom zum Bahnhof eingereiht. Dort, im Westflügel, hätte sie fünf Stunden vor dem Kino gestanden und immer wieder ihren Unterarm massiert und um kurz nach elf wäre die Alte von der PKP gekommen. »Mädchen, Bahn ist Bahn«, hätte sie gesagt und Mutter ganz unverschämt und offen einen grauen Umschlag in die Hand gedrückt. »Bahn ist Bahn«, hätte Mutter geantwortet. Weil jetzt, jetzt hätte sie verstanden gehabt.

»Wo ist meine Zigarette?«, hätte die Alte von der PKP gefragt, aber nach zwei Sekunden ihren strengen Blick gelöst und laut gelacht, zum allerersten Mal gelacht, sich auf der Stelle umgedreht und wäre gleich wieder rhythmisch stampfend wie ein Güterzug davongerollt.

Schon als Kind war ich sehr gespannt darauf, wie Onkel Staszek seinen Teil der Handlung nacherzählen würde. Lange noch bevor mein Vater hoch nach Dänemark gerauscht war, um seinen Bruder in den Westen zu holen. Manchmal konnte ich im Sessel liegen und so lange auf den Zweisitzer gegenüber starren, bis aus dem gleißenden Sonnenlicht, dem braunen Cord und dem feinem Staub die Umrisse meines Onkels erschienen. Ein spektraler, lebensgroßer, vergilbter Homunculus von einem Onkel. Er fläzte sich in Seitenlage auf das Polster, die Unterschenkel über der Lehne, den Kopf auf seine Hand gestützt. Ich konnte sein Gesicht wie eine dünne Folie vom Polaroid in meinem Stammhirn knibbeln und mühelos über die Lichtgestalt legen. Ich konnte ihn stimmig machen, zeitgemäß. Den vollen Bart machte ich dünn und sauber, nur alles über der Lippe ließ ich stehen, die Haare formte ich nach Vaters Winterschnitt, aber im Nacken kürzer, den Körper lieh ich mir von Serkan aus dem Freiluftbecken. Sprechen lassen konnte ich ihn nicht. Immer wenn ich ihn drängte, seine Lippen zu bewegen, verzog sich sein ganzer Kiefer und das schmale Gesicht kippte aus dem Slawischen ins Anatolische. Serkan ging mir viel zu einfach von der Hand, als dass er nicht früher oder später immer die Oberhand gewonnen hätte. Und selbst wenn es mir gelungen wäre, die Mimik meines Onkels anzustoßen, wie eine Dampfmaschine, ich hätte nicht gewusst, was er erzählen sollte. Sein kleines Abenteuer war nur fragmentarisch überliefert. Ein kurzes Apokryph, das für Anita aus dem Kindergarten oder die deutschen Nachbarn aus dem Dritten gar nicht erst hervorgeholt wurde. Vater war zu dürftig eingeweiht und anders als Mutter war er meistens ganz beschämend offensichtlich im Erfinden. Man brauchte immer einen Rotstift, wenn Vater eine Geschichte erzählte. Auch weil er sich in den fein ziselierten Ecken immerzu in Widersprüche verstrickte. Er war zu ehrlich, mein Vater. Niemand, der verträumt unter der Dusche stand und lügen übte, weil ihn irgendein Szenario, das schon längst vergangen war, noch immer in der Seele brannte. Wenn ich lange bohrte und alles wegkürzte, was Vater in den ersten Jahren Schmückendes erzählt hatte, lief die Sache so:

Onkel Staszek wäre mit seinem Drittel einfach aufs Revier marschiert. Er hätte einen aus der Direktion gekannt, ganz flüchtig, und gewusst, dass die Beamten aus Bielawa nett und nahbar waren und sich schon mit dem Rest der amerikanischen Devisen zufriedengeben würden. Nur auf den Dienstgrad hätte man achten müssen. Nicht den niedrigsten, nicht den höchsten. Jemanden, der nicht zu sehr nach oben buckelt, aber gerne mal nach unten treten möchte. Onkel Staszek hätte die Devisen blank über den furnierten Tresen geschoben. Ein breites, hohes Möbelstück, das einen langen, leeren Flur blockierte. Ein so dickes Häufchen Devisen, dass der Beamte hinter dem Tresen etwas blass geworden wäre. »Bitte hinsetzen!«, hätte er gestammelt, das Geld gegriffen und wäre dann mit wackeligem Gang ins nächste Büro geflohen. Sofort wäre aus der Tür ein zweiter Kopf geschnellt, hätte meinen Onkel mit schmalen Augen gemustert, wäre wieder im Türrahmen verschwunden, und eine kantige Stimme hätte aus dem Zimmerchen gebrüllt: »Hinsetzen, bitte!« Zwanzig Minuten lang hätte Onkel Staszek auf einem unbequemen Bänkchen gehockt. Eine schmale Pritsche ohne Rückenteil, die gleich vor dem Tresen an der gegenüberliegenden Wand verschraubt gewesen war.

»Alles alt!«, sagte Mutter dann oft. Kaum eine Geschichte von früher konnte erzählt werden, ohne dass Mutter an irgendeiner Stelle ein »Alles alt!« entfuhr. Sie und Vater hatten beide einen Ekel vor jedem alten Möbelstück. Vor allem, was nach Verzicht, nach Mangel und Verknappung roch, oder wie Mutter gerne sagte: »Stinkt nach Kommunismus!« Jeder Stuhl, jedes Schränkchen, jede Bank, die nicht durch Wertschätzung und Geschmack zusammengehalten wurden, sondern durch Not und Mühsal, die man jedes Jahr aufs Neue mit Leim und einem Winkelchen und einem Keil und einer Schraube zurück ins Leben defibrillieren musste. Für Mutter war der Kommunismus, dass sich alles überlebt hatte. Für sie hatten Dinge keine Seele. Auch das Bänkchen nicht. Das waren nur hartes, geöltes Holz, kurze, angeschrammte Beine, jede einzelne Kante von Jahrgängen fremder Schenkel und Ärsche abgerundet und poliert. »Alles alt!«, wiederholte Mutter dann.

Das Bänkchen im Revier wäre so niedrig gewesen, dass der Tresen einen plötzlich überragt hätte. »Dein Onkel war da öfter!«, sagte Vater. »Der kannte den. Aber wie hoch der Tresen war und wie klein die blöde Bank, das hat dein Onkel jedes Mal erzählt.«

So niedrig wäre sie gewesen, dass man jedem, der vorbeikam, entweder in den Schritt oder auf den schimmernden, ausgebeulten Hosenboden starren musste. Und Frauen hätte es auf dem Revier nur wenige gegeben.

Fast genau auf Hüfthöhe wäre ein breiter heller Streifen über den Tresen gewandert. Eine Art Rinne in der Politur, von hunderten, tausenden Händen nervös in das Furnier geknibbelt. Und ganz links in der Ecke, hinter einer jämmerlichen Topfpflanze, hätte jemand ein Abziehbild von Andrzej Szarmach hinterlassen. Dem Fußballspieler von der WM in Argentinien. Das allerpolnischste Gesicht der Welt. Zwanzig Minuten lang hätte mein Onkel Andrzej Szarmach angestarrt und sich geärgert. Denn hätte er gewusst, dass in der linken Ecke Andrzej Szarmach hängt, er hätte für die rechte Ecke Grzegorz Lato mitgebracht. Den hatte er zu Hause. In der rechten Ecke hing noch niemand.

»Der Direktor hat jetzt Zeit für Sie!«, sagte eine kleine Frau, niedrig wie der Tresen, mit einem sehr hübschen Gesicht, eine makellose Frau, wirklich makellos, nur diese eine Schuhsohle, die links ein bisschen dicker war als rechts.

»Schade!«, dachte Onkel Staszek. Hätte er gewusst, dass diese Frau hier arbeitet, er wäre noch öfter hergekommen. Jetzt aber waren er und sein Bruder und die Frau von seinem Bruder schon fast so gut wie drüben.

»Der Direktor hat jetzt Zeit für Sie!«, wiederholte die junge Frau.

Beim Wort »Direktor« wäre meinem Onkel fast das Herz durch den Baumwollschlüpfer in die Cordhose gerutscht. Sogar

Andrzej Szarmach hätte seinen stieren Blick abgelegt und meinem Onkel und der tresenhohen Frau ängstlich hinterhergeschaut. Hatte er sich doch den falschen *Szucman* rausgesucht? Hatte der dumme Bulle das schöne Stapelchen Devisen brav bis zum Direktor getragen?

Aber dann hätte die Frau ihn statt zum Direktor doch nur einmal quer durch das Erdgeschoss geführt, mit dem Paternoster hoch, dann einmal um den Lichthof und mit dem Paternoster wieder runter. Und da hätte mein Onkel begriffen: »Die kleine Frau verarscht dich nur. Weil du ihr zu lange auf den linken Fuß gegafft hast.«

Und dann hätte sie ihn hinten durch die Feuertür gelassen, nach draußen auf den Parkplatz, wo nur ein betonierter Zigarettenkübel und der Beamte ganz vom Anfang auf ihn warteten.

»Danke Bożenka!«, hätte der Beamte gesagt.

»Schade!«, dachte Onkel Staszek. »So ein schöner Name.«

Der Beamte hätte mit der linken Hand geraucht und meinem Onkel mit der rechten drei Pässe hingehalten. Genau drei. Und noch dazu genau die richtigen.

»Danke, Herr Direktor!«, hätte mein Onkel gesagt und Bożenka, die mit ihrer dicken Sohle wie ein wunderschöner Keil in der schweren Stahltür stand, die hätte um ein Haar gelacht.

Der Beamte hätte meinem Onkel noch die Hand geschüttelt, etwas zu lang und förmlich, wie zum allerletzten Mal, wie zur Verabschiedung, und dann wäre die Tür von innen zugeflogen und mein Onkel mit drei Pässen und schrecklich guter Laune durch die Hofeinfahrt hinaus.

Und dann fängt Vater immer an zu grinsen. »Dein Onkel«, sagt er, »der hat so lange an diese Frau Bożenka denken müssen, der hat sich erst am nächsten Tag gefragt.«

»Was gefragt?«, fragt Hannah.

»Woher der Polizist das wusste! Welche Pässe euer Onkel eigentlich gewollt hat! Und wie viele! Und nicht beim Frühstück hat er sich das gefragt. Sondern erst am Nachmittag. Als wir gekommen sind, um uns bei Oma und bei Opa zu verabschieden. Erst da hat er sich das gefragt. Nur wegen der Bożenka. Wegen dieser kleinen Frau Bożenka. Ich frag mich das bis heute.« Und dann schaut Vater Mutter an. Als hätte sie die Lösung oder eine gute Theorie. Aber Mutter schaut schon lange nicht zurück. Sie kämpft gegen das Bigos, schüttelt mit dem Kopf und flüstert nur, als wäre es der allergrößte Quatsch: »Andrzej Szarmach.«

Hier, an dieser Stelle, haben unsere Eltern immer eingesetzt, wenn sie keine rechte Lust hatten. Wenn ihnen die ganze Geschichte zu lang oder zu mühsam war. Wenn sie Klein-Hannah oder mir die halbherzige Wissbegier schon an den sprunghaften Pupillen abgelesen haben.

»Wir haben damals erst mal die Papiere besorgt!«, rief Vater auf die Rückbank. »Für Geld. Alle Papiere. Für ganz viel Geld.«

Ab hier ist die Geschichte gerade kurz genug für eine Autofahrt zum Bummeln, nach Mainz oder Frankfurt oder ins Main-Taunus-Zentrum.

»Visa, Pässe und Passierscheine!«, sagt Mutter in den Seitenspiegel.

Oder wenn wir in den 90ern im frühen Herbst zum Pilzesammeln bis nach Stromberg gefahren sind. Natürlich sind wir niemals bis nach Tiefenbach gefahren. Vater verbittet sich, dass ich den Ort verrate, von dem wir seit '91 Waschkörbe voller Steinpilze nach Hause karren. Über seinen Bruder darf ich schreiben und die Witwe Galówka und sogar die Totgeburt von Frau Mazurka. Aber nicht über die Stelle, wo man Pilze finden kann wie kleine Birkenstämme.

»Wir haben die Papiere aufgeteilt«, ruft Vater. »Jeder hat einen Brustbeutel gekriegt.«

»Bauchtasche«, sagt Mutter. »Jeder eine Bauchtasche!«

»Und dazu die Papiere!«

»Und ein bisschen Geld!«, fügt Mutter hinzu. Es kriecht immer eine kleine Schuld in sie, wenn Vater irgendetwas auf das Eiligste verkürzt.

»Und dann haben wir uns mit dem Onkel Staszek für den nächsten Tag verabredet. Morgens in Breslau. Gleich am Bahnhof.«

Im Rückspiegel sucht Vater mit seinen braunen Augen nach Hannah oder mir. Der aufgeregte Blick spielt Pingpong. Fliegt rechts von der Bande bis an den linken Rand. Man darf ihn nicht erwidern. Sonst guckt er nicht mehr auf die Straße.

»Unten bei dem kleinen Kino!«, wirft Mutter dazwischen.

»Die hatten im Bahnhof so ein kleines Kino«, ruft Vater.

»Ja, wissen wir!«, stöhnt Hannah, zieht den schwarzen Gurt zu einer Schlaufe und spannt ihn über ihre Stirn.

»Der Onkel hat beim Opa und der Oma geschlafen«, sagt Vater. »Und ich bei der Mama.«

»Bei der Mama!«, zischt Mutter. Es klingt ein bisschen abfällig, ein bisschen auch beleidigt. »Da haben wir schon lange zusammengewohnt!«, ruft sie auf die Rückbank.

»Ja, aber mein Zimmer in Świdnica!«, verteidigt sich Vater, »das hab ich noch gehabt. Für die Nachtschicht.«

»Und für die Polizei!«, sagt Mutter. »Weil wir die ganze Zeit gedacht haben, dass der Polizei doch noch einfällt, dass jemand anders unsere Pässe vielleicht eher braucht als wir.«

Die Länge der Geschichte, das ganze Bürokratische daran, es hat mich immerzu vergessen lassen, dass Mutter, Vater und dem Onkel nicht nur die Zeit im Nacken saß, sondern auch die Willkür. Dass die Frauen aus dem Orbis, die halbe Wache aus

164

Bielawa und sogar die Bożenka alle keinen Grund hatten, die Mama und den Papa und den Onkel auffliegen zu lassen, aber auch keinen Grund, es nicht zu tun. Onkel Staszek hatte unserer Mutter das Versprechen abgenommen, dass sie Vater, wenn alles hart auf hart kommt, überredet, auch ohne ihn zu fahren. Ohne Onkel Staszek. Und Vater hatte er versprechen müssen, egal was kommt, dass er Mutter weder zurück nach Hause, noch alleine in den Westen fahren lässt.

»Du weißt doch, wie er das gemeint hat«, sagt Mutter.

»Jaja, ich weiß!«, säuselt Vater.

»Ich glaub, das war der Fehler!«, ruft Mutter auf die Rückbank. Sie rutscht in ihrem Sitz herum. Ein Stück hinauf, ein Stück hinunter. Sie wühlt an ihrem Rücken. Sie schnallt sich ab und wieder an. Als wäre plötzlich etwas anders. Als wäre etwas unbehaglich, das bis eben noch nicht unbehaglich war. »Das mit der ganzen Schwörerei. Dass wir so viel geschworen haben, das hat irgendwas gemacht.«

»Mit wem?«, ruft Hannah von der Rückbank.

»Der Onkel ist nicht aufgetaucht. Da hat die Mama Angst gekriegt«, sagt Vater. Aber Mutter überrollt ihn mit Lautstärke und Einsicht: »Wir haben beide Angst gekriegt.«

»Die Passierscheine, die wir hatten. Die waren alle drei für einen Tag. Für nur diesen einen Tag. Und alle drei für Dänemark. Aber der Plan, der war, darauf zu scheißen. Und in Breslau einfach in den Zug nach Deutschland zu steigen.«

»Nach Westdeutschland«, sagt Mutter.

»Richtig. Weil wir gehört haben, dass die Polizei einmal nach Breslau gekommen ist und einen ganzen Zug nach Dänemark, wie heißt das?«

»Gefilzt hat«, sagt Mutter.

»Gefilzt hat. Und wir haben so lange auf den Onkel gewartet, dass der Zug nach Westdeutschland fast ohne uns gefahren wäre.«

»Warum habt ihr nicht angerufen?«, fragt Hannah in die Runde.

»Ja wo und wie und wen denn?«, ruft Vater auf die Rückbank. Er hat zu schnell geantwortet, ein prasselndes Stakkato, Hannah kippt den Gurt von ihrer Stirn wie eine Blende über ihre Augen. Manchmal entgeht es ihm, für einen Augenblick, dass Hannah so viel jünger ist als ich. Dann redet er genauso harsch und grob und kumpelhaft und dünnhäutig mit ihr, wie er es bei mir tut, seit ich ihn überwachsen habe.

Mutter greift an ihrem Sitz vorbei nach hinten und knufft Klein-Hannah am Knie.

»Du, die Oma und der Opa, die haben kein Telefon gehabt«, sagt Mutter. Jetzt wird auch Vater wieder sanft. »Nur einer im Dorf, der Nakszynski, der hatte eins. Die hatten Schweine, Hasen, Pferde und ein Telefon. Wenn wir früher den Opa und die Oma angerufen haben, haben wir immer beim Nakszynski angerufen. Und dann ist die Mutter vom Nakszynski rübergegangen und hat dem Opa und der Oma gesagt, dass wir angerufen haben. Und dann hat die Oma der Mutter vom Nakszynski zehn Eier gegeben und durfte mit zurück und beim Nakszynski in der Diele sitzen. Das alles hat immer eine halbe Stunde gedauert. So lange haben wir gewartet. Und genau nach einer halben Stunde haben wir nochmal angerufen und für vier oder fünf Minuten mit der Oma gesprochen. Sonst wurde es zu teuer.«

Jetzt war Hannah wieder selig. Zehn Jahre später, als man endlich mit ihr saufen konnte, hat sie mir erzählt, dass ihr das von allen kleinen Anekdoten die liebste war. Wegen den Hasen und den Pferden und weil der Rest so offensichtlich hanebüchen war. Es hat drei Bier gebraucht, im Möbel Olfe, und einen halben Döner, bis sie mir geglaubt hat, dass es wirklich so gewesen ist.

»Wir hatten keine Zeit mehr anzurufen«, sagt Mutter und lässt das Knuffen sein.

»Der Papa hat gesagt, wir könnten auch am Gleis warten.«

Und am Gleis hätte er gesagt, sie könnten auch im Zug warten. Und im Zug hätte er gesagt, sie könnten auch in Frankfurt warten, dann in Friedland, dann im Asylbewerberheim und dann im vierten Stock. Und die Maklerin hätte nicht verstanden, was er meint, aber ihnen trotzdem eine Zusage für die Wohnung in der Schlesenburg gegeben.

»Dass die Passierscheine und Visa für Dänemark waren, das hat keiner gemerkt«, ruft Vater auf die Rückbank.

»Klar haben die das gemerkt!«, sagt Mutter. »Unser Glück war aber, dass uns nur die Polacken kontrolliert haben. Nicht die Dederowcy.«

Vater fragt schon lange nicht mehr, ob wir wissen, was Dederowcy sind. Mutter sagt es oft. Und wenn man es ein bisschen anders schreibt, dann verstehen es auch alle, die keine mütterliche Linie haben, die bis nach Oberschlesien führt. DDRowcy.

»Unser Glück«, sagt Vater, »war gewesen, dass du die ganze Zeit gekotzt hast.«

»Nicht die ganze!«, ruft Mutter und verteidigt sich mit einem spitzen Blick.

»Die halbe Zeit bestimmt!«, beteuert Vater.

»Das stimmt!«, sagt Mutter. »Die halbe Zeit kann sein. Die ganze DDR hab ich verkotzt.«

Wegen der Aufregung, hätte sie gedacht. Und der großen Sorge, was mit dem Onkel war. Aber nach der DDR, gleich hinter Eisenach, da hätte das Gekotze immer noch nicht aufgehört und da hätte sie zum ersten Mal geahnt, woran es wirklich lag.

»Dass der Papa und ich auch ohne euren Onkel zu dritt geflüchtet sind.«

9

RAK

»Die Oma holen wäre kein Problem!«, sagte Vater. Seine Bewegungen waren breit und gleitend, seine Arme und sein Nacken lang. Hier in der Küche, direkt über dem Frühstückstisch, staute sich die erste Tageshitze, so dass alles sich zerdehnte. Ich war seit fünf Uhr morgens wach. War in heller Aufregung und Neugier aus dem Schlaf geschreckt und seitdem leise durch die Wohnung gestromert. Immer darauf hoffend, dass die Schlafzimmertür sich auftat und Vater mir von seinem Plan erzählte. Ich hätte alle Fenster auf Kipp stellen können. Die Wohnung gegen die Tageshitze lüften. Aber ich hatte nicht daran gedacht.

»Welche Oma?«, fragte Mutter und sprengte zwischen ihren Kiefern wieder ein Radieschen.

»Was welche?«, fragte Vater.

»Na, deine oder meine?«

»Ganz egal. Ich hol dir jede Oma. Aber Onkel!«, rief mein Vater und griff mir fest mit beiden Händen ans Gesicht, »Onkel hol ich nur den einen!« Wenn man ihn lange ansah, meinen Vater, merkte man, er flimmerte bei dem Gedanken, seinen Bruder in den Westen zu holen.

»Der Darius hat in Meppen eine Tante. Weißt du das?«, fragte er. Mutter knackte noch ein weiteres Radieschen. Vater schien

168

sich nicht daran zu stören. »Meppen!«, sagte er. »Weißt du, wo das ist?«

»Ja, weiß ich«, sagte ich.

Er hatte Gänsehaut an seinen Armen. Seine Augenbrauen hoben und senkten sich wie sich aufwälzende Bergkämme, wie wenn man alle Erdzeitalter in ein kleines Daumenkino quetscht. Und seine Pupillen tanzten über den Tisch, wie beim Plumpsack oder einem Hüpfspiel. Klatschten die Butter ab, den Schinken, den wässrigen Orangennektar, das Rührei in der Pfanne und die Marmelade. Wir hatten immer ein großes Glas Marmelade auf dem Tisch stehen. Dicke Marmelade, die ein polnisches Mütterchen aus der 17, Ogórka oder Ogórek, für die ganze Siedlung einkochte, weil ihre Rente mickrig war. Die Marmelade war wie halb trübes handwarmes Wachs, in dem ein Buttermesser stehen konnte. Aber unsere Eltern mochten das. Manchmal schlich Vater an den Kühlschrank, schnitzte mit einem kleinen Messer ein Segelchen der Marmeladenmasse aus dem Glas und sog es direkt von der spitzen Klinge in den Mund.

»Die ist mit einem Deutschen verheiratet!«, sagte Mutter. Die Meppen-Tante. Sie setzte eine Schale knallroter Radieschen auf den Tisch. Ihr Gesicht war neben der strammen Marmelade das Einzige in dieser Küche, das nicht unter dem Druck der Morgensonne auseinanderfloss. Was auch immer Vater mir erzählen wollte, es war ihr offenkundig unlieb.

»Der ist ein Onkologe«, sagte Vater.

»Weißt du, was das heißt?«, fragte Mutter.

»Rak!«, sagte ich. Sie staunte.

»Ein Arzt für Krebs«, sagte Vater. Er hatte gar nicht zugehört. »Mit dem wäre die Oma holen kein Problem!«, fuhr er fort. »Der schreibt uns einfach einen Brief, dass die Mama Krebs hat.«

»Wieso ich?«, rief Mutter entrüstet. Für einen Moment dachte ich, sie würde sich bekreuzigen.

»Für die Mama macht der das!«, sagte Vater.

»Aber nicht umsonst!«, widersprach Mutter.

»Nicht umsonst, aber gut!«, sagte Vater. »Gut genug.«

»Teuer genug«, sagte Mutter.

Lange dachte ich, es würde sie wurmen, dass es hier im seligen Westen nicht viel anders zuging als bei Orbis oder der Polente in Bielawa. Ich dachte, es enttäusche sie bis ins Mark hinein, dass es sogar hier, wo alles in der Welt im Überfluss vorhanden war, dann doch darauf hinauslief, dass man dem Vaterland und seinen Kindern hin und wieder das Gewinde schmieren musste. Aber als Hannah zwanzig wurde und die Sommerbowle unter der Markise in allzu guter Absicht mit Wodka und Schaumwein streckte, sagte Mutter irgendwann im Suff: »Im Osten haben wir noch was gekriegt. Richtig was gekriegt!«

Hannah kannte diesen Monolog, er gehörte zu ihrer Mitgift. Sie konnte flüsternd dazwischengehen wie eine Souffleuse. »Richtig was gekriegt für meine Schmiere!«, säuselte sie.

»Richtig was gekriegt für Papas Schmiere!«, setzte Mutter nach.

»Freistand und Wohlheit!«, flüsterte Hannah und grinste.

»Freistand und Wohlheit!«, wiederholte Mutter laut.

»Und Bonita!« Hannah führte Mutter an unsichtbaren Fäden durch den Monolog.

»RTL und Kiwis und Globus und Bonita!«, schwankte Mutter durch den Satz.

»Hier krieg ich nichts!«, säuselte Hannah wieder.

»Hier krieg ich nichts. Hier ist der Wechselkurs beschissen!«, rief Mutter, griff eifrig nach der Glaskelle und füllte ihren Becher wieder auf. »Hier mach ich einem Onkologen seine Wohnung hübsch!«

»Einem Onkologen aus Meppen!«, zischte Hannah.

»Einem Onkologen aus Meppen! Und was kriege ich?«

»Nichts!«, riefen schließlich alle um den Tisch herum.

Aber noch saßen wir am Küchentisch der Burg, und Hannah gab es nicht. Hannah nicht und keine Bowle.

»Der schreibt so schlimmen Krebs, dass nichts mehr hilft«, sagte Vater. »Dass nur noch die Familie kommen kann und sich verabschieden.«

»Das macht der nicht umsonst!«, sagte Mutter.

»Aber gut macht er das. So gut, dass es sich lohnt.«

»Erinnerst du dich noch an den Vater vom Herrn Szallak?«, fragte Mutter. »So haben die den damals rausgeholt.«

»Den kennst du noch!«, rief Vater.

»Wenn jemand Krebs hat«, sagte Mutter, »richtig Krebs, dann wird der Kommunismus weich. Dann darf man manchmal jemand rüberholen. Richtig offiziell.«

»Aber nur einen!«, sagte Vater.

»Oma oder Opa oder die erste große Liebe«, zählte Mutter auf.

»Bożenka«, dachte ich.

»Aber die Oma will ja gar nicht rüber«, klagte Vater.

»Gott sei Dank!«, zischte Mutter und schob sich mit zwei großen Augen ein Radieschen in den Mund.

»Und jetzt hat Papa Krebs, und wir holen den Onkel?«, fragte ich.

»Wieso ich?«, rief Vater fast entrüstet. Als wäre diese Frage, auch nach der dummen Meppen-Anekdote, der allerabwegigste Gedanke. »Neee!«, raunte er. Mutter aber bemühte sich, nahm zärtlich meine Hand, bohrte sich liebevoll in meine Faust und als sie sie wieder fortzog, war da ein eiskaltes Radieschen unter meinen Fingern.

»Das geht nicht, weil die den Onkel damals doch geschnappt haben und weil er im Gefängnis war.«

»Korrekturanstalt«, ging Vater dazwischen, »nicht im Gefängnis!«

»Noh! Ich weiß nicht, wo da ein Unterschied ist!«, zischte Mutter.

»Weil der Onkel in der Anstalt war«, sagte Vater, »gucken die beim Onkel ganz genau. Auch ob die Mama Krebs hat. Oder ich.«

»Ob *du* Krebs hast!«, rief Mutter, sauste mit dem Stuhl zurück und fing mit schnellen Griffen an, das Frühstück abzuräumen.

»Aber jetzt hat es geklappt! Nur anders«, flüsterte Vater.

»Ganz anders«, sagte Mutter spöttisch.

Wie ein buckeliger Zauberer griff Vater unter die Wachstischdecke und legte mir das Etikett der Pressfleischdose von letzter Nacht unter die Nase.

»Wir machen es wie damals«, sagte er. »Aber diesmal richtig.«

»Dein Onkel hat alles gekriegt«, sagte Mutter. »Visum, Pass, Passierschein.«

Vater war zu aufgeregt und fuhr Mutter nach dem Pass in den Passierschein: »Er fährt von Breslau mit dem Zug ans Meer. Nicht anders. Richtig, wie er soll. Wie der Passierschein sagt. Hoch bis Stettin und dann mit der Fähre bis nach Dänemark. Und da, in Dänemark, da hole ich ihn ab.«

Vaters Pupillen waren groß wie Mantelknöpfe, es war, als könne man in den Augen seinen Puls erkennen. Alles in der Küche musste für ihn leuchten. Alles musste gleißend hell sein. Auch das Etikett, das vor mir lag, mit der so schrecklich engen Schrift. Die gleiche krümelige Handschrift wie von Vater. Das war für mich ein kleines Wunder, dass zwei Brüder, zehn Jahre auseinander und zehn Jahre getrennt, noch immer schreiben konnten wie aus einer Kralle. Nur an den Querstrichen, Punkten und Haken, die an manchen Schlaufen hingen wie kleine Triebe, konnte man erkennen, dass es nicht Vaters Handschrift war. Aber sie war der meines Vater so ähnlich, dass mir das Herz glühte. Dass ein warme Naht an mir hochstieg wie heißes Badewasser. Und als Mutter alles bis auf die Radieschen vom Tisch auf die Küchenzeile balanciert hatte, breitete Vater die ganze Geschichte aus.

In der Chemiefabrik von Rokita, wo mein Onkel seit der Marynarka und der Korrekturanstalt Nachtdienst machte, druckten sie auch Etiketten, für alle Fleischbetriebe in Westpolen. So ist meinem Onkel die Idee gekommen. Er hat nicht einmal gestohlen, sondern nur zehn oder zwanzig Bögen voller Fehldrucke aus dem Container hinter der Produktion gefischt. Er hat sie zugeschnitten, beschriftet und ganz am Ende eine unscheinbare Dose damit beklebt. Eine markierte natürlich, mit einer bleistiftgroßen Kerbe, sauber in den Rand gefeilt. Den eigentlichen Coup aber, den hat Mutter gelandet. Es ist ihre Idee gewesen, dass mein Vater den polnischen Metzger mit ins Boot holt. Sie hatte immer schon vermutet, dass der auch aus Schlesien kommt. Legnica hatte sie getippt. Das hatte sie daran bemerkt, wie er Kiełbasa sagte. Und die sechzig Kilometer mit dem Autobus, von Bielawa Richtung Norden, die müssen meinem Onkel seine Flucht schon wert sein, sagte sie. Also fuhr mein Onkel, immer wenn es anstand, immer wenn es eine Nachricht gab für meinen Vater, die zu heikel war fürs Telefon oder die Poczta Polska, gleich mit dem ersten Bus von der Nachtschicht bei Rokita bis Legnica. Dort drückte er dem Metzger im Morgengrauen eine neue Dose in die Hand, die dieser ordentlich und ganz zuunterst in einem unscheinbaren handlichen Gebinde verstaute. Zwölf Dosen Pressfleisch, über sieben Kilo, mit denen er zwei Landesgrenzen überquerte, erst in die DDR, dann durch das Nadelöhr bei Helmstedt, nur um die Dose meinem Vater kurz hinter Wörrstadt, Idstein oder Kelsterbach zu überlassen. Zu einem Preis, als wäre es nicht Pressfleisch, sondern Stopfleber. Weil Vater ihm versprochen hatte, ihm jedes Mal die ganze Kiste abzunehmen, also alles was noch übrig war, im allerschlimmsten Fall ein Dutzend Dosen Pressfleisch. Und den Moment, den weiß ich noch genau. Wie mir mit einem Mal die ganzen Dosen Pressfleisch wie Schuppen von den Augen gefallen waren. Ich sah die lange, schmale Kellerflucht vor mir, rechts unser Abteil, wo ich mich immer gruselte, und links hinten im Regal, gleich neben dem Jahresvorrat Marmelade, gute drei Dutzend Dosen Pressfleisch. Ich sah die Baranowskis auf ihrem Bänkchen hocken, zermalmtes Toastbrot in ihren ekelhaften Mündern und zwischen ihnen eine Dose Pressfleisch. Ich sah, wie Mutter dem Gałuszka nach dem gelben Brief der Staatsanwaltschaft vier Büchsen mitgab, wie sie sogar Darius noch eine in die Hand drückte, als er barfuß aus der Wohnung rannte, wie sie dem Sohn vom alten Doenhardt am Freiluftbecken zwei unscheinbare Dosen unter den Hochsitz stellte. Plötzlich hob sich eine leere verkohlte Dose aus dem angesengten Gras unter dem Balkon der toten Frau Galówka, und auch in den Nächten, in denen ich Vater in der Küche sitzen sah, erschien mir rückblickend immer eine Dose Pressfleisch. So trieben die Dosen in die Gegenwart. Zwei strahlten durch die Tür im Oberschrank, ganz deutlich konnte ich sie sehen, hinter dem Furnier, dem Kunststoff und der Pressspanplatte, fünf weitere pulsierten unter mir, im Inneren der Sitzbank.

»Einmal im Monat schickt mir dein Onkel eine Dose«, sagte Vater, und erst jetzt war ich wieder da.

»Und einmal im Monat«, sagte er und zeigte fordernd Richtung Arbeitsplatte. Aber Mutter dachte nicht daran und stand mit tief verschränkten Armen an der Küchenzeile.

»Und einmal im Monat«, wiederholte Vater und streckte sich jetzt selbst zur Arbeitsplatte, »kriegt dein Onkel das.«

Ganz langsam senkte er in einer fast andächtigen Geste eine Flasche Schauma auf den Tisch. Zögerlich nahm ich die knallgrüne Plastikflasche entgegen, sah unsicher von Mutter zu Vater und zurück. Ich wollte gerade anfangen, das Etikett an einer Ecke abzuknibbeln, da nahm Vater mir die Flasche wieder aus der Hand, hebelte den Sicherheitsverschluss vom Flaschenhals und setzte sie zaghaft wieder auf den Tisch. Als bei mir aber noch immer nichts zu holen war, keinerlei Erkenntnis, griff er zum dritten Mal danach und drückte mit spitzen Fingern auf die Plastikpulle. Mutter raunte mürrisch, aber Vater presste weiter, bis aus der zehn-Pfennig-großen Öffnung ein blassgelbes Köpfchen Shampoo stieg. Eine sämige Masse, die sich immer weiter aufbäumte, dann die zarte Spannung verlor und an den Rändern überquoll. Mutter griff wie automatisch nach der Küchenrolle, aber Vater presste weiter. Ich war schon jetzt gründlich amüsiert, aber als aus dem flachen Flaschenhals auch noch eine fingerdicke Phiole an die Luft trieb, fuhr auch ich vor Begeisterung in die Luft. Ich johlte und bestaunte, was auch immer sich da gerade aus der dicken duftenden Masse gehoben hatte. Es war ein Plastikröhrchen, oder Glas, nein, Plastik, sauber mit einem fingerdicken Gummipfropfen verkorkt, vielleicht ein zurechtgeschnitztes Stück Radiergummi. Und als die Shampoomasse wie ein reißender Vorhang hinunterrann, konnte man erkennen, was in der Phiole steckte: ein eingerolltes Bündel Bargeld. Mittelgroße Scheine. Fünfziger. Das sah ich gleich, weil der halbe linke Turm vom Holstentor mich anlachte.

»Das darfst du niemandem verraten«, sagte Vater.

»Nichts davon«, sagte Mutter.

»Nicht mal dem Mädchen aus der 11«, beschwor Vater mich.

»Dreizehn«, korrigierte Mutter.

»Und auch nicht dem Darius«, flüsterte Vater.

»Dem auf keinen Fall!«, murmelte Mutter und ließ ein letztes Radieschen zwischen ihren Kiefern knacken.

»Versprochen?«, fragte Vater.

»Versprochen«, sagte ich.

»Versprochen?«, wiederholte Vater eindringlich.

»Hoch und heilig!«, sagte ich.

Was aber keiner von uns ahnte: dass ich es dem Darius, obwohl ich wirklich wollte, gar nicht brühwarm hätte weitertratschen können. Weil Darius Mazurka schon seit der vorletzten Nacht aus der Burg verschwunden war.

Ich weiß noch, dass ich mich nicht gewundert habe. Nicht, wie ich mich heute darüber wundern würde. Dass ein Zehnjähriger aus seinem Bett verschwindet und niemand in der ganzen Siedlung denkt, dass es vielleicht nicht die schlechteste Idee wäre, die Polizei zu rufen. Vielleicht war ich nur enttäuscht damals. Weil ich es gern gesehen hätte. Nicht wie Darius verschwindet, aber wie die Polizei anrückt. Womöglich ging es dabei aber auch nicht um mich. Vielleicht war es stumme Angst und stille Empathie. Denn wenn es einen in der Siedlung gab, der bei jedem Anflug eines Martinshorns runter auf den Ring jagte, dann war es Darius. Ich wusste genau, wie sehr es ihn gefreut hätte, wenn seinetwegen ein Streifenwagen gekommen wäre oder eine ganze Wanne. Wenn man mit Handschuhen und Spürhunden und langen Stöcken in einer dichten Reihe durch das Feld marschiert wäre, um nach seiner Leiche zu suchen. Er wird so traurig sein, wenn er wirklich tot ist, dachte ich damals. Was aber, wenn sie kommen und ihn suchen und ihn finden und wenn er dann noch lebt, dann muss im nächsten Sommer ich weglaufen. Damit sie nochmal kommen. Damit auch Darius es sieht, wie sie alle anrücken und in einer langen schwarzen Kette durch die Zuckerrüben stapfen und bei jeder Wölbung oder Kuhle oder seltsam glatten Fläche in den Boden stochern, nur um mich zu finden. Und dann bin ich ein bisschen eingeschnappt gewesen, weil ich gar keine große Lust hatte davonzulaufen. Oder mussten wir es für alle Ewigkeit vor ihm verheimlichen? Wie die Sache mit dem Hakenkreuz im Schnee oder Mutter und dem Mann im Feld. Damit er sich nicht jedes Mal im Hof der Burg auf den Boden warf und aus Trauer, Trotz und Tobsucht wie ein rasendes Uhrwerk um seine Mitte kreiselte.

»Der dünne Kuba sagt, der Darius ist tot«, hörte ich mich rufen. Dabei hatte der Sohn vom alten Doenhardt gar nicht danach gefragt. Seit zwei Tagen war er schon verschwunden, aber nach einer stattlichen Karenzzeit von 48 Stunden war der Kinderkreuzzug aus der Burg trotzdem wieder Richtung Freiluftbecken marschiert.

»Der ist nicht tot!«, sagte Apolonia. Sie drehte sich zu Klaus. »Der ist nur abgehauen.«

Niemand aus der Burg hatte uns bislang ins Gebet genommen. Auch am dritten Tag noch nicht. Sogar Mutter mied die ganze Sache. Weil über Darius zu reden, das hieß auch, von der Totgeburt zu sprechen, und Frau Mazurkas Totgeburt gehörte nicht zu meinem Teil der Mitgift. Vielleicht zu Hannahs, aber Klein-Hannah gab es hier noch nicht.

Apolonia war es gewesen, die es mir mit Spott, fast mit Arroganz erklärte.

»Bist du dumm, oder was?«, hatte sie am ersten Tag gesagt, als wir die zweite oder dritte Runde durch die Burg drehten und alle üblichen Verstecke nach Darius abklapperten. »So Babys, die verrecken oft! Auch im Bauch der Mutter!« Manchmal würden Frauen es nicht mal merken. Wenn die Babys winzig wären. Oder die Mütter fett.

»Besonders wenn man weiterbumst«, sagte sie. »Dann wird das Baby einfach totgestochert und nach zwei, drei Tagen ausgekackt. Und wenn man's richtig eilig hat, dann merkt man gar nichts«, sagte Apolonia. »Wenn man nie abputzt oder guckt, dann spült man ständig Babys weg!«

Ich hatte ihr entgeistert ins Gesicht gestarrt. Mitten auf den Mund, der schmatzend Hubba Bubba kaute und entweder die blanke Wahrheit sprach oder mich gekonnt veräppelte, es war mir fast egal. Alles was sie sagte, war so aufregend, dass mir die Beine zitterten. Nicht, was sie mir erzählte oder wie sie es erzählte, sondern dass sie es erzählte.

»Zwanzig oder dreißig oder vierzig Babys weg«, sagte sie. »Im ganzen Leben. Und keiner hat's gemerkt!«

Einmal hatten Darius und ich, vor zwei oder drei Jahren, auf dem Feld ein Pornoheft gefunden. Kein Tittenheft mit Fernsehteil und Autotest, sondern ein Pornomagazin, ein richtiges, das jede Restromantik vermissen ließ, wie Sobottas Anatomieatlas. Am Rand der Brache hatte es gelegen. Wo die Mähmaschinen wendeten. Vielleicht war es dem Bauern vom Sitz gerutscht. Gleich an dem schmalen Streifen Wiese mit den Wildgräsern und Disteln und mittendrin das dünne Heft. Die Sommerstürme hatten die Seiten, auch die verklebten, aufgefächert und gewellt. Das Papier war am Rand zernagt, und die Sonne hatte den Bildern den Rest gegeben. Jedes noch so standhafte Farbpigment war zerschossen und zergilbt. Die Brüste und Schenkel, jede Rosigkeit war einem grüngelben Stich gewichen. Und mitten im Heft, aufgespannt über die ganze Doppelseite, in Falten und Windungen und Tiefenschärfe abgebildet, eine fahle, grünschimmelige Vulva. Höchst unglücklich geheftet mitten durch die Klitoris und unten durch den Damm. Der ich mit gleichem Unbehagen auf die Lippen starrte wie Apolonia, als sie mir die Totgeburt erklärte.

»Die Mama vom Darius hat aber wirklich Glück gehabt!«, sagte sie.

»Pech!«, korrigierte ich.

»Nein, ist das Gleiche!«, wehrte sich Apolonia. Sie wollte eine Blase machen, aber das Hubba Bubba in ihrem Mund war längst zu hart gekaut. Sie ließ es auf ihrer Zunge herumeiern, wo es sich wie eine Walnuss oder das gestockte Nierchen eines halben Broilers anfühlen musste.

»So ganz am Ende passiert das selten!«, sagte sie. »Manchmal macht das Kind sich selber tot. Mit der Schnabelschnur. Vielleicht war das so.«

»Vielleicht!«, flüsterte ich und ließ ihre Worte nachhallen.

»Oder das Baby hatte keine Seele!«, rief Apolonia. Ich fuhr zusammen, ihre Stimme mit einem Mal ganz laut. Ganz fürchterlich elanvoll. Als hätte sie mir einen ersten hoffnungsvollen Ansatz für die Weltformel geliefert, einen Lösungsweg, eine erste Fährte.

»Meine *Babcia* hat gesagt, dass es so was gibt. Kinder ohne Seele.« Und ihre Oma hätte auch erzählt, dass Kinder ohne Seele trotzdem wachsen. »Aber sobald der Muttermund sich aufmacht und der liebe Gott zum ersten Mal hineinschaut«, sagte Apolonia, »bemerkt er seinen Fehler noch. Und dann macht der liebe Gott das Baby tot.« Sie legte ihre Zunge wie eine gerollte Scheibe Mortadella in den Mundwinkel. »Damit ihm keiner was beweisen kann!«, sagte sie. »Dafür kann das Baby nichts. Nur der liebe Gott.« Sie ging runter auf ihr Knie und spannte sich die Sandaletten neu. »Deshalb hasse ich den so!«

Jetzt war ich sicher, sie veräppelt mich. Dass sie mir jeden Augenblick mit der flachen Hand gegen die Stirn klatschen und mich auslachen würde.

»Wie kann denn der liebe Gott vom Muttermund bis in den Bauch gucken?«, wagte ich mich vor.

»Na, wenn die Mutter schläft!«, rief Apolonia. »Dann kann er das. Meine Mutter schläft so. Da kann ihr jeder in den Bauch gucken. Vom Muttermund bis in den Babybauch.«

»Echt?«, fragte ich.

Apolonia sah mir mit großen Augen ins Gesicht. Sie machte eine Miniblase, die spitz, aber ganz leise platzte. »Ich glaube, du bist dumm!«, sagte sie, drehte sich um und lief weiter. Irgendetwas fehlte. Der Schlag gegen die Stirn. »Erst wenn die Mutter schreit. Richtig schreit. Wegen den Venen. Dann kann der liebe Gott das sehen.«

»Ach so«, sagte ich bedröppelt. Ich schämte mich. Wie irre laut und offen sie darüber redete, wie sie durch die Siedlung marschierte und von toten Babys sprach und davon, den lieben Gott zu hassen, wie sie Muttermund und Babybauch und Venen sagte, und wie alles in der stillen Mittagshitze von den unverputzten, weiß getünchten Häuserwänden zurückgeworfen wurde. Und wie ich nichts von alledem begriff.

»Venen wird die Mama vom Darius nicht haben«, sagte Apolonia.

»Nein«, flüsterte ich.

»Wenn das Baby tot ist, kann es keine Venen machen.«

»Ist ja logisch!«, sagte ich.

Dann müsse eine Hebanne ran und rein und das Baby holen. Oder die Mama vom Darius müsse Tabletten fressen. Ganz viele Tabletten. Aspirin und Meridol. Bis der Körper selber Venen macht und das tote Baby kommt. Ganz viel Aspirin. Und vielleicht Schnaps und Liegestütze. Dann kommt das Baby raus.

»Alle Babys haben eine Seele«, sagte ich.

»Ich hab keine, glaube ich«, sagte Apolonia.

»Du bist kein Baby!«, protestierte ich und kam mir augenblicklich dämlich vor.

»Wir waren alle Babys«, sagte Apolonia. »Nur das Baby nicht.«

»Der liebe Gott vergisst das nicht.«

»Ich merke keine Seele«, sagte sie. »Seele ist mir eh egal.« Apolonia war mitten in der Einfahrt stehen geblieben und starrte auf das Pflaster. In einer schmalen Ritze zwischen den Betongusssteinen hatten Ameisen vor ein paar Tagen angefangen, eine kleine Burg aus Sand zu bauen. Wir hätten diese Burg schon längst mit Ästen oder Stöcken malträtiert. Aber immer wenn ein Auto aus der Einfahrt fuhr oder hinein, wurde die kleine Festung überrollt und der Sand verweht oder verschleudert. Und trotzdem, immer wieder, nur wenige Momente später, trieb es die Tiere in kleinen Gruppen und winzigen Kolonnen zueinander und wie eine Armada aus sechsbeinigen Sisyphossen begannen sie, die einzelnen Körner wieder zusammenzutragen.

»Seele scheißegal«, sagte Apolonia. Sie starrte auf die Sandburg, die es noch nicht gab, die es nicht mehr gab und niemals geben würde, und sie trat danach. Mit aller Kraft mitten in die Luft.

»Was ich schlimm finde. Am schlimmsten«, sagte sie, beugte sich runter und suchte nach dem Punkt zwischen den Pflastersteinen, dem kleinen Loch, aus dem die Tiere an die Oberfläche strömten, »so Babys, wie das Baby, die im Bauch verrecken, die haben nicht Geburtstag. Gar keinen Geburtstag!« Sie spuckte das Hubba Bubba in ihre Hand, rollte es zu einer schmalen Wurst und presste sie, wie einen Pfropfen, wie ein Siegel, in den schmalen Spalt zwischen die Pflastersteine. »Das finde ich gemein, dass der liebe Gott so etwas machen kann.«

»Ich schwöre euch, der ist nur abgehauen!«, sagte Apolonia im Freibad. Sie legte sich zwei Finger auf die Brust.

»Na, hoffen wir's!«, nuschelte Klaus und griff ihr an die Schulter. Erst der Sohn vom alten Doenhardt hatte uns darauf angesprochen, auf Darius' Verschwinden, nicht auf die Totgeburt. Er war am Ende seiner Schicht vom weiß lackierten Hochstuhl hinuntergestiegen und zielstrebig zu unseren schmalen Bastmatten neben der Robinie gestakst. Er wurde niemals braun, der Klaus. Auch im September sah er noch weiß und rosig aus, und jede hellbraune Schattierung entpuppte sich bei näherer Betrachtung als ein dicht gesetzter Schwarm Sommersprossen. Klaus lief durch das Gewusel wie unter dem Radar. Ohne seinen Platz am Becken war er ein bisschen unsichtbar. Und wenn er ohne seine Uniform aus Polohemd und kurzer pastellblauer Hose durch das Drehkreuz auf den Ring trat, kam es vor, dass er vollständig verschwand.

Vater war der Einzige in der Siedlung, der wirklich eine Meinung zu ihm hatte. Leider war es keine gute. Er nannte ihn Klopsklaus. Mutter und ich wussten, dass Vater eigentlich nicht ihn, sondern den alten Doenhardt hasste. Aber wir wussten eben auch, dass er Klaus vom ersten Tage an in Sippenhaft genommen hatte. Und selbst wenn der alte Doenhardt seinem Sohn im Garten oder mitten auf dem Ring eine überzog, mit der flachen Hand in den Nacken klatschend, ließ sich Vater nicht erweichen. Einmal stand er abends am Balkon, während Mutter las und ich döste, als irgendwo eine helle Flanke durch die Luft schoss, ein schneller Schwenk, wie eine Schwalbe, die einen Haken flog. Und weil am Ring kein Auto fuhr, konnte man das Klatschen von Doenhardts flacher Hand bis zu uns hinauf, bis in den vierten Stock hören. Ich weiß noch, dass ich aufschaute, lauschte, dann sofort verstand, woher der Klatscher kam, und mich nicht weiter wunderte. Vater aber griff sich an den Rücken, fuhr mit den Fingern unters Hemd und kratzte sich die dünnen hellen Striemen. Dort wo die Haut ein besseres Gedächtnis hat. Dass Klaus sich niemals wehrte, auch mit Ende zwanzig nicht, das machte meinen Vater wütend. Eine Wut, die ihm jedes Mitgefühl verdarb. Weil Vater sich mit so viel Kraft und Leid den ewigen Schlägen entwunden hatte. Weil alles nach der Kindheit und dem Internat, die Lehre, die Frau, die Flucht, das erste Kind, das zweite, nur dazu gedient hatte, dieses elendige Rad zu brechen. Wenn Vater den Doenhardts auf den Garten schaute, aus dem vierten Stock, wie aus einer anderen Sphäre, auf die honiggelb gestreifte Markise, auf die schwedenrote Gartenlaube, auf die Ado-Gardinen bis ins letzte Fenster, dann dachte er: »Der Klaus hat nichts zu überwinden. Wirklich nichts. Nur die Schläge.« Abgesehen davon, nur davon, kam meinem Vater das Leben von Klaus Doenhardt wie das beste Leben vor. Er war jünger, größer, breiter, schneller, sogar klüger als der alte Doenhardt. Er hätte nur einmal die Schwalbe schnappen müssen. Nur einmal nach ihr greifen. Er sah sie immer kommen. Einmal nach ihr packen, sie einmal pflücken, aus der Luft heraus, mit festem schnellem Griff und ihr ein bisschen, nicht zu viel, nur den allerkleinsten Wirbel brechen. Aber Klaus zog den Kopf ein, machte seine Knie und die Hüfte weich, machte sich kleiner, handlicher, verfügbar, gut erreichbar, und ließ sich von seinem Senior folgsam in den Nacken schlagen. Und das machte meinen Vater fuchsig.

Als der alte Doenhardt zwei Jahrzehnte später einen Tumor in der Brust bekam, einen Brustwandtumor, zwischen Herz und Lunge, der ihn langsam auffraß, sagte Mutter nur: »Geschieht ihm recht!«

»Warum?«, fragte Hannah von der Rückbank.

»Kennst du noch den Klaus?«, wollte Mutter wissen.

»Ja«, log meine Schwester. So wichtig war die Antwort offenkundig nicht, dass sie den ganzen Kontext hätte hören wollen.

»Der alte Doenhardt hat ihn oft geschlagen«, sagte Mutter.

»Überall. Ganz schamlos!«, sagte ich. »Auch mitten auf dem Ring.«

»Manchmal haben wir es richtig klatschen gehört«, sagte Mutter.

»So!«, sagte ich und wollte Hannah vor der Schnute in die Luft klatschen, aber sie war nicht der Sohn vom alten Doenhardt, schoss an meinem Luftklatscher vorbei und donnerte mir ihre Knöchel an den Hals.

»Nein, lauter!«, sagte Mutter. »Das hat so laut geknallt. Bis in den vierten Stock.« Mutter wurde still. Ihre Nackenmuskeln spannten sich und schoben ihren Unterkiefer hin und her. Sie malmte mit den Zähnen, wenn sie überlegte. Auch wenn sie abwog, wie und ob es weitergehen sollte. Wie viel Wahrheit uns wohl zuzutrauen war. »Manchmal hat er den Klaus erst reingeholt«, sagte sie. »Ganz ruhig ist er gewesen, hat ihn reingeholt und erst im Wohnzimmer hat er ihm eine auf den Kopf gegeben. Dann aber richtig. Richtig fest.«

»Drinnen hat er mit der Faust geschlagen«, flüsterte ich.

»Hat er«, sagte Mutter leise. »Der konnte schlagen wie ein Boxer. Er hat ihn nie geprügelt. Aber geschlagen. Immer nur ein Mal, einen festen Zug und immer aufs Ohr. Manchmal richtig mit der Faust. Das haben wir selbst gesehen. Die haben sich immer in der Glastür vom Balkon gespiegelt.«

»Mit dem Feldstecher vom Papa hat man es gut gesehen«, sagte ich.

»Und später sowieso«, sagte Mutter. »Später hat der Klaus so Boxerohren gekriegt.«

»Aber nur links«, sagte ich. »Weil der alte Doenhardt Rechtshänder gewesen ist.«

»Der arme Junge!«, sagte Mutter.

»Junge!«, schnaufte Vater und schaute einer Frau im Wagen neben uns ins offene Coupé.

»Der ist dann später in die Burg gezogen!«, sagte Mutter. »Da war der vielleicht dreißig. So lange hat der in der Sudetensiedlung gewohnt. Oben unterm Dach. Und unten die Eltern!«

»Und jetzt hat der alte Doenhardt Krebs«, sagte ich.

Wir wohnten da schon ewig nicht mehr in der Burg. Aber wie elendig es mit dem Gottlieb Doenhardt enden sollte, das wussten wir dann doch. Das hatte sich herumgesprochen. Auch bis zu uns. Genauso, dass Doenhardt alt und Doenhardt jung nach zwei Dekaden so voneinander entfremdet waren, dass Klaus nicht einmal zur Beerdigung erwartet wurde. Und merkwürdigerweise war das unserem Vater auch wieder nicht recht.

»Trotzdem«, sagte Mutter. »Der arme Junge!«

Die Frau im offenen Coupé war für ein paar Kilometer lautlos mitgefahren. Erst jetzt schaute sie kurz zu uns herüber, zählte durch von vorne links bis hinten rechts, stieg dann aufs Gas und glitt davon. Und dann sagte Vater das vielleicht Schlimmste, was wir ihn jemals haben sagen hören. Zwei Jahrzehnte lang musste es wie Sauerteig in ihm gegärt haben. Zwanzig Jahre lang hatte er überlegt, ob er es sagen sollte oder nicht. Und wo und wie. Und dann fiel es ihm endlich von der Zunge.

»Selber schuld!«, sagte er.

»Ich glaub nicht, dass der abgehauen ist«, traute ich mich zu sagen. Apolonia stand zwischen uns am Freiluftbecken und fischte mit den nackten Zehen einen Kronkorken vom ausgedörrten Rasen. Klaus hatte gar nicht wissen wollen, was wir glauben. Er hatte nur gefragt, wann wir den Darius das letzte Mal gesehen hatten. »Also wann?«, wiederholte er.

»In der Burg«, wollte ich sagen. Aber Apolonia fuhr mir dazwischen. »Am Freitag! Drüben in der Schlesierburg.«

Dass sie Schlesierburg sagte, das machte mich ein bisschen fuchsig. Jedes Mal. Große Fehler waren mir bei ihr egal, dass sie noch Autobus sagte oder Schlafrock oder Venen statt Wehen, aber kleine Fehler konnten mich zur Weißglut treiben. Dass Apolonia gerade diesen einen Fehler immer wieder machen musste, das kränkte mich. Manchmal dachte ich sogar, sie macht es extra. Sie lebte jetzt seit fast drei Monaten mit ihrer Mutter in der Burg. Und immer war es mir, als müsse sie extra betonen, dass sie nicht vorhatte zu bleiben. Sie hat es nie gesagt, nie angedeutet, hat im Endeffekt viel länger dort gelebt als wir, aber dass sie sich nie die kleine Mühe machte, Schlesenburg zu sagen, das war, wie wenn ein gern gesehener Gast, ganz beiläufig, doch immerzu, auf seine Uhr schaut. Zwischen jedem Gang, nach jedem Schluck vom Weißburgunder schert ein Auge aus und fällt für einen winzigen Moment aufs Handgelenk. So hat es sich immer angefühlt, wenn sie die Burg vernuschelt hat. Schlesierburg.

»Um vier!«, sagte Apolonia. Dass sie sogar mit der Uhrzeit prahlte, als hätte sie ein inneres Gespür dafür, das besser war als meins. Wer hatte denn die erste Armbanduhr gehabt? Wer hätte sich sehr gerne aufs Handgelenk geschaut und mit der Hand am Kinn gegrübelt? Aber sie tat so, als hätte ihre Wahrnehmung von Zeit gar kein Hilfsmittel nötig. Als hätte sie in ihrem Kopf ein eingestanztes Ziffernblatt, das auch ganz ohne Handgelenk und Feinmechanik funktionierte. Auf dem sogar noch mehr stand als das Frühstück, als Mittag, Mittagshitze, Eismann, Abendbrot und die Laternen auf dem Ring.

Und auch wie sie so dastand. Dass sie vor Klaus stand wie Spalier, das nervte mich. Sie himmelte ihn an, den Klaus. Weil er ihr einmal, nach der Sperrzeit, als das ganze Becken ihnen gehörte, Schmetterling gezeigt hatte. Darius und ich hatten am Beckenrand gehockt, hatten ausgeglüht, kalten Pommesbruch mit den feuchten Fingern aufgelesen, hatten uns gelangweilt und gewundert. Wie streng und grob und laut der weiche Klaus ganz plötzlich werden konnte. Wie sich Apolonia, schon seit dem späten Nachmittag ein bisschen arm an Kraft, bis zur Erschöpfung durch das Wasser jagen ließ. Wie sich am Abend der Schatten der großen Badehalle über das Becken schob. Wie das Wasser plötzlich kälter wurde. Wie ihr schon nach der ersten Bahn die Arme zitterten. Wie sie aber aus irgendeiner Quelle wieder und wieder neue Kraft schöpfte. Immer wieder schwangen ihre Arme in das Wasser, immer wieder stülpte sie das weißblaue Köpfchen hinterher. Ein Gesicht, verzogen und verdreht, als wäre sie ein Wasserspeier. Und neben ihr, bis zum Nabel im Becken, das Hemd bis über den Bauch hochgerollt, stand Klaus und klatschte mit der flachen Hand einen Rhythmus auf das Wasser. Schlug und schlug und schlug sich alles aus dem Nacken und dem Ohr. Dann aber wurde es still und plötzlich donnerte Klaus mit der Faust so heftig ins Becken, dass ein paar Spritzer bis zu uns ins Gras flogen.

»Jetzt hat er's!«, hatte Darius gesagt.

»Wer?«, fragte ich und schaute.

»Apolonia!«, rief Darius und plötzlich ging mir auf, was es war, das mich verrückt machte.

»Jetzt hat er's!«, rief Darius ein zweites Mal. Es war ein kleiner Fehler, der mich hätte fuchsig machen müssen. Apolonia zog sich am Ende ihrer Bahn aus dem Wasser, keuchte, zitterte, aber stand am Becken wie ein Reservist. So groß und gerade und mit festen Schultern, dass ihr mit meinen spindeldürren Knochen nicht im Geringsten beizukommen gewesen wäre. Wie wenig dieses Mädchen Mädchen sein wollte, imponierte mir. Aber wie wenig ich in ihrer Gegenwart noch Junge war, das war es, was mich wütend machte. Wie stumm und stramm sie dagestanden hatte, wie sie vor ihrer Bastmatte salutierte.

Der Sohn vom alten Doenhardt war extra auf das Knie gegangen. Erst dachte ich wegen dem Kronkorken. Aber dann wusste ich, warum. Mit nackten Beinen war er ins trockene Gras gesunken. Ich kannte keinen Menschen, der schon so groß war, richtig groß, sich aber so sehr Mühe gab, sich wieder klein zu machen. Der auf echter Augenhöhe mit uns sprach. Nicht einmal Anita.

»Wenn ihr wisst, wo der ist, der Darius, dann müsst ihr mir das sagen!«, sagte Klaus. Er hatte eine Brille auf, die klobig aussah, aber auch zerbrechlich. Sie war ihm mit einem dicken Gummiband locker um den Kopf geschnallt. Ein zierliches Metallgestell, mit einer zahnstocherdünnen Strebe zwischen seinen Brauen. Aber mitten auf der Nase eine dicke Brücke, trübes Plastik mit einem talgig gelben Stich.

»Niemand wird euch böse sein«, beschwor uns Klaus.

Das Schlimmste aber waren seine Gläser.

»Ich werd's auch keinem sagen, wenn ihr mir was sagt«, sagte er.

Fingerdicke Scheiben, die ihm das weiche Gesicht ein bisschen abschüssig und die Augen riesig machten. Als schaute man einem Menschen ins Antlitz, der sich zwei dicke Schnitte spiegelndes Aspik auf die Augen gelegt hatte. Die schlechten Stücke, nicht die mit Fleisch, sondern mit viel Gelee und mittendrin der kreisrunde Anschnitt eines hartgekochten Eis.

»Die Loni wird schon recht haben!«, sagte Klaus. »Der Darius ist weggelaufen.«

»Wer ist denn Loni?«, dachte ich.

»Aber wenn ihr trotzdem etwas wisst, dann könnt ihr mir das sagen.«

»Loni«, wiederholte ich in meinem Kopf, grübelte dem Namen hinterher, bis mir die Erkenntnis wie eine Schelle ins Gesicht jagte. Und so wie Klaus mich plötzlich ansah, hatte mir die Schelle sogar meine kunstvolle Mimik zertrümmert.

»Auch wenn ihr euch nicht sicher seid«, sagte Klaus, »dann sagt es lieber trotzdem.« Er packte Apolonia an der Schulter. Es war ein harter, väterlicher Griff, dem ich neidisch auf die weißen Knöchel starrte. Ein Griff, der mich so offenkundig schmähte, dass ich sein Fehlen fast auf meiner Schulter spüren konnte.

»Das muss auch niemand wissen«, sagte er zu Apolonia, »dass ihr beide was verraten habt. Nicht einmal der Darius.«

Klaus schob den Blick zu mir, aber ich drehte mich halb herum und starrte Richtung Becken. Ein Junge, vierzehn vielleicht, fast schon zu alt, machte im nabelhohen Wasser einen Handstand. So wie die anderen Kinder ihn befeuerten, mit Rufen, die nicht Deutsch, nicht Polnisch waren, wusste ich, er war Rumäne.

»Weißt du was?«, fragte Klaus.

»Nein!«, nuschelte ich.

»Wenn dir was komisch vorgekommen ist am Darius«, sagte Klaus, erhob sich und fuhr mir mit dem Arm sanft an die Schulter.

»Nein. Nichts!«, unterbrach ich ihn und zog mich mit einer halben Drehung aus der zärtlichen Verbrüderung.

»Ich halte dicht!«, sagte er. Seine Hand war warm und klebte mir noch immer an der Haut. Ich merkte, wie sein Arm sich wieder an mich schmiegte, das Handgelenk, der Unterarm, die Ellenbeuge, alles eine warme Masse. Warum war er so sanft zu mir? Warum konnte er Apolonia mit fester Pranke an die Schulter fahren, aber an mich musste er sich schmiegen wie ein Seidenhemd im Regen?

»Hör zu!«, sagte er und führte mich zwei Schritte in Richtung Becken.

»Du kannst alleine kommen, ohne Loni«, sagte er. »Wenn die Loni Pommes holt oder mal muss! Ich werd's der Loni nicht verraten.«

Wie oft er Loni sagte. Es zog mir wie ein Stich durch meinen Kiefer. Irgendwas in meinem Hinterkopf pulsierte. Der Rumänienjunge machte einen zweiten Handstand, einen dritten. Jeden einzelnen wie eine Eins. Wie verteufelt gut er war.

»Wenn die Loni muss, dann kommst du kurz und sagst mir, was du weißt«, sagte Klaus.

Der Junge machten einen vierten. Kerzengrade ragten seine Beine aus dem Becken.

»Und ich sag das meinem Vater, und der sagt das der Polizei, und die sagt das dem Papa und der Mama von dem Darius«, erklärte Klaus.

Handstand Nummer fünf. Handstand Nummer sechs. Der Junge ragte wie der Teufel aus dem Wasser. Wie ein braun gebrannter Teufel. Wie ein brauner Teufel.

»Und niemand weiß, woher es kommt. Nicht einmal der Darius.«

Wieder schwang der Junge Beine und Becken kunstvoll aus dem Wasser. Doch diesmal genau so, dass die schmale Mitte seines nassen Hinterns mitten im Gesicht eines anderen Jungen landete, der angeekelt aufjaulte.

»Nicht einmal die Loni wird das wissen!«, sagte Klaus.

Jetzt hatte ich genug. »Nicht einmal die Loni wird das wissen!« Mit diesem Satz riss ich mich los, presste mir seine heiße Hand von der Schulter und rannte mit großen Schritten über das ausgedörrte Gras. Ich sprintete über ein halbes Dutzend Frotteeinseln, riss Becher mit und ausgenagte Melonensicheln, hetzte bis zum Beckenrand und sprang mit einem großen Satz hinein, mit Wucht und eingeklappten Beinen, die Fußballen voran, dem teuflischen Rumänienjungen geradewegs in seine dumme Akrobatik.

10

ȚIGĂRI

Die Sache mit den Baranowskis schien verjährt zu sein. Am Sonntag in der Messe hockten die beiden Brüder direkt in der Reihe hinter uns, und auch wenn ich in jeder Sekunde damit rechnete, wurde mir kein einziges Mal heimtückisch in den Nacken gezwickt. Nicht einmal ihr hölzerner Gehstock wurde mir von hinten ins Wadenfleisch gerammt. Einer der beiden Alten hatte hin und wieder eine Gehhilfe bei sich. Es war eine Art dürrer Wanderstab, auf den er sich außerhalb der Burg beim Laufen stützte. In der Siedlung selbst brauchten sie ihn nicht, und ich hätte nicht sagen können, welcher der Brüder wirklich darauf angewiesen war. Manchmal hätte ich schwören können, dass die Zwillinge sich damit abwechselten. Kraft und Schwäche, Gehässigkeit und schale Güte, Zucht und eine ranzige Wollust, alles sprang zwischen ihnen hin und her wie ein aufgescheuchter Gaul. Der Gehstock war lang und spitz und reichte ihnen wie ein Hirtenstab bis an die Achsel. Es war ein filigran zurechtgeschnitztes Stück Holz, das zum Boden hin noch immer hell wie alte Buche war, aber je weiter man hinaufkam, immer speckiger wurde. Auf Griffhöhe sah er aus wie mit einem dunklen Pigment geölt. In Wirklichkeit aber war er von einem oder zwei Jahrzehnten Körperfett und Handschweiß imprägniert.

Dieser Stock samt ausgestrecktem Arm konnte in der Messe drei Bänke überspannen. Und manchmal, wenn jemand aus der Schlesenburg während der Predigt oder zweiten Lesung einnickte, konnte man aus dem anderen Block oder von weiter hinten dabei zusehen, wie einer der Baranowskis ganz unauffällig in die Beuge ging, ein paar Sekunden lang zwischen seinen Beinen kramte und wie sofort danach jemand – wer auch immer zwei oder drei Reihen vor ihnen schlafend in die Bank gesunken war – vom stumpfen Stich in die Wade hochgetrieben wurde. Diese Strafe war nicht nur uns Kindern vorbehalten, auch unsere Eltern, ja sogar die alten Mütterchen und ihre dünn gesäten Ehemänner wurden mit einem unsanften Stoß ins Bein oder ins Sitzfleisch, das sich hier und da in einer blassen Schwarte durch die Bank presste, zu Gott zurückgetrieben. Die ganze Burg wurde von den Baranowskis wach und stramm gehalten wie eine kleine Herde. Und weil Vater es heute nicht mehr glauben kann, dass er und alle anderen diese Schinderei ganz ohne Widerspruch geduldet haben, wird er es bis zum dritten Bier verleugnen.

Riechen konnte man die Baranowskis auch. Ein beißender Geruch von Kernseife und altem Schweiß, der die Nasenflügel und Nebenhöhlen ausschaben konnte wie mit einem heißen Löffel, wenn man nicht vorsichtig und flach und tief genug in seinen eigenen Ausschnitt atmete. Mutter hatte sie zu spät gesehen, stand schon zu einem guten Drittel in der Bank und wäre gern hindurchgerückt und rüber in den rechten Block gewechselt. Aber es ging nicht mehr. Für den größten Teil der Messe stand ihr ein vorauseilender Ekel ins Gesicht gemeißelt, weil sie und ich und wir den Zwillingen gleich nach dem Friedensgruß die Hand zu reichen hatten.

Vater hockte neben mir, am Rand der Bank. Er starrte Richtung Tabernakel und Altar und knibbelte sich weiße Farbe von den

Handgelenken. Die ausgebrannte Wohnung der Witwe Ga-lówka lag jetzt nicht mehr brach wie ein fauler, schwarzer Zahn in der Siedlung. Am Mittwoch vor zehn Tagen war ein weißer Lieferwagen in die Burg gerollt, aus dem zwei hagere, schlecht rasierte Männer geschlüpft waren. Sie standen auf dem Hof und streckten sich wie Katzen oder frische Kitze. Einer holte seinen Pimmel raus und pisste mit großem Abstand ins Gebüsch. Ihre Sachen waren alt und dünn und ausgewaschen, und alles was sie trugen, war mit Klecksen, Spritzern oder einem feinen wei-ßen Sprühnebel überzogen. Der größere von beiden balancierte eine abgebrannte Zigarette zwischen seinen Lippen, der andere, der pisste, blickte viel umher, ohne wirklich etwas anzuschauen. Sie hatten einen Schlüssel für die 11, grüßten aber nicht. Wir gafften ihnen lange nach, wie sie Kisten und Kästen voller Werkzeug aus dem Lieferwagen ins Hochparterre schleppten. Dann lungerten und bummelten wir hinunter bis zur 13, aber gleich wieder, so beiläufig wir konnten, zurück bis an das Bänk-chen vor der 11. Die dünnen Kerle hatten Kraft. Wie sich ihre schmalen Muskeln über die Zikadenarme spannten, machte mir ein unwohliges Gefühl. Wie wenn man zum allerersten Mal in seinem Leben einen Bogen spannt. Wenn sie etwas Schweres griffen, konnte man deutlich sehen, wie sich jede krause Ader durch die fahle Haut drückte, und bald kam mir die Frage in den Sinn, ob ein Arm sich selber brechen könnte.

»Was ist das denn?«, fragte Darius. Noch war er nicht ver-schwunden. Noch hatten wir ihn hier und dachten uns im Stil-len, dass wir ein oder zwei Tage auf seine anhängliche Art ver-zichten könnten. Bei jedem Werkzeug, das er nicht erkannte, fragte er: »Was ist das denn?« Aber die Männer stapften mit schweren Schritten an uns vorbei. Der Lange mit der Kippe auf der Lippe sah ein bisschen aus wie der Cousin vom dünnen Kuba, der einmal im Sommer mit dem Corsa in die Siedlung

kam und Fleischtomaten aus dem Taunus brachte. Ein ganzer
Corsa voller Fleischtomaten. Nicht in Kisten oder Körben, sondern auf Zeitungen in den Kofferraum, den Fußraum und auf
die Rückbank geschichtet. Er stieg aus seinem Corsa wie der
heilige Sankt Martin aus einem Bällebad, mit einer großen
Geste, als hätten alle in der Burg sehnsüchtig auf ihn gewartet.
Und erst wenn er alle Fleischtomaten losgeworden war, merkte
man, wie alt und hager er schon aussah. Mit jedem Kilo Fleischtomaten weniger wurde er buckliger. Und so, genau so war der
Lange mit der Kippe auch. Mit jedem Schritt wurde er älter, und
erst beim sechsten oder siebten Gang fiel es mir auf, dass der
weiße Firn in seinem Bürstenschnitt kein Lack und keine Farbe
war. Dass ihm jedes Mal, wenn seine glatten Lippen an dem Filter zogen, Falten und Risse wie ein feines Krakelee vom Mund
aus bis zur Stirn hinaufliefen.

Darius stand auf dem steinernen Plateau zur Klingelzeile
und starrte die Männer neugierig an. Von uns dreien, Apolonia und ihm und mir, war er der Schamloseste. Wie ein wei-
ches Hindernis stand er ihnen im Weg. Und auch wenn sich
die Kerle nicht daran störten, machte keiner von ihnen einen
Bogen oder Ausfallschritt, um dem Jungen auszuweichen. Darius pendelte fast jedes Mal im allerletzten Augenblick zur
Seite, kurz bevor ihm ein Werkzeugkoffer, eine Stahlbürste, ein
Industriestaubsauger oder ein Kasten Hansa Pils gegen den
Schädel hämmerte. Erst die Schleifscheibe einer Flex traf ihn
schließlich, mitten auf die Stirn, wo sie ihm eine lange Strieme
über die Augenbrauen malte. Eine lange Linie, die glühte und
pulsierte, nicht blutete, aber kräftig nässte. Der Kleine stapfte
weiter, aber der Lange blieb wortlos vor dem Jungen stehen,
nahm einen tiefen Zug von seiner Zigarette und blies einen
langen Trichter Qualm direkt in meine Richtung. Ohne eine
Regung starrte er Darius mitten ins Gesicht, und Darius, der

vor ihm stand wie ein frisches Mondkalb, starrte ungeniert zurück. Dann, mit einem kurzen Ruck, wie gegen einen kleinen Widerstand, hob der Kerl die Hand. Ganz langsam und behutsam, wie bei einem scheuen Tier, fuhr er Darius mit der brennenden Spitze seines Glimmstängels entgegen. Immer weiter zu auf seine Stirn, als wolle er die Strieme mit der schwachen Glut beleuchten. Ich gaffte, dachte an nichts Böses. Aber plötzlich sah ich aus den Augenwinkeln, wie Apolonia eine Spannung in die Schultern strömte. Wie ihre Oberarme sich vom Körper hoben und sich ihre Achseln öffneten. Wie sie größer wurde und breiter und einen Buckel machte wie ein Luchs. Die Hand vom Langen aber fuhr unbeirrt voran, über die mittlerweile rot glühende Wunde. Der Kerl wanderte die ganze Strieme ab, bis zu ihrem Ende, grinste dann und schaute Darius erleichtert ins Gesicht. »Așteaptă!«, nuschelte der Kerl, griff sich in die Hosentasche und zog eine zerdellte Packung Zigaretten heraus. SNAGOV prangte auf der winzigen Schachtel. Der Name kam mir derart fremd und falsch vor, dass ich dachte, ihn falsch herum gelesen zu haben. Ich fing von vorne an. Von hinten: »VOGANS«, dachte ich und grübelte. Der Lange öffnete die Packung. Er schaute tief hinein. Fast übertrieben. Wie Mutter nach der Frühschicht unter einen Deckel schaute, wenn Vater hatte kochen müssen. Er zählte alle Zigaretten einzeln ab, zog die letzte aus der Schachtel und hielt sie Darius mit drei Fingern wie eine kleine dünne Kerze vors Gesicht.

»Țigări!«, sagte der Lange. Es klang wie Polnisch, war aber kein Polnisch.

Nicht nur darum schaute ihn Darius mit großen Augen an.

»Vrei?«, fragte der Kerl. »Țigări!«, wiederholte er.

Weil wieder nichts geschah, schaute der Lange kurz zu mir herüber, dann zu Apolonia, dann wieder hin zu mir, dann in die

Tür zum Treppenhaus, wo jetzt der Kleine stand und halb genervt, halb belustigt zu uns rübersah.

»Poloneză?«, fragte der Lange.

»Gumä!«, rief der Kleine aus der Tür, aber mit einem lauten Zischen verbat der Lange ihm das Wort.

»Poloneză? Tak?«, fragte er.

Das zweite Wort erlöste uns.

»Tak!«, rief ich.

»Ah!«, rief der Kleine, als hätte er ein altes großes Rätsel gelöst, lief aber ausdruckslos an uns vorbei zum Wagen.

Der Lange hielt die Zigarette noch immer in der Luft, ging jetzt aber langsam in die Hocke und sah gespannt dabei zu, wie Darius ihm mit den Augen folgte.

»Papierosy!«, sagte er und grinste. Das verstanden wir.

»Papierosy!«, wiederholte der lange Kerl.

»Bist du dumm, oder was?«, rief Apolonia. »Jetzt nimm!«

Und wie auf ihr Kommando griff Darius mit beiden Händen nach der Zigarette, zog den Filter ab und steckte sich die ganze Fluppe gierig in den Mund. Ich schaute ungläubig zum Langen, dann zu Apolonia. Sie aber hatte sich schon umgedreht, war wieder losmarschiert, und jetzt sprang auch der Kerl aus der Hocke in den Stand, nahm dem Kleinen ein halbes Dutzend Rollen Raufasertapete aus der Hand, verschwand im Treppenhaus und tauchte nicht mehr auf. Und hätte Darius nicht selig mit verkrusteter Nase und offenem Mund gekaut, ich hätte bis heute nicht begriffen, dass es ein Glimmstängel aus Kaugummi gewesen war.

Die dritte Bank von vorne war zur Hälfte leer. Eine klaffende Lücke lag zwischen den geduckten Mütterchen aus der Siedlung, die mit knöchelweiß gebeteten Fingern in den Reihen saßen und sich durch ihren Rosenkranz murmelten. Sie hockten schon dort, als wir noch mit Eigelb im Mundwinkel aus dem Haus stürzten, uns durch den Kriechverkehr zur Kirche kämpften und uns zehn Minuten später an den rheumatischen Väterchen vorbei ins Kirchenschiff drängten.

Die Schlesenburg, das Lager, alle gottesfürchtigen Flüchtlinge vom Ring hatten der ansonsten eher kümmerlichen Gemeinde einen letzten Lebensfunken eingehaucht. Eine große, trügerische, falsche Kraft, eingespritzt wie Methadon, das den siechenden Sankt Sebastian noch einmal aus seinem Pflegebett mit Moselblick hievte und für ein oder zwei letzte Jahrzehnte durch den Weißweingarten Gottes spazieren ließ. Und dabei auch ein paar der Spätaussiedler aus der Preußenzeile, dem Pommernweg und der Sudetensiedlung mit sich ziehen konnte. Ja sogar einzelne Alte aus der Südstadt wurden in die alte Kirche geschwemmt, all die gottesflüchtigen Fürchtlinge. Es war wie ein abschüssiger Sog, ein Strudel, den nicht einmal Ilona Christen und ihr *Fernsehgarten* dämmen oder abwehren konnte. Erst als Ramona Leiß übernahm, gelang es uns, die Eltern und ihre Gottesfurcht langsam ins Wanken zu bringen. Ihnen das Bett, das Sofa und die Fernwärme an dem einen oder anderen Sonntag schmackhafter zu machen als den Nieselregen und die klamme Kirchenbank und des Priesters immer gleichen monotonen Singsang. Selbst Mutter, die dem dünnsten Vortragsfaden folgen konnte, durch jedes dialektische Dickicht, die lesen konnte, wenn Vater bohrte, saugte, sägte, ja, sogar dann, wenn ich mit dem kreiselnden Darius *Spaß am Dienstag* oder *Hallo Spencer* schaute, selbst ihr sank manchmal das Kinn ganz langsam auf die Brust, bis einer der beiden Baranowskis einen ranzigen Finger unter ihr Schulterblatt bohrte oder ihr der Hirtenstab von hinten in die Niere fuhr. Aber dann kam Andrea Kiewel. Und bei Gott, ich kann mich nicht daran erinnern, dass Mutter, Vater, Hannah oder ich seit Kiwis Diensantritt beim

Zweiten Deutschen Fernsehen jemals wieder ein Kirchenschiff betreten hätten.

Mutter wollte alles ganz genau wissen. Es kam nicht oft vor, dass sie eine meiner zerklüfteten Geschichten mehr als einmal hören wollte. Wie ich erzählte, das machte sie verrückt, hat sie gesagt. »Wie du so erzählst, das macht mich ganz verrückt!« Dass ich ständig durch die Zeiten sprang, dass ich mich in den dümmsten Details verlor, dass ich manchmal anfing, aber plötzlich ging, ihr zwei oder drei Stunden später wieder irgendwo begegnete, draußen auf dem Ring, unten in der Burg, oben in unserer Dreiraumwohnung, und einfach weitermachte.

»Du nimmst die Zeit immer mit!«, hat sie gesagt.

»Das macht mich ganz verrückt!«, hat sie gesagt.

Und manchmal, wiederholte sie es auch, ganz leise, nur für sich: »Ganz verrückt.«

Einmal hatten wir Besuch. Klein-Hannah gab es schon. Sie war noch zwei, das war noch in der Siedlung. Wir haben alle in der Stube gesessen. Und Hannah, Klein-Hannah, ist vom Sofa gerutscht, zur Tür gelaufen, hat das Licht ausgemacht und ist ins Schlafzimmer spaziert. Hat einfach das Licht ausgemacht, in der Stube, wo wir alle saßen, und ist weg.

»Das hast du auch immer gemacht!«, sagte Vater, grinste erst kurz meine Mutter an und danach lange mich.

»Was freust du dich denn so?«, fuhr Mutter ihn an.

»Warum denn nicht?«, sagte Vater. Und jeder hat den Spott herausgehört.

»Mich hat das ganz verrückt gemacht!«, sagte Mutter dann und schlug mir mit der flachen Rückhand die nackten Füße vom Zweisitzer. Nicht böse oder fest, aber trotzdem mit ein bisschen Ernst, als hätte sie noch eine gut von früher.

Und dann sagte Mutter zum Besuch: »Das hat mich so verrückt gemacht, damals. Dass der immer gegangen ist. Der hat das Licht ausgemacht und ist gegangen. Wie wenn alles Pause machen muss. Nur weil er geht. Der hat die Zeit einfach mitgenommen. Du hast die Zeit einfach ausgemacht und mitgenommen. Und wie du geweint hast. Weil nicht alles mit dir mitgeht. Nicht wir. Aber alles. Du hast das Licht ausgemacht und gewollt, dass alles stehen bleibt und aufhört. Die ganze Welt. Die ganze Zeit. Alles sollte stumm sein, bis du wiederkommst. Dass niemand was erlebt und nichts passiert. Und wie du geweint hast, wenn es uns egal war. Wenn du gemerkt hast, dass das gar nicht geht. Wie wütend der geworden ist. Der hat sich eingeweint. Wir haben den ins Schlafzimmer gelegt und weinen lassen. So verrückt hat mich das gemacht. Das ging nicht anders.«

»Das ging nicht anders«, wiederholte Vater leise. Mutter hat es ihn sagen lassen, weil sie selbst gemerkt hat, wie viel sie geredet hat und wie böse das klang. Sie hätte sagen können, dass sie überfordert war. Dass sie nicht wusste, wie das geht. Dass sie keine Kraft mehr hatte nach der Arbeit, keinen Nerv, nach der endlos langen Walze in der Papierfabrik, dem Surren, das man jeden Abend mit nach Hause nahm wie einen klebrigen Gestank. Nach Bleiche, Leim und Maische haben in der Schlesenburg ja sowieso alle gestunken. Mutter hätte also sagen können, dass sie es nicht geschafft hat. Aber man kann ihr Bier geben und Wein, so viel man will, es wird ihr nicht über die Lippen kommen. Nur dass sie es verrückt gemacht hat. Das hat sie gern gesagt. Und ab und zu hat sie im Flur gehockt, zwischen dem Schränkchen und der Wand, und hat sich eingeweint.

Vater hatte nicht aufgehört zu kratzen. Er hatte beide Hände voller Farbe. Voller kleiner weißer Punkte, wie ein umgedrehter Dalmatiner. Er hockte in der Kirchenbank und schabte sich den weißen Lack von seinen Fingernägeln. Darius war mittlerweile den vierten Tag in Folge unauffindbar. Jeder in der Burg tuschelte darüber und auch die Totgeburt der Mazurkas hatte in der Siedlung längst die Runde gemacht. Alle Blicke drängten in die Lücke in der dritten Reihe, die die Mazurkas hinterlassen hatten. Sie schielten auf die leeren Plätze in der langen Bank. Auch Mutter hatte hingegeiert. Platz für uns wäre dort allemal gewesen. Weil die schwangere Mazurka schon seit Monaten schief in der Bank gesessen hatte, wie für zwei. Aber niemand hätte es gewagt. Nicht einmal die Mütterchen aus der anderen Bankhälfte rückten auf. Sie hockten lieber brav wie fröstelnde Legehennen links an den Rand gedrängt und murmelten ein Vaterunser nach dem anderen. Endlich wurde das Licht gedimmt, die Orgel setzte ein, die rheumatischen Väterchen trieben mit einem leichten Getrippel auseinander und die kümmerliche Mannschaft Gottes zog herein. Zuerst vier Ministranten, allesamt strohblond mit einsilbigen Namen, dicht gefolgt von Klaus am Kreuzstab, dann der Priester selbst, mit seinem Weihrauchschiffchen. Und ganz zum Schluss, wie immer mit viel Abstand, zwei Frauen aus der Sakristei, die vom Priester nur nach einem einzigen Kriterium bestimmt wurden: ihrem unendlichen Mangel an Schein und Glanz.

Als der Priester an uns vorüberzog, fuhren sich die Schlesier so synchron im Kreuzschwung über die Brust, dass ein leises Rascheln von hinten durch die Kirche lief. Bank um Bank, wie eine Welle, rollte uns das Rauschen entgegen. Niemand aus der Siedlung musste nach dem Pfarrer schielen. Alle lauschten nur darauf, wie die raschelnde Flut von hinten bis nach vorne schwappte und sie überspülte. Ich hätte schwören können, dass ein zarter Wind durch alle Bänke gegangen wäre, wenn nicht die Deutschen und die Spätaussiedler wie Wellenbrecher zwischen uns gestanden hätten.

Als die strohblonden Ministranten uns erreicht hatten, drehte ich langsam meinen Kopf herum. Ich schaute Klaus verschüchtert ins Gesicht. Mir tat die Sache mit dem Rumänienjungen leid, der Sprung in seine Akrobatik. Ich konnte froh sein, dass Klaus mich wortlos aus dem Wasser gefischt, dass Serkan mich auf seiner Handtuchhälfte unter der Robinie hatte schmollen lassen. Dass der Junge nicht auf Rache sann, sondern es bei einer schiefen Schelle im Schwimmbecken belassen hatte. Erst als er später aus dem Becken kam, fiel mir auf, dass der Junge mich um drei oder vier Handbreit überragte. Serkan grinste, als er von der Seite sah, wie mir das winzige Gesicht entglitt. Dass Klaus mich für den Rest des Tages keines Blickes mehr würdigte, hatte ich verdient. Aber eine Nacht, dachte ich, sollte doch genug sein, um ihn zu besänftigen. Ich wartete darauf, dass eines seiner Augen ausscherte. Dass es mich neckisch antippte und sofort wieder brav in seine Bahn zurückrauschte. Jetzt erlöst er mich, dachte ich. Aber stattdessen kullerte die Iris in die falsche Richtung. Klaus schaute ins andere Kirchenschiff hinüber, wo eine Reihe vor uns, in der vierten Bank, Apolonia und ihre Mutter standen. Apolonia balancierte auf den Zehenspitzen, ragte frech heraus, fast parallel mit ihren breiten Schultern zum Altar, und grinste Klaus mit blanken Zähnen an. Ihre Mutter hatte sich demütig ins Profil gedreht. Manchmal wurde sie an ihrem Hals und ihren Wangen puterrot. Vielleicht hat Klaus mich übersehen, dachte ich. Dann aber fuhr sein Blick zurück in die alte Spur, fuhr ein Stück zu weit, über den Mittelgang hinaus, streifte meinen Vater und jagte fast erschrocken zurück zum Tabernakel. Dann war Klaus vorüber, und der Pfarrer schnitt mir mit seinem wuchtigen Gewand quer durch meine Sicht. Alle Schlesenburger in unserer Bank griffen sich synchron an die Brust und ein kleiner, schwacher Hauch ging durch die Reihen, der die dicken Weihrauchwrasen verwirbelte. Es war ein beißender Nebel, der mir ins Gesicht waberte. Sofort fingen mir die Augen an zu tränen. Ich wollte mir mit den Fäusten den verkokelten Harzqualm und meine aufsteigende Wut herausmassieren, aber alles was aus meinen Stirnhöhlen sickerte, war ein schmatzendes Geräusch, wie wenn Mutter mit den nackten Händen Kardinadle machte. Es war genau die gleiche Wut wie schon am Freiluftbecken. Diesmal aber war es keine sprudelnde Tobsucht, sondern ein dickflüssiger Jähzorn. Durch den Schleier aus Weihrauch und Tränen, der brennend über meine Augen zog, konnte ich sehen, wie der Pfarrer oder Klaus oder ein breiter Ministrant die Treppen zum Altar bestieg. Ich konnte die Schritte hören, auf dem Marmor, und in meinem Nacken ein aufschäumendes Murmeln, das weit von hinten immer näher zu kommen schien. Dann aber spürte ich an meiner Schulter, wie erst Mutter sich umschaute, dann wie auch Vater sich nach hinten drehte. Das Murmeln kam vom Pfortenbogen aus dem Kirchenschiff. Erst murmelten die rheumatischen Väterchen, dann die letzte Bank, dann die vorletzte. Auch ich drehte mich um und sah, wie vier Gestalten durch den Weihrauchnebel kamen. Geduckt huschten sie wie durch ein wohlriechendes Dickicht, passierten die Bank mit den Baranowskis, zogen dann an uns vorüber, noch eine Reihe weiter, wo sie es wagten, mit einem eleganten Haken in die halb leere Bank der Mazurkas zu schlüpfen. »Rumuni!«, flüsterte ein Mütterchen im rechten Kirchenblock.

»Jetzt sag!«, sagte Mutter. Sie wollte immer alles ganz genau wissen. »Was hat der lange Mann geraucht?«

»Zigaretten«, sagte ich. Vater grinste zu mir herüber. Das konnte er. Mit dünnen Lippen nur in eine Richtung grinsen. Er hockte in der Küchenbank und war ganz tief über den Tisch gebeugt. Mit der Faust hielt er einen Bleistift und kritzelte mit großer Sorgfalt eine lange Nachricht auf eine schmale Banderole. Die Lippen sprachen lautlos jedes Wörtchen mit. Er schrieb im Silbentakt. Die dünne, murmelige Handschrift sah vom Hocker aus, als male Vater lange Pudelhaare.

»Ja was für Zigaretten?«, fragte Mutter.

»Echte«, sagte ich.

»Sag nochmal, wie die heißen.«

»GANOVA, glaube ich.«

»Ganova?«

»Ja!«, bekräftigte ich.

»Vielleicht NAGOVA!«, grübelte Mutter.

»Nagova?«

»Ja, Nagova vielleicht«, sagte Mutter.

»Gibt es die?«, fragte ich.

»Nein«, sagte Mutter. »Aber ich kenn nicht alle. Papa, Nagova, kennst du die?«

Mutter hatte sich vom Herd zum Küchentisch gedreht. Zu Vater. Eine schmale Drehung aus dem Stand, die mir heute, rückblickend betrachtet, übertrieben elegant erscheint. Aber Vater schwebte über seiner Flaschenpost und flüsterte nur leise seine Silben in die Tischplatte.

»Grüß schön«, sagte Mutter. Aber die schmale Banderole war fast vollgekritzelt. »Ist die Letzte«, hatte Vater gesagt. Alles Wichtige nochmal. Aber so, dass nur Onkel Staszek es verstand. Die Flasche Schauma stand bereit. Die stille Hoffnung, dass kein Grenzer nach dem Duschen wie Kamille riechen wollte und auch keiner von der Stasi. Ich konnte seine Beine wippen hören. Wie die Knie voller Vorfreude und Tatendrang unter dem Tisch tanzten. Die Plastiksohlen seiner Latschen machten auf dem PVC ein leise klatschendes Geräusch. Es war wie ein erhöhter Pulsschlag, ein Latschenrasen.

»Oder rückwärts!«, sagte ich.

»Wieso rückwärts?«, fragte Mutter.

»Weiß ich nicht, wieso.«

Mutter sah mich an, tat, als ob sie überlegte, aber ich konnte sehen, was sie wirklich dachte: »Ganz verrückt!«, hat sie gedacht.

»Weiß ich nicht, wieso!«, wiederholte ich.

Sie drehte sich zum Fenster, atmete lange aus, drehte sich zurück und fragte: »Also rückwärts?«

»Ja!«, rief ich.

»AVOGAN?«, sprach sie langsam. Sie las es aus ihrem Kopf wie von einem Beipackzettel.

»Aber mit S!«, sagte ich. Ich weiß nicht mehr, ob ich das S wirklich noch gewusst habe oder ob ich es nur heraufbeschwor, weil ich nicht wollte, dass das Hin-und-her-Spiel mit Mutter endete. Mir machte es Spaß, wie inbrünstig sie der Sache nachging.

»Vielleicht Tschechen!«, grübelte Mutter. »Aber wieso mit S?« Ihre Stimme brach am Ende aus.

»Wieso nicht?«, rief ich und machte sie ein bisschen nach.

»Wieso rückwärts mit S, aber vorwärts ohne, meine ich.«

»S ist richtig«, protestierte ich.

»SAVOGAN?«, fragte Mutter. Sie klang jetzt nicht mehr wie sie selbst. Ihre Stimme war spitz und überdreht. Und ich wusste nicht, ob sie wütend war, genervt oder nur schelmisch.

»Nein, hinten!«, rief ich.

»AVOGANS? Papa, Avogans?«

Aber Vater steckte in den Zeilen. Er strahlte aus dem Nacken aufs Papier. Wie jemand, der sich freut, weil er schon weiß, dass sich jemand anders freuen wird. Er hatte Onkel Staszek von der Wohnung in der Burg erzählt. Zwei Häuser weiter. Dass die Hausverwaltung einverstanden war. Jetzt schrieb er ihm, dass schon gemalert wurde und saniert. Das hätte ich gesehen. Der Preis war gut. Ganz ehrlich. Gut. Nicht billig, aber gut, schrieb er seinem Bruder. Und Nachtschicht in der Papierfabrik wäre niemals ein Problem. Auch wenn der Gałuszka aus der 17 gleich gefragt hätte, wieso. Nicht wieso niemals ein Problem, sondern wieso Nachtschicht. Onkel Staszek solle doch zum Amt gehen, hatte der Gałuszka gesagt. Aber Vater hätte Onkel Staszek niemals auf das Arbeitsamt geschickt. Niemand aus der ganzen Burg war jemals auf dem Arbeitsamt gewesen. Auch der Gałuszka selbst nicht. Aber Neid hatte sich breitgemacht, weil die ersten Russlanddeutschen, die jetzt kamen, alle gleich aufs Amt rannten. Und irgendwo, tief drinnen in allen Schlesenburgern, keimte ein kleiner Ärger darüber, die schöne neue Heimat nicht doch ein bisschen gemolken zu haben. Ein bisschen Zärtlichkeit zum Einstand. Nur aus Höflichkeit. Dabei war Nachtschicht in der Papierfabrik niemals ein Problem. Auch ohne Deutsch. Mit Deutsch noch besser. Aber Deutsch kommt von alleine, schrieb Vater. Ich hockte, immer wenn er fertig war, auf seinem Schoß und ließ es von ihm erst entziffern, dann übersetzen. Jeden Satz, den er gekritzelt hatte. Einen Satz aber hatte Vater bei der letzten Flaschenpost geschrieben, den hatte er mir nicht vorgelesen. Mutter hatte es verraten, weil ich so lang gequengelt hatte. »Deutsch kommt von alleine«, übersetzte sie und dann noch das: »Perfekt musst du gar nicht werden, nur besser als die Türken. Das reicht den meisten Deutschen.«

Mutter krümmte sich am Herd, sie fletschte ihre Zähne, machte Krallen. »GA-NO-VA!«, rief sie mit einer tiefen, kratzigen Stimme. Ich lachte verschämt, dann stürzte Mutter auf mich zu. Sie packte mich am Kopf, schaute mir ins Ohr hinein und rief: »Der muss doch irgendwo noch sein.«

Sie pustete mir sanft in die Ohrmuschel, hielt ihr Auge ganz nah an meine Schläfe und schielte mir direkt in den Gehörgang hinein. Ich spürte, wie sie wild und mit Absicht blinzelte, und weil es schrecklich kitzelte, musste ich laut lachen. Sie küsste mich auf die Wange, packte meinen Kopf ein bisschen sanfter und rollte ihn mit ihren heißen, feuchten Händen, die nach Spüli rochen, im Halbkreis hin und her. Von links nach rechts und rechts nach links, und dabei flüsterte sie mir abwechselnd in beide Ohren: »GA-NO-VA, SNA-GO-VA, GA-NO-VA, SNA-GO-VA!«

Vater hob sein Gesicht wie in Zeitlupe vom Tisch.

»GA-NO-VA, SNA-GO-VA, GA-NO-VA, SNA-GO-VA.«

Es war das erste Mal seit einer guten Viertelstunde, dass er wirklich aufschaute.

Er sah uns ganz entgeistert an. Seine Lippen waren wie zugezurrt. Ich hatte es direkt gemerkt, nur Mutter küsste noch und flüsterte. Noch einmal SNA-GO-VA, dann bemerkte sie die Apathie an mir, wurde still, drehte sich um und schaute meinen Vater an.

»Was denn?«, fragte sie.

»SNAGOV!«, sagte Vater.

»Was?«, fragte Mutter.

»SNAGOV?«, wiederholte er, aber diesmal war es eine Frage.

»Ja!«, rief ich. »SNAGOV!«

Ich warf die Hände in die Luft und rutschte wie ein Sack mit Vogelsand vom Hocker. Mutter fing mich mit viel Mühe auf. Vater legte den Bleistift aus der Hand, fasste an die Tischkante, schaute aus dem Fenster und sog Luft ein, wie der lange Kerl es getan hatte, wenn er an seiner Zigarette zog.

»Kurwa!«, sagte Vater.

Mutter legte mir die Hände auf die Ohren.

»Wieso Kurwa?«, fragte sie.

Dann sagte er ein zweites Wort auf Polnisch. Das nicht besonders schwer war. »Rumuni!«, sagte Vater.

Das wusste ich.

Rumänen.

»Rumuni!«, flüsterte das Mütterchen im rechten Kirchenblock. Sie saß auf gleicher Höhe wie wir. Und auch wenn die Kirchenorgel noch immer ihre Schlussakkorde nach dem Einmarsch spielte, war es ganz deutlich über den Mittelgang hinweg zu hören. Es war eine Frau aus der Burg, aus der 19 oder 21 glaube ich, auf alle Fälle Hochparterre. Sie saß gleich hinter Apolonia und ihrer Mutter und wurde vor aufsteigender Entrüstung ganz rotfleckig im Gesicht. Purpurrote unförmige Flecken, als hätte man ihr eine rohe Scheibe Rehrücken ins Gesicht geschlagen. Die geduckten Gestalten, die sich im Weihrauchnebel durch den Mittelgang geschlichen hatten, waren ein Mann und eine Frau mit ihren Kindern. Als das Mütterchen ein zweites Mal »Rumuni« flüsterte, scherten die Augen des Mannes mit dem Kind im Arm kurz aus. Seine braunen Augen jagten zu ihr hinüber und ein kleines bisschen grimmiger zurück. Da wussten wir: Die Alte hatte recht. Der Mann stand am Ende der Bank, trieb seine Frau hinein, das Kind, führte dann das zweite Kind am Arm. Sie waren leise in die halb leere Bank geschlüpft, im Windschatten der Frauen aus der Sakristei, hatten sich schamlos und frech den Weg bis in die dritte Reihe gebahnt. Aber schamlos und frech ist falsch. Sie hatten niemanden angerempelt, niemanden bedrängt, geschnitten oder herausbugsiert. Sie waren einfach nur geduckt und still und in tiefer Demut an einen freien Platz gegangen. Hatten die Lücke gefüllt, die für alle sichtbar in der dicht gepackten Messe klaffte. Und trotzdem hockte die halbe Schlesenburg maulig in den Bänken und fühlte sich betrogen. Alle Alten aus der Burg reckten entrüstet die Köpfe. Hinter uns räusperte man sich. Aus der ersten und zweiten Reihe wurde geschielt, aus dem rechten Kirchenschiff gegafft. Das Mütterchen warf der kleinen Familie einen stechenden Blick zu, der gleich darauf wie eine glatte Klinge über uns hinwegschoß und hilfesuchend zu den Baranowskis schwang.

Und tatsächlich waren die beiden Brüder schon dabei. Einer der Zwillinge hatte sich tief unter die Bank gebeugt, so tief, dass er sich mit der linken Hand an seinen Bruder klammern musste. Der Oberkörper war ihm weit zwischen die Beine gesunken, der halbe Kopf, das Kinn, die fleischigen, triefenden Lippen hinter dem Gotteslob verschwunden. Die pickelige, narbige Tonsur des Baranowski war Mutter so nah gekommen, dass sie sich im Ekel wie ein Baum zur Seite neigte. Ich hätte mich nur umdrehen müssen, aber stattdessen schob ich mich vor ihre Brust und lugte wie ein scheues Junges um ihren Stamm herum nach hinten. Die Augen des alten Mannes schwebten jetzt über dem seidigen Papier, dem Liedtext und der Melodie hinweg durch die schmale Schlucht, die Mutter freigegeben hatte. Ohne meinen Blick zu senken, ohne in die Düsternis zwischen seinen Knien zu schielen, konnte ich am Zucken seiner Schulter sehen, dass er mit dem Hirtenstab schon suchend über den Kirchenboden tastete. Dann hörte man das Holz auf dem polierten Marmor. Wie der Stab sich langsam in Bewegung setze. Links neben meinem Vater kam das dünne Holz aus seiner Deckung. Noch aber sparte der alte Baranowski seine Kräfte. Noch schob die dünne Spitze nur kratzend über den rot gescheckten Stein. Ich lehnte mich nach vorne, schielte nach dem Stab. Gerade war die Spitze unter der vierten Bank, der Reihe vor uns, unsichtbar geworden. Da riss einer der Alten aus der Burg, Ogórka glaube ich, oder Ogórek, die Knie auseinander und sah zufrieden zu, wie sich das lange Ding zwischen seinen Beinen endlich in die Luft hob. Direkt vor ihm in der Bank hockte der Rumäne mit seiner Familie. Das billige braune Sakko war ihm hochgerutscht, das Hemd fiel prall heraus, strahlend weißes Polyester. Er hatte Haare über dem Steiß, eine kleine Insel aus Gewöll, die man durch den dünnen Stoff hindurch ganz deutlich sehen konnte, und ein dickes Muttermal. Ob der Ogórka sich wohl fragte, ob der Baranowski es auch sah, fragte ich mich. Und vielleicht wusste ich die Antwort schon. Denn der alte Ogórka rückte jetzt ein ganzes Stück zur Seite, gab den Blick noch besser frei. In diese Schwarte, auf dieses Muttermal, in dieses kleine Fadenkreuz da muss der Stock hinein. Damit der Rumäne und sein Weib und ihre braunhaarige Brut verstanden, wie hier der Hase lief, so dachte der Ogórka, dachte ich. Ich streckte mich in meiner Bank, beobachtete den Stock und seine Spitze, wie sie zitternd immer weiter in die Höhe ging. Aus allen Bänken gafften trübe alte Augenpaare zu uns ins Kirchenschiff. Der Priester stand schon am Altar, zupfte sich die Ärmel am Gewand, griff nach der Bibel, als der Stab ein Stück zurückwich, wie um Schwung zu holen. Der Priester hob die Bibel wie einen lang ersehnten Nachwuchs in die Luft. Aber plötzlich, ganz plötzlich, knallte der Stock in ganzer Länge, runter auf den Kirchenboden. Vater hielt mir den Finger vors Gesicht, zeigte links ins Seitenschiff, und wenn ich seiner dummen Finte nicht gefolgt wäre, hätte ich es gleich gesehen. Wie sein linker Fuß den Stock unauffällig zu Boden drückte. Wie er den Stab mit der ganzen Kraft seiner Sohle gefangen hielt. Mein Vater. Dem die beiden Handwerker, der lange Kerl samt seinem Kompagnon, nur wegen ihrer Herkunft so untauglich vorgekommen waren, so unfähig, so unwürdig, die zukünftige Wohnung seines Bruders herzurichten, dass er fast jeden Abend über den Balkon in die ausgebrannte Wohnung der Galówka gestiegen war. Mein Vater. Um zu prüfen und zu mäkeln und um auszubessern und um manchmal, wie ein Heinzelmännchen, alles nochmal neu zu machen. Der dienstags beim Frühstück nach frischem Gips und Rauputz duftete, der Mittwochabend nach Aceton und Lack stank und Freitagnacht nach frischem Silikon. Der sich sogar sonntags in der Messe noch das Polarweiß von den Fingern kratzte. Er stand mit einer Kraft auf dem verdammten Stock, dass ihm selbst im Sitzen der ganze Oberschenkel spannte. Und dann mit einem Ruck, schoss er den Stab der Baranowskis nach vorne aus der Bank. Ein Viertelschwung aus Vaters linkem Bein hatte genügt. Er schoss unter allen Bänken hindurch, zwischen allen Füßen, schlitterte bis ganz nach vorne, weit hinein in den Altarraum. Niemand konnte sagen, wer es gewesen war. Und niemand konnte aufspringen und danach schauen, weil der Priester genau in diesem Augenblick, gerade jetzt, die Bibel zur ersten Andacht in der Höhe hielt. Was dann geschah, das habe nicht mal ich gesehen, dem die Bibel schon damals piepegal gewesen ist. Nur Mutter, aber die hat es oft und gern erzählt. Mit stiller Freude und großer Geste. Dass eine von den glanzlosen Frauen aus der Sakristei, die kleine, zierliche, die mit dem flachen Buckel, nach dem Stab gegriffen hätte. Gerade als der Priester mit der Bibel am Altar gestanden hätte. Sie hätte den Stab mit spitzen Fingern angefasst. Weil er so ranzig war und wild gewachsen. Sie hätte ihn kurz angeschaut. Wie einen abgeschälten Ast. Wie einen Stock, mit dem ein frecher Knabe stundenlang in eine Staude hauen konnte. Wie etwas Altes, ohne jeden Wert. Und dann hätte sie hochgeschaut, zum Priester, der die Bibel wieder sinken ließ und auf ihr flaches Kissen bettete. Und da hätte man gewusst: vier Sekunden noch, womöglich drei, dann würde sich bekreuzigt. Da hätte sie mit beiden Händen an den Stock gegriffen, die Kleine aus der Sakristei, mit den Händen einer echten Winzertochter, und hätte ihn an seiner dünnsten Stelle durchgebrochen. Das splitternde Knacken lief bis zu uns herüber, an uns vorbei bis zu den Baranowskis, und genau danach, keinen ganzen Augenblick danach, hätte der Priester seine Stimme erhoben, und er und alle in der Kirche, die ganze Schlesenburg, auch wir und die Rumänen und die Brüder Baranowski hätten uns bekreuzigt.

11

GŁUPI

Am liebsten wäre ich Apolonia für den restlichen Sonntag aus dem Weg gegangen. Aber gleich nach dem Mittagessen klingelte sie Sturm und Mutter scheuchte mich dankbar aus der Wohnung. Darius war seit vier Tagen verschwunden. Einmal am Tag kam ein Streifenwagen in die Burg, zwei Beamte, meistens Frauen, sprachen mit den Mazurkas und fuhren wieder ohne ein Ergebnis. Witold Mazurka suchte ganz allein nach ihm. Hilfe von den anderen Männern aus der Burg winkte er wortkarg ab. Er kurvte viele Stunden durch die Nachbarschaft, alle Feldwege entlang und sogar runter in die Südstadt. Aber Darius war wie vom Erdboden verschluckt. Er fehlte. Auch als Puffer zwischen Apolonia und mir. Und wäre es in unserer Wohnung nicht so brütend heiß gewesen, ich hätte mich am Sonntag, nach der Messe, gar nicht von ihr runterlocken lassen, sogar raus. Manchmal war die Schlesenburg wie eine große Einraumwohnung. Ein karges rechteckiges Zimmer, ohne Fluchten oder Nischen. Nichts, wo man sich verstecken konnte. Wie im Lager damals. Natürlich hatte ich keine Erinnerung an das Zimmer im Asylbewerberheim. Nur das Gefühl einer. Wie ein Wort, das einem auf der Zunge liegt. Vielleicht noch etwas weniger. Wie wenn man in die Küche geht und plötzlich nicht mehr weiß, warum. Aber ich weiß noch, wie enttäuscht ich war, als mir mit sechs oder sieben beim dünnen Kuba ein Foto in die Hände fiel, das ich die ganze Zeit für eine eigene Erinnerung aus dem Lager gehalten hatte. Ich war so stolz, dass ich mich an das kleine düstere Zimmer mit den Stockbetten noch selbst erinnern konnte. Und dann hockten wir beim Kuba unter dem Fliesentisch, wühlten aus Langeweile durch einen kleinen Stapel Fototaschen, und plötzlich fiel mir meine eigene Erinnerung entgegen, auf matt glänzendem Colorpapier. Vater hatte dieses Bild gemacht. Kurz bevor wir aus dem Lager in die Schlesenburg gezogen waren. Weil die Mutter vom dünnen Kuba noch mit dem Stammhalter in Polen hockte und erst mal wissen wollte, wie so ein deutsches Lager aussieht, bevor sie rübermacht.

Ich weiß noch, wie enttäuscht ich war.

»Du hast dich wieder eingeweint gehabt!«, sagte Mutter. »Und keiner hat kapiert, warum!«

Vater sagte, er hätte es kapiert. Nur verstanden hätte er es nicht. Er hätte das Foto in der letzten Woche gemacht. Im Februar. Da hätte der Vater vom dünnen Kuba schon auf dem gleichen Flur gewohnt. Im Männerzimmer gegenüber.

»Der ist an Weihnachten gekommen!«, sagte Vater. »An Heiligabend haben die manchmal Männer durchgelassen, wenn die allein gekommen sind.«

An Heiligabend, sagte Vater, hätten manche Männer Glück gehabt. Noch drei Jahre davor, da ging das nicht. Aber '83 ging's. Man hat aber die Grenzer gut beschenken müssen. Die Polen und die DDRowcy. Nur die Deutschen nicht. Mein Vater und der Senior vom dünnen Kuba, die kannten sich gar nicht. Natürlich nicht. Aber Vater hatte eine Kamera, und der Vater vom dünnen Kuba hätte eines Morgens zögerlich geklopft und ihn gefragt, ob er ein Foto machen könne, nur eines von der Stube, weil seine Frau noch zicken würde. Damit sie sieht, dass es so schlimm nicht ist. Er würde für den Abzug auch bezahlen. Dann hätte sich Vater am Nachmittag auf einen Stuhl gestellt, ganz eng in die Zimmerecke, mit dem Kopf fast unter der Decke, und ein Bild gemacht.

»Und dann?«, habe ich ihn gefragt.

»Dann hat deine Mutter mich geschlagen.«

»Geschlagen hab ich nicht!«, protestierte Mutter.

»Noh!«, rief Vater.

»Hätte ich aber machen sollen.«

»Wieso?«, fragte ich.

»Stellt der sich auf einen Stuhl und macht ein Foto! Und ich im Bett, halbnackt und flach wie eine Flądra!«

»Weißt du, was das heißt?«, fragte Vater.

»Nein«, sagte ich.

»Flunder«, sagte Vater.

»Und der Głupi macht ein Foto!«, sagte Mutter.

»Weißt du, was das heißt?«

»Ja!«, sagte ich. Weil Głupi wusste jeder.

»Hätte ich wirklich machen sollen«, sagte Mutter.

»Was?«, fragte ich.

»Schlagen«, sagte Mutter.

»Geworfen hast du.«

»Hab ich auch getroffen?«, fragte Mutter.

»Immer«, sagte Vater.

Mutter wäre wirklich wütend gewesen. Hätte sich aufgerafft und angezogen und eine gute Stunde lang fluchend alles aufgeräumt und schick gemacht, sogar gefegt und gewischt hätte sie, und erst dann hätte sie erlaubt, dass Vater nochmal auf den Stuhl steigt und das dumme Foto macht. Da, aus der Zimmerecke. Das war meine Erinnerung. Aus einer Perspektive, die überhaupt nicht ging. Nicht gehen konnte für ein zweijähriges Kind. Deswegen habe ich geweint. Weil mir das Foto aus dem

Lager alles gleich beweisen musste. Eine Woche später hätte Vater die Abzüge geholt. »Nur eine Woche!«, sagte Vater. Bei Foto Dosse in der Mainzer Straße. Er hätte mir die Abzüge immer und immer wieder zeigen müssen. Wie alt war ich? Zweieinhalb? Und am allermeisten hätte ich die beiden Bilder aus der Zimmerecke angegluckst. Wie ein kleines Daumenkino hätte er die Bilder immer tauschen müssen. Hin und her. Stube schmutzig, Stube schick. Mutter traurig, Mutter froh.

»Du hast dich eingeweint, und keiner hat kapiert, warum«, sagte Mutter wieder. »Du hast beim Kuba unterm Tisch gesessen und geheult.«

»Ich hab dir noch erklärt«, sagte Vater, »wie toll das ist. Dass die Mutter vom dünnen Kuba das Foto wieder mitgebracht hat. Dass das Foto nach Polen gefahren ist und wieder zurück. Dass du dich daran noch erinnern kannst. Dass ich mich nicht erinnern könnte, was mit zweieinhalb gewesen war«, sagte Vater, aber er verstand es nicht. Wie traurig es mich machte, dass ich mich nicht an das Zimmer im Asylbewerberheim erinnern konnte, nur an den matt glänzenden Abzug auf Colorpapier.

»Aber an das Foto. An das Foto schon!«, sagt Vater. »Darum geht's doch!«, insistierte Vater. Aber darum ging es nicht. Und irgendwann habe ich aufgehört, es ihnen zu erklären.

Apolonia und ich redeten nicht viel. Nicht über die Kirche, nicht über den Stock, nicht über die Rumänen im Bänkchen der Mazurkas. Ich erzählte kurz vom Mittagessen, Krautrouladen mit Kartoffeln, bevor wir durch die Hecke stiegen und wortlos auf das Feld schauten. Wie es vor uns lag und flimmerte. Auch davon hatte Vater seinerzeit ein Bild gemacht. Gleich nach dem Einzug in die Burg. Aber die alte Kamera, die TTL-Zenit, hatte nicht verstanden, was sie fokussieren sollte. Das Foto sieht aus, als wäre Vater in Bewegung gewesen. Als wäre er beim Machen des Bildes um die ganze Welt gerannt. Als hätte er jeden flachen Horizont zur gleichen Zeit belichtet. Side und das Ijsselmeer, Benidorm und die Wüste hinter Gizeh. Unten hellbraun, oben blau, wie ein verschwommenes monochromes Bild von Richter oder Rothko. Ich weiß nicht, ob ich mich wirklich an das Feld erinnern kann, wie es vor uns lag und flimmerte, oder nur an dieses Foto. Und ich merke wieder, wie ich traurig werde und ein bisschen wütend.

»Nur zur Senke und zurück«, sagte Apolonia. Ich wusste gleich, dass das kein Vorschlag war. Schon eine Ewigkeit hatte ich es gewusst. Hundert Jahre, bevor sie einen Fuß in die Hecke schob, den zweiten auf den Grünstreifen setzte, dann in die flache Böschung hineinmarschierte. Ich hab es immer schon gewusst. Weil die Zeit sich manchmal so schnell nach vorne und zurück bewegte, dass sich alles übereinanderlegen wollte.

Am liebsten hätte ich kehrtgemacht. Mich für den Rest des Tages von ihr wegbewegt. Immer weiter weg. Wie zwei sich abstoßende Pole. Ich weiß es nicht, wieso. Zwei Polenkinder. Aber jemandem, der immerzu davonmarschiert, geht man am besten aus dem Weg, in dem man ihm ganz dicht auf den Fersen bleibt. Hinter uns fiel die Berberitze wie ein Vorhang zu. Ich hörte noch, wie eine kleine Stimme kreischend den Arm aus dem zwickenden Gebüsch zog. Ich glaube, es war der rote Leszek, ein sommersprossiges, rothaariges Hortkind aus der 21. Oft verfolgten uns die Kleinen aus der Burg, fünf- oder sechsjährige Knirpse, die in unserem Windschatten durch die Siedlung schlichen und um unsere Aufmerksamkeit buhlten. Sie hatten eine schamlose Sehnsucht nach uns.

»Die bieten sich an wie schlachtwilliges Vieh«, hatte der Postbote letzten Herbst gesagt, gelacht, nach einem Kind gespuckt und mit der Spitze seines Karabiners das Hakenkreuz über der Klingelzeile nachgezogen. Ein neues. Diesmal in der 13. Und tatsächlich ging von Darius und mir und ganz besonders Apolonia irgendeine Mystik, irgendein Zauber aus, der die Kleinen widerlich gefügig machte. Manchmal brachten sie uns Plastikeimerchen mit zerstoßenen Mahonienbeeren, eine rotblaue Pampe, und wollten, dass wir ihnen mit dem sauren Sud die Arme bis zu den Schultern oder die Gesichter färbten. Immer wieder bettelten sie darum, im Sandkasten begraben zu werden. Und einmal fischten sie ein altes Kabel aus dem Müllcontainer und schlugen vor, man könne sie doch alle am Indianerzelt fesseln und sie dann, wenn das noch nicht reicht, auch mit den eigenen Fäusten knebeln. Manchmal, wenn die Luft so zäh und heiß war, dass sie uns wie eine Schicht Gelee, wie eine Decke Tortenguss zu Boden zog, quengelten die Kleinen aus der Burg so lange an uns herum, bis ich fast gewillt war, mich ihnen als Schlächter hinzugeben. Aber Apolonia bemerkte, wie mein Widerstand zerbröselte, wie die Langeweile mir in die Beine floss, packte mich und schleifte mich davon, in irgendein halbherziges Abenteuer.

Nur Darius gab sich gelegentlich mit den Kleinen ab. Daher wussten wir: Man wurde sie nicht los. Man konnte in den Keller steigen, auf den Ring oder die Garagen. Manchmal folgten einem Einzelne bis in die Wohnung. Manchmal schlurfte mir Leszek wie selbstverständlich hinterher, in den vierten Stock, in unseren Flur, in die Küche, ins Kinderzimmer und einmal direkt ins Schlafzimmer der Eltern. Aber Mutter griff ihn routiniert, wie einen Apparat, wie das Duracell-Häschen, grüßte ihn nicht, schaute ihn nicht an, packte ihn nur, trug ihn durch den Flur und setzte ihn mit einem Klatschen seiner Sohlen vor die Tür. Vor allem sonntags nach der Kirche und dem Mittagessen war ein Leben in der Burg, dann schwärmten alle Kleinen aus. Nur durch die Berberitze steigen half. So schmerzhaft es auch war. Mit den Ellenbogen die dicken Triebe auseinanderschieben, mit Schwung hindurch, und alles was uns folgen wollte, jaulte auf und war wie die Ritter bei Dornröschen abgewehrt.

»Nur zur Senke und zurück«, sagte Apolonia und natürlich stapfte ich ihr nach, wie hörig. Sie wurde mich nicht los. Manchmal war ich selber wie der rothaarige Leszek, und hätte ich es mich gefragt, ich hätte nicht gewusst, warum ich so sehr um sie buhlte.

Quer durch ein Feld zu laufen, gepflügt, längst ausgetrocknet, war anstrengend und zehrend, wie durch frischen Schnee zu stiefeln. Und wie ich auf das endlos lange Feld starrte, auf das Braun, Hellbraun, fast Weiß, wie ich bei jedem Schritt ein bisschen einsank, wurde mir für den Bruchteil eines Augenblicks eisig kalt.

Apolonia hatte mehr Kraft in ihren Beinen. Mehr Kontrolle und mehr Kondition. Sie stieg über jede Furche, von einer erdigen Narbe zur nächsten, als hätte sie sich unsichtbare Schneeschuhe unter die Sandalen geschnallt. Ich war schon jetzt weit abgeschlagen, was mich wurmte, auch wenn der Abstand mir gefiel. Vielleicht will auch sie nicht mit mir sprechen, dachte ich und stemmte mich den nächsten Erdwulst hinauf. Vielleicht lässt sie mich in Ruhe. Vielleicht hat sie mich vergessen. Aber wie auf Kommando brüllte sie zurück:

»Wir haben die Mama von Darius gesehen.«

Ich konnte es nicht glauben. Niemand hatte Frau Mazurka seit der Totgeburt gesehen.

»Glaub ich nicht!«, sagte ich leise. Aber sie hörte es trotzdem oder wusste es.

»Wohl!«, sagte sie.

»Wo?«, rief ich.

»Bei Aldi.«

Ich glaubte ihr kein Wort. Ließ einen Augenblick verstreichen, einen zweiten, dann rang ich mir die nächste Frage ab:

»Und wer?«

»Wir!«, rief sie.

»Wer wir?«, fragte ich laut.

»Bist du dumm, oder was? Ich und meine Mama«, sagte sie und ein leichter heißer Wind trug es bis zu mir zurück.

»Meine Mama und ich«, äffte ich sie nach.

»Nein«, ging Apolonia dazwischen. Es war das erste Mal, dass auch sie in eine sandige Lehmnarbe sackte, dass einer dieser wulstigen Kämme unter ihr zerbrach, als wäre sie mit ihrem Nein zehn Kilo schwerer geworden: »Ich und meine Mama. Ich habe sie zuerst gesehen.«

Jetzt merkte ich, wie wichtig ihr die Anekdote war. Wie sehr sie sie erzählen wollte. Wie sehr sie sich wünschte, dass ich weiter danach fischte. Also warf ich lustlos meinen nächsten Köder aus.

»Wann denn?«, fragte ich, und es wurmte mich sofort, weil schon ein »wann« gereicht hätte. »Wann denn?« klang zu sehr, als hätte ich es wirklich gern gewusst.

»Samstag«, rief Apolonia.

»Gestern?«, dachte ich.

»Am Abend.«

»Was?«, sagte ich, wollte wie zum Nachdruck stehen bleiben, schlitterte aber von einer Lehmnarbe in einen schmalen Graben, stolperte kurz und hielt mich nur mit Mühe auf den Beinen. »Glaub ich nicht«, rief ich ihr hinterher.

Wie in der Papierfabrik gab es auch bei Aldi Schichten. Ein krudes System aus Tagen und Uhrzeiten, bei dem ich mich oft fragte, wo es hergekommen war. Wer hatte es gemacht? Dieses Schichtsystem hatte etwas Metaphysisches für mich. Irgendwann einmal, vielleicht im dritten oder vierten Frühling in der Burg, hatte Vater seinen Kopf auf den Balkon rausgestreckt, wo Mutter leise las und ich im Halbschlaf in der Sonne lag und döste.

»Willst du Cola?«, hatte er gefragt. »Ich habe Lust auf Cola.«

»Cola?«, fragte Mutter ernst. Mutter war im Kleinen geizig.

»River Cola!«, beschwichtigte Vater.

Ich schlug zur Hälfte die Augen auf. Mein Blick traf Vaters nackte Knie und Mutter, wie sie lag, wie sie den linken Arm widerwillig in die Luft hob und sich die hochgerutschte Armbanduhr zurück ins Handgelenk schüttelte.

»Was ist heute?«, fragte sie. »Donnerstag?«

»Nein, Mittwoch«, sagte Vater.

»No szybko!«, sagte Mutter zähneknirschend.

Ich wusste, was das hieß: »Du darfst, aber mach schnell!«

Die meisten Schlesenburger, fast alle, gingen am Montag, Mittwoch oder Freitag in den Aldi. Dienstag und Donnerstag kamen die Rumänen. Russlanddeutsche waren bisher in der Minderheit, hatten aber Hummeln im Hintern und gingen oft am Samstagmorgen oder kurz vor acht am Abend. Türken gingen gar nicht. Große Einkäufe wurden am Vormittag erledigt. Kleine nach dem Mittagessen. Aber nur bis 16 Uhr. Da begann die Feierabendzeit. Für alle, die sich nicht vom Schichtdienst in der Papierfabrik zermalmen lassen mussten. Für die Deutschen also. Ab 16 Uhr hatten sie und die Spätaussiedler Hausrecht. Und die Menschen aus der Burg, selbst die aus dem Lager, respektierten das. Auch wenn immer wieder das Gerücht herumging, dass um 16 Uhr die Regale neu befüllt wurden. Guter Kaffee, Butter, die noch lange hielt, besonders aber frisches Obst und besseres Gemüse. Einmal brachte Vater Klementinen mit. Die besten Klementinen. Und er packte Mutter an der Hand, fast etwas zu grob, tippte mit dem Finger auf das Ziffernblatt an ihrer Armbanduhr und sagte »Noh!«, als hätte er's bewiesen. Die Sache mit Aldi, dass es Tage gab und Uhrzeiten, das ist eine Erinnerung, die mir bis heute falsch, fast lächerlich erscheint. Klein-Hannah hat es nie geglaubt. Bis heute nicht. Auch wenn Mutter es uns schwört.

»Auf Opa!«, forderte Klein-Hannah und wartete gespannt darauf, dass Mutter die Finger auf ihr Herz legte.

»Und jetzt noch auf Konsalik!«, rief ich.

Als Kind habe ich Mutter oft gefragt, wo kommt das her, wer hat das so gemacht. Sie hat es nicht verstanden. Diese Neugier nach dem Ursprung war ihr fremd. Wer es erfunden hat. Sie hat sich einfach brav daran gehalten. Wie alle anderen aus der Burg. Fast alle. »Das ist Gesetz« hat der dünne Kuba mal zu uns gesagt. Zu mir und Apolonia. Sogar er. Und wenn nicht mal Mutter meine Stocherei im Transzendenten nachvollziehen konnte, brauchte ich mir beim dünnen Kuba wirklich keine Hoffnung machen.

Damals habe ich die Sache mit den Tagen und den Zeiten auswendig gewusst. Sie war mir längst in Fleisch und Blut übergegangen. Und darum habe ich es Apolonia nicht geglaubt. Weil niemand aus der Burg am Samstagabend in den Aldi ging. Nur die Russen und die Deutschen.

»Doch, wir!«, rief Apolonia.

»Doppellüge!«, dachte ich. Kann sein, dass ich es auch gemosert oder gemurmelt hatte. Weil Apolonia, halb genervt, halb quengelnd, zu mir sagte: »Jetzt halt doch mal dein Maul.« Dann aber merkte sie, dass sie zu grob gewesen war, blieb auf der nächsten Ackernarbe stehen, sank in den krümeligen Boden ein und drehte sich zu mir um.

»Ich will dir was erzählen.« Ich fühlte mich wie angefahren. So war sie nicht. Dass sie ganz offen ein Bedürfnis formulierte.

»Ja, mach«, sagte ich.

»Die Mama hat die Mutti nicht bemerkt.«

Ich schaute auf.

»Jetzt frag nicht welche!«, sagte Apolonia, drehte sich herum und marschierte weiter. »Ich hab sie gleich gesehen. Ich glaub, die Mama auch. Aber die Mama, die hat sie nicht erkannt. Bemerkt, aber nicht erkannt. Verstehst du? Die Mutti vom Darius war total flach am Bauch. Ganz flach. Und rot in der Fresse. Bisschen rot. Wie heißt das? Wenn man rot und weiß ist? Rosa mein ich nicht. Rosig! Das hab ich vorher nie gerafft, wie blass die immer war. Als die das Baby noch gehabt hat. Ich glaub, das Baby hat ihr alles weggelutscht. Eklig, wie so Babys sind, oder? Hocken in dir drin und pissen in dich rein und saugen dir das Blut aus deiner Birne. Kannst du das glauben? Wie Vampire. Wie Blutigel, oder? Weißt du, was das ist? Ein Blutigel. Ich find, das passt total. Babys sind voll igelig.«

Ich war so glücklich, dass ich nicht dazwischenmusste. Dass ihr die Sätze nur so aus dem Mund flossen.

Apolonia blieb stehen, drehte mit der Sandalenspitze einen schönen flachen Stein um, war mit der Unterseite unzufrieden, kickte ihn davon und jagte weiter ins Feld hinein.

»Jetzt pass auf«, rief sie zu mir zurück. »Im Aldi war nur eine Kasse auf. Und deshalb gab es eine Schlange. Was war die längste Schlange, die du jemals hattest? Meine war ewig lang. Echt ewig lang. Aber nur mit Russen und Rumänen.«

»Rumänen?«, fragte ich.

»Komisch, oder?«

»Keine Deutschen?«, fragte ich.

»Nein. Gar keine. Vielleicht zwei Alte aus der Preußen-straße.«

»Zeile!«, wollte ich sie korrigieren, ließ es aber bleiben.

»Aber sonst nur Russen und Rumänen.«

»Männer oder Frauen?«, fragte ich.

»Gemischt, glaub ich. Vielleicht mehr Frauen. Fast nur Frauen. Ich bin nicht sicher. Russenfrauen und Rumäninnen und die Mazurka noch und wir. Alle in der Schlange. Bis zu den Paletten. Was war die längste Schlange, die du hattest? Auch bis zum Mehl und Zucker? Wir haben mittendrin gestanden. Wir haben erst beim Mehl gestanden und dann mittendrin. Die Mama und ich. Aber immer noch weit weg und vor uns die Mazurka. Nicht direkt vor uns. Aber so, dass sogar Mama sie erkannt hat. Und pass auf. Dann ist die Tante an der Kasse aufgestanden.«

»Die Kassiererin.«

»Ja. So halb aufgestanden. So aus den Knien. Hat uns angeschaut und hinter uns geschaut und dann mitten durch uns durch und hat gerufen Kasse 2.«

Ich hätte gern gefragt, an welcher Kasse sie gestanden haben, Apolonia und ihre Mutter, aber so richtig hab ich nicht gewusst, wozu, und wäre ohnehin nicht zwischen sie und ihren Monolog gekommen.

»Ich weiß nicht, an welcher Kasse wir gewesen sind. Kann ich dir nicht sagen«, sagte Apolonia. Ich wusste wieder nicht, ob ich es vielleicht doch gemurmelt hatte. Ich lief jetzt hinter ihr, ganz dicht, wie in ihrem Windschatten. Sie erzählte so, wie sie auch lief, ganz eilig, in einem Takt, der mich nur deshalb immer näher heranzog, weil ich so große Angst hatte zurückzufallen.

»Eins oder drei. Egal!«, rief Apolonia. »Aber Kasse 2 war neben uns. Und weißt du was? Ich hab das Zwei von Kasse 2 noch klingen gehört. Wirklich. Ich schwöre. Glaubst du mir? Ich hab das Zwei von Kasse 2 noch gehört, da ist die Mama vom Darius schon blitzschnell aus der Schlange rausgeschlüpft und rüber an die 2. Schnell und leise. Wie ein Wiesel. Nur die Füße haben sich bewegt. Ich hab die Füße gar nicht erst gesehen. Ich hab gedacht, die fliegt. Wie eine Eule rüber an die neue Kasse. Ich wollte auch. Ich hab schon einen halben Sprung gemacht, ein Bein hatte ich bestimmt schon in der Luft, aber die Mama, also meine Mama, hat mir ins Fleisch gepackt. Mitten rein. Weißt du? So!«

Apolonia drehte sich herum und griff mit ihrer flachen Hand wie mit einer Maurerkelle oder einem Brotschieber links unter meine Achsel. Kurz dachte ich, das war es jetzt. Das war der Grund für diese lange Anekdote. Für diesen Trip ins Feld. Dass sie mir mit ihrer Lanzenhand in meine Achsel stechen konnte. Dann aber packte sie mich fest am Oberarm.

»So!«, sagte sie, starrte mich an und zog ihre Kralle gleich wieder heraus.

»Die Mama hat mich festgehalten, wie wenn vorne an der Königsberger ein Auto aus der Schleife kommt. Da wo es diese Kurve macht. Wo alle Autos viel zu schnell sind. So fest hat sie mich gehalten.«

»Warum?«

»Das hab ich nicht gerafft. Ich hab direkt gedacht, jetzt ist eh zu spät. Ich war gleich sauer auf die Mama. Ich hab gedacht, jetzt ist zu spät. Jetzt ist schon die halbe Schlange rüber. Aber dann hab ich hingeschaut. Rüber an die zweite Kasse. Und dann hab ich es erst gerafft.«

»Was?«, fragte ich.

»Keiner«, sagte Apolonia. »Keiner wollte sich zu ihr stellen. Die ganze Schlange nicht. Die ganze Schlange hat sich nicht bewegt. Kein Einziger.«

»Gar keiner?«

»Niemand!«

»Warum?«, stammelte ich, ahnte es aber.

»Meine Mama sagt, weil sich das rumgesprochen hat.«

»Das mit der Totgeburt?«

»Glaubst du mir nicht?«

»Doch.«

»Wirklich keiner. Keiner von den Russen. Und auch nicht die Rumäninnen«, sagte Apolonia. »Die schon mal gar nicht.«

Ganz alleine hätte die Mazurka an Kasse 2 gestanden. Als hätte niemand das gehört, mit Kasse 2, nur sie. Als wäre es nur Einbildung gewesen. Alle hätten hingelinst, sagte Apolonia. Wie die Mazurka ihre Sachen auf das Band gelegt hätte. Ordentlich und auch ein bisschen zu weit auseinander. Auf das endlos lange schwarze Band. Zucker zuerst, die Eier zuletzt. Vorne das Klobige, hinten das Zerbrechliche. Wie sie rosig und ein bisschen stolz raus auf den Parkplatz geschaut hätte. Wie sie sich langsam halb umgedreht und dann ganz plötzlich und erst jetzt bemerkt hätte, dass das Band wie leer gefegt gewesen sei. Dass niemand hinter ihr gestanden hätte. Keine Menschenseele. Nicht mal die Rumäninnen. Nur der endlos lange Gang und links von ihr, an Kasse 1, vielleicht auch 3, eine Schlange bis zu den Paletten. Bis zum Mehl und Zucker. Vielleicht noch weiter.

»Was war die längste Schlange, die du jemals hattest?«

Alle hätten angestanden und getan, als wäre nichts. Und niemand hätte sich getraut, sie weiter als bis zu ihren Knöcheln anzuschauen.

»Und dann hat die geheult«, sagte Apolonia. »Einfach losgeheult. Ich hätte mich gefreut. Aber die Dumme heult. Glaubst du mir nicht? Die hat sich rumgedreht und losgeheult. Am Nacken hat man das gesehen. Manchmal sieht man das am Nacken. Wenn jemand richtig heult. Und das Schlimmste war die Zeit. Weil es echt noch eine Ewigkeit gedauert hat. Echt. Bestimmt noch zwei Minuten, bis die zweite Aldi-Tante angekommen ist. Der war das ganz egal. Dass da so eine Eule steht und heult. Und niemand sonst. Die Mazurka hat sich nicht mehr rumgedreht. Nie wieder. Die hat den Kopf weggedreht, damit keiner etwas sieht. Die hat bezahlt. Ist aus dem Markt gerannt. Weißt du wie? Wie jemand, der nicht will, dass alle merken, dass man kackern muss. So ist die gerannt. Nicht gerannt, aber mit riesengroßen Schritten. Fünf vielleicht. Nicht mehr. Auf alle Fälle weniger als zehn. Und so nach rechts gekrümmt, wie gegen Wind. So ist die rausgelaufen. Wie wenn jemand gegen einen Sturm rennt, weil er kackern muss. Und dann hat mich die Mama weggeschubst. Rübergeschubst. Mit ihrer Hüfte. Wie einen Ball an Kasse 2. Und die ganze Schlange hat sich wie ein Reißverschluss zerteilt. Zerteilt in zwei. Aber erst hinter uns. Weil wir die Ersten waren, an der Kasse 2. Also die Zweiten, wenn man die Mazurka mitzählt. Aber eigentlich die Ersten. Gut, oder?«

»Richtig gut«, sagte ich.

Ich hatte lange nicht bemerkt, dass Apolonia den Kurs durch das Feld geändert hatte. Dass sie alle vier oder fünf Schritte ein Stück nach rechts ausscherte. Dass sie uns nicht mehr geradezu, auf schnellstem Wege bis zur Senke führte, sondern in einer flachen Kurve aus der Stadt lenkte. Einmal sprintete links von uns ein Feldhase vorbei. Ein riesengroßes Tier, aber so weit entfernt, dass nur ein braun-weißer Blitz in den Augenwinkeln zuckte. Nach der Anekdote aus dem Aldi war Apolonia still geworden. Als wäre sie versiegt oder verglüht. Auch weil ich nichts Zündendes darauf erwidern konnte, nichts was mir sinnvoll oder erwähnenswert erschien. Hätten wir jetzt Rast gemacht, nur einen Augenblick, uns freigeatmet, wir hätten bemerkt, wie still es war. Dass der Acker vor uns lag und hinter uns wie tote Steppe. Hier auf dem Feld war alles stumm. Die Schlesenburg, der Ring, die letzten Meter auf der Königsberger Straße, das alles kam nicht zu uns herüber und nichts wäre von uns bis dorthin gekommen.

Ich starrte Apolonia in den Nacken. Wie sie schwitzte. Wie ihr der Schweiß aus dem Haaransatz zwischen die Schultern sickerte. Hier hätte ich ihr alles sagen können. Auch wenn ich keinen Schimmer hatte, was. Ich hätte alles fragen können. Warum der junge Doenhardt sie so mochte. So offensichtlich mochte. Ob sie ihn auch so mochte. Ob sie ihn mehr mochte als mich. Ob er mich mehr mochte als sie. Ob sie glaubte, dass er mich überhaupt noch leiden könne. Und nicht zuletzt, ob sie wohl glaubte, dass Onkel Staszek mich, sobald er käme, würde leiden können.

Ich starrte in ihren Nacken und wünschte mir, sie würde stehen bleiben. Starrte ihr auf jeden Tropfen Schweiß. Und dann bekam ich Angst, dass sie es wirklich tun könnte. Dass sie stehen bleiben und sich zu mir drehen könnte. Ich stellte mir vor, wie sie auf mich zukam. Zwei große Schritte. Langschenklige, spindeldürre Beine. Mein Gesicht frontal im Blick. Wie sie in einer schnellen fließenden Bewegung auf mich zukam, die Hand zum Himmel hob und mich erschlug. Wie sie mich hier auf dem Feld erschlug. Drei Schläge mit einem Stein gegen den Kopf. Ein flacher Stein, der ihr von vorne wie von hinten zusagte. Drei Schläge, die niemand hören konnte. Weil hier auf dem Acker nichts lebendig war. Weil es nichts gab, was hören oder klingen konnte. Das einzige Geräusch hier draußen war ein mechanisches, ein totes. Es war der Strom, der brummend und düster flüsternd durch die Überlandleitungen strömte. So laut war die Stille auf dem Feld, dass ich Angst bekam vor allem. Auch vor ihr. Vielleicht erschlägt sie mich, dachte ich, sackte dankbar auf den Acker und ließ mich zwei oder drei Schritte zurückfallen. Aber Apolonia stockte nicht, drehte sich auch nicht um, sondern schwitzte nur und marschierte weiter, stakste wie mit endlos schweren Beinen durch einen tiefen Tümpel.

Am Horizont war mittlerweile eine grüne Narbe zu sehen. Eine dünne lebendige Linie. Das war der Schweinebach, der sich mitten durch die Landschaft zog. Ein flacher, tief im Acker liegender Bach, an dessen Rändern die Pflanzen gierig Wasser aus dem Boden saugten. Wir spielten gern Damm in seiner schwachen Strömung, aber oft war uns der Weg raus aus der Burg zum Schweinebach zu weit. Und auch durch seinen Wall aus Klettengras und wildem Weizen, aus Disteln, die uns überragten und dichten Brennnesseln, kam man nur mit großer Mühe. Manchmal brachten wir Stöcke und dünne Äste aus der Burg mit an den Bach und droschen so lange auf die grüne Barrikade ein, bis sich endlich eine Nische auftat, die uns widerwillig bis ans Wasser ließ. Dann trampelten wir das Grünzeug mit unseren Sandalen nieder. Versuchten, keine Nesseln an die Waden oder die Knöchel zu bekommen. Wir zerrieben die dünnen Stängel unter unseren Sohlen wie tollwütige Huftiere und scharrten uns einen ätherisch duftenden Pfad der Verwüstung bis runter an das flache Wasser. Aber am nächsten Tag, am übernächsten, war das Unkraut, war die grüne Gasse, wieder zugeschmolzen, verschwunden wie ein gut verheilter Schnitt. Das alles machte uns den Schweinebach madig, und wir kamen selten.

Noch immer starrte ich Apolonia in den Nacken. Auch als ich mit dem rechten Fuß in einen kleinen Hohlraum unter einer Ackernarbe sackte und fast vornüberfiel. Ich löste meinen Blick und schaute entnervt an meinem Bein hinunter. Ich spürte deutlich, wie mir eine spitze Scham vom Hals hinauf ins Gesicht schoss. Es war mir endlos peinlich, wenn mein Körper in Apolonias Gegenwart so trampelige Fehler machte. Darius ließ sie es durchgehen. Darius hatte einen Freibrief. Aber ich trug für alles, was mein Körper tat, die absolute Verantwortung. Sofort stürzte ich mich in den nächsten Schritt, stakste über die nächste Naht, als wäre nichts gewesen, schaute auf und sah erst jetzt, dass auch Apolonia im Laufen gestockt haben musste. Der Abstand zwischen uns war um die Hälfte geschmolzen. Als hätte sie sich selbst und ihren stürmischen Gang aus Rücksicht zu mir abgebremst. Als hätte sie zwei, vielleicht sogar drei Schritte ausgelassen, damit ich endlich hinterherkam. Und das alles presste mir eine kräftige Schamesröte ins Gesicht. Dann aber ging mein Blick an ihrem Kopf vorbei, rüber an den Schweinebach, und ich begriff, warum sie wirklich stehen geblieben war. Aus der grünen Böschung kam eine große hagere Gestalt heraufgestiegen. Darius, dachte ich. Flimmernde Konturen, die sich aus dem Bachbecken bis hinauf zum Feld bewegten. Dann riss die Silhouette mittig auseinander, und aus einer wurden zwei.

»Die Baranowskis«, sickerte es mir wie ein eigenbrötlerisches Sabbeln aus dem Mund.

»Nee«, sagte Apolonia. Sie hatte es auch gesehen. Mit jedem Schritt, den wir jetzt näher kamen, schälten sich die zwei Figuren deutlicher heraus, aus dem braunen Acker hinter ihnen. Die langen Beine, die blonden Köpfe, die kurzen Hosen, die ihnen wie angegossen, nicht wie bei allen Kindern aus der Burg in zweiter oder dritter Runde aufgetragen, um die Hüften lagen. Dazu die strahlend weißen Phantasietrikots mit den gerippten Kragen. Es waren Kubas Freunde aus der Nachbarschaft, die beiden deutschen Jungen aus der Königsberger Straße. Jeden Augenblick rechnete ich damit, dass auch der dünne Kuba die flache Böschung hinaufsteigen würde. Dass sein kantiger Kopf und seine hagere Gestalt aus dem Bachbecken stiegen. Auch Apolonia rechnete mit ihm. Das merkte ich daran, wie sie ihre langen Schritte noch eine letzte, eine allerletzte Fußspanne länger machen wollte. Wie sie den Winkel ihrer Beine bis kurz vor das Groteske auszureißen versuchte.

Die Jungen hatten uns zweifellos bemerkt. Wie Fußballer, die eine Mauer machten, stellten sie sich hinter dem Bachlauf auf und starrten uns entgegen. Dann sah es aus, als würde einer von beiden seinen Arm zum Gruß oder einem schiefen Winken in die Höhe recken. Sofort danach der zweite. Aber als sie sich bückten, mit einer Hand in den Acker griffen und den ganzen Arm mit Schwung über den Kopf schleuderten, wurde mir klar, dass sie Steine in den Bach feuerten. Einen Augenblick davor hätte ich noch umgedreht. Wäre auch Apolonia auf ihren Hacken herumgerauscht. Hätte sie den Kurs geändert, doch zurück zur Senke oder heimwärts in die Burg, ich wäre ihr bereitwillig gefolgt. Wäre vielleicht sogar vorausgegangen. Aber dass die Jungen aus der Königsberger Straße jetzt wie zwei Bekloppte Steine, Brocken, Klumpen in den Bach schleuderten, das zupfte und zog an mir, und es lockte uns immer näher an sie heran. Auch weil sie jenseits vom Schweinebach Spalier standen, weil zwischen uns und ihnen eine Böschung lag, ein Bach und eine zweite Böschung. Deshalb liefen wir mit schamlos neugierigen Blicken auf sie zu. Um ein Vielfaches entschlossener, als ich es mich auf dem Ring, ja sogar in der Schlesenburg jemals getraut hätte.

Wir kamen bald so nah, dass der dünne Kuba, hätte er im Bach gestanden, hinter dem Wall aus Unkraut hätte aufgehen müssen. Fast hatte ich Apolonia eingeholt. Sie konnte schon über die grüne Mauer auf den Bachlauf schauen. Ich war nur einen ihrer Schritte hinter ihr. Also zwei von meinen. So nah an der Barrikade aus Nesseln, Disteln, Bärenklau und Wildgräsern, dass mein Blick schon nach dem Wasser suchte. Und trotzdem weiß ich noch, wie Apolonia versteinerte, wie sie gefror, wie ihre Hand herausbrach, nach mir packte und mich am Unterarm erwischte. Mein Oberkörper aber blieb geschmeidig, ließ mich in Führung gehen und schob meinen Kopf so knapp über die Nesseln, dass ich in einen Winkel rauschte, der den Höhenunterschied zwischen Apolonia und mir verflüchtigte.

Endlich konnte ich wie sie hinunter auf den Bach schauen. Mitten im Wasser, quer zu seinem Lauf, lag ein großer schwarzer Plastiksack. Er hatte sich so nahtlos in den Schweinebach gelegt, dass sich rechts von ihm das Wasser staute, wie in einem Reservoir. Der Sack war mit braunem Packband bandagiert, als wäre es ein sperriges Geschenk. Vielleicht glitt mir deshalb das Gesicht für einen Augenblick in einer Mimik der Begeisterung auseinander, bevor eine andere Emotion sich Bahn brach, bevor ein Zweifel, eine Skepsis mich durchfuhr. Vor meinen Augen hatte sich die Zeit verlangsamt. Aus dem schwarzen Sack und dem Wasserspiegel ragte eine Beule, groß und unförmig, rund, fast wie ein Kopf, den man am Hals umwickelt und umwürgt hatte. Apolonia trieb ihre Finger in mein Fleisch, wollte mich davonzerren, rausholen aus meiner Perspektive, aber ich stand eingerastet wie zwischen zwei riesengroßen unsichtbaren Zahnrädern. Einer der Jungen aus der Königsberger Straße bückte sich, griff in den ausgedörrten Acker, hob einen Brocken aus dem Boden, hievte den Klumpen in die Luft und schleuderte das Wurfgeschoss auf das abgeschnürte Bündel. Der schwarze Sack gab nach, drehte sich ein Stück um seine Achse, wurde vom Wasser verdrängt, und schon strömte das halbe Reservoir an einer schmalen Stelle in den alten Lauf hinein.

»Dammbruch!«, rief der Junge aus der Königsberger Straße.

12

CZWARTEK

Ich glaube, ich habe Frau Mazurka nach der Totgeburt fünf Wochen lang nicht mehr gesehen. Mindestens. Nicht einmal später bei der Beerdigung, drüben auf dem Alten Friedhof in der Südstadt. Auch Mutter hat sie nicht gesehen. Mutter hat sogar behauptet, die Mazurka wäre gar nicht da gewesen. Aber Vater war sich sicher, das könne gar nicht sein. Auch wenn Mutter es immerzu bekräftigte, die Mazurka wirklich nirgendwo gesehen zu haben. Nicht auf dem Friedhof und nicht in der Burg und auch nicht, als zwei Wochen später die Schule wieder anfing, Klasse 3. Zwei Wochen lang habe ich jeden Morgen noch gedacht, er kommt zurück. Ich habe schon gewusst, dass er es nicht würde, ich habe es auch immerzu erklärt bekommen, aber gedacht hab ich es trotzdem. Und ohne Darius am ersten Tag auch keine Frau Mazurka. Den Witold Mazurka hatte ich gesehen. Nicht an der Schule, sondern unten in der Burg. Da war es schon Oktober. Wäre ich ihm auf dem Ring begegnet, ich hätte ihn nicht erkannt. Weil es morgens langsam duster wurde und weil sein halbes Gesicht gelb und grün und unter seinem Auge sogar dunkelblau gewesen ist. Ich hätte ihm ins zerschundene Gesicht gestarrt und mich vom Farbenspiel dermaßen blenden lassen, dass ich ihn nicht erkannt hätte. Erst der dünne Kuba hat es mir erzählt. Dass der Witold sich geprügelt hatte. Nicht gerauft oder gebalgt oder gekloppt. Wie immer mal. Sondern richtig geprügelt. Mit drei Männern, acht Wochen nach der Totgeburt, drüben im Hildegardis-Krankenhaus.

Ich habe den Mazurka zeit seines Lebens für einen Trinker gehalten. Schlecht haben wir deshalb nicht von ihm gedacht. Auch wenn er manchmal schrecklich laut geworden ist oder auf eine in sich bebende Art und Weise derartig wütend werden konnte, dass wir Kinder zwei Meter von ihm fortgewichen sind, weil wir dachten, jetzt geht er in die Luft. Manchmal haben wir ihn torkeln sehen, und hin und wieder lag ihm das Gesicht unförmig und dick, wie zerschmolzen, auf dem Schädel, als hätte Frau Gallus, die Zahnärztin, die der halben Stadt die Zahnreihen verplombte, an seinem Kopf das örtliche Betäuben demonstriert. Ich war ganz überrascht, als Mutter uns beim Griechen sagte, dass der Mazurka nie, aber auch wirklich nie getrunken hätte.

»Wer?«, fragte Mutter entgeistert.

»Der Witold«, sagte ich.

»Welcher Witold?«

»Wie viele kennst du denn?«

Dass er gar nicht hätte trinken dürfen. Weil er Zucker hatte. Dass er manchmal, ohne Vorwarnung, mitten auf dem Ring, manchmal sogar in der Papierfabrik zusammengesackt wäre und man ihn mit Fruchtzucker oder River Cola hätte füttern müssen, damit er wieder auf die Beine kam. Deshalb hätte er manchmal Schrammen im Gesicht gehabt. Weil er nie genau auf seinen Spiegel achten und sich nur widerwillig spritzen würde. Weil er bei jeder Gelegenheit zusammenklappen und mit dem Kopf gegen die Kirchenbank, das Müllhäuschen, auf die Palette mit dem Mehl knallen würde.

»Was hat der sich nochmal gebrochen?«, rief Mutter über die linke Schulter, als Vater sich die Hose richtend vom WC beim Griechen wiederkam.

»Wer?«, fragte Vater.

»Der Witold damals.«

»Welcher Witold?«

»Wie viele kennst du denn?«, fragte Mutter und lächelte gespielt genervt zu uns herüber.

»Ach, der. Der hatte viel«, sagte Vater. Man konnte unter seinem Polohemd das Feinrippleibchen sehen. Vater trug immer eines. Egal wie heiß es war, drinnen oder draußen. Das hat man ihm nicht ausreden können.

»Einmal ist der Witold in der Nachtschicht auf die Papierwalze gesackt. Mitten drauf«, sagte Vater. »Hätte die sich links herum gedreht, wäre er tot gewesen. So ist der nur vier Meter mitgelaufen. Vielleicht fünf. Das hat ihm nichts getan. Nur Ärger. Und wir, wir fanden's witzig.«

»Und eine lange Narbe hat er gehabt«, sagte Mutter.

»Ja. Hier oben. Auf dem Kopf.« Vater streckte seine Hand über den Tisch und fuhr mir mit dem Finger in die Haare. »Bisschen wie ein Scheitel. Zehn Zentimeter lang.«

»Vielleicht noch länger.«

»Aber schief«, sagte Mutter.

»Da ist der Witold vor dem Spind versackt. Sagt man das so?«

»Zusammengesackt«, sagte Hannah.

»Der war groß und schwer. Hundert Kilo. Hundertzehn. Wenn der umgefallen ist, hat der so viel Schwung gekriegt. Im Ernst, das war gefährlich.«

»Einmal ist der auf dich draufgefallen«, sagte Mutter. »Im Lager.« Die Geschichte kannte ich schon auswendig. Da hätten sie gedacht, ich wäre tot.

»Da haben wir gedacht, jetzt bist du tot«, sagte Vater, schaute Mutter an, die erst entgeistert lachte, aber gleich danach, wie immer, nasse Augen hatte. Dass eine Frau, die immer nur den Teufel an die Wand malt, die ohne es zu wollen von allen Möglichkeiten immer nur den dunklen Teil des Spektrums sah, den Super-GAU, dass so ein Mensch überhaupt Kinder in die Welt setzt, das will mir manchmal nicht in meinen Kopf.

»Vor dem Spind ist der versackt«, sagte Vater.

»Zusammengesackt«, sagte ich.

»Und mit dem Kopf voll auf den Schlüssel. Mitten drauf. Den kleinen Vierkantschlüssel. Mit so viel Kraft, dass es ihm die halbe Kopfhaut aufgeschnitten hat.«

»Vorne links von der Stirn bis oben drauf«, sagte Mutter.

»Bis runter auf den Knochen haben wir geguckt.«

»Aber gekloppt hat der sich nie«, sagte Mutter.

»Klar!«, rief Vater, so laut, dass Hannah sich umsah, ob jemand ihn gehört hatte.

»Der Witold?«, fragte Mutter.

»Ja!«

»Welcher Witold denn?«

»Wie viele kennst du denn?«, fragte Hannah, und wir lachten. Alle außer Vater.

»Einmal. Damals. Im Dingsstift!«, sagte Vater, aber Mutter wusste es nicht mehr.

»Wie heißt das, wo die Mütter hingehen?«, fragte Vater.

»Welche Mütter?«

»Alle Mütter!«

Da fiel es Mutter wieder ein. »Rückbildungsgymnastik«, sagte sie. Das war das Paradoxe: Bei kurzen Worten konnte Mutter sich verraten. Bei »Hölle« wurde sie das Polnische nicht los. Aber lange Wörter konnte sie sagen wie Dagmar Berghoff von der *Tagesschau*. Rückbildungsgymnastik.

»Da musst du auch hingehen, wenn dir das Kind gestorben ist«, sagte Vater und erzählte. Und wie er es erzählte, wussten wir, dass er es selber nicht aus erster Hand gehört hatte. Aber die Geschichte war ganz neu und neue Geschichten gab es selten, also kauten wir die Mezedes leise. Der Witold wäre widerwillig mitgegangen, weil die Mama vom Darius sich ohne ihn nicht hingetraut hätte. Vater erzählte, wie er die Schichten immer mit ihm tauschen musste. Wie der Witold allen auf die Nerven gegangen wäre damit. Nicht der Tauschereien wegen, sondern weil er immer wieder davon anfing, wie wenig er verstehen würde, warum sie nicht alleine ging. Wie Witold es dann aber selbst gesehen hätte, wie alle Eltern stumm geworden wären, als seine Frau und er barfuß in die warme Halle kamen. Wie alle ihren Blick gesenkt hätten, als wären sie ein Kind mit Hasenscharte. Nur Leute aus dem Lager. Rumäninnen und Russlanddeutsche. Mit ihren goldbissigen Mütterchen. Die Männer kamen nur am Samstag mit. Wie niemand sie gegrüßt, nicht einmal angesehen hätte. Nicht in der zweiten Woche, nicht in der dritten. Wie bei einem Kreisspiel zwei große Medizinbälle einmal um die Uhr und noch einmal dagegen durch alle Beine gekreist wären. Wie jeder Ball mit Schwung von Hand zu Hand pendelte, wie alle ausgelassen keuchten, wie sich die Fingerspitzen der Frauen in einem flotten Rhythmus trafen und berührten, aber nur bei seiner Frau, ausgerechnet seiner Frau, wäre die ganze Übung so aus dem Takt gekommen, dass die Russin links von ihr und die Rumänin rechts die Bälle lieber auf den Boden gesetzt hätten. Nicht lieblos fallen ließen, nicht mit Ekel oder Hass, aber mit einer sanften, stillen, mitleidigen Abscheu. Und als an einem Samstag ein neues Paar dazugekommen wäre, neue Russen, sogar im Lager neu, da wäre es passiert. Zuerst hätte der neue Mann, ein dürrer Junge mit einem dichten Bart, der erst am Unterkiefer ansetzte, ein hagerer Tschetschene, alle Männer auf der Bank mit Handschlag begrüßt. Alle, nur den Mazurka nicht. Und dann hätte sich die neue Frau, die dem Mazurka komisch jung erschienen wäre, erst neben die Mutter vom Darius setzen wollen. Schon in den Knien wäre sie gewesen. Was lange dauert, wenn man gerade erst entbunden hat. Aber ein Mütterchen, ein russisches, nicht einmal ihr eigenes, hätte durch die klaffenden Goldzähne gezischt. Man weiß nicht, was. Einen Spruch, ein Kommando, eine Warnung. Die junge Frau aber hätte es sich anders überlegt, hätte sich wieder in den Stand geschwungen und wäre einmal mittig durch den Kreis gehuscht. Einmal die ganze Diagonale lang. Die eiligste Strecke, aber die größtmögliche Distanz. So weit es eben ging von seiner Frau weg. Und da, in diesem Augenblick, wäre der Mazurka explodiert. Er hätte erst den hageren Tschetschenen angerempelt. Mit der flachen Hand, kräftig gegen seine Brust. Dann wäre er sofort von links und rechts gepackt worden. Vielleicht in guter Absicht. Er wäre aber längst zu dünnhäutig für jedwede Beschwichtigung gewesen und gleich mit ein oder zwei Fausthieben in Vorkasse gegangen. So wie es in dem Mazurka schon seit Wochen gebrodelt hätte, hätte es auch in den Russen und Rumänen gebrodelt. Und vier gezielte Schläge, vielleicht fünf, hätten ausgereicht, den wütenden Witold wieder in Contenance zu schubsen. »Contenance« hat Vater sicher nicht dazu gesagt. Aber das Ergebnis war das gleiche. Und dann war die Geschichte schon vorbei, weil Mutter aus der Restaurantscheibe auf die Gasse schaute und heulte wie ein Schlosshund.

»Was ist denn jetzt schon wieder?«, fragte Hannah.

»Einmal ist der auf dich draufgefallen«, sagte Mutter. Ihre Stimme klang so dumpf, dass es mir die Brust zuschnürte. »Da habe ich gedacht, jetzt bist du tot.«

»Dammbruch«, brüllte jetzt auch der zweite Junge aus der Königsberger Straße. Wieder griffen beide in den Acker, aber nur der erste schaffte es und rupfte einen großen Brocken Erde aus dem Boden. Er hob den Klumpen über seinen Kopf, balancierte, fast einen Augenblick zu lang, bis der zweite Junge ein deutliches Kommando gab.

»Aufstehn, du Spasti!«, rief er zum Bach hinunter. »Aufstehn!«, wiederholte er und lachte.

»Aufstehn, du Polacke!«, rief der erste, der mit dem Brocken über seinem Kopf. Er streckte die Arme in die Höhe und schleuderte den Klumpen mitten in den Wasserlauf. Der zweite Junge johlte. Die Strömung und der Wasserdruck und eine große Welle machten, dass der schwarze Sack sich noch einmal bewegte. Jetzt strömte so viel aufgeschlammte Brühe aus dem Reservoir, dass der Pegel rechts heruntersackte. Und auch mir ging eine schlammige Brühe durch den Körper. Alles Blut war mir vom Kopf hinunter in die Beine gesackt. Eine pressende Schwere, die mir an der Brust zog und mit gleicher Kraft am Steiß und mich wie im Schwindel schwanken ließ. Auch das Blut aus den Händen, Armen, Achseln, Schultern trieb mir durch die Körpermitte in die Beine. Ein kalter Schweiß sammelte sich auf meiner Stirn. Ich spürte erste Tränen, die mir unter die Lider rannen, und einen frischen Speichel tief im Mund, der bitter schmeckte. Ich merkte, wie mein Blickfeld sich verengte, wie das gleißende, flimmernde Feld um uns herum zusammenfiel wie eine Supernova, wie eine unscharfe Düsternis von den Rändern immer näher kam und auf den schwarzen Sack im Bachlauf stürzte. Ich schaute auf die Welt wie durch ein Teleskop, schaute auf das schwarze Bündel. Ich hob das Kinn und blickte zu den Jungen aus der Königsberger, zog mich selbst am rechten Ohr herum und suchte neben mir nach Apolonia.

»DA-RI-US!«, johlte der größere der Jungen und schleuderte einen neuen Brocken Erde, der mitten auf dem abgeschnürten Sack zerschellte.

»Aufstehn, du Spasti!«, riefen beide asynchron.

»Schule, du Polacke!«, brüllte der zweite.

Apolonia war rot wie wilde Kirschen. Ihre Stirn hatte sich in dicke Falten gelegt. Ihre Brauen hatten sich wie Markisen weit über ihre Augen geschoben, die ohne ein Zucken, ohne ein Blinzeln in den Bachlauf starrten. Dann plötzlich ging Apolonia auf die grüne Barrikade zu. Sie trat mit ihrer winzigen Sandale gegen eine Distel, die einfach umknickte und sich hingebungsvoll zur Seite legte. Gleich danach trat Apolonia gegen einen Bärenklau, der ebenso folgsam fiel, dann gegen eine erste Brennnessel und gleich gegen eine zweite. Und auch sie warfen sich zu Boden, wie gottesfürchtige Bauernkinder, denen die Jungfrau von Fatima erschienen war. Mit schnellen ausscherenden Tritten wälzte Apolonia eine Gasse in die grüne Wand, überrollte die Böschung wie eine Planierraupe. Sie war schon auf halbem Weg zum Wasser, da schleuderten die Jungen ihre Brocken nicht mehr in den Bachlauf, sondern zielten gehässig grinsend auf Apolonia. Der erste Klumpen war ein Blindgänger. Er brach noch in der Luft auf halber Strecke auseinander. Ein zweiter flog nicht weit genug und plumpste geräuschlos in die Nesseln. Der dritte Brocken aber, ein kantiger Apparat, traf Apolonia mit voller Wucht an der Brust, gab alles, was er zu bieten hatte, Karacho und Momentum, und fiel danach wie ausgelaugt zu Boden. Apolonia aber planierte einfach weiter. Den Jungen aus der Königsberger wurde langsam mulmig deswegen. Wieder griff einer von beiden in den Acker, kippelte und zerrte den nächsten Brocken aus dem Boden.

»Hau ab, du Futt!«, brüllte er, warf aber mit so viel Schlaksigkeit, dass der Klumpen in einem hohen Bogen über den Bach eierte und rechts von mir zerschellte.

»Was willst du?«, donnerte es über den Bach. Die Stimme überschlug sich, brach, sackte in sich zusammen wie auf einer frischen Ackernarbe. Ich hörte einen zweiten Aufprall und sah, dass Apolonia, die jetzt schon fast am Wasser stand, ein Klumpen gegen den Kopf gedonnert sein musste. Sandige Klümpchen kullerten über ihren Schädel, kleine Bröckchen fielen ihr aus dem Gesicht. Die Jungen johlten, aber Apolonia fuhr sich nur kurz mit dem Handrücken über die Augen, als würde sie sich die Haare aus der Stirn wischen.

»Fotze, was willst du?«, rief einer von den Jungen. Er hatte wieder Mut gefasst.

»Ja, du Futt!«, rief der andere. Apolonia fuhr sich noch ein zweites Mal mit der Hand durch das Gesicht. Ich konnte sehen, dass sie sich eine dünne Spur Blut von ihrer Lippe wischte. Helles, frisches Blut, wie mit einem dicken Filzstift auf ihren Handrücken gemalt. Auch die Jungen sahen jetzt, wie es ihr dünn über das Gesicht sickerte, und wurden augenblicklich stumm. Apolonia schob die Schultern auseinander, hob einen Fuß in die Luft und tat dann das Undenkbare. Sie setzte einen großen Ausfallschrift mitten auf den schwarzen Sack im Wasser, wie auf einen festen Stein, der aus der Strömung ragte. Sie suchte Halt, stützte sich ab und schwang sich ohne große Mühe wie an einer unsichtbaren Liane über den Schweinebach. Die Jungen waren endgültig von ihrem Tempo und ihrer Sturheit überrumpelt. Sie sprangen rückwärts auseinander, schubsten sich aber gegenseitig wie Kanonenfutter in die Bahn. Und als Apolonia auch noch mit drei Schritten, mit nur drei schnellen Schritten, die von den Jungen freigedroschene Böschung hinaufjagte, fuhren beide herum und hechteten in flachem Winkel auseinander. Der kleinere sprintete wie ein Feldhase davon, dem größeren und lauteren kamen nach fünfzehn, vielleicht zwanzig Metern erste Zweifel. Als er aber aus dem Sprint in den Galopp wechselte, vielleicht sogar vorhatte, sich umzudrehen, sich zu behaupten, sich zu wehren oder einen letzten Spritzer Öl in Apolonias Glut zu gießen, feuerte sie ihm einen pflaumengroßen Stein wie einen Diskus in den Nacken. Einen flachen Kiesel, von dem ich auch heute nicht zu sagen wüsste, wo sie ihn hergezaubert hatte. Der Junge taumelte mitten im Galopp, stürzte mit dem Kopf voran auf den staubtrockenen Acker, raffte sich aber mit einem schnellen Halbsprung wieder auf und rannte, ohne ein zweites Mal zurückzuschauen, über das Feld davon in Richtung Königsberger Straße.

Apolonia schaute ihm prüfend nach, lange, wie ein wildes Tier, das träumt oder sinniert. Ich sah sie im Profil. Sah hinter ihr, weit weg von uns, den anderen Jungen, der ängstlich eine endlose Ellipse lief, um irgendwo am Horizont zu seinem Kumpel aufzuschließen. Apolonia wischte sich mit der zweiten Hand schnaufend durchs Gesicht. Auch hier ein dünner roter Pinselstrich. Aber ich sah schon im Profil, dass es harmlos war. Dass ihre Unterlippe an einer kleinen Stelle aufgeplatzt sein musste. Ich spürte sie und ihren Puls und wie das Blut durch ihre Adern rauschte und meine glühende Begeisterung wie einen schnellen Trommelschlag ganz tief in meiner Brust. Apolonia drehte sich um, schaute mich mit ernster Miene an, und alles kam mir wieder in den Sinn. Mein Blick folgte ihr, wie sie die jenseitige Böschung bis zum Wasser heruntertippelte. Dort unten ging sie in die Hocke, auf flachen Füßen, den Hintern und den Rücken schwebend in der Luft. Zwei Jahrzehnte später hörte ich zum ersten Mal den Ausdruck Russenhocke. Sie griff nach dem schwarzen Sack, packte nach dem verschnürten Hals und Kopf, lehnte sich mit Schwung zurück und hebelte Darius mit festem Griff bis zur Hälfte aus dem Bach. Ihr Gewicht gegen das seine, wie auf einer Totenwaage. Sie schaute noch ein zweites Mal hinauf, konnte sehen, wie ich blass und vor Angstschweiß glitzernd in den Nesseln kauerte. Sie suchte meinen Blick, fand ihn und machte ihre Wachhundaugen weich. Sie rollte ihre Brauen auseinander und griff mit ihrem Blick nach meinem, der fest am schwarzen Sack haftete. Jetzt erst traute ich mich einen halben Schritt heraus, spürte aber gleich, wie mir schon wieder Tränen unter die Lider rauschten und eine heiße Panik in den Nacken boxte. Ich starrte auf die Stelle an ihrem Mund, an der noch immer dünnes Blut aus ihrer Lippe stieg. Dann aber, ganz plötzlich, fuhren ihr die Mundwinkel hinauf, fuhren immer weiter, bis auch die blutverschmierte Unterlippe sich wie ein fliehender Egel spannte und ihre blanken Zähne freilegte. Apolonia grinste, grinste wie ein Clown, affig und breit. Sie lachte mich an, packte in den Sack, hielt mich, hielt meinen Blick, riss die zähe Plastikhaut, die spannte und sich wehrte, auseinander, schaute mich an und rief: »Sind wir dumm, oder was?«

Der ganze Sack war voller triefender Prospekte. Hunderte, tausende, bunt bedruckte Prospekte. Aufgequollene, von einem dünnen weißen Plastikzug umreifte Bündel. Sie mussten seit Tagen im flachen Wasser gelegen haben. Und jetzt war es ganz deutlich, mit einem Mal, himmelschreiend offensichtlich, dass überall an dem verschnürten, bandagierten Plastiksack, weiche Kanten aus der schwarzen Hülle pressten. Keine unförmigen Knie, keine spitzen Schultern, keine stumpfen abgesägten Arme und kein runder abgeschnürter Kopf. Nur weiche Kanten. Nur tausende Prospekte. Für Minimal und Aldi Süd. Für die ganze Nordstadt und die Königsberger Straße. Apolonia ließ los, plumpste nach hinten, ich aber drehte mich herum, holte meinen Pimmel raus und pisste im allerletzten Augenblick mitten auf den Acker. Ich hatte nicht gemerkt, wie sehr ich musste. Heißer Dampf und Staub stiegen aus dem Boden wie Erleichterung.

»Da hat der Alte hinter mir gestanden.« Vater kauerte gebückt am Waschbecken im Bad und goss aus einem riesigen Kanister destilliertes Wasser in einen schlumpfblauen Kühlakku. Die Öffnung des Akkus war nur pfenniggroß, die Öffnung am Kanister ein Schraubverschluss, in den man ganz problemlos einen großen Flummi oder eine Playmobilfigur hätte versenken können. Nicht, dass wir Playmobil gehabt hätten. Zwar hatten die

Winzerkinderpaare aus der Burg allen jungen Eltern aus dem Lager zum Einzug Kisten voller Spielzeug überlassen. Eine bollernde, klackernde, kullernde Lawine, die sich in unsere kindliche Erinnerung eingefräst hatte wie Gefrierbrand. Den Eltern war dieser Großmut, diese Güte peinlich. Nur die Tatsache, dass das meiste Spielzeug speckig, brüchig, vergilbt oder verhärtet war, besänftigte sie ein wenig. Der dünne Kuba hatte Glück. Er fand vier oder fünf Dutzend Legosteine und sogar zwei Matchboxautos. Aber Playmobil suchte man vergebens.

»Welcher Alte?«, fragte ich. Vater sprach mit Mutter, aber Mutter war nicht da. Nur ich lag in der dampfenden Wanne und spielte Krokodil, so ruhig und flach, dass mir der Wasserspiegel bis an die Nasenlöcher reichte.

»Wie heißt der?«, brüllte Vater in den Flur.

»Wer?«, rief Mutter aus dem Wohnzimmer.

»Der Alte!«

»Welcher Alte?«

»Wie heißt der?«, fragte mich Vater. Er hielt den trübweißen Kanister so ruhig in der Luft, dass es durch Schaum und Wasserdampf so aussah, als hielte nicht Vater den Kanister, sondern der Kanister ihn.

»Wie heißt der?«, wiederholte Vater. Ich nahm den gerollten Waschlappen aus meinem Mund, aus dem ich sonntags in der Badewanne immer das Wasser saugte.

»Wer?«, fragte ich.

»Der Alte von dem Klaus.«

»Der Papa?«

»Noh!«, sagte Vater.

»Doenhardt!«, sagte ich und tauchte aus dem Wasser.

»Der!«, sagte Vater.

»Gottlieb!«, rief Mutter aus dem Wohnzimmer.

»Nein, Doenhardt!«, rief Vater.

»Ja!«, brüllte Mutter. »Gottlieb Doenhardt!«

Vater goss das destillierte Wasser mit so ruhiger Hand in die winzige Öffnung, dass kein einziger Tropfen danebenging. Manchmal, wenn das Rinnsal aus dem Kanister zitterte und auszubrechen drohte, blies er Luft darauf. Ich weiß bis heute nicht, warum. Aber immer, wenn er etwas tat, das ihm seine volle Aufmerksamkeit abverlangte, wenn er etwas lötete oder feilte oder mit einer spitzen Klinge zuschnitt, blies er einen leichten Wind darauf, als könne er es bändigen oder beruhigen, als wolle er von ganzem Herzen, dass es ihm gelingt. Mutter sagt, er hätte auch gepustet, als er im Krankenhaus Klein-Hannahs Nabelschnur durchschnitt.

»Und meine?«, habe ich gefragt.

»Ich weiß nicht mehr«, sagte Mutter. »Aber bestimmt.«

Der alte Doenhardt hätte mitten auf dem Hof gestanden, sagte Vater. Wie eine Eiche. Aber nicht wie eine große alte, sondern wie eine kleine krumme, bei der der deutsche Pflastermeister denkt: »Wir könn' doch keine Eiche ausgraben.« Und im Windschatten der Klaus. So völlig ab vom Schuss, wie unsichtbar. Und irgendeiner aus der 21 wäre reingefahren in die Burg, und der Klaus, der hätte Platz gemacht, aber der alte Doenhardt nicht.

»Ein Asch ist das!«, sagte Vater.

Er griff nach einem neuen Kühlgerät. Es war das vierte oder fünfte. Dienstag war es schon so weit. Dienstag früh würde er hoch nach Schleswig-Holstein fahren. Erst nach Lübeck, dann über Fehmarn raus aus Deutschland, rein nach Dänemark, und über Lolland, Falster, Seeland bis nach Trelleborg. Dort würde Onkel Staszek landen. Je nach Fähre Dienstagnacht, vielleicht erst Mittwochmorgen.

»Und dann ist der zu mir gekommen«, sagte Vater.

»Warum zu dir?«, rief Mutter.

»Keine Ahnung! Ich hab den Sommerreifen eingeladen. Keine Zeit hab ich gehabt. Konnte jeder sehen. Da hat der hinter mir gestanden. Nicht gegrüßt. Kein Hallo. Nix. Kein Guten Tag.«

»Kein Guten Tag?«, rief Mutter aus dem Flur.

»Weißt du, was der gesagt hat?«, fragte mich Vater durch den Schaum.

Ich saugte Wasser aus dem Lappen, spuckte aus und schüttelte den Kopf.

»Können Sie Deutsch?«, sagte Vater. Er hatte die eine Stimme, mit der er alle Deutschen nachzumachen pflegte. Seine Deutschen klangen alle gleich.

»Ein Asch ist das!«, sagte Vater.

Ich hatte die Geschichte mit dem Schweinebach noch niemandem erzählt. Vater war mir gleich zuvorgekommen, direkt als Apolonia und ich durch die Hecke wieder in die Burg geschlüpft waren. Er kam aus der Garage, lief auf uns zu, packte mich, hob mich in die Luft und sagte: »Darius powrócił!«

Ich hatte es nicht gleich verstanden. Ich hatte den Namen Darius herausgehört, es aber nicht kapiert. Ganz kurz hatte ich gedacht, wir wären Tage fort gewesen. Verschollen wie Darius. So glücklich sah mein Vater aus, dass ich dachte, es kann nur wegen uns sein oder wegen Onkel Staszek. Apolonia aber, die hat es gleich gerafft.

Mutter kam ins Badezimmer. Sie hatte einen Eimer in der Hand, drängte sich ans Waschbecken, schüttete die Brühe in den Abfluss und füllte den Eimer wieder auf.

»Und dann?«, fragte sie ungeduldig.

»Dann hat der mich gefragt, ob das Kind wieder da ist.«

»Welches Kind?«, hätte Vater ihn gefragt.

»Na, das dumme!«, hätte der Doenhardt gesagt. Vater hätte sich geärgert. Aber nicht weil der alte Doenhardt Darius dumm genannt hätte, sondern weil er es so betont hatte, als wäre Vater selber dumm gewesen.

»Und dann ist Klaus dazwischen.«

»Wie dazwischen?«, fragte Mutter.

»Hat sich eingemischt!«, raunte Vater. Das dünne Rinnsal aus dem riesigen Kanister fing zu zittern an, so dass Vater sanft gegen die Öffnung im Kühlakku pusten musste, bis er und das Rinnsal sich beruhigt hatten.

»Der hat für den Alten weitergeredet. Weißt du. Wie wenn der Alte sich zu fein ist.«

Klaus hätte gesagt, sein Vater sei sich sicher, der Junge wäre hier.

»Wo hier?«, fragte Mutter.

»Das hab ich auch gefragt«, sagte Vater.

»In der Burg!«, hätte Klaus gesagt.

»Mein Vater sagt, hier in der Siedlung«, machte ihn Vater nach. »So hat der das gesagt. Wie wenn der Alte gar nicht sprechen kann. Oder muss. Weißt du?« Vater starrte auf das Rinnsal.

»Wie ein König«, sagte Mutter, setzte den Eimer ab, packte in den Schaum und machte mir ein Krönchen.

»So ein Asch!«, sagte Vater.

»Wer?«, fragte sie. Dann küsste sie mich auf die Stirn und schob mich unter Wasser.

»Beide!«, hörte ich Vater. Aber hier im Badewasser klang seine Stimme dumpf und fern. Klaus beteuerte, sein Vater hätte Darius gesehen. Vor drei Tagen und gestern Abend wieder.

»Gestern!«, hätte der Doenhardt gezischt. Er wollte nicht, dass alle glaubten, er hätte es drei Tage lang für sich behalten. Aber so war es. Seit Freitag hat er es gewusst und nichts gesagt.

»Wo?«, hätte ihn mein Vater gefragt.

»In einem Fenster in der Burg«, hätte Klaus behauptet.

»Ohne Gardinen!«, hätte der alte Doenhardt dann zum Klaus gesagt. Und es hätte geklungen wie ein Vorwurf. Oder wie etwas Enttäuschendes.

»Ohne Gardinen«, hätte Klaus gleich wiederholt.

»So ein Asch!«, sagte Vater und das Rinnsal bebte.

Vom Ring aus hätte er ihn gesehen. »Ganz sicher«, hätte Klaus beteuert.

»Jaja«, sagte Mutter abfällig. »Vom Ring aus. Ganz sicher.« Sie machte mit den Händen Röhren um ihre Augen, wie ein Fernglas, schaute erst im Bad herum, auf den Eimer, meinem Vater auf den Po, dann in mein Gesicht, dann an meinem nackten Körper runter, bis ganz kurz vor meine Hüfte, jaulte erschrocken auf und tat, als würde sie sich eine Fliege oder eine Spinne aus dem Gesicht wischen.

Am Abend hätte der Doenhardt Darius gesehen. Spätabends, als es dunkel war. In einem Fenster mitten in der Burg. Im Fenster Licht, keine Gardinen, aber ein Darius.

»Ich hätt's ihm nicht geglaubt«, sagte Mutter.

»Ich auch nicht«, sagte ich. Dabei hätte ich vom Doenhardt schon aus Angst alles für bare Münze genommen.

»Wo?«, hätte Vater den alten Doenhardt gefragt.

Der Alte hätte das Ohr zu seinem Sohn gedreht, als wenn er die Frage meines Vaters nicht verstanden hätte.

»Wo?«, hätte Klaus wiederholt.

»So ein Asch!«, sagte Mutter, griff nach dem Eimer und eilte aus dem Badezimmer.

Dann hätte der alte Doenhardt selbst gesprochen. Höchstpersönlich.

»Wo wohnt der Alte?«, hätte er gefragt. »Der debile? Der mit dem schwarzen Wolga.«

»Szallak?«, fragte ich.

»Szallak«, sagte Vater.

»Der!«, hätte der alte Doenhardt gesagt.

»Ich hätt's ihm nicht geglaubt«, rief Mutter aus dem Flur. Ich stieß mich mit den Füßen ab, dann mit den Zehen, bis mein Kopf nach oben glitt und der Wannenrand vor meinen Augen unterging. Ich konnte sehen, wie sie im Flur über den Teppich kroch und die Abschlussleisten wischte. Nie hatten diese Abschlussleisten irgendeine Form von Dreck erlebt. Nie. Aber Mutter hatte am Mittwoch angefangen, die ganze Wohnung, alles, auf links zu drehen. Alles sollte sauber sein. Makellos. Nur für Onkel Staszek. Schon letzte Woche hatte sie Vater genötigt, die Stelle hinter der Küchentür zu malern. Die kleine Stelle, wo die schlecht verchromte Klinke gegen die Tapete scheuerte. Vater hatte die Fläche gründlich ausgebessert. Aber dann, am Montag, fiel ihm auf, dass das Weiß ein anderes war, und noch am selben Tag hatte er die ganze Wand gestrichen. Und schon das war ein Kompromiss, weil er zuerst alles tapezieren wollte. Aber Mutter hatte es ihm ausgeredet. Weil es Wichtigeres gab. Die Scheuerleisten.

»Ich hab gedacht, der redet Quatsch!«, sagte Vater. Er griff nach einem neuen Akku. Gelb wie eine Ananas. »Weißt du, wo der Szallak wohnt?«

»15!«, sagte ich und sank zurück ins heiße Wasser.

»Richtig. Rechts. Im Ersten. Und wo wohnen die Mazurkas?«

»Links im Zweiten!«, sagte ich.

»Richtig. Links im Zweiten. So dumm ist nicht mal…«, sagte er und stockte.

Mutter überspielte ihn: »Ich hätt's ihm nicht geglaubt!«

»Ich auch nicht!«, sagte ich.

»Und dann hat der Doenhardt was gesagt?«, rief Mutter aus einer Flurecke wie eine Souffleuse.

»Kann der wirklich Deutsch?«, hätte der alte Doenhardt gesagt, sagte Vater.

Und da wär's mit ihm selber durchgegangen.

Vater hätte sich die Hände an der Hose abgewischt, die Garage zugezogen und dabei fast den alten Doenhardt enthauptet. So hat es uns Klaus eine Woche später erzählt, am Freiluftbecken, mit einer stillen Freude in den Augen. In Vaters Nacherzählung fehlte dieser Teil. Der dünne Kuba meinte, Klaus würde uns nur necken wollen. Aber ich glaubte ihm. Auch wegen diesem Hauch Wehmut, der über Klaus' Gesicht jagte. Wehmut darüber, dass es meinem Vater nicht gelungen war, den alten Doenhardt einen Kopf kürzer zu machen. Dann wäre er losmarschiert, mein Vater. Mit festen Schritten rüber, Richtung 15. Rennen konnte er nicht. Er sah bescheuert dabei aus. Aber marschieren stand ihm gut. Da sah man ihm die Jahre bei der Marynarka an. Wenn er marschierte, schnitt er alles vor sich auseinander: Menschen, Wellen, Unterholz. Wie ein Eisbrecher teilte er jede Masse und Substanz und konnte allein durch seine Entschlossenheit eine Strömung erzeugen, die alles in ihr Fahrwasser hinein und mit sich zog. Auch Klaus und seinen Vater.

»Und mich!«, sagte Serkan. Er lag auf seinem Handtuch unter der Robinie. Mit den Händen hinter seinem Kopf und der Fliegerbrille auf der Nase. Es sah aus, als würde Serkan schlafen oder dösen. Aber er lauschte offensichtlich.

Serkan war auch mitgegangen. Er hätte nicht gewusst, warum, sagte er. Vielleicht weil unser Vater so zielstrebig durch die Siedlung gestapft wäre. Oder nur aus Zufall. Weil Serkan gerade selber durch die Burg gelaufen war, nachdem er mit dem Auto fast den alten Doenhardt umgenietet hätte und jetzt doch gern wissen wollte, worum es hier gerade ging. Vor der 11 hätten die Zwillinge Baranowski gehockt und einem Mütterchen aus der 19, das ich gar nicht richtig kannte, am Kittelrock herumgefummelt. Vater sagte später, sie wäre ziemlich dankbar für die kleine Prozession gewesen. Weil sie sich im Windschatten der kurzen Kolonne von den Baranowskis und deren klebrigen Fingern loseisen konnte. Sie wäre sogar mit auf das flache Steinpodest gestiegen und hätte neugierig dabei zugeschaut, wie mein Vater klingelte.

»Nicht beim Szallak!«, sagte Klaus.

»Nicht beim Szallak!«, sagte auch Vater eine Woche vorher. Einen besonders großen Kühlakku hatte er noch vor sich. Einen kiwigrünen. Aber ich merkte, wie er sich Zeit damit ließ. Dass seine Hand den riesigen Kanister etwas flacher hielt. Dass das Rinnsal aus seiner Öffnung noch einen Millimeter dünner geworden war.

»Witold, habe ich gesagt!«, sagte Vater. »Witold, chodź na dół.«

»Weißt du, was das heißt?«, rief Mutter aus dem Flur. Sie stand jetzt auf den Zehenspitzen, gleich hinter dem Türrahmen und wischte die winzig schmale Kante, die oberhalb vom Rahmen aus der Wand ragte.

»Komm runter!«, sagte ich.

»Richtig!«, sagte Vater.

»Ach so!«, sagte Klaus.

Vater und Klaus lagen eine Woche auseinander. Aber es kam mir vor, als hätte Klaus bei uns im Bad gestanden und Vater mit am Freiluftbecken.

»Komm runter, heißt das«, sagte ich zu Klaus, der schwitzend und tropfend in der Sonne stand.

»Po co?«, hätte Witold Mazurka durch die Gegensprechanlage gebrüllt.

»Warum«, hätte Serkan übersetzt und das Mütterchen im Kittelrock hätte ihn schwer beeindruckt, aber argwöhnisch beäugt.

»Chodź na dół!«, hätte mein Vater dem Witold befohlen.

»Denn schon, wenn schon!«, sagte Vater, blies auf das dünne Rinnsaal und den kiwigrünen Kühlakku. »Denn schon, wenn schon, hab ich mir gedacht.«

Mutter hatte ihn schon tausendmal korrigiert. Aber vor gut einem Jahr hatte sie es aufgegeben. Je nach ihrer eigenen Verfassung fand sie es putzig oder amüsant oder war so fürchterlich genervt davon, dass sie ein klammes Küchentuch zwirbelte und damit nach ihm schlug.

»Ich hab gewollt, dass der Alte richtig blamiert«, sagte Vater.

»Sich blamiert«, korrigierte ich ihn.

»Ja, auch«, sagte er.

Vater hätte dann die Tür zum Treppenhaus geöffnet. Der Schlüssel zum Treppenhaus war für jedes Haus der gleiche. Alle drängten in den ersten Stock, erst am Hochparterre vorbei, halbe Treppe, dann noch zwei, vor die Wohnungstür vom Szallak. Die Tür hatte rechts und links vom Türbeschlag dünne Kratzer im dunkelbraunen Kunstfurnier. Als wäre jemand stundenlang mit dem Schlüssel vom Beschlag gerutscht. Klaus hätte geklingelt, aber sein Vater hätte ihn zur Seite gedrückt und mit der Faust gegen die Tür getrommelt. Drei laute, saubere Schläge. Von innen wäre Musik zu hören gewesen, die immer lauter wurde. Viel lauter. Wie wenn es jemand nicht mehr steuern kann. Wie wenn der Gumminippel in der Fernbedienung klemmt. Klaus klingelte ein zweites Mal. Der alte Doenhardt klopfte wieder. Dann noch ein drittes Mal. Aber diesmal wäre die Tür aufgeschwungen und schon beim zweiten Schlag von drei hätte der Doenhardt in den leeren Türrahmen geschlagen.

»Ich hätt's nicht geglaubt!«, sagte Mutter. Sie stand im Bad auf einem Schemel, löste die Deckenlampe aus der dreifachen Verankerung, eine runde Glasform, falsches, klobiges Kristall, wie eine hässliche Salatschüssel. Sie wischte einmal in ihr herum und steckte sie mit einem klickenden Dreiklang wieder an das Deckenteil. Für Onkel Staszek sollte alles sauber sein. Wirklich alles.

»Ich auch nicht«, sagte Vater.

Mitten im Wohnungsflur hätte tatsächlich Darius gestanden. Er hätte eine Unterhose angehabt, vorne an der kleinen Beule schon ganz gelb, und ein Feinrippunterhemd. Aber keins von sich, sondern ein altes, großes, das ihm in der Buxe steckte und an den Oberschenkeln große Flügel machte. Vater schwor, er hätte mindestens vier Farben Schmiere um den Mund gehabt. Ketchup und Schokolade konnte er erkennen. Die anderen Reste wären nicht zu entziffern gewesen. Schmierkäse oder Senf vielleicht. Natürlich hat Vater nicht »entziffern« gesagt. Viermal Schmiere um den Mund und nochmal vier auf seinem Unterhemd und in der Hand nur eine Dose Sprühsahne. Sofort wäre aus der Wohnung eine ekelhafte Hitze gekommen, eine dicke, süße Luft, die sich wie Paste oder Creme in den Hausflur geschoben hätte. Einmal hatte ich im Fernsehen gesehen, wie aus einem Industrierohr, einem eckigen, dickes Schmierfett quillt. So stell ich es mir vor. So hatte sich die Luft aus Szallaks Wohnung angefühlt.

Für einen winzigen Moment, wären sie alle wie erstarrt gewesen. Still. Dann wäre der Witold auf Darius zugestürmt, hätte ihn am Kopf gepackt, die dunkelblonden Haare gegen seine Brust gepresst, ihn wieder weggedrückt. Und dann hätte er dem Jungen mit der flachen Hand eine Schelle mitten ins Gesicht gegeben, dass der Schlag das ganze Treppenhaus rauf und wieder runter hallte. Er hätte sogar nochmal ausgeholt, aber Serkan hätte ihm an den Oberarm gegriffen, nicht gepackt, nur angefasst, und die Hand vom Witold wäre weich geworden, hätte den Jungen wieder am Kopf gepackt und zwischen seinen Männerbusen an die Brust geholt. In der Version von Vater kam die Schelle niemals vor. Nicht ohne Bier, nicht mit. Dass die anderen Männer aus der Burg manchmal ausholten, das wollte er nicht hören. Nur Klaus hatte es erzählt, und Serkan hatte es bestätigt. Auch dass der alte Doenhardt ihm einen schnellen, kalten Doppelklaps gegen den Oberarm gegeben hätte, wie gerügt. Er hätte eine zweite oder dritte Schelle gut-geheißen und sicher gern gesehen. Wichtiger wäre dem alten Doenhardt aber das gewesen:

»Ich hab ihn gefunden«, hätte er gesagt. Und darauf gewartet, dass der Mazurka auf die Knie ging und ihm die hellbraunen Sandalen küsste. Aber weil Witold sich nicht rührte, wäre er un-geduldig geworden und hätte nochmal wiederholt: »Ich hab ihn gesehen.«

Jetzt erst hätte sich Witold Mazurka zu ihm rumgedreht. Aber linksherum, zur Flurwand, weil ihm das rechte Auge zu sehr tränte.

»Wann?«, hätte er mit belegter Stimme gefragt.

»Gestern«, hätte der alte Doenhardt gesagt.

»Da bin ich wütend geworden!«, sagte Vater.

»So ein Arsch!«, sagte Mutter.

»Asch!«, sagte Vater.

Man hätte es ihm angesehen, sagte Serkan. Vater hätte seine Stirn in dicke Falten gelegt, ein fettig glänzendes Gebirge.

»Gestern«, hätte der alte Doenhardt wiederholt.

Da hätte es mein Vater nicht mehr ausgehalten.

»Czwartek«, hätte mein Vater gesagt.

»Ich hab es extra ganz normal gesagt!«, sagte Vater und popelte den weißen Plastikpfropfen in das letzte Kühlgerät. »Weil wenn ich es geflüstert hätte, hätt' er es gemerkt. Also hab ich es ganz normal gesagt. Wie Zwiebel oder Gurke.«

Witold hätte meinen Vater angesehen, dann den alten Doen-hardt, dann Darius am Handgelenk gepackt und sich durch den kleinen Pulk gerempelt. Der alte Doenhardt schwang aus dem Kreuz zur Seite, als wäre ihm der Mazurka gegen die Schulter gerammt. Der Alte hätte kurz verächtlich gezischt, wie eine win-zige Hydraulik. Wie wenn ein Bus sich senkt oder sich in alten Zügen eine Tür öffnet. Und Darius hätte ihnen nachgeschaut.

»Wie hat er geguckt?«, wollte ich wissen.

»Ach, wie immer!«, sagten Klaus und Vater. Verloren hätte er geguckt. Bereitwillig hätte er sich, gleich wie er war, mit nackten Füßen und in Unterwäsche die Treppe hinaufzerren lassen. Auf halber Treppe wäre ihm noch die Sprühsahne aus der Hand gefallen, aber ohne großen Krach auf einer Treppenstufe liegen geblieben. Vater wäre in die Wohnung vom Szallak geschlüpft. Sie war nicht tief, nicht wie die Wohnung von der Frau Galówka. Man tat zwei Schritte in den Flur und stand schon vor der Tür zum Wohnzimmer. Er wäre wieder rausgehuscht, bevor ihm jemand folgen konnte, bevor der alte Doenhardt auf den Gedanken kam, und hätte die Wohnungstür mit einem Ruck ins Schloss gezogen. Mehr nicht. Immer wenn ich ihn gefragt habe danach, wie es aussah in der Wohnung, was er gesehen hat, hat er nur gesagt »den Szallak«. Mehr war aus meinem Vater niemals rauszuholen.

Fünf Tage lang war Darius verschwunden gewesen. Weit war er nicht gekommen. Nur runter in die Wohnung, wo der senile Szallak ihn, weiß Gott warum, wie einen Schatten duldete. Ich lag in der Wanne und fragte mich, warum der Witold oder seine Frau nie auf die Idee gekommen waren. Aber dann dachte ich, dass ich auch selber nicht daran gedacht hatte. Ich fragte mich, wie sehr sie ihn vermisst hatten. Ob man das Vermissen messen kann. Ob es eine Skala dafür gab, eine Einheit, wie Kilogramm und Meter. Und ich fragte mich, wie lange es wohl dauern würde, bis Witold oder seine Mutter oder beide ihn wieder hergeben würden. Und wir haben uns alle sehr gewundert, Mutter, Vater, ich, dass er noch am gleichen Abend, keine Stunde später bei uns klingelte und meine Mutter durch die Gegensprechanlage fragte, ob ich runterkäme. »Morgen wieder«, hatte Mutter ihm gesagt und ich weiß noch, wie viel Traurigkeit und Mitleid in diesen beiden Worten lag.

13

DZIWKA

Darius hat es gleich nach dem Frühstück noch ein zweites Mal probiert. Jetzt war sie da, die letzte Woche vor dem neuen Schuljahr, und ich ahnte, dass ihm über Nacht die gleiche Hast, die gleiche Torschlusspanik unter die Nägel gekrochen war wie mir. Drei Sekunden lang, dreimal so lang wie sonst, klingelte es an der Gegensprechanlage. Mutter lief an ihr vorbei ins Bad, ohne den braunen Hörer zu beachten oder von der Wand zu nehmen. Wir alle wussten, wer unten stand und schellte. Vater war schon unterwegs. Noch nicht nach Dänemark. Nur eben runter in die Südstadt. Also griff ich im Sprint nach meinen Sandalen und eilte barfuß das Treppenhaus hinunter. Im Sommer, wenn die trockene Sommerhitze es zuließ, mussten wir mit nackten Füßen die schmalen Stufen hinunterhechten. Weil es weniger geknallt und geklatscht hat. Die Sandaletten auf dem polierten Stein haben geschnalzt wie Peitschenhiebe und manchmal flog im Dritten oder Zweiten eine Tür auf und ein gezwirbeltes Küchentuch traf uns zur Strafe in den Nacken. Es war feucht und kalt und hat gebrannt zugleich. Seit diesem Sommer brauchte ich ohne Hände nur zwei Sprünge für eine halbe Treppe. Wenn ich ans Geländer griff, reichte sogar einer. Das kann ich heute nicht mehr glauben, aber es stimmt, die Kinder hier im Haus machen es genauso. Sie springen auf halber Treppe vom Absatz, schwingen sich durch die Luft und donnern wie Geröll, wie ein Meteor vor meine Tür. Manchmal mag ich es, manchmal mag ich sie erschlagen.

Die Fußmatten und falschen Türkränze flogen an mir vorbei wie dicht fliegende Schwalben. Nur im zweiten Stock wäre ich fast in jemanden hineingerast. In den Rücken einer Frau und dann mit ihr zusammen in die Wohnung der Familie Akkaya. Ich habe nicht gesehen, wer die Frau gewesen ist. Ich war zu schnell und hab nicht hingeschaut. Nur Frau Akkaya habe ich gesehen. Sie stand hinter der furnierten Pforte wie hinter einem Römerschild. Frau Akkaya hat älter ausgesehen als meine Mutter. Mutter aber sagt, Frau Akkaya und sie wären der gleiche Jahrgang. Ich habe sie gefragt, woher sie das weiß. Aber Mutter hat gesagt: »Ach, weiß ich nicht.« Was heißt: »Das kann ich dir nicht sagen.« Mein Kopf, meine Erinnerung macht Frau Akkaya kleiner und stiller und geduckter, als sie war. Mein Kopf behauptet viel. Dass ich ihr niemals außerhalb der Burg begegnet wäre zum Beispiel. Dass ich sie niemals hätte sprechen hören. Dass ich nie ihr Haar gesehen hätte. Aber mein Kopf lügt. Und manchmal muss ich mich daran erinnern.

Aus der Tür heraus hat Frau Akkaya mich böse angeschaut, aber es hat nicht funktioniert. Ihr Gesicht war immer rund und lieb und zärtlich. Serkan hat mir seinerzeit am Becken, als ich mit meiner beißenden Migräne unter seinem Handtuch lag, gesagt, dass sie uns mochte. Nicht nur meinen Vater, wie alle meinen Vater mochten. Auch die Akkayas konnten ihn gut leiden, weil er der Familie im letzten Winter ihren Durchlauferhitzer repariert hatte. Es war ein offenes Geheimnis, dass der Elektromeister aus der Südstadt sich mit allen aus der Burg, die keinen deutschen Nachnamen hatten, immer besonders lange Zeit gelassen hat.

»Deinen Vater sowieso«, hatte Serkan gesagt. »Aber dich besonders.«

»Besonders«, hatte er gesagt. Ich hatte es gehört unter dem Handtuch, von weit weg hinter der Migräne. Und nicht gewusst, ob ich mich deshalb, wegen ihm oder wegen ihr so elend fühlte. »Besonders!« Ich kannte seine Mutter gar nicht. Ich muss es sagen, wie es ist: Ich weiß noch nicht mal, wie sie heißt. Ich kann mich nicht erinnern. Bis heute nicht. Auch das hat mein Kopf mit mir gemacht. Vielleicht hab ich es nie gewusst. Alles, was ich tat, war grüßen, wie ich alle Mütterchen und Mütter aus der Schlesenburg zu grüßen hatte. Auch wenn sie meistens nicht zurückgegrüßt haben. Wie Serkan mir verraten hatte, dass seine Mutter mich so gernhatte, mich ganz besonders, das machte mir seit dem Tag mit der Migräne ein komisches Gewissen. Plötzlich fühlte ich mich schlecht für jedes Mal, wenn ich ihm am Becken verstohlen auf die Schultern gestarrt hatte. Oder abends auf dem Rückweg in die Burg, wenn ich ihm auf die behaarten Waden gaffen musste. Auf einmal fuhr es mir wie eine Schelle von hinten an den Kopf. Wenn er jetzt nach dem Laufen vom Feld kam und glitzernd und glänzend und mit nacktem Oberkörper durch die Hecke schlüpfte, scheuchte ich mir selbst den stieren Blick davon. Ich guckte weg, mit Absicht, auch wenn ich noch lange nicht begriff, warum mein Blick sich so dagegen wehrte und so krampfhaft versuchte, wieder zu ihm zurückzuspringen. Ich guckte weg, weil seine Mutter mich so mochte, mich besonders. Sie irrte sich, sie täuschte sich in mir. Das dachte ich. Das machte mir ein komisches Gewissen. Ich fragte meine Mutter, wie sie hieß, dann Vater. Sie grübelten oder taten so. Aber mir war schon lange klar, dass es keiner von uns wusste.

Im Erdgeschoss flog ich mit Karacho gegen die Tür nach draußen. Es war eine große Tür mit Draht im Glas. Eine schwere Tür, gegen die ich donnerte, mit voller Absicht, als ginge es nicht anders, wie in ein Netz oder auf eine Hochsprungmatte. Vor dem Haus auf dem Plateau stand Apolonia, grinste mich an und zeigte über zehn oder zwölf Köpfe vor dem Haus hinweg rüber auf das Indianerzelt. Ganz oben auf der Spitze hockte Darius und ließ sich löchern.

Ein bisschen war es wie damals, als die Wohnung der Galówka brannte. Der dünne Kuba war da, der Gałuszka und die Baranowskis, auch Meryem und Nilhan. Sie hockten beide am Sandkastenrand. Die Beine angewinkelt und umschlungen, das Kinn auf die eigenen Knie gebettet. Rechts neben dem Plateau vor dem Haus stand Serkan. Er lehnte gemütlich an der Fassade, hatte die Arme verschränkt wie ein Trainer oder Türsteher, machte aber augenblicklich Platz, als ein Mütterchen angewackelt kam und sich an die Mauer stellen wollte. Sie wollte ihm den kühlen Platz an der Hauswand gar nicht streitig machen, nur ein bisschen Abstand, knapp mehr als eine Armeslänge, zwischen sich und das Bänkchen mit den Baranowskis bringen. Serkan hatte es verstanden, kam zu uns, prellte mich liebevoll beiseite und setzte sich in halber Russenhocke aufs Plateau. In dieser Hinsicht hatte die Siedlung schon lange auf ihn abgefärbt. Seine Hose spannte und beulte, und ich scheuchte mir den eigenen Blick davon, weil ich wieder an seine Mutter denken musste. Auf den Garagen standen fünf oder sechs von den Kleinen, wie dunkelblonde Erdmännchen, popelten und gafften. Hinten, auf dem Weg, zwei von den Großen, von den wirklich Großen aus der 21. Eine junge Frau und ein junger Mann, vielleicht zwanzig, von denen ich schon seinerzeit nicht wusste, ob sie Geschwister waren oder Nachbarn oder zärtlich miteinander. Ich wusste nur, dass sie auch Polackenkinder waren, dass sie beide einen starken Einschlag in der Stimme hatten und noch immer bei ihren Eltern in der Siedlung wohnten. Wie zufällig kam auch das deutsche

Winzerpärchen aus dem Treppenhaus der Nummer 11. Sie sahen sehr geschäftig aus oder taten so, kamen aber bald mit zögerlichen Schritten näher. Darius stand auf dem Indianerzelt, ganz oben auf der letzten Sprosse. Es sah ein bisschen so aus, als hätte Gott ihn am Hemdausschnitt gepackt und mitten auf das Zelt gesetzt. Mit Mühe hielt er sich in der Vertikalen, indem er nach hinten auf den flachen abgesägten Mittelstamm rutschte, der oben an der Spitze aus dem Zeltskelett ragte. Darius machte eine große, dramatische Geste. Er streckte den rechten Arm in einem langen Bogen aus, dann den zweiten, und holte seine Hände nach einer kurzen Pause wieder ein, sanft zu seinem Brustbein hin, als wolle er die Anwesenden wie Gänseküken zueinander treiben. Aber niemand aus der Burg bewegte sich. Die feierliche Geste sah aus wie antrainiert. Wie als ob er manchmal vor dem Spiegel stand und mit sich selber Predigt spielte, Bundeskanzler vielleicht oder Karol Wojtyła. Klein-Hannah hat das später auch sehr gern gespielt, und ich hab oft gedacht, woher sie es wohl hat, wenn nicht von mir. Sie hat an Darius und Apolonia und alle andern aus der Burg keine Erinnerung. Keine richtige. Und trotzdem habe ich sie oft gehört, wie sie im Schlafzimmer vor dem Spiegelschrank ihre kleinen Ansprachen probte.

Darius hatte es nicht so gut gemacht wie sie. Die Gesten waren unfreiwillig komisch. Serkan musste grinsen, der dünne Kuba auch, selbst wenn sie sich beide große Mühe gaben, ihre Lippen fest und die Zahnreihen bedeckt zu halten. Nur die Baranowskis hockten auf der Bank und lachten schamlos über Darius. Sie zeigten mit dem Finger auf ihn, kauten und feixten, dass ihnen das zermahlene Toastbrot rechts wie links aus den Backentaschen quoll. Meryem und Nilhan machten eine Männerstimme nach und riefen: »Lauter! Bitte lauter!« Tatsächlich war Darius zu leise. Wir auf dem Plateau hörten ihn nur säuseln. Apolonia stieg hinunter, ging zwei Schritte auf ihn zu und rief: »Wo hast du geschlafen?« Darius kippte kurz aus seinem Monolog, sah sie unter sich, sah dann auch zu mir herüber und fing sich wieder. Erst stammelte er davon, wie er mit dem alten Szallak bis in die Nacht hinein RTL geguckt hätte. Wie nachts im Fernsehen alle nackt gewesen wären. Wie er einmal gedacht hätte, der Szallak wäre tot. Wie man beim Szallak sowieso nicht hätte sehen können, ob er wach war oder schlief, dass er meistens nur im Sessel lag wie eingenickert. Außer wenn er musste, rauchte oder Hunger hatte. Es war ein schlecht akzentuierter Brei, der Darius aus dem Mund floss. Pausen machte er nur, wenn er im Satzbau stolperte oder irgendwas ihn ablenkte. Apolonia rief wieder. Dann erzählte er uns endlich, als wäre es ihm selber gerade in den Sinn gekommen, wie und wo er in der Wohnung vom alten Szallak übernachtet hatte.

»Der Szallak hat ein großes Bett also kein großes Bett ein Doppelbett also ein Bett für zwei also weiß ich nicht wieso also er hat die zweite Seite nicht benutzt und also die eine auch nicht wirklich und also er hat gar nicht geschlafen im Bett und am Anfang also am Anfang bin ich auf dem Sofa eingeschlafen und ich hab geschlafen bis morgens also und in der Früh hab ich gesehen wie er noch im Sessel schläft und ich hab gedacht bestimmt schläft er jede Nacht im Sessel und also er ist aufgewacht irgendwann und hat gesagt er schläft fast jede Nacht im Sessel und er hat mir Frühstück gemacht.«

»Was für Frühstück?«, rief der dünne Kuba. Das Winzerpärchen schaute komisch, vielleicht weil es die Frage dämlich fand. Aber alle anderen wussten, warum der dünne Kuba es gerufen hatte. Nicht aus Neugier, sondern damit Darius für einen winzigen Moment aus seiner rasenden Rede kippte. Aber der dünne Kuba meinte es nur gut. Er rief ihm rein, damit Darius stocken und etwas Luft holen konnte, bevor er uns noch wie ein Kegel vom Indianerzelt hinunterkippte.

»Und ich hab mir eine Ecke auf dem Bett gesucht und ein Kissen hab ich mir genommen und Decke hab ich nicht gebraucht weil es so heiß gewesen ist und also der Szallak ist aufgewacht und hat gesagt er schläft fast jede Nacht im Sessel und ich soll mir eine Ecke suchen oder Seite oder Kuhle und eine Decke brauch ich nicht weil es so heiß ist und Frühstück hat er mir gemacht.«

Einer von den Baranowskis äffte Darius jetzt nach. Es war der linke. Er hockte auf dem Bänkchen, stotterte und haspelte, dass auch ein schneller, böser Blick vom Mütterchen nicht dagegen ankam. Die Häme brach sich Bahn bis zum Indianerzelt, so dass Darius zum zweiten Mal aus seiner Rolle fiel. Er fiel nicht nur, er stürzte. Jede Gestik schmolz von ihm ab, nicht plötzlich, sondern nach und nach. Sein kleiner Körper auf der letzten Sprosse wurde immer freudloser und weicher.

»Also er hat kein Frühstück gemacht und also er hat nur alles aus dem Kühlschrank geholt und auf den Tisch gestellt und auf den Herd und in die Spüle und auf das Fensterbrett und auch die Sachen aus dem Eisfach und also er hat den ganzen Kühlschrank leer gemacht und alles also alles auf den Tisch gestellt und ich hab mir genommen was ich haben wollte und worauf ich Lust gehabt hab und gegessen und also nach bestimmt zwei Stunden also drei weiß ich nicht mehr hat er alles wieder reingetan und so hat er das zweimal am Tag gemacht also immer morgens und am Abend und wenn ich Hunger hatte oder Durst bin ich auch selber in die Küche und hab mir was genommen was ich wollte da hat er also da hat er niemals was gesagt deswegen.«

Der ganze Monolog war wie ein Strom aus ihm herausgeflossen. Wie ein langer, dünner Bogen Wasser, der erst noch voller Druck aus einem Bottich strömt, dann aber immer kleiner wird und ganz am Schluss versickert. Die Gruppe begann, an ihren

Rändern zu zerbröseln. Eine erste Ecke brach heraus. Ich wusste, wer es war, ohne den Kopf danach zu drehen. Ich hätte meinen Onkel darauf verwettet. Als Erstes hatte sich das Winzerpärchen verabschiedet. Natürlich nicht verabschiedet, aber kurz einander zugenickt, dann auf dem Gehweg kehrtgemacht und weg. Und irgendwie machte ihr Abgang einen kleinen Wind, der quer über den Spielplatz lief und immer größer wurde und drüben, auf der anderen Seite, Kraft genug gesammelt hatte, um Meryem und Nilhan von ihren Plätzen an der Sandgrube zu heben. Als müsse links wie rechts das Gleiche an Gewicht herausgenommen werden, damit die Burg sich wie eine austarierte Waagschale in der Schwebe halten konnte. Mit schnellen Schritten schlüpften Meryem und Nilhan am Plateau vorbei, den Trampelpfad um die Hauswand herum, auf den kurzen Teil vom grünen Gürtel, auf die Stirnseite der Burg. Sie machten keinen Mucks dabei, aber Darius' kleine Augen folgten ihnen trotzdem und wurden sofort feucht und glasig. Serkan hatte Mitleid, sprang aus der Russenhocke hoch und rief: »Und was habt ihr geredet?«

Aber Darius war im Kopf mit den Mädchen nach draußen auf den Ring gewandert.

»Na was?«, rief Serkan, als deutlich wurde, dass er Darius nicht zu uns zurückgeholt hatte. Jetzt endlich fing Darius sich wieder, drehte sich zu uns und öffnete den Mund. Da aber holte einer der Baranowskis, der rechte, lautstark etwas Schleim herauf, räusperte sich noch, spuckte ins Gebüsch und rief: »Wsadził ci coś?«

Wie im Affekt zerfiel dem Mütterchen das rosige Gesicht. Der Große aus der 21 jaulte auf. Wie im Protest. Seine Stimme machte einen Bogen wie ein Looping. Die junge Frau neben ihm, seine Schwester, Liebschaft oder Nachbarin, fackelte nicht lang, packte ihn am Arm und zog ihn mit sich fort. Darius schaute ahnungslos auf die Baranowskis. Auch wir hatten nicht verstanden. Ich nicht und Apolonia und nicht einmal der dünne Kuba. Der rechte Baranowski holte wieder etwas Spucke hoch, rotzte nochmal ins Gebüsch und rief, als hätte er es eilig, als wäre er nur deshalb hier: »Junge, sag, hat der Szallak dir was reingesteckt?«

Genau in dem Moment kam links vom Ring, links vom grünen Gürtel die Mutter von Apolonia um die Ecke. Sie rauschte um die Häuserwand, strahlte noch, mit ausklingendem Gelächter. Aber der Satz vom Baranowski schlug ihr wie zur Begrüßung in das pockennarbige Gesicht. Man sah es gleich: Sie hatte ihn gehört. Ihre Schultern wurden starr und sehnig. Noch hatte sie eine Hand hinter der Häuserecke, die etwas hielt, die sich irgendwo hinter der Wand vergriffen hatte. Ihr Blick flog alle von uns ab, wie eine Überspannung, die zwischen uns herumtanzte. Sie tippte jedem von uns an die Stirn, auch Apolonia und mir, dann den Baranowskis und zuletzt dem Jungen auf dem Zelt. Jetzt kam die Hand ihr nach, riss etwas um die Ecke, was ich noch gestern nicht erwartet hätte. Noch gestern nicht in tausend Jahren. Es war, mit einem glühenden Gesicht, mit blanker Freude in den Augen, der junge Doenhardt.

Apolonias Mutter ließ Klaus augenblicklich los. Sie jagte mit festem Schritt über den Spielplatz, dass der Boden bebte, trat vor das Zelt und streckte sich nach Darius, der sich gefügig fangen und auf den Boden schwingen ließ.

Fast zugleich griff Klaus an meinen Oberarm und legte seine zweite Hand auf Apolonias Schulter. Er verstand noch nicht, worum es ging, aber wie auch im Hallenbad oder am Freiluftbecken konnte er die Stimmung lesen, wie ein Hai, der in einer Strömung die dünnste Spur Blut riecht. Seine Hand war so warm und schwitzig, dass mir war, als könne ich Apolonias Mutter darin nachklingen fühlen. Mit festem Griff schob er uns herum und führte uns vom Spielplatz auf den Gehweg. Ich sah noch, wie er mit den Augen nach Serkan schnappte und sogar nach dem dünnen Kuba. Und beide standen wortlos auf und folgten uns. Klaus ließ die Jungen überholen, schubste uns in ihren Windschatten und streckte noch die Hand nach Apolonias Mutter aus.

»Oh, là, là!«, rief der eine Baranowski.

»Oh, là, là!«, stimmte der zweite ein.

Aber Apolonias Mutter würdigte die Alten keines Blickes. Sie griff Darius unter die Achsel und führte ihn uns hinterher.

»Dziwka!«, zischte einer der beiden Greise. Man hätte nicht gewusst, welcher, hätte der rechte Baranowski nicht, wie zur Untermalung, wieder seine gelbe Rotze hochgeholt und mitten auf den Weg gespuckt. Eben noch wollte Apolonias Mutter nach der Hand vom jungen Doenhardt greifen. Jetzt aber klang das »Dziwka« in ihr nach und plötzlich fuhr ihr eine Drehung in die Hüfte, in den ganzen Oberkörper, fast eine volle Rotation, wie bei einem Diskurswurf, wie bei einer Hammerwerferin. Zum ersten Mal sah ich Apolonia in ihr. Ganz deutlich war sie zu erkennen. Die flache Hand ihrer Mutter sauste durch die Luft auf den Baranowski zu. Serkan hatte mich am Arm gepackt. Zog mich mit sich mit. Apolonia drängelte mir nach, schob mich hinterher. Ich aber legte mich zurück. Wohin auch immer ihre Hand jetzt rauschte, ich konnte mir den Anblick nicht entgehen lassen. Ich musste es sehen. Musste einfach. Ich legte mich in Apolonia hinein, reckte meinen Hals nach hinten und gaffte um die Ecke. Eine Sekunde, vielleicht zwei, versuchte ich herauszuschinden. Ich sah, wie die Hand ihrer Mutter in einen Steilflug ging. Wie der Baranowski sich schützend vors Gesicht griff. Wie dem zweiten, hinter ihm, das Kinn hinunterklappte. Dann aber fuhr die verdammte Häuserwand dazwischen. Die Hand, die Baranowskis, der Sturzflug und das Bänkchen verschwanden hinter dem vertikalen Horizont, die Reste vom Plateau, der Gehweg auch. Dann war ein Schlag zu hören, ein dumpfer, weicher Schlag. Und über dem Indianerzelt, über dem Sandkasten, über der Hecke Richtung Feld, über dem ganzen Spielplatz ging ein Regen nieder. Ein dicker weißer Regen. Fünfzehn, vielleicht zwanzig Scheiben ungekautes Toastbrot.

Am Montagnachmittag brachte Vater eine letzte Kiste Pressfleisch aus der Südstadt. Ich musste nicht lange darum betteln, rutschte in die Küchenbank und durfte unter seinem wachsamen, siegessicheren Blick alle Dosen aus dem Karton heben und nacheinander jedes einzelne Etikett von den Konserven popeln. Es waren zwölf Stück, aber eine neue Botschaft war nicht dabei. Vor einer Woche oder zwei wäre ich enttäuscht gewesen. Aber jetzt sagte Vater: »Wenn nichts ist, dann ist gut.« Das war ihre Absprache. Wenn Onkel Staszek nichts mehr schrieb, dann hieß das grünes Licht. Dann hieß das, dass er Mittwoch oder Donnerstag oder bei rauer See erst Freitag auf unserem Sofa sitzen würde. Mit mir auf dem Zweisitzer, die Schrankwand, den Ring und Polen im Rücken, im vierten Stock der Schlesenburg.

»Grünes Licht«, sagte Vater. »Weißt du, was das heißt?«

Er sagte »grünes Licht« nach jeder Dose. Weil er so ungeduldig war. Vielleicht nicht nach jeder. Aber nach der sechsten oder siebten fing er damit an und sagte es bis zum Schluss. Nur bei der letzten sagte er es nicht. Bei der letzten Büchse sagte er gar nichts mehr, schaute mich nur an, grinsend, fast lachend, wie ein Foto von ihm selbst, wo er gerade lacht, und ich schaute wie ein Negativ zurück, grinste mit und sagte »grünes Licht«.

»Genau!«, rief Vater. Er klatschte in die Hände und ließ seine Pranken über den Küchentisch sausen. In einem Wisch raffte er alle Etiketten ineinander, und die Sache war besiegelt. Morgen früh, bevor die Sonne aufging, ging es los nach Dänemark.

Vater hatte Schlafsäcke ins Auto gepackt. Zwei und einen extra. Im Fußraum auf der Rückbank lagen Isomatten und zwei schmale Sofakissen. Rechts hinter dem Beifahrersitz stand ein Kasten Wasser, vorne auf dem Polster lag ein offener Karton, eine Pressfleischkiste, der Höhe nach halbiert. In dem Karton lagen zwei Atlanten, vier oder fünf Straßenkarten, eine leere Flasche Punica für kleine Geschäfte und das dunkelgraue Fernglas von der Volksarmee. Mutter hatte nicht gewollt, dass Vater es mitnimmt. Sie hatte Angst, dass die Grenzer ihn deshalb ins Gefängnis stecken könnten. Mutter hatte immer Angst, dass Vater oder ich oder sie oder wir alle früher oder später im Gefängnis landen könnten. Sie hatte Angst vor einer Willkür, von der Vater immerzu beteuern musste, dass es sie hier nicht gab, dass man sie im alten Land zurückgelassen hatte. Aber Mutter ließ sich nicht beruhigen. Dieses Eis war ihr nicht dick genug, dass sie nicht immer wieder den Teufel an die Wand malen musste. Vielleicht weil sie ahnte oder wusste oder mitbekam, dass die Willkür, die ihr so einen stillen Kummer machte, sehr wohl von Zeit zu Zeit bemüht wurde.

Vater verschleppte und verschleierte das Packen über den ganzen Nachmittag. Damit die Schlesenburger aus der Frühschicht genauso wenig Wind davon bekamen wie die Schlesenburger aus der Spätschicht. Am Abend drückte er mir noch eine letzte Tasche in die Hand. Es war eine Sporttasche aus knisterndem Ballonstoff, die so schwer war, dass ich sie mir überhängen musste. »Anziehsachen!«, sagte er. Ich konnte einen Pulli spüren durch den Stoff und eine schwere Jeans und eine Trainingsjacke und ein paar Schuhe, vielleicht Vaters falsche Adidas. Eine komplette Garnitur, so dass ich mich fragte, ob Onkel Staszek nackt von der Fähre kommen würde.

Einmal hatte Mutter mir erzählt, wie sie damals, gleich nachdem sie von der Maklerin drei Paar Schlüssel zugesteckt bekommen hatten, rüber in die Burg gefahren waren. Zum ersten Mal wären sie ganz allein in der neuen Wohnung gewesen. Nur sie und Vater. Er hätte sie unten noch über die Schwelle tragen wollen. Weil er es '79 oder '80 in einem Film der DEFA gesehen hatte und weil er seitdem sicher war, das macht man so in Deutschland. Schon in Polen hätte er das versucht, dann in Friedland und dann ein drittes Mal im Lager. Aber Mutter hätte immer nur gesagt »noch nicht«. Ich weiß nicht, ob sie keine Lust hatte oder ob es wirklich so gemeint war, dieses »noch nicht«, dieses »jetzt noch nicht«, dieses »vielleicht später«, dieses »bald«. Aber Vater hatte ihr die Entscheidung schon abgenommen. Nach der Schlesenburg war ihm der Spaß daran vergangen. Später, sagte Mutter, in der Neubausiedlung, hätte er es gar nicht mehr probiert.

Mutter wäre damals vor ihm im vierten Stock der Schlesenburg gewesen. Sie hätte nicht auf ihn gewartet, hätte die Wohnung aufgesperrt, wäre in den Flur geschlüpft und hätte gleich gemerkt, wie kalt es war. Wie zugig. Dass von allen Wänden eine Kälte durch die Zimmer sickerte. Mutter hatte nie und hätte nie einen Hehl daraus gemacht, wie sehr sie die Wohnung in der Siedlung hasste.

»Ich hab mich umgedreht«, sagte Mutter. »Weil ich so sauer war. Ich hab gewollt, dass der Papa fragt, was ist. Damit ich sagen kann ›nichtsnichts‹ und er nochmal fragen muss und hin und her, bis ich ihm sagen kann, wie kalt es war, wie alles so gezogen hat, von jeder Wand.« Aber Vater wäre gar nicht mitgekommen. Er hätte noch im Treppenhaus gestanden und sich die Hose ausgezogen. Die Jacke, das Hemd, die Schuhe lagen schon auf dem Boden. Er wäre mit dem einen Bein aus seiner Stoffhose geschlüpft, dann mit dem zweiten, hätte alles Feinripp abgestreift, was er am Leib trug, erst das Unterhemd, dann seinen Schlüpfer, zuallerletzt die Socken. »Und da«, sagte Mutter, »da hab ich es gewusst.« Sie machte eine Pause. »Da habe ich gewusst, das darf ich ihm nicht madig machen.«

Mutter hat diese Geschichte nur ein einziges Mal erzählt. Und bis heute weiß ich nicht, ob ich ihr glauben soll. Dass unser Vater wirklich nackt über die Türschwelle gestiegen ist. Splitterfasernackt vom Hausflur durch die ganze Wohnung, durch jedes Zimmer, bis auf den eisigen Balkon. Stolz wie ein Pfau. Wie ein neuer Mensch. Wie ein zweites Leben. »Aber wenn Vater wiederkommt«, dachte ich und buckelte die Sporttasche das Treppenhaus hinunter. »Wenn er wiederkommt aus Dänemark und mir erzählt, dass Onkel Staszek nackt von der Fähre gekommen ist, dann,« dachte ich, »dann glaub ich ihm. Dann glaub ich ihnen beiden.«

Man konnte durch ein Loch im Reißverschluss tief in die Tasche schielen. Obenauf lag eine Schirmmütze. Ich fischte sie im dritten Stock heraus, setzte sie auf, trug sie sechsundzwanzig Stufen, setzte sie im zweiten wieder ab und legte sie zurück. Ich wollte sie nicht tragen, ich wollte nur, dass ich der Letzte war, der sie getragen hatte, bevor Onkel Staszek sie trug. Vater überholte mich auf halber Treppe. Für sich selbst hatte er nur einen weißen Rucksack gepackt. Es war eine Art Turnbeutel mit Schlaufen. Niemand wusste, woher er gekommen war. Vielleicht aus einer Spendenkiste von den Winzerkindern oder ihren Eltern. Ein kleiner Rucksack, mit dem unser Vater immer dann zur Arbeit ging, wenn ihm in der Arbeitstasche etwas ausgelaufen war. Der Rucksack war so weiß und winzig, dass er an Vater irgendwie obszön aussah. Vater sagt, es gibt ihn noch. »Er liegt oben auf dem Speicher«, sagt Mutter. Wie tausend alte kleine Sachen, deren Herkunft und Bedeutung sich längst nicht mehr ergründen lassen. »Hinten links«, sagt Vater. »An der unverputzten Wand. Gleich unter dem Kassettenkoffer.« Aber Vater irrt sich. Weil Klein-Hannah und ich und wieder sie und ich, jedes Mal, wenn wir in der alten Heimat sind, auf den Speicher klettern und etwas aus den alten zerschlissenen Kartons fischen. Etwas, das wirklich alle schon vergessen haben. Und wir stecken es ein und schmeißen es weg, sobald wir so weit weg sind von zu Hause, dass unser Vater keinen Wind davon bekommen kann. Ich am Hauptbahnhof in Frankfurt, Hannah erst in Köln oder Hannover.

Um sieben Uhr war das Auto beladen, betankt war es sowieso, frühmorgens musste Vater nur noch die Kühlbox mit den Broten und Eiern und Würsten und Tomaten ins Auto tragen, unten in der Kühlbox Bier und Cola, und dazu zwei Thermoskannen mit Kaffee, einmal aus Bohnen und ein zweites Mal aus Gerste.

»Setz dich rein«, sagte Vater. Er fuhr den Wagen rückwärts aus der Garage und kurbelte wie wild herum. Ich weiß noch, wie sehr mich das beeindruckt hat. Wie mein Vater kurbeln konnte. Er wechselte den Gang und rollte in einem großen Bogen, ohne umzulenken, ohne zu korrigieren, um die Garagenkolonne herum, mitten auf den Hof, und steuerte dort punktgenau in eine schmale Nische. Er griff zwischen uns, riss die Handbremse hoch und parkte ganz perfekt vorne an der Einfahrt. Nur das Auto der Galówka stand noch neben uns. »Ich fahr um vier«, sagte er, was heißen sollte, dass es viel zu zeitig war. So zeitig, dass er niemand wecken wollte. So zeitig, dass er nicht mal mich wecken würde. Viel zu zeitig für die scheppernde Garage. Und Vater wäre auch um vier gefahren, wenn uns nicht jemand mitten in der Nacht die Scheiben eingeschlagen hätte. Nicht nur uns. Sondern der halben Schlesenburg.

»Elf Autos«, sagte Mutter, und ich durfte mich aus dem Schlafzimmerfenster hängen und mich überzeugen. Sechs Schlesenburger standen auf dem Hof, auch Serkan und sein Vater, dazu zwei Polizisten, und begutachteten den Schaden. In der Hecke hin zum Feld hingen noch zwei Scheiben Toast und strahlten weiß zu mir hinauf. Von hier oben sahen manche Autoscheiben milchig aus. Wie trübe. Sie waren nicht mit Kraft und Raserei zertrümmert worden, sondern, wie Serkan später sagte, mit einem Bohrkopf oder Meißel oder Schraubenzieher zersplittert. Fast alle Scheiben hingen noch in ihren Rahmen und den Gummidichtungen. Aber ich konnte sehen, wie ein Polizist mit seinem Handschuh in eine Scheibe griff und ein riesengroßes Stück herausbrach, als wäre es aus Eis, und wie es dann über seinem Handgelenk zerbröckelte. Wie wenn Mutter im Winter den Eisschrank abtaute und mir erlaubte, nach einer Stunde oder zwei, die rauen Eisplatten von den Wänden zu pulen. Geklaut hatte man nichts. Nicht einmal bei uns. Nicht einmal den dunkelgrauen Feldstecher. Nur meinem Vater etwas Zeit. Aber Mutter hatte eine rettende Idee gehabt: »Dann nimm doch halt das andere«, sagte sie. Ich ahnte schon, dass ich und Vater, er nachts um vier, ich morgens, mit dem gleichen ahnungslosen Blick geantwortet hatten. »Welches andere?«

Als ich am Fenster hing und gaffte, mit dem Hintern in der Luft und dem Hals, dem Kopf, den Schultern über dem morgenkühlen Abgrund, war Vater schon vor Göttingen.

»Herr Akkaya sieht wütend aus«, rief ich über meine Schulter ins Schlafzimmer hinein. Die rechte Jalousie ruhte auf meinen Schulterblättern. Ich hatte sie nicht hochgezogen, mich nur hindurchgezwängt, sie hielt mich fest, beschwerte mich, damit ich nicht hinunter in den Tod stürzte. Mutter mochte nicht, wenn ich so über dem Fensterbrett lag. Früher, als ich noch einen Stuhl gebraucht hatte, hätte sie es nie erlaubt. Jetzt hatten meine Zehenspitzen noch Kontakt zum Boden. Mein Schwerpunkt hielt mich in der Stube, mein Arsch, mein schmaler, flacher Arsch. Und trotzdem wusste ich, dass Mutter nur so tat, als wäre sie im Flur oder im Türrahmen oder drüben in der Küche. Die linke Jalousie war zugeblieben, gegen die Morgenhitze. Sie war fast vollständig heruntergelassen. Nur die schmalen Lücken zwischen den Lamellen ließen Licht hinein. Sie warfen an jedem Sommermorgen Bindestriche an die Wand und an die Decke. Wie große, sauber aufgereihte TicTacs. Die weißen. Die nach Sonnenlicht und Minze schmeckten. Von der leuchtenden Fassade stieg schon eine warme Luft hoch. Hinter mir, hinter meinem Rücken, war es noch kühl und finster. Ich wusste, dass Mutter in der Dunkelheit stand, bereit, mich im letzten Augenblick am Hosenbund oder im allerletzten Augenblick am Knöchel zu packen und zu retten.

»War Papa wütend?«, fragte ich über meine Schulter.

»Geht so«, sagte Mutter. Sie flüsterte, damit es klang, als wäre sie im Flur. Dann stampfte sie auf der Stelle, machte Schritte nach, zählte im Kopf bis fünf oder sechs oder sieben und sagte dann: »Der Papa war gebrochen.«

»Gebrochen?«, fragte ich.

»Ja«, sagte sie. Aber man hörte es ihrer Stimme an, dass sie es albern fand. Weil sie schon wusste, es gab ein Happy End.

»Geknickt?«, fragte ich. Ich wusste nicht, ob dieses Wort Bernstein oder Phosphor war. Ob sie wusste, was sie sagte. Ob sie sagte, was sie meinte.

»Ja, auch. Geknickt ist zu wenig. Ich hab ihn schon gehört im Treppenhaus. Wie er nach oben gelaufen ist. Das hat sich nicht so angehört.«

»Wie so?«, fragte ich.

»Wie wenn jemand leise sein will. Weißt du. Oder muss. Auch wenn er wütend ist. Ich bin gleich wieder aufgestanden. Ich hab die Tür aufgemacht. Da war Papa schon auf der halben Treppe. Weißt du, wie er gelaufen ist? Wie gebrochen. Wie schief im Rücken.«

»Wie die Stange Eisen?«, fragte ich.

»Welche?«

»Die auf dem Feld.«

»Richtig«, sagte Mutter.

Am hinteren Rand des Feldes, Richtung Königsberger Straße, da gab es eine Senke. Da ragte eine Eisenstange aus dem Boden. Damit sich niemand etwas daran tat, war sie gebogen wie eine große Schleife. Es gab eine Senke mit und eine Senke ohne Stange. Vater sagte, in der Senke mit, da wäre Schutt vom Krieg. Wir haben es nur zweimal bis dorthin geschafft, die mittelgroßen Kinder aus der Burg. Vor zwei Jahren mit dem dünnen Kuba und seinem Cousin und letztes Jahr im Herbst nur Darius und ich allein. Der dünne Kuba hatte uns erzählt, dass in der Senke alles liegen konnte. Ein Flugzeugmotor, ein zersprengter Dachgiebel, Schieferziegel, ein halbes Wohnzimmer, zwei deutsche Soldaten, Judengold oder der verschollene Hitlerkopf vom Hallenbad. Deshalb hatte Darius ein ganzes Jahr lang auf mich eingebettelt, weil er nochmal hin und ein bisschen buddeln wollte. Der dünne Kuba hatte peinlich viel geprahlt vor seinem Cousin. Er hat sogar Cousin gesagt. Niemand in der Burg hat je Cousin gesagt. Bei allen in der Siedlung hieß es Couseng.

»Ja, so«, sagte Mutter. »Schief wie die Stange.«

Ich klemmte noch immer im schmalen Spalt zwischen dem Fensterbrett und der Jalousie und zählte alle Autos einzeln durch. Eines musste fehlen. Welches, wenn nicht das von uns?

»Das vom Szallak?«, fragte ich.

»Nein«, sagte Mutter. »Wo steht der Szallak?«

»Auf dem Ring«, spulte ich ab. »Aber dann welches?«, fragte ich, aber schon in dem Moment fiel es mir wie Schuppen von den Augen.

»Das von der Galówka!«, rief ich.

»Richtig!«, sagte Mutter. Links neben Vaters Wagen, wirklich direkt daneben, war eine schmale Lücke. Der senfgelbe Golf der Witwe Galówka war verschwunden. Die Pflastersteine unter ihm leuchteten wie neu und glitzerten an ihren Rändern, wegen den gesprengten Scheiben, wegen den Scherben aus unserem Auto und dem vom Akkaya.

»Der Papa wollte mit dem Zug fahren«, sagte Mutter und betonte es, als wäre es der dämlichste Gedanke aller Zeiten. »Oder den Mazurka fragen, ob er zufällig nach Kopenhagen muss. Oder mit der ersten Bahn nach Frankfurt und am Flughafen ein Auto mieten.« Aber da wäre ihr die Lösung schon längst in den Sinn gekommen. Manchmal konnte es sich lohnen, dass Mutter immerzu den Teufel an die Wand malte. Dass sie wie im Carré oder dem brandneuen Konsalik schon alle Möglichkeiten im Kopf durchgespielt hatte. Manchmal hätte man fast glauben können, dass Mutter in die Zukunft schauen konnte. Weil sie bis ins Mark hinein so fatalistisch war. Sie wäre nur wortlos in den Flur gegangen, sagte sie, hätte ans Schlüsselbrett gegriffen, hätte »Łap« gerufen und meinem geknickten Vater den Schlüssel mit der Marke und dem Christophorus an die Brust geworfen.

»Manchmal braucht dein Vater lange«, sagte Mutter. Sie stand jetzt nicht mehr hinter mir. Ihre Stimme kam von etwas tiefer. Ich schaute über meine Schulter, aber ich war von der Morgensonne so geblendet, dass ich nur dunkelgraue Umrisse erkennen konnte. Mutter hockte auf der Bettkante. Am Fußende vielleicht oder sogar drüben an der Wand, wo der selbstgeschnitzte Jesus unter der Decke hing und schielte. Sie sprach ganz leise. Fast wie zu sich selbst. Wie zu jemandem, der noch im Raum war. Der ihr näher war als ich. Älter als ich. Größer als ich. Vielleicht sprach sie zu dem, der ich einmal werden würde.

»Ich glaub, weil er so schnell ist manchmal«, sagte sie, »da braucht er ab und zu ganz lange. Egal wie schnell er vorher war. Es hilft ihm nichts. Alles holt ihn immer wieder ein.«

Vater hätte an sich hinabgeschaut, in seinen Schoß, wo der Schlüssel mit der Marke und dem Christophorus gelandet war. Und dann erst wäre mein Vater aufgesprungen und hätte sie im Sturm geküsst.

»Auf den Mund?«, fragte ich.

»Vielleicht«, sagte Mutter. Man konnte hören, dass sie in der Finsternis schelmisch grinsen musste.

Er wäre zur Tür hinausgerannt, das Treppenhaus hinunter und auf jeder halben Treppe hätte es geklatscht wie Peitschenhiebe. Sie hätte sich, wie ich, aus dem Schlafzimmerfenster gehängt und meinem Vater durch die Nacht noch hinterhergeschaut. Hinter den Garagen hätte sie ihn in der Dunkelheit aus den Augen verloren, aber als der Wagen der Galówka ansprang, als sich die Bremslichter wie Katzenaugen öffneten, da hätte sie gewusst: Jetzt kann er fahren. Vater hätte alles umgeräumt. Ganz still und zügig. Wäre im Schein der Rücklichter immer hin und her. Von rechts nach links. Sie konnte seinen Schatten tanzen sehen. Er hätte den Sitz verstellt, die Spiegel, im Handschuhfach gekramt, kurz noch mit dem Fahrzeugschein gewunken und wäre mit zwei glatten Zügen raus. Erst aus der Nische, mit zu viel Kupplung aus der Burg und dann zu seinem Bruder, hoch nach Dänemark.

14

GRANICA

Eines habe ich noch nicht erzählt. Wie Apolonia und ich nach
der Sache mit dem Schweinebach zurückgelaufen sind. Einen
großen Bogen ist Apolonia gelaufen. Erst sogar in die falsche
Richtung, so dass uns die Sonne und die Siedlung schräg im
Rücken lagen. Auch wenn ich es sofort bemerkt habe, ich habe
nicht gewusst, warum. Ich war noch zu beschäftigt, meinem
Herzschlag zu lauschen. Ich hätte nie geahnt, dass irgendwas
in meiner Brust so einen Krach machen könnte. Nie hatte es
so in mir gedonnert und gelärmt wie in dem Moment, in dem
ich dachte, dass der tote Darius in einem schwarzen Sack im
Bach liegt. Ich musste daran denken, wie der Gałuszka vor
zwei Jahren in der Garage einen Marder gefangen hatte. Wie
er uns stolz zu sich rief, als hätte er den letzten tasmanischen
Tiger geschossen. Ich musste daran denken, wie das Tier in
der Falle tobte. Wie es in seiner Panik in der schmalen Gitter-
kiste geiferte und fauchte. Ich musste daran denken, dass dieser Marder damals klüger war als wir. Weil ihm klar zu sein
schien, dass der Gałuszka log. Dass der Gałuszka ihn nicht bei
Nacht aufs Feld tragen würde, dass der Gałuszka ihn nicht,
weit hinter der Siedlung, wieder freilassen würde. Dieses Tier
tobte um sein Leben. Ich hatte niemals vorher so eine Wut gesehen, so eine Raserei. Und jetzt liefen wir über das Feld, auf

einer flachen Flugbahn vorbei an der zweiten Senke, der Senke mit, und ich fragte mich, ob ein Marder unter meinem Brustbein wohnte.

Apolonia ging nicht voran. Das kommt mir heute komisch vor, fast falsch, als würde mich mein Kopf belügen. Es war das erste Mal, dass sie im gleichen Takt, mit gleich großen Schritten neben mir ging, dass sie nicht davonstürmte. Erst an der Senke ging sie mir voraus und schlitterte im Stand hinunter. Sofort griff sie nach der Stange, die aus dem Boden ragte. Die Stange war genau so gebogen, dass man mit einem Arm hineinschlüpfen konnte, sich an die eigene Achsel hängen und hineinlehnen konnte. Die Stange war so fest im Erdboden verankert, dass sie einen in der Geraden hielt.

»Denkst du, der Darius ist tot?«, fragte Apolonia.

»Nein«, log ich sie an. Sie warf sich in die Stange, federte in der Schlaufe vor und zurück. Die Senke war fast so tief wie sie selber hoch gewesen war. Wenn sie in der Senke stand, ragten ihre Augen knapp über den Rand, dann ging ihr Blick ganz flach über den Feldboden. Wenn ich im Sitzen in die Senke schlitterte, war ich von der Welt verschluckt, also blieb ich oben.

»Ich auch nicht«, sagte sie. »Aber ich glaub fast gar nichts.«

»Es könnte sein«, sagte ich. Sie hörte mir nicht zu. Apolonia schwang lustlos in der Stangenöse vor und zurück. Sie hob ihre Fußspitzen in die Luft und eierte auf ihren Fersen herum wie ein Kreisel oder ein Stehaufmännchen. Ohne es zu merken oder einen Deut darauf zu geben, scheuerte sie sich bei jeder Bewegung rotbraunen Rost in ihre Achsel.

»Ich glaub auch nicht, dass hier Tote sind!«, sagte sie.

»Im Boden?«, fragte ich.

»Ja!«, murmelte sie.

»Soldaten meinst du?«

»Ja.«

»Nein«, sagte ich. Ich wollte es gern glauben, aber ich glaubte es nicht.

Apolonia zog jetzt ihren Arm aus der Öse, drehte sich herum, streckte den anderen hindurch und warf sich wieder in die nachgebende Stange. Jetzt sahen beide ihre Achseln aus, als hätte sie geblutet. Nicht frisch geblutet, aber gestern oder am Tag davor. Apolonia hatte sich so in die Stange gelegt, dass ihr Blick weg von mir über das Feld ging.

»Denkst du, mein Papa ist tot?«, rief sie aus der Senke.

Der Marder in mir krümmte sich, als ich die Frage hörte. Wie im Affekt wollte ich nein sagen, aber ich wusste, dass es wahr war, und ich wusste, dass sie es selber wusste, und deshalb war mir klar, dass sie es wissen würde, wenn ich sie belog.

»Meine Mama hat es mir erzählt«, sagte ich.

Ihre Beine wurden weich. Das konnte ich erkennen, weil die Haut und Sehnen in ihren Kniekehlen sich nicht mehr aufspannten. Sie hörte auf zu kippeln, hing nur noch müde mit der Achsel in der Stange, wie ein mürrisches Kind in einer angeheirateten Umarmung. Wie wenn man als Kind jemanden umarmen muss, von dem man gar nicht weiß, wie die Person zu einem selbst gehört. Den Vater vom Bruder der Tante.

»Mein Papa ist nicht tot«, sagte sie und starrte auf den Senkenboden. Sie stand noch immer mit dem Rücken zu mir und ich fragte mich, ganz kurz, ob sie weinen musste. Dann stieg ihr wieder diese Härte ins Gesicht.

»Wenn du es erzählst, dann schlag ich dir aufs Maul!«, sagte sie.

»Was?«, fragte ich.

Apolonia antwortete nicht. Eine Minute lang. Vielleicht noch länger. Sie hing nur in der Stange und wippte im Sekundentakt wie ein riesengroßes Metronom.

»Er ist abgehauen«, murmelte sie, machte eine Pause und drehte ihren Pegel wieder hoch. Nicht, dass sie brüllte. Aber sie sprach so laut und starr und ungerührt, wie sie es konnte: »Vor fünf oder sechs Jahren. Ich sage immer oder, aber ich weiß noch, wann. Ich weiß es ganz genau. Er hat gesagt, er holt uns. Er hat gesagt, er muss arbeiten und sparen und dann holt er uns. Aber er hat uns nicht geholt. Und Geld hat er auch nicht geschickt. Die Mama hat ganz oft gesagt, weil sie es nicht braucht. Aber Briefe sind auch keine gekommen. Die hätte sie gebraucht. Die hätte ich gebraucht. Wenn du das erzählst!«, unterbrach sie sich, schaute kurz zu mir hinauf, drehte den Kopf wieder weg und stakste weiter durch die Anekdote, mit einem Rhythmus von Satz zu Satz, wie wenn jemand über ein frischgepflügtes Feld stiefelt.

»Zweimal hat er angerufen. Er hat gesagt, er holt uns. Aber er hat uns nicht geholt. Mama hat mich und sich allein geholt. Ich hab gedacht, er sitzt im Lager oder in der Burg und wartet.«

»Unsre Burg?«, fragte ich.

»Kackegal. Irgendeine. Aber wirklich geglaubt hab ich es nicht. Und dann hat eine Frau vom Amt gesagt, er lebt nicht mehr in Deutschland.«

Apolonia machte eine zweite Pause, die so lang war, dass mir komisch dabei wurde.

»Welches Amt?«, wagte ich mich zwischen ihre Sätze.

»Kackegal. Die Frau vom Amt hat es gesagt, sie hat es so gesagt, als wär' der Papa tot. Aber weißt du was? Die Mama war ganz froh. Das habe ich gesehen. Wie der Mama ihr Hals ganz weich geworden ist. Die Frau hat nicht bemerkt, wie froh die Mama war. Die Frau war viel zu traurig. Viel trauriger als wir. Die hat gedacht, die muss. Die war für die Mama traurig und für mich, und ich hab gedacht, ich geb der gleich aufs Maul, wenn die noch mehr so traurig ist. Ich war nicht traurig, verstehst du? Ich war nur anders irgendwie. Wütend, glaube ich. Weil er uns angelogen hat.«

»Ja«, sagte ich. Ganz leise.

»Er lebt in Kanada, hat die Frau vom Amt gesagt. Weißt du, wo das ist. In Amerika ist das. Aber schon lange, hat die Frau vom Amt gesagt. Weißt du, was das heißt? Das heißt, er hat aus Kanada angerufen und uns ins Ohr gelogen. Er hat gesagt, er ist in Deutschland und er holt uns. Aber er hat uns nicht geholt. Und Mama hat gesagt, der Papa ist jetzt tot für uns.«

Apolonia löste ihren Arm aus der Öse. Die Stange sah jetzt schiefer aus als vorher. Aber ich wusste, dass das nur mein Kopf war, der das glaubte. Sie klopfte sich den Blutstaub aus den Achseln. Erst rechts, dann links. Es ging nicht so besonders. Dann machte sie die Schultern breit, griff sich in den Nacken, zog sich das Leibchen über den Kopf, drehte es auf links und zog es wieder an. Ich konnte sehen, dass ihr Körper sich vorne rum veränderte. Ich weiß noch, dass es das war, was ich dachte. Vorne rum. Und dass ich noch gedacht hab: Glaub ich nicht.

»Bitte erzähl das nicht«, sagte Apolonia. Sie schaute aus der Senke zu mir hoch, mit einem langen, festen Blick. Sie schaute so, wie meine Schwester später schaute, wenn sie log. Wenn Klein-Hannah log als Kind, dann tat sie immer nur, als schaue sie einem in die Augen. In Wirklichkeit starrte sie auf die dünne Haut darunter oder drüber auf das Lid oder die Braue.

»Mach ich nicht«, sagte ich, und weil sie sich nicht regte, schob ich hinterher: »Ich schwöre.«

»Du brauchst nicht schwören«, sagte sie. Sie nahm mit der Sandale einen Stein und kickte ihn hinauf. »Weißt du, wer zum Essen kommt?«, fragte sie.

»Wann?«, fragte ich und kickte ihn zurück.

»Na, heute«, nölte Apolonia und stieg zu mir hinauf.

Ich überlegte kurz und sagte dann, im Scherz, wie einen Witz: »Der Klaus.«

»Bingo!«, sagte Apolonia. Sie rammte mir die Schulter in die Brust. »Aber nicht neidisch sein. Das mag ich nicht. Nicht neidisch sein. Sonst schlag ich dir aufs Maul.« Dann lachte sie und stiefelte davon.

Am späten Dienstagnachmittag rief Vater aus Lübeck an. Leider nur aus Lübeck, nicht aus Dänemark. Für mich machte es einen großen Unterschied. Dänemark hätte ich mitgekriegt, aber Lübeck hatte ich verpasst, weil ich am Freiluftbecken lag und Serkan verstohlen auf den Brustkorb und die Achseln starrte. Die Achseln, die er sich im Sommer gern rasierte. Ich hätte fast geweint, als Mutter mir von dem Anruf erzählte. Keine echte Trauer, nur eine schnelle, hochgekochte Mischung aus irgendwas und Zorn.

Am Abend rechnete ich nach, ob Vater schon in Kopenhagen sein könnte. Ich machte es mit großer, feierlicher Geste, holte einen Zettel und Stifte und räumte mir den Fliesentisch frei wie ein Dozentenpult. Ich brachte Mutter die Rechnung zum Balkon, hielt sie zwischen ihr Gesicht und den Konsalik, und Mutter sagte: »Stimmt.« Dabei sah ich ganz deutlich, dass sich ihre Pupillen nicht verengt und nicht geweitet hatten. Nachts im Bett kam mir in den Sinn, an welcher Stelle ich mich verrechnet hatte. Ich hatte nicht daran gedacht, dass Vater schlafen musste oder essen oder heimlich rauchen. Nur dass die Fähre später kommen könnte, das lag wie eine Unschärfe über allem, in die ich glitt wie eine Fähre in Hochseenebel. So lange, bis die Sicht so trübe wurde, dass es mich in den Schlaf trieb.

Spätestens am zweiten Nachmittag rechnete ich fest mit Vaters Rückkehr. Nach dem Mittagessen gab es Dosenpfirsiche, die Mutter im Sommer im Kühlschrank lagerte. Eine halbe

Stunde später bereute sie es schon. Als mir der Zucker ins Gehirn schoss. Ich lief die immer gleiche Runde durch die Wohnung. Wie ein Tier im Käfig, das nichts anderes kennt. Trat alle zehn Minuten auf den glühenden Balkon, hängte mich über die Brüstung, starrte rechts und links den Ring hinunter, bis das heiße Geländer und mein eigenes Gewicht mir durch das Leibchen eine dicke rote Strieme in die Haut gebrannt hatten. Und immerzu die Angst, das Auto der Galówka gerade verpasst zu haben. Also jagte ich wieder hinein, riss im Schlafzimmer die Jalousie hoch, streckte den Schädel durch den Spalt und starrte auf den Hof.

»Aber nur den Kopf!«, rief Mutter vom Balkon. Schon beim dritten oder vierten Mal rief sie es nicht mehr, als wäre es ihr mittlerweile gleich, wenn ich über den Fenstersims in die Tiefe stürzte. Als der Zuckerspiegel in meinem Blut wieder zusammensackte, drehte ich eine letzte Runde durch alle Zimmer. Ich schleppte mich raus auf den Balkon und zog mir mit letzter Kraft die Luftmatratze ans Geländer. Die Sonne stand jetzt so, dass sie direkt hinter der Brüstung, hinter der glühenden Verkleidung, ein halbes Zelt aufspannte. Eine schmale, schattige Nische, in die man kriechen konnte. Dort hinein schob ich die Luftmatratze, legte mich darauf und rollte mich so dicht gegen das Gitter, dass ich im Liegen mit einem Auge durch den Spalt unter der Verkleidung hinunter auf den Ring starren konnte.

»Du darfst nicht neidisch sein«, sagte Mutter.

»Worauf?«, murmelte ich in die Matratze.

»Wenn dein Onkel kommt«, sagte sie.

Ich drehte meinen Kopf zu ihr, nur meinen Kopf, so weit es ging. Lag jetzt gezwirbelt wie ein Stockbrot auf dem dicken Gummistoff.

»Der Papa hat dich lieb«, sagte Mutter. Der Satz kam mir so komisch vor, dass ich jetzt auch meine Hüfte um die Körpermitte drehte und zu ihr rüberschaute. Mutter hatte sich aufgerichtet. Nur den Oberkörper. Ihre Beine lagen lang und flach.

»Aber der Papa liebt niemanden so wie seinen Bruder«, sagte sie.

»Ja und?«, fragte ich.

»Und manchmal ist das komisch.«

»Wie komisch?«, fragte ich und wich mit den Augen aus, weil mir ihr Blick zu starr und ernst geworden war.

»Manchmal fühlt sich das komisch an«, sagte Mutter. »Wenn jemand jemand andern so fest liebt. Dann wird einem so komisch. Auch wenn man gar nicht will. Dann wird man selber komisch. Dann wird man neidisch. Oder manchmal böse. Du darfst nicht böse mit dem Papa sein, nur weil er seinen Bruder liebt. Und nicht neidisch auf den Onkel.«

»Gut«, sagte ich. Ich musste daran denken, was Apolonia am Sonntag nach der Senke zu mir gesagt hatte. »Aber nicht neidisch sein, sonst schlag ich dir aufs Maul«, hatte sie gesagt. Fast den ganzen Weg nach Hause war sie voranmarschiert. Wie immer. Aber vor dem grünen Gürtel hatte sie angehalten und gesagt: »Der Klaus kommt nicht erst heute. Der war schon öfter da. Bei uns. Die Mama und der Klaus, die bleiben lange wach und küssen sich. Das nervt. Aber dass er meine Mama mag, das find ich gut.« In dem Moment, erst da, da hab ich es kapiert. Ich hätte es nicht gedacht. In tausend Jahren nicht.

»Versprochen?«, fragte Mutter. Sie hatte ihren Konsalik abgelegt. So ernst war es ihr.

»Versprochen?«, wiederholte sie und tippte mir mit dem nackten Fuß gegen den Po.

»Ja!«, sagte ich und rollte mich zurück gegen das Geländer.

»Wir dürfen dem Papa nicht böse sein«, sagte sie, ließ sich auf die Decke fallen und griff wieder nach dem Konsalik. Ich lauschte in die Wohnung unter uns, noch eine tiefer, noch eine zweite tiefer, dann ins Hochparterre und runter auf den Ring, aber alles, was ich hörte, war Mutter, die hinter dem Konsalik lag und flüsterte, wie zu sich selbst: »Man gewöhnt sich dran. Versprochen.«

Das letzte Mal, dass mein Vater seinen Bruder gesehen hat, bevor er über Lübeck bis nach Dänemark gefahren ist, um ihn zu holen, das war am Gleis in Breslau. Mutter und Vater hätten wie verabredet gewartet. Drüben vor dem schmalen Kino im Westflügel der düsteren Passage. Sie hätten nicht zusammengestanden. Sondern mit viel Abstand zueinander. Aber gerade noch nah genug, um sich mit Blicken zu verständigen. Um 13:35 Uhr ging der Zug nach Dänemark. Nicht nach Dänemark, aber nach Stettin, wo man auf die Ostseefähre übersiedeln musste. Eine halbe Stunde früher fuhr eine schwere Diesellock mit fünf Waggons rüber in die BRD. Am frühen Nachmittag kamen Menschen in den Bahnhof, die man sonst nicht sah. Menschen, an denen man die Routine einer Westreise hätte ablesen können wie die riesengroßen Lettern einer Wandreklame. Mit einem oder zwei, sagte Mutter, hätten sie schon im Bus gesessen. Aber so dicht beieinander, dass sie ihre stille, unscheinbare Botschaft nicht erkannt hätte. Wie lange könnte man hocken mit dem Rücken und der Schulter und den Knien gegen einen Schriftzug gepresst, von Persil oder Perwoll. Man würde ihn ein Leben lang nicht sehen, nicht erkennen, wenn er einen überragt, wenn man nicht genügend Abstand bringen kann zwischen sich und ihn, so dass man ihn entziffern kann.

»So ist das mit Reklame«, sagte ich zu Mutter.

»Oder mit Gott«, sagte sie und grinste über den Tisch hinweg, beim Griechen, weil sie sich gescheit vorkam.

»Ich glaub nicht an Reklame«, sagte Klein-Hannah und Mutter zog die Mundwinkel hinunter, wie eine Warnung, dass meiner Schwester oder mir ja kein Anschlusssatz entfuhr.

Aber dann wären die Systempendler durch den Mittelgang spaziert und Urlauber und eine ganze Diplomatenentourage und Männer von der Diözese, alle in Zivil, die noch in der Schwingtür einen letzten Zug Pall Mall genommen hätten oder Camel und erst im Lichthof ausgespuckt. Dort hätte Mutter hingestarrt und Mutter sagt, man hätte ihn gesehen, den Westen. Das Licht hätte mitten in den Bahnhof einen Korridor gebaut, einen Schacht, in dem es herb nach Moschus roch und nach Menthol und nach Lavendel. Und alles dort im Licht hätte geleuchtet. Die Schnitte der Blusen und Blazer, das Wildleder der Jacken, die Wolle der Jacketts. Alles hätte so gestrahlt, dass ihr die Welt davor, dahinter und daneben grau erschienen wäre. Sie hätte Haarschnitte gesehen und Hosen und hochsohlige Schuhe, alles nach Maß, alles für den Einen, nicht für ein ganzes Volk. Und zum ersten Mal, sagt Mutter, hätte sie dem Papa seinen Plan geglaubt. An seinen Plan geglaubt.

Nur Onkel Staszek wäre nicht gekommen. Nicht um viertel eins, nicht um halb, nicht um Viertel vor. Vater wäre immer wieder bis zum Mittelgang geschlendert, um den Lichthof herum und zurück. Früher hat ihn Mutter nachgemacht. Ein Mann, der wartet und dabei so tut, wie wenn er warten würde. Wir haben uns beömmelt. Aber Vater hat sie nicht vertragen, diese Scharade. Vor allem später nicht. Vater hätte im Bahnhof immer wieder aus den Augenwinkeln auf die Uhr geschaut und auf die Schwingtür und auf die Polizeistation im Flügel gegenüber. Mutter sagt, es wäre eisig kalt im Gang gewesen. Jedes Mal, wenn die Schwingtür aufgestoßen wurde, wäre ein Luftzug wie eine Klinge durch die Wandelhalle gegangen. Aber Vater hätte vom Hals hinauf geglüht und an der Stirn geglitzert. Er hätte so geschwitzt, dass sie ihm hin und wieder hätte sagen müssen, zuflüstern und zuzischen, sich mit dem Ärmel über das Gesicht zu fahren. Vater schwitzte nie, aber wenn, dann presste sich ihm das Wasser aus den Poren wie bei einem Fleischwolf. Fast eine Stunde hätten sie im Gang gewartet. Sie hätten so lange im Westflügel gestanden, dass sie ein paar Beamte zum Mittag hätten gehen sehen. Und als der erste wiederkam und komisch guckte, da wäre es meinem Vater zu heikel geworden. Mutter sagt, sie hat es nicht gesehen, dass der Beamte komisch guckt, aber wie mein Vater nickt, das hätte sie bemerkt. Sie hätte nach ihrer Tasche gegriffen, in der nur wenig war, nur Wechselwäsche, Geld, ein Buch, zwei Brote, nichts, was irgendwie verdächtig war, nichts Persönliches, keine Briefe, keine Fotos, keine Dokumente und im Mittelgang zum Gleis wären Vater und sie wie zwei flache Graphen wieder aufeinandergestoßen.

Vater schaute aus dem Gang hinein, schob die Glastür auf, sagte Dzień dobry und drängte Mutter ins Abteil. Sie waren jetzt zu fünft. Zwei strenge Männer saßen sich zum Gang hin gegenüber. Keiner von beiden reagierte. Eine Frau in einem bunten, grobmaschigen Pullover starrte aus dem Fenster, drehte sich nach Vater um und nickte.

»Die hat uns angeschaut«, sagte Mutter, »so!« Mutter saß am Tisch beim Griechen, nippte an ihrem Ouzo und machte nach, wie die Frau im Wollpullover sie gemustert hatte.

»Die hat das gleich gemerkt«, sagte Mutter.

»Was?«, fragte Klein-Hannah.

»Ach, irgendwas«, sagte Vater.

»Alles!«, sagte Mutter. »Die hat alles gemerkt.«

Aber dann lächelte die Frau, sagte Guten Tag und rutschte links rüber auf den Mittelplatz, damit Mutter und Vater sich ans Fenster setzen konnten.

»Guten Tag oder Dzień dobry?«, fragte ich.

»Guten Tag«, sagte Vater. »Aber sauber.« Womit er sagen wollte, dass es eine Deutsche war.

»Eigennutz!«, sagte Mutter.

»Was?«, fragte Klein-Hannah.

»Das mit dem Mittelplatz!«

Weil von den Fenstern eine schwere Kälte gekommen wäre. Warm hätte es gerochen im Abteil, aber kalt hätte es sich angefühlt. Und Mutter wäre sowieso schon halb erfroren gewesen. Die letzten zehn Minuten vor der Abfahrt hatten sie noch am Bahnsteig gestanden, direkt am Zug, direkt vor der klaffenden Waggontür, damit man notfalls noch hineingreifen konnte, an den Handlauf oder einen Schaffner oder irgendwas und sich in den Westen schleppen lassen. Vater rauchte eine Zigarette. Mutter hatte es ihm lange abgewöhnt, aber hier am Bahnsteig durfte er. Er musste sogar, das hatte sie verlangt, damit es nicht zu komisch aussah, wie sie umeinander tänzelten, hauchdünn am jeweils anderen vorbeischielten und unauffällig den ganzen Bahnsteig nach meinem Onkel observierten. Aber die schmale Plattform zwischen den Gleisen leerte sich. Selbst die Schaffner wurden von der eisigen Kälte hineingetrieben, nur der Lokführer hing aus dem offenen Fenster im Betriebswagen, plauderte mit jemandem und drehte sich noch eine. Zwei oder drei Minuten hätte er noch stehen können, aber Vater schaute hoch zur Uhr, die ihren langen Zeiger mit einem tiefen Klacken auf der Fünfermarke rasten ließ, und gab es auf. Er gab seinen Bruder auf und seine Heimat und die letzte Hoffnung und schubste Mutter in den Zug.

Mutter hatte nicht bemerkt, wie kalt es im Abteil war. Jetzt hockte sie am Fenster und spürte, wie ihr der Frost von der Scheibe an den Nacken und die Schultern fasste. Ein enger, fester Griff, der ihr aber sehr gelegen kam. »Gott sei Dank«, sagte sie. Weil ihr die Hände und das Kinn vor Angst und Sorge schlotterten. Und wenn es nicht so kalt gewesen wäre, dann hätte jeder es bemerkt. Jeder im Abteil und der Schaffner auch und die Grenzer sowieso. Das hat sie oft erzählt und nachgemacht und immer dieses Wort benutzt. Nur da. Wie sie im Zug saß und geschlottert hätte. So geschlottert wie noch nie in ihrem Leben.

»Ich habe so geschlottert!«, sagte Mutter. »So!«, und immer wenn sie es erzählte, griff sie uns zärtlich an die Fingerspitzen und rüttelte uns so heftig an den Händen, dass uns die Arme bis zu den Schultern schlackerten. »Gott sei Dank«, wiederholte Mutter. Weil wenn es nicht so kalt gewesen wäre, dann hätte jeder es bemerkt.

»Die Mama hat bis zur Granica auf den Händen gesessen«, sagte Vater. Er kegelte das Ouzoglas in seiner Hand. Drei letzte Tropfen flossen ineinander und drehten wilde Pirouetten.

»Wisst ihr, was das heißt?«, fragte Vater.

»Bis zur Grenze«, sagte Klein-Hannah.

»Weiter. Bis nach Deutschland«, sagte Mutter.

»Wir hätten nicht tauschen können«, sagte Vater.

»Was?«, fragte Klein-Hannah.

»Plätze.«

»Wegen der Frau?«, fragte ich.

»Welche Frau?«, fragte Klein-Hannah.

»Die mit dem Mittelplatz«, sagte ich.

»Ach so. Die mit dem Eigennutz.«

»Ja, Eigennutz«, sagte Mutter.

»Schicksal!«, fiel Vater ihr ins Wort.

Mutter schaute quer über den Tisch. Wie überrascht. Als hätte Vater etwas Merkwürdiges getan, etwas Fremdes oder Ungewohntes. Er saugte die letzten Tropfen Ouzo aus dem Glas und schob es in die Tischmitte, hin zu dem von Mutter und von mir.

»Soll ich?«, fragte Mutter.

Vater verschränkte seine Arme, schaute durch das heiße Fensterglas hinaus auf die Passanten und nach einem Augenblick, vielleicht auch zwei, ich habe den Unterschied nie ganz verstanden, sagte Vater: »Na mach.«

Ein paar Minuten lang hätte der Zug noch am Gleis gestanden, sagte Mutter. Nicht viele. Drei oder vier vielleicht. Vater hätte seine Lederjacke auf ihre Beine gelegt. Gegen die Kälte und das Schlottern. Sie hätten beide rausgeschaut. Ganz andächtig und stumm und ein bisschen traurig. Ganz besonders Vater, wegen seinem Bruder. Sie hätten ganz lange hinausgeschaut. Auch wenn es nichts zu sehen gegeben hätte. Das Nebengleis war leer, der nächste Bahnsteig auch, nur gegenüber stand der Zug nach Dänemark. Für diesen Zug hatten sie Passierscheine. Nicht für diesen oder doch. Aber erst heute in drei Tagen. Fahrscheine gab es keine. Nur diese Passierscheine. Und auf denen stand Dänemark am Tag nach übermorgen. Aber sie wollten in die BRD. So schnell wie möglich. Nicht nach Dänemark, nicht warten und nicht schon wieder denunziert werden. Das hatten sie vereinbart. Mutter, Vater und mein Onkel.

»Dann eben in drei Tagen über Dänemark«, dachte Mutter. Wenn Staszek wirklich nicht mehr kam, wenn er nicht just in diesem Augenblick oder im nächsten oder in dem danach in einen der fünf Waggons stieg, wenn er nicht längst den schmalen Gang hinunterkam und nach ihnen suchte, dann musste er es nur aussitzen. Dann sollte er halt fahren, wie es die Götter der Passierscheine gefügt hatten. Drei kurze Tage. Auf dem Hof der Eltern, seinen oder ihren, oder wenn ihm mulmig war, in ihrer leeren Wohnung.

Der Zug nach Dänemark hatte ihnen am Fenster jede Sicht auf Breslau verstellt. Man konnte nur den Zug begaffen. Seine Türen waren offen. Eine links, eine rechts. Man konnte über dem Waggon erkennen, wie aus beiden die warme Luft entwich. Dann trat ein Schaffner aus der Tür, der linken, nichts Ungewöhnliches, aber sofort danach ein Polizist. Jetzt schaute Mutter richtig hin. Auch aus der rechten Tür kam fast im selben Augenblick ein zweiter, und dahinter, direkt dahinter, aus dem Zug nach Dänemark, kam unser Onkel Staszek.

Mutters Augen sprangen auf. Sie wollte sich die Lederjacke von den Beinen schleudern, mit der Hand gegen die Scheibe hämmern, aber irgendwo in ihr legte sich eine Weiche um und lenkte den Impuls zum Glück ganz still durch ihre Hüfte in ihr rechtes Bein, vielleicht ihr linkes. »Weiß ich nicht mehr. Aber wie Strom«, sagte Mutter. Durch ihre Nervenbahnen ging dieser Impuls, wie ein Reflex, und presste Vater von vorne gegen seinen Stiefel. Er schaute sie kurz an, mit einem strengen Blick, die Augenbrauen starr wie ein Balken. Noch einen Millimeter größer, vielleicht zwei, machte er seine Lider, wie eine stille Weisung. Dann drehte er seinen Kopf, aber ins Wageninnere, langsam wie gegen einen Widerstand, und Mutter wusste gleich, hatte es verstanden, er hat ihn auch gesehen. Vater schaute stumm an der deutschen Frau vorbei, hinüber zu den beiden Männern, die sich am Gang ganz schweigsam gegenübersaßen. Mutter konnte sehen, wie sich Vaters Kiefer verhärtet hatte. Seine Gedanken mussten rasen. Sie starrte unserem Vater auf die Schläfe, knüpfte ihre Augen fest wie mit einem Kreuzstich an seinen Haaransatz und spürte, wie ihr die Pupillen auszubrechen drohten. Noch wagte sie es nicht, ein zweites Mal aus dem breiten Fenster zu schauen, in das die ganze Zeit, jetzt merkte sie es erst, die kalte Sonne schien. Eine Sonne, die sie strahlend hell beleuchtete, wie ein Suchscheinwerfer. Mutter fischte einzelne Bilder aus ihren Augenwinkeln. Verschwommene Fragmente aus der diffusen Peripherie. Bilder, die sie in die Mitte zerren und entziffern wollte. Und erst als sie auf dem Gleis gegenüber eine Bewegung sah, schien es ihr ein verzeihbares Wagnis zu sein, ihre Pupillen für einen winzigen Moment ausbrechen zu lassen. Als würden ihre Augen zucken, jagte sie hinüber und zurück, und sie erkannte gleich, dass die Polizisten sich verdoppelt hatten. Dass ihr Schwager ganz offensichtlich in Gewahrsam war. Dass die Beamten den Zug nach Dänemark durchkämmten. Onkel Staszek hatte sich nicht abgewendet, sondern quer hingestellt, quer zu beiden Zügen, damit die Blicke der Polizisten nicht über den Bahnsteig und die Gleise gingen, nicht zu ihnen hin. Vielleicht war es nur Zufall, wie er stand. Vielleicht hatte er die gleiche Bauernschläue wie sein Bruder. Sie ahnte, dass ihr Schwager es wie sie auf keinen Fall riskieren wollte, dass sich ihre Blicke trafen. Dass er zu ihnen schaute oder sie zu ihm. Dass sich zwischen ihnen ein letzter, warmer Blick aufspannte und der Polizei den Weg wies. Mutter ahnte alles, aber wusste nichts. Nicht, wo sie ihn aufgegriffen hatten. Ob gleich im Lichthof oder vor dem Kino erst, ob im Bus nach Breslau schon oder noch auf dem Hof der Eltern. Ob sie ihn zufällig gefilzt hatten, weil er zu eilig lief oder im kalten Wind aus allen Poren triefte wie sein Bruder. Oder ob ihn doch jemand verraten hatte. Aus Versehen oder mit Absicht. Ob sie jemand verraten hatte, denunziert, sie und ihren Mann und ihren Schwager.

»Die Frauen von Orbis, die Wache in Bielawa oder diese Frau Bożenka«, sagte Mutter.

»Alle«, murmelte Vater. Er rieb sich mit dem Handgelenk unter der Nase und legte den Arm zurück vor seine Brust, wie bockig.

»Die haben alle keinen Grund gehabt«, sagte Mutter.

»Überhaupt keinen Grund«, sagte Vater.

»Den Papa und mich und euren Onkel auffliegen zu lassen. Aber weißt du«, sagte Mutter und schaute meine Schwester an, ganz ernst, quer über den Tisch, »die haben auch keinen Grund gehabt, es nicht zu tun.«

»Eben«, murmelte Vater.

Mutter hätte nichts mit Sicherheit gewusst. Nichts wissen können, dort im Zug.

»Ich auch nicht«, sagte Vater. Aber sie sagten es nicht wie eine Entschuldigung, wie um sich reinzuwaschen, sondern wie die größte Qual. Nur was sie gesehen hätten, hätten sie gewusst. Dass der Onkel in Gewahrsam war, sie nicht, und dass der Zug sich plötzlich, endlich, leider in Bewegung setzte. Mutter zitterte nicht mehr. »Ich hab das Schlottern ganz vergessen!«, sagte sie. Sie klebte Vater noch wie festgestickt an seinen Lidern. So lange, bis sie merkte, wie sein Nacken wieder weicher wurde und er langsam, unendlich langsam, seinen Kopf vom Gang zurück zu Mutter drehte. Wenn sie nicht hinaussah aus dem Zug, sah es für sie aus, als ob alles sich bewegte, nur sie selber nicht. Sie konnte aus den Augenwinkeln sehen, wie der Bahnhof mehr und mehr zur Seite rückte, wie der Zug nach Dänemark an ihr vorüberglitt, wie Onkel Staszek und die Polizisten ihr langsam aus den Augen rollten. Als Vater sie auf gleicher Höhe wähnte, gab er Mutter mit einem winzig kleinen Nicken frei. Sofort glitt sie mit ihrem Kopf herum, nicht zu hastig, nicht zu schnell, sie überstreckte nichts, nur ihre Augen, weiter als man mit den Augen gucken würde, wenn der Kopf noch Spiel hat. Sie nahm ein letztes Bild auf und nickte, als sie sah: Die Luft war rein. Sie nickte kurz und sachte, heimlich, noch immer im Profil. Und jetzt, erst jetzt traute sich auch Vater. Er drehte seinen Kopf zum Fenster. Drei Sekunden lang sah er seinen Bruder. Drei Schläge. In der Kälte eingekeilt zwischen vier Beamten, wie in ein flüsterndes Gespräch vertieft. Plötzlich ging der Kopf seines Bruders hoch, wanderte den Zug entlang, vorbei an jedem Fenster, auch an ihrem, aber Vater ahnte schon, dass er sie nicht mehr sehen konnte. So, wie die Sonne stand, und auch so weit, wie sie in diesen drei Schlägen schon gekommen waren. Nur einen Takt danach, dort wo der Bahnsteig endete, wurden die Gleise enger. Sie flossen aufeinander zu, weshalb der Zug nach Deutschland seinen Winkel um einen Bruchteil änderte, nur um fünf oder sechs Grad, und schon war unser Onkel fort, verschwunden. Mutter wollte meinem Vater an die Hände fassen, sein Gesicht, mit ihren Lippen auf seine fallen, aber Vater hätte all das nicht gewollt, nicht mal ihren Schuh an seinem Stiefel. Und auch sie hätte gewusst, es geht nicht. Nicht mit den Männern im Abteil, die sie nicht kannten, von denen sie nicht wussten, ob sie Deutsche oder Polen waren, Russen oder DDRowcy, Geistliche oder Genossen, gut oder böse. Sie konnten nicht darüber sprechen, nicht mit der Frau daneben in ihrem grobmaschigen Wollpullover, der so viele Fehler im Strick hatte wie die Passierscheine in ihrer Reisetasche. Nicht miteinander und nicht mal mit sich selbst. Sie sprachen nicht nach Görlitz darüber, nicht nach Gera, nicht an der ersten Grenze, nicht an der zweiten. Erst in Offenbach am Gleis, da hätte Mutter sich getraut. Erst nach siebzehn Stunden. Sie fielen aus dem Zug, das Gepäck aus ihren Händen. Sie umarmten sich und küssten sich, weil sie glücklich waren und erleichtert, aber traurig und erschöpft und in unendlich großer Sorge. Am Gleis in Offenbach waren alle Emotionen eins.

Der Wagen der Galówka rollte erst am Freitagabend in die Burg. Mutter hatte ihn gesehen. Sie rief nach mir, vom Balkon hinein, und ich war klug genug, sofort ins Schlafzimmer zu sprinten und mit dem Kopf voran zum Fensterbrett zu hechten. Die Scherben im Hof waren schon lange aufgekehrt und die Fenster an allen Autos, die es Montagnacht erwischt hatte, waren ausgetauscht. Nur ein Wagen stand noch mit versiegelter Frontscheibe an seinem Platz, mit Plastikplane und Paketband, und

sah so bedröppelt aus wie ein Brillenkind mit abgeklebtem
Auge. Auch unser Auto war noch desolat, aber Serkan war so
nett und umsichtig gewesen, es mit Mutters Schlüssel in unsere
Garage zu fahren. Vater kurvte in den Hof, lenkte erst nach
links, vielleicht aus Gewohnheit, stoppte aber, kuppelte und
setzte rückwärts in die alte Nische der Galówka. Da hinter der
Windschutzscheibe sah ich ihn und meinen Onkel sitzen. So
hatte ich mir meinen Onkel vorgestellt. Wie auf dem Foto in der
Schrankwand. Der Marder unter meinem Brustbein rollte sich
um jede Achse und jagte in kleinen Kreisen zwischen meinen
Eingeweiden hin und her. Vater stieg aus. Er sah schon aus der
Ferne ausgezehrt und müde aus. Ich wartete darauf, dass er sich
streckte, tat er aber nicht, dann schwenkte ich herum und wartete, dass endlich auch die zweite Wagentür aufschwang und
mein Onkel aus dem Auto sprang. Ich wartete und wartete,
schaute zu Vater und zurück und dann mit schmalen Augen
wieder durch die Windschutzscheibe. Ich hatte mich geirrt. Ich
hatte es mir eingebildet.

Vater stieg mit schweren Schritten in den vierten Stock. Mutter
stand in der Wohnungstür, ich tippelte barfuß ins Treppenhaus
hinaus und schaute in den schmalen Abgrund zwischen den
Stufen nach seinem Schatten oder seiner Linken am Geländer.
Wie Mutter ihn begrüßte, wusste ich, sie wusste es bereits. Kurz
kam ich mir betrogen vor. Vielleicht hatte er angerufen. Vielleicht hatte sie es nur geahnt. In ihrem Fatalismus den Teufel an
die Wand gemalt. Sie fasste ihn am Nacken und küsste ihn auf
die Wange, höher, auf die Schläfe. So zärtlich, wie sie mit ihm
war und so verhalten, wusste ich, dass ich mich runterregeln
musste. Alles in mir bändigen, was pochte und drängte. Den
Marder und die Neugier und die quatschige Freude darüber,
Vater wieder bei uns zu haben. Er fasste mir von oben an den

Kopf, die ganze Pranke, eine Spanne, die mir fast vom linken bis zum rechten Ohr reichte. Mehr bekam ich nicht. Er drückte sich an mir vorbei. Kraftlos rutschte seine Hand von meinen Haaren. Nicht wie eine Hand aus Knochen und Sehnen und Muskeln oder Fleisch, sondern wie ein Hauthandschuh mit Vogelsand gefüllt oder flüssigem Beton. Vater ließ sich in die Küchenbank fallen. An das kurze Ende vor dem Fenster, so dass ihn das ausklingende Tageslicht im Rücken noch etwas trüber werden ließ. Ganz matt machte es ihn und düster.

»Hast du was gegessen?«, fragte Mutter.

»Ja«, sagte Vater.

»Was?«, fragte sie.

»Pommes«, sagte er.

Wieder trat der Marder aus, aber ich rutschte stumm auf den Schemel unter dem Kalender und schob mir links wie rechts die Hände unter die Oberschenkel, um mich selbst zu bändigen.

»Wann bist du losgefahren?«, fragte Mutter.

»Um eins«, sagte Vater. Ein Uhr nachts, begriff ich. Er griff zwischen seine Knie und fischte unter der Eckbank nach dem Wasserkasten. Mutter und ich überschlugen im Kopf die Stunden.

»Lang«, sagte sie.

»Ich hab noch wo geschlafen«, sagte Vater.

»Gut«, sagte Mutter. Vater trank, ganz gierig, und leerte in einem Zug die halbe Flasche.

»Wo?«, fragte sie.

»Kurz hinter Hamburg«, sagte er.

»Ich kann dir Eier machen und Spinat«, sagte Mutter, zog den Kühlschrank auf und inspizierte jedes Fach.

»Nein, danke«, sagte Vater.

Ich weiß noch, wie mich das gewurmt hat. Wie ich langsam genervt davon gewesen bin. Dass sie so tänzelten. Dass Vater nichts erzählte. Dass Mutter immer einen neuen kleinen Köder in den Tümpel warf und nichts und wieder nichts herauszog. Ein zweites Mal setzte Vater die Flasche an die Lippen, schaffte aber nur den halben Rest. Ich hatte Angst, dass es so weiterging. Halb und halb und halb. Für immer.

»Ich hab sechs Fähren abgewartet«, sagte Vater. »Drei und drei.«

»Ich hab gar nicht gewusst, dass drei kommen pro Tag«, sagte Mutter.

»Doch. Morgens, nachmittags und abends. Gegen zehn die letzte. Ich wollte nach der fünften los. Aber ich hab noch Brot gehabt und Eier. Und einer hat mir seine Cola dagelassen.«

»Einer?«

»Ja, da waren viele, die gewartet haben. Zwölf in der ersten Nacht. Viele Russlanddeutsche. Paar Polen. Richtige. Alles Männer. Und einer aus Zielona Góra.«

Sie hätten alle Glück gehabt. Schon nach der vierten Fähre wären alle ausgetauscht gewesen. Alle zwölf. Alle Männer fort mit ihren Frauen oder Schwiegermüttern oder Freundinnen von Freunden. Nur Onkel Staszek wäre nicht dabei gewesen. Nur Vater wäre noch geblieben. Die letzte Fähre, die sechste, kam zu spät. Drei Stunden fast. Drei Stunden hätte Vater sich noch eingeredet: »Da wird er schon dabei sein.«

»Aber war er nicht«, sagte Vater. »Dann bin ich halt gefahren.«

Ich konnte nicht entscheiden, ob Vater traurig oder müde klang. Seine Stimme war ganz dumpf und dick, wie wenn er seit Tagen nicht geredet hätte. Vater hätte einem Russen, einem neuen, noch zwanzig Mark gegeben und eine Beschreibung.

»Wozu?«, fragte Mutter.

»Weiß ich nicht«, sagte Vater. »Wenn er mit der siebten kommt oder der achten, dann soll der Russe ihn halt mitnehmen. Bis über die Grenze. Weiß ich nicht. Bis Lübeck oder so.«

»Und dann?«

»Dann fahr ich nochmal hoch«, sagte Vater.

»Ja. Stimmt!«, sagte Mutter. Sie legte zwischen beide Worte einen Ton, als hätte er sie überzeugt. Einen Unterton, der aber so beschwichtigend daherkam, dass ich ihm nicht glauben konnte.

»Wir haben noch Fasolka«, sagte Mutter.

»Frisch?«, fragte Vater, setzte die Flasche an den Mund und trank sie leer.

Mutter wartete, ließ ihn trinken und sagte dann: »Im Eisfach.«

»Vielleicht später«, sagte Vater. Er stellte die leere Flasche auf den Tisch, ließ sie los, packte sie wieder und rückte sie so hin, dass sie mit gleichem Abstand zu drei Kanten stand. »Ich muss mich für ein Stündchen hinlegen«, sagte er.

Mutter fischte den Eintopf aus dem Eisfach, während Vater sich erhob und an mir vorbeiging. Einmal durch den Flur, ins Schlafzimmer hinein, wo er sich, wie er war, auf die Matratze fallen ließ und bis zum frühen Morgen durchschlief.

15

NA DARMO

Mutter behielt mich das Wochenende über in der Wohnung.
Was weder ihr noch mir viel Mühe machte. Immer, wenn es
schellte, ging sie an die Gegensprechanlage, sagte am Samstag
»Morgen wieder« und am Sonntag »Heute nicht« und versie-
gelte die Welt hinter unserer Wohnungstür. Die Schlesenburg
lag unter uns, als wäre sie ein alter, verlassener Planet. Ich kreiste
wie ein letzter Satellit, ein Sputnik, um meinen Vater. Hielt immer Abstand, damit er sich nicht bedrängt fühlte, aber nah genug für jede noch so kleine Transmission, die er mir schicken
könnte. Manchmal geriet ein anderer Himmelskörper zwischen
uns, dann hockte ich mich hinter den Zweisitzer, rollte mich
unter den Fliesentisch oder legte mich so über die Schwelle der
Balkontür, dass nur die Beine noch in der Stube lagen. Lange
hielt ich es nicht aus. Schon nach drei Minuten glühte mir der
Kopf. Es war das wärmste Wochenende des ganzen Jahres. Als
kippten die Sommerferien ihr letztes Kontingent wie einen riesengroßen Restposten über uns aus. Ich konnte von der Stube
aus durch die offene Balkontür hören, wie der Kinderkreuzzug
aus der Burg rüber ins Schwimmbad marschierte. Aber aus irgendeinem Grund war es mir egal. Auch wenn von allen Wänden eine dicke Wärme in die Stube drängte und durch alle gekippten Fenster eine wuchtige Schwüle, die uns immer tiefer in

die Polster presste. Nur Mutter lief, wie im Stakkato, kurze Strecken durch die Wohnung. Sie kam sich nutzlos vor. Vater hatte seine Schichten für das Wochenende mit Onkel Staszek weggetauscht, aber Mutter hatte Urlaub nehmen müssen, und man konnte ihren stillen Ärger darüber spüren. Ich wusste, dass sie gern auf dem Balkon gelegen und gelesen hätte. Aber weil Onkel Staszeks Flucht misslungen war, verkniff auch sie sich jede Flucht in ihre Bücher. Vater lag den ganzen Samstag in einer ausgestreckten Pose auf dem Sofa, wie auf einer Streckbank, und starrte mit einer unförmigen Miene in den Fernseher. Er schaute Formel 1 und Tennis und Fußball und sogar Kunstturnen, nickte bei *Mona Lisa* aber augenblicklich ein. Nicht mal zum Mittagessen regte er sich. Nach dem Mittagessen riefen Mutter und ich in Polen an. Aber nach zwei Stunden in der Warteschleife, in denen man nur dem herrischen Fräulein an ihrem Schaltkasten lauschen konnte und ich hin und wieder fremde Stimmen wie Geister in der Leitung säuseln hörte, gaben wir es auf. Am Abend versuchte Vater es, und tatsächlich war es, als sähe die Schaltfrau durch die Leitung seinen Pferdeblick. Schon nach einer Viertelstunde stellte sie ihn durch. Aber es klingelte nur beim Ortsvorsteher, ohne dass drüben in der Heimat jemand abgenommen hätte. Nach drei Minuten klinkte sich das allmächtige Fräulein wieder in die Leitung ein. Vater bettelte um eine weitere Minute, aber jetzt war sie wieder wie ein Automat, bedankte sich nur zügig im Namen der Poczta Polska, und schon im nächsten Augenblick war die Leitung tot.

Und dann war Sonntag. Sonntag war der letzte Tag der großen Ferien. Es war der letzte Tag, den die Kinder aus der Burg am Freiluftbecken verbrachten und aus Geiz und Habgier in möglichst dünne Scheibchen filetierten. Die meisten hockten mit Schwimmhose und Badeanzug unter der Sonntagskleidung in der Messe. Sie würden gleich nach der Kirche direkt am

Schwimmbad rausgelassen. Ich war nicht neidisch darauf, aber ich dachte viel daran, wie sie in der Messe auf den harten Bänken hockten und ihnen die dicken Nähte ihrer Badehosen immer tiefer in die Arschbacken schnitten. Serkan war es, der um kurz nach elf mit zwei Fingern und einem endlos schrillen Ton vom Ring zu unserer Wohnung hinaufpfiff. Mutter und Vater hatten mich auf dem Sofa eingekeilt. Wir saßen aufrecht auf dem Dreisitzer, eng und gerade wie in einer Kirchenbank. Tatsächlich hatte Mutter uns genötigt, der Größe Gottes zumindest vor dem Fernseher unsere Schuldigkeit zu tun. Denn auch wenn die Hoffnung auf einen Anruf oder ein wundersames Erscheinen unseres Onkels von Minute zu Minute schwand, wäre ein Sonntag ohne Gottesdienst damals noch undenkbar gewesen. Der Gottesdienst im Ersten war ein akzeptabler Kompromiss. Und aus irgendeinem Grund fiel es mir leichter, ihm zu folgen als der halligen Predigt in der Kirche. Serkan pfiff ein zweites Mal, und erst jetzt gab Mutter mich genervt mit einem Kniestoß frei. Ich rutschte vom Sofa, rannte raus auf den Balkon und hängte mich über das Geländer. Es war schon jetzt so heiß wie die Scheibe in der Ofentür. Ich sprang vor Schreck und Schmerz zurück, stellte mich stattdessen auf die Zehenspitzen und beugte mich mit Mühe über die Brüstung. Ich schnappte nach Serkans Blick und schüttelte mit aller Macht den Kopf, schlenkerte meinen Schädel hin und her wie ein von Fliegen geplagter Gaul, nur damit die Geste auch aus der Distanz nicht missverständlich war. Ich war mir sicher, dass Serkan flehen und quengeln würde. Zumindest nochmal pfeifen. Aber er zuckte nur mit den Schultern, fuhr herum und folgte Meryem und Nilhan Richtung Schwimmbad, ohne sich nochmal nach mir umzuschauen.

Mutter rief mich wieder rein. Zurück zur Messe, dachte ich, so dringlich, wie sie klang. Ich löste meinen Blick von Serkan, seinem Gang, aber wie ich aus der Hitze in die Stube trat, hörte ich, dass es bei uns schellte. Ich stiefelte am Fernseher vorbei, mit langen Schritten in den Flur, zur Gegensprechanlage, die noch nachzuklingen schien. Ich riss den brauen Hörer von der Wand, rief ein »Heute nicht« hinein und donnerte ihn wieder in die Halterung. Dass Serkan nicht ein drittes Mal gepfiffen, nicht gequengelt hatte, das wurmte mich. Ich spürte, wie eine Traurigkeit in mir heraufzog. Gerade wollte ich mit mauligem Gesicht zurück in die Stube, da schellte es ein zweites Mal. Wieder riss ich den Hörer von der Gegensprechanlage, brüllte »Heute nicht« und hörte durch den Hörer, wie es klopfte. Drei feste Schläge trieben mir ins Ohr. Drei feste Schläge, die nicht aus der Hörermuschel kamen, sondern von der Wohnungstür. In dem Moment verstand ich es. Dass alles eine Finte war. Alles eine List. Dass Darius und Apolonia, vielleicht sogar der dünne Kuba, gerade vor der Tür im Flur standen, nicht unten, sondern draußen vor der Wohnungstür, und meine sofortige Freilassung fordern würden. Ganz vehement. Dass sie Mutter und Vater so lange bequengeln und bequatschen würden, bis sie mich widerwillig, trotz der Sonntagsmesse, gehen lassen würden. Dass Serkan natürlich unten stand und ungeduldig auf uns wartete. Dass er deshalb nicht gefleht und nicht gedrängt und kein drittes Mal gepfiffen hatte. Damit ich ja nichts ahnte. Ich packte mit Karacho die Klinke, riss die Wohnungstür auf, schob meinen Blick ums Türblatt herum und schaute strahlend in den Flur, mitten in das rosige, glänzende Gesicht von Onkel Staszek.

Mein Aufschlag war so heftig, dass mein Onkel sich dagegenstemmen musste und trotzdem einen halben Schritt zurückschlitterte. Ich donnerte mit dem Gesicht in seinen Bauch. Flach und mit der Nase voran mitten in sein Hemd hinein. Seine scharfkantige Gürtelschnalle trieb mir eine Strieme unters Kinn, die ich erst am übernächsten Tag bemerkte. Er roch schwer und streng, nach Moschus, Schweiß und kaltem Rauch. Nach einer langen Reise. Nach einem Zug und einer Fähre, einem Hafen, einem zweiten, nach Diesel, einem Russen, nach Pommes und vierzehn Stunden Autobahn. Noch lagen meine Arme vom Aufprall seltsam angewinkelt irgendwo am Übergang zwischen seinem Bauch und seiner Flanke. Mutig, voll echter Freude, legte ich mich unter seine Brust und streckte meine Arme aus, um sie hinter ihm zu schließen. Dann aber spürte ich drei Widerstände gleichzeitig. Wie mich Vater fest am Kragen packte und von seinem Bruder pflücken wollte, wie ich links unter dessen Achsel in etwas Festes griff, in etwas Ledernes hineinfuhr, und wie mein Onkel seine Hände zwischen seinen Bauch und meine Schultern schob und mich sachte von sich wegdrückte.

»Guten Tag!«, sagte er. Auf Deutsch. »Wir müssen Sie kurz stören.«

Vater zog mich jetzt mit Schmackes von ihm fort und rammte mich wie einen Spaten vor sich in den Boden. Ich konnte dem Mann unter den Blouson schielen, auf ein dunkelbraunes Holster, dann in sein Gesicht, auf die dünnen Fältchen und den grau melierten Oberlippenbart, dann an ihm vorbei auf den zweiten Polizisten, zehn oder fünfzehn Jahre jünger, brav in grüner Uniform. Sofort wurde ich still. Wie mich Vater an den Schultern packte. Wie er sie so fest packte, dass ich nicht mehr hätte sagen können, ob er mich an sich klammerte oder sich an mich.

»Wir würden gerne reinkommen, wenn das geht«, sagte der Beamte in Zivil. Er musste schwitzen, wahnsinnig schwitzen unter seiner Lederjacke.

»Ja, natürlich!«, sagte Mutter, griff um meinen Vater herum und packte mich am Arm, rempelte uns zwei wie eine Einheit aus dem Weg und führte die Beamten in die Küche.

»Und dann?«, fragte Klein-Hannah.

»Ach, weißt du doch«, sagte Vater und fischte ein Anisbonbon von der Untertasse mit dem Bewirtungsbeleg. Wir waren längst die letzten Gäste, aber der Kellner schien an die Ruhe am Nachmittag gewöhnt. »Was soll ich da erzählen«, sagte Vater. »Wir wissen ja nix.« Man hat ihm immer alles sagen können, unserem Vater, alles fragen, über alles hat er gern geredet, früher noch mit Bier und später ohne. Und wenn nicht gern, dann zumindest so, dass es ihm nichts ausgemacht hat. Über alles. Nur nicht über seinen toten Bruder.

Mutter hatte mich in die Stube geschubst und die Küchentür, die mit dem Glas, ganz entschieden zugezogen. Natürlich bin ich gleich zurück, raus aus der Stube, in den Flur, hinter die erste Ecke. Aber so still und bedächtig, wie der Beamte mit den Eltern sprach, hab ich lange nichts gehört. So lange, bis Mutter mittendrin das Weinen angefangen hat.

Was soll ich jetzt erzählen. Dass Onkel Staszek nie den Zug nach Stettin genommen hat. Dass er nie die Fähre bestiegen hat und nie in Trelleborg von Bord gegangen ist. Wir wissen nicht, warum. Vater und der Russe, Mutter und ich, wir haben ganz vergeblich auf ihn gewartet. Daran hab ich oft gedacht. Auch heute noch. Wie wir gewartet haben. Wie wir noch gewartet haben, als alles schon vorbei war. Dass irgendwo etwas ganz anderes geschieht, zur gleichen Zeit, und dass man nicht den kleinsten Schimmer davon haben kann. Niemand. Außer Mutter vielleicht. Weil sie immer alle Teufel an die Wand malt. Alle außer diesen. Sie hat nur den kleinen Teufel an die Wand gemalt. Dass unser Onkel einfach seinen Zug verpasst hat. Auch den etwas größeren: dass er kontrolliert worden ist und festgenommen, oder zurückgeschickt, oder denunziert, wie damals. Dass er in Untersuchungshaft hockte oder wieder in der Korrekturanstalt. Aber an den größten Teufel hat Mutter sich nicht herangetraut. Wenn ich daran denke, denke ich immer an den Russen, der am Hafen stand und eine Fähre nach der anderen nach meinem Onkel abgesucht hat. Was hat er mit den zwanzig Mark gemacht? Wie lang hat er sie behalten? Hat er den Schein und die Beschreibung einem anderen mitgegeben? Wie lange noch hat irgendjemand am Hafen in Trelleborg gestanden und bei jeder einlaufenden Fähre nach meinem Onkel Ausschau gehalten? Vielleicht ja noch, als schon längst die Polizei in unserer Küche gestanden und uns erklärt hat, dass er tot ist.

Am Dienstagabend hat Onkel Staszek am Hauptbahnhof in Breslau den Zug in die BRD bestiegen. Da war ich noch am Freiluftbecken. Das weiß ich noch. Und als er schon im Zug saß, kurz hinter Legnica, da haben Mutter und ich auf dem Balkon gehockt und eiskalte Pfirsiche gegessen. Die *Sketchparade* habe ich geguckt und Mutter hat gelesen, als unser Onkel bei Görlitz in die DDR gerauscht ist. Auf dem gleichen Gleis wahrscheinlich wie Vater damals und Mutter auch und ich in ihrem Bauch.

Um drei Uhr nachts ist der Zug unseres Onkels bei Bebra in die Bundesrepublik gerollt. Das wissen wir. Das wissen wir genau. Da haben ihn die Grenzer kontrolliert. Die guten Grenzer. Um die gleiche Zeit hat Vater mit dem Auto der Galówka schon in Trelleborg gestanden. Geschlafen hat er nicht, hat er gesagt, weil es im Auto viel zu heiß gewesen wäre. Und mit offenen Fenstern zu schlafen, das hätte er sich da am Hafen nicht getraut. Wenn Mutter es erzählt, dann ist der Grund ein anderer. Dann hat Vater auf der Fahrt nach Dänemark die halbe Packung Roth-Händle geraucht, die die Galówka hinterlassen hat, und davon bis zum nächsten Morgen Herzrasen bekommen. Um sechs ist Mutter aufgewacht. Sie hat überall gelüftet und sich im milden Durchzug auf den Dreisitzer gelegt. Bestimmt noch eine halbe Stunde hätte sie dort gelegen, gelesen und gedöst, sagt sie. Und nichts geahnt.

Um 06:24 Uhr oder kurz danach, je nachdem wo er gesessen hat, ist Onkel Staszek am Hauptbahnhof in Frankfurt aus dem Zug gestiegen. Da hab ich noch geschlafen. Das nehm ich mir bis heute übel, dass ich nicht mal wach gewesen bin. Durch die Haupthalle muss er gelaufen sein, dann links oder gleich nach vorne raus in Richtung Taunusstraße. Vielleicht hat unser Onkel die Treppe zur S-Bahn übersehen, den Übergang zur U-Bahn, stattdessen nach einem Fernsprecher gesucht oder nur nach frischer Luft gegiert. Vielleicht hat er sich nach der langen Fahrt nur noch kurz die Beine vertreten oder eine rauchen wollen. Ich weiß gar nicht, ob Onkel Staszek geraucht hat. Ich weiß nur, er hat den schmalen Vorplatz überquert, die Straße Richtung Süden, die Trasse für die Straßenbahn und eine kleine Mittelinsel, und erst dahinter, da hat es ihn erwischt. Ein Reisebus aus Fulda hat ihn überrascht. Onkel Staszek ist noch halbwegs ausgewichen, das hatte ein Passant gesehen, aber der Bus hätte ihn trotzdem noch am Rücken erfasst und auf die andere Spur bugsiert, genau zwischen zwei Autos. Und weil der erste Wagen ihn im Rückspiegel gesehen und im Affekt gebremst hat, aber der zweite leider nicht, hat mein Onkel Staszek keine Chance gehabt und ist sofort gestorben.

Das letzte Wochenende hat nie aufgehört. Das heiße. Wie Mutter rastlos durch die Wohnung stakste und nichts, aber auch gar nichts mit sich anzufangen wusste. Wie Vater ohne Miene auf dem Sofa lag. Wie er nicht aussah wie er selbst. Wochenlang lag er tief im Polster, mit kurzen, mühseligen Bewegungen, wendete und drehte sich schwerfällig wie eine fleischige Puppe, der die Hydraulik oder die Batterien versagten. Wie ein Homunculus, der irgendeinem Alchemisten körperlich zwar gut geraten war, nur nicht im Kopf. Der in der Theorie lebendig war, aber in der Praxis für nichts und gar nichts zu gebrauchen. Nur für das Nötigste erhob er sich. Für Essen, Stuhlgang und die Arbeit. Das Allerheiligste, sein Auto, stand noch im Herbst blind in der Garage, mit zerhackten, abgeklebten Scheiben. Er ging erst spät nach uns ins Bett und war viel früher wach, so dass ich ihn wochenlang sich kaum bewegen sah. Er wirkte wieder wie ein Kosmonaut, der so lange durch den Weltraum getrieben worden war, dass ihm hier auf der Erde die Muskeln versagten und die Schwerkraft ihn unbarmherzig zu Boden zog. Wochenlang kreiste ich um ihn wie eine anhängliche Amsel. Wenn ich runter ging oder raus, blieb ich mit dem Kopf immer in der Wohnung. Wenn wir auf das Feld marschierten, bis zur Senke mit oder zur Senke ohne, zum Schweinebach oder zum Freiluftbecken, dann blieb der größte Teil von mir in der Burg. Und immer wenn ich irgendwohin ging, auch in die Schule, und wenn ich wiederkam, fühlte ich mich schlecht und schuldig, und es dämmerte mir, dass ich meinen Vater vor allem hier, in seiner bloßen Gegenwart, vermisste. Weil er für jede Albernheit, für jeden Quatsch, für jede Zärtlichkeit zu fahl und trübe war. Er war wie eingegossen in Aspik. Manchmal musste ich mich in den allerhöchsten Orbit treiben lassen, die größtmögliche Distanz in unserer kleinen Wohnung suchen und in irgendeine Ecke hängen, um zu weinen. Nicht fordernd, aber ausdauernd, bis Mutter mich fand und tröstete, mit einer Empathie, die langsam, aber sicher immer mehr zerbröselte. Wie Vater damals war, und wie ich ihn spiegelte, das ging ihr mit der Zeit ganz schrecklich auf die Nerven. Auch wenn sie es nie sagte.

Schon am Montag nach der Polizei waren Mutter und Vater nach Frankfurt gefahren und haben es bestätigt. Man hat ihn noch erkannt. Und dann am Freitag fuhr Vater für drei Tage in die alte Heimat, um den Onkel zu begraben. Onkel Staszek ist mit dem Zug zurückgebracht worden. Anders ging es nicht. Aus Frankfurt über Bebra, Görlitz, Breslau. Wie rückwärts. Wie verkehrt. Und Vater mit dem Auto der Galówka hinterher. Ich habe meinen Onkel Staszek nie gesehen. Ich bin ihm nie begegnet. Nicht tot und leider nicht lebendig. Er ist so weit gekommen, aber nicht weit genug. Ich weiß noch, wie ich mich gefragt habe, ob man ihn vielleicht aus Frankfurt hätte holen sollen und zu uns in die Wohnung bringen. Nur kurz. Damit er einmal da gewesen ist. Damit er doch noch angekommen wäre. Aber ich wusste schon, wie dumm dieser Gedanke war, und habe ihn für immer, bis hierher, für mich behalten. Unser Onkel ist und bleibt das Foto in der Schrankwand und die spektrale Projektion, die ich manchmal sehe, wenn ich müde bin oder in Eile, wenn es irgendwo für meine Augen zu geschäftig ist oder draußen kalt und dunkel. Er bleibt Licht und ein Gedanke.

Zehn Wochen später bin ich aufgewacht, weil ich im Halbschlaf dachte, dass in der Stube ein Büffel oder Bernhardiner liegt und stirbt. Mitten in der Nacht, hatte ich gedacht, aber so spät war es nicht gewesen. Ich war aufgewacht, weil mein Schlaf noch dünn genug war und weil ich dieses komische Geräusch nicht kannte. Das Geräusch vielleicht schon, aber nicht die Tonart und die Melodie. Ich bin aus dem Bett gestiegen und noch wackelig dem kehligen Gewinsel gefolgt, dem Schluchzen und Jaulen und Japsen. Auf dem Flur kam Mutter mir entgegen. Sie sah sehr müde aus, erschöpft von ihrer Spätschicht, war aber so schnell und fest im Gang, dass ich wusste, sie hat noch nicht geschlafen. Sie hatte nur im Bett gelegen und gelesen. Wir ließen unsere Blicke sich berühren, klatschten uns wortlos ab, nur mit den Augen, wie wenn zwei Jäger sich auf der gleichen Lichtung treffen. Vorsichtig schauten wir in die Stube hinein. Mutter links herum, ich rechts. Vor dem Fernseher, der stumm war oder viel zu leise, saß unser Vater wie der Denker von Rodin und weinte. Er schaute nicht mehr Weltsport, sondern *Tages-*

themen. Ich erkannte den alten Friedrichs. Vater hockte mit so kurzem Abstand vor der flimmernden Mattscheibe, dass Mutter mit mir geschimpft hätte. Sofort erkannte ich, dass er nicht nur weinte, sondern dass er heulte. Dass er sich mit beiden Fäusten die dicken, nassen Augen rieb. Mit dem Hintern hing er auf dem Fliesentisch, unbequem auf einer Ecke, und wippte mit den Knien, dass es aussah wie Gewitter in den Beinen. Er war vom Hals aufwärts ganz purpurrot, wie ein frischer Bluterguss oder wie wenn Mutter rote Beete schälte. Jetzt wischte er sich mit den Handballen von unten über das zerschmolzene Gesicht. Dünne lange Fäden spannten sich, glitzerten, und überall, wo er seine Haut berührte, war sie für einen Augenblick ganz fahl, bis das Blut wieder in die Kapillaren schoss. Er wischte sich die feuchten Hände rechts und links am Nacken in den Haaransatz, gleich hinter seine Ohren. Sein Kinn bebte, seine Lippen waren aufgespannt und wie gedreht oder gezwirbelt, kurz sah es aus, als würde er sich fassen, aber schon strömte aus den Augen und den Nüstern ein frischer durchsichtiger Sud. Ich hatte meinen Vater vorher niemals weinen gesehen und so seitdem nie wieder. Er war wie aufgelöst. Jetzt endlich wusste ich, warum man es so nannte. Weil Vater alles im Gesicht wie auseinanderrann. Weil sich die Beine und die Arme, der Rücken und die Brust gegeneinander drehten und bewegten, und weil sein Atem keinen Rhythmus hatte, sondern zwischen den Krämpfen im Gesicht wie im Stoßgebet nach Luft schnappte. Wie aufgelöst eben.

Endlich stürzte Mutter auf ihn zu. Ich rechnete damit, dass sie ihn packen würde. Ich war mir sicher, dass sie seine Schulter, seinen Nacken, seinen Kopf umschließen und mit Wucht und Liebe gegen ihren Bauch pressen würde. Vielleicht, dachte ich, würde sie sogar zärtlich zu ihm sein, wenn sie sich nicht vor mir genierte. Sie würde ihn lange und fest umarmen oder vor ihm auf die Knie sinken, ihm liebevoll das zitternde Gesicht halten und ihn nach einem tiefen Blick in seine Augen auf die Stirn oder die Schläfe küssen. Aber Mutter machte nur vier Schritte, fünf hätte sie gebraucht. Sie blieb wie angewurzelt vor ihm stehen, griff nicht nach meinem Vater, sondern nach dem Fliesentisch, weil darauf, wie unbeteiligt, die Fernbedienung lag. Mutter nahm das klobige Gerät, hielt es im schrägen Winkel an den Fernseher, drückte, und der Ton sprang an. Sie lauschte dem Moderator wie gebannt, während Vater auf der Ecke saß und bebte und sein Gesicht immer weiter auseinanderfloss. Sie machte Friedrichs sogar lauter. Einmal, ein zweites Mal, dann drehte sie sich um zu mir, und fragte mich mit riesigem Gesicht: »Weißt du, was das heißt?«

Ich hatte gar nicht zugehört. Friedrichs und sein starrer Blick, die tiefliegenden Augen, die immer böse und verschlagen schauten, wenn man ihm mit der Hand den Mund bedeckte, hatten meinen Blick nicht lange halten können. Nicht einmal das hässliche Jackett. Ich gaffte meinen Vater an, nur ihn, wie ein tollwütiges Tier. Sonst gab es nichts zu sehen in der Welt. Nichts hätte mich jetzt von ihm lösen können.

»Die Mauer ist auf«, sagte Mutter.

Wie durch ein winziges Ventil sog Vater Luft durch seine Nase, sog wie gegen einen Widerstand, machte Unterdruck, bekam die Nebenhöhlen frei. Er schluckte Schleim und Tränen und sagte mit erstickter, dick glasierter Stimme nur zwei Worte. Es waren die ersten und einzigen des Abends: »Na darmo.«

Mutter griff nach meinem Vater, gönnte ihm ihre ausgestreckte Hand, von vorne hinten in den Nacken. Sie suchte meinen Blick. »Weißt du, was *das* heißt?«, flüsterte sie. Aber sie war zu aufgeregt, zu hibbelig, um meine Antwort abzuwarten, wollte nichts verpassen und schaute gleich wieder zu Hajo Friedrichs.

»Was?«, fragte ich.

»Na darmo«, sagte sie, wie abwesend.

»Nein«, log ich.

»Alles umsonst«, sagte Vater. Jetzt erst fiel mir auf, dass Mutters Hand in seinem Nacken ihn wirklich ein Stück beruhigte.

»Was? Die doch nicht«, rief Mutter. Sie saß mit spitzen Knien auf der Rückbank. Gleich neben Vater. Hannah saß am Steuer und fiel aus allen Wolken.

Die Türme, die man von der Bundesstraße aus sehen konnte, kurz vor dem Zubringer zur Autobahn nach Frankfurt, Offenbach und Hanau, waren alle noch zu neu, zu groß, zu mächtig. Hannah hatte sie trotzdem seit Jahren, seit Jahrzehnten für die Schlesenburg gehalten. Sie hatte keinerlei Erinnerung an die Siedlung. Keine eigene und keine echte. Die moosgrüne Fassade, die in den Himmel stieg und immer heller wurde, als könne man das Haus damit kaschieren, die mausgrauen Balkone und die kürbisgelb gestreiften Rollmarkisen. Das waren alles Farben und Details, die es in der Burg nicht gab.

»Die Schlesenburg war weiß«, rief ich durch die Vordersitze.

»Ganz weiß!«, sagte Mutter.

»Das ist noch alles Südstadt. Da bis zu der Kirche«, sagte Vater. »Da bist du getauft.«

»Fahr doch ab«, flüsterte ich wie eine Beschwörung am Fahrersitz vorbei.

»Bleib!«, kommandierte Vater.

»Komm«, feuerte ich Hannah an. »Wir fahren gucken.«

Acht Wochen nach dem Mauerfall war der Sommer doch irgendwann vorbei gewesen. Mutter wusste schon vor Heiligabend, dass sie schwanger war. Aber Vater machte zwischen den Jahren Doppelschichten und war bis in das neue Jahr hinein so unleidlich, dass sie uns erst im Januar davon erzählte. Hannah kam im August zur Welt, war proper und gesund und hatte schon im Bauch das Wunder vollbracht, unseren Vater aus der Depression zu holen.

»Bleib!«, raunte Mutter von der Rückbank.

»Ach komm«, nölte ich. »Wann, wenn nicht heute?«

»Nee, komm jetzt. Bitte bleib!«, rief Vater. Er klang fast weinerlich.

»Also, ich geh nicht«, sagte Mutter. Aber Hannah saß am Steuer. Sie saß am Gaspedal und an der Bremse und am längsten Hebel. Sie musste fahren, weil sie von uns vieren die Einzige war, die keinen Ouzo intus hatte.

Vielleicht hatte auch die Arbeit Vater aus der Depression geholt. Das Schaffen, die Erschöpfung. Die Doppelschichten, die er vom dritten Monat an immer dann wenn irgend möglich in seine Woche streute. Auch wenn Mutter noch bis weit hinein ins letzte Trimester zur Arbeit ging. Den ersten Geburtstag von Hannah haben wir noch in der Burg gefeiert, dann hatten Mutter und Vater mit dem doppelten Verdienst, dem dreifachen, wenn man es genau nimmt, genug gespart. Lange nicht genug, aber so viel es eben brauchte für einen stattlichen Kredit und das cremefarbene Reihenhaus im übernächsten Ort. Darius weinte sich in Rage, als er davon hörte. Aber Mutter lachte ihn nur an und sagte, dass ich öfter wiederkommen würde, als ihm lieb wäre. Ein bisschen böse bin ich ihr deswegen gewesen. Weil ich es unverschämt und grausam fand, dass Mutter ihm so offen ins Gesicht log. Aber später habe ich verstanden, dass sie es noch lange selbst geglaubt hatte.

»Also, ich geh nicht«, wiederholte Mutter.

»Ich auch nicht«, maulte Vater.

Sie waren jetzt in einem Alter, in dem das Bockige und das Genieren die Oberhand gewannen. So wie sie seinerzeit am Lager vorbeigerauscht waren, weil es ihnen auf wunderliche Art und Weise peinlich war. Wie sie bald anfingen, »Asylantenheim« zu sagen, wie sie durch schmale Gassen einen Umweg fuhren, nur um den Blick auf die alten Wohnblöcke zu meiden. So mieden sie auch bald die Schlesenburg und fahren heute so zu Globus, Hornbach, Segmüller, dass die alte Stadt überhaupt nicht mehr am Horizont erscheint. Auch wenn es einen Umweg oder Irrweg bedeutet. Sie würden auch das Wörtchen Depression nicht mögen. Nicht weil sie glauben, dass es keine war, sondern weil es etwas daran gab, eine stille Wahrheit, die sie mit unförmiger Scham erfüllte.

»Ihr könnt im Auto bleiben«, rief ich.

»Machen wir«, sagte Mutter. Sie betonte es so wie die letzte Zeile eines Streitgesprächs. Einen Zank, den sie gewonnen hatte. Hannah schaute in den Rückspiegel, rollte auf die rechte Spur, blinkte, und die Sache war besiegelt.

Darius kam uns nach den Ferien ohnehin abhanden. Ab dem dritten Jahr ging er auf die Förderschule. Er wurde morgens mit einem Kleinbus abgeholt und erst am Nachmittag zurückgebracht. Vierzig Minuten dauerte die Fahrt über die Dörfer bis ins Bildungswerk der Kreisstadt. Eine Ewigkeit. Und trotzdem waren wir seltsam neidisch auf diese Art Komfort. Auch wenn uns seine schlecht erzählten Anekdoten aus der Förderschule fremd und manchmal ekelig vorkamen. Noch lange war es so, dass Darius uns in der Schule abging, richtig fehlte, aber als die Tage wieder kürzer wurden, von den Rändern her in sich zusammenschrumpften, waren wir längst genervt davon, nach Schulschluss auf ihn warten zu müssen. Auf ihn und seine Kloppikutsche, wie die Jungen aus der Königsberger Straße dazu sagten, dessen merkwürdiger Takt uns den ganzen kurzen Nachmittag zerhackte. Dass Darius beizeiten vor uns in der Siedlung war oder Stunden später. Am schlimmsten aber war das frische Mitleid, das uns unsere Mütter wie ein Bündel auf den Rücken schnürten. Der Wechsel an die Förderschule hatte das alte Menetekel wahr gemacht. Plötzlich schien das ganze Leben von Darius besiegelt. Jetzt war sein Schicksal eine Tatsache, er selbst eine sprechende, laufende, spielende Diagnose, die die Eltern in der Burg, die Alten, sogar die Baranowskis nur noch beflüsterten und grausam sanft umschifften. Seit der Förderschule galt er allen in der Burg als verloren. Das war es, was ihn auch Apolonia und mir, was Darius immer weiter von uns forttrieb. Ich bin so froh darüber, dass wir die Schlesenburg verlassen haben, bevor die Pubertät uns für die neue Scham und Scheu unserer Eltern gefügig und empfänglich gemacht hätte, für dieses elende, grausame Genieren.

Der Ring kam mir viel schmaler vor als früher. Hannah musste lachen, als Mutter und Vater kurz vor dem Lager tiefer in ihre Sitze rutschten. Als Mutter »Guck« sagte und auf den alten Aldi zeigte, als hätte sich dort irgendwas verändert. Als sähe der Flachbau mit dem braunen Giebeldach anders aus als alle anderen Aldi-Märkte dieser Welt. »Guck«, sagte sie, nur weil er gegenüberlag, wie eine Ausflucht, für Vaters Blick und ihren, weg von den Blockbauten, in denen wir einst angesiedelt worden waren. Sie waren jetzt von Efeu überwuchert, ein dunkelgrüner Teppich, der an den Rändern schon den Herbst ankündigte, und vorne raus brandneue Balkone, die Vater aber nicht gesehen haben wollte. Hannah gönnte ihnen nichts, hielt an der Kreuzung, auch wenn die Ampel noch lange grün gewesen wäre, rollte sogar noch ein Stück zurück und Mutter musste widerwillig zurückschauen und es uns bestätigen.

Das Hallenbad sah elend aus. Das sei ihnen vergönnt. Der führerlose Sockel war entfernt worden. Lange konnte es nicht her sein, weil die Grasnarbe noch aus dem Boden lugte wie ein Relief. Als hätte jemand Gras mit Gras gepflastert. Die Kieselputzfassade war bis auf Brusthöhe von allen Steinchen freigepult worden. Das Freiluftbecken war verschwunden. Aufgefüllt, betoniert und mit einem roten Gummiboden überzogen, an dessen Stirnseite ein einsamer Wurfkorb stand, ohne Netz. Auch der Zaun aus Maschendraht war fort. Nur die Robinie stand noch da, und wäre ich allein gewesen, vielleicht hätte ich gehalten, wäre ausgestiegen und hätte sie berührt.

Vater verbot es uns, draußen vor der Burg zu parken.

»Aber du fährst nicht rein!«, rief Mutter von der Rückbank.

»Geht das?«, fragte Hannah.

»Klar«, sagte ich.

»Nein!«, rief Mutter durch die Sitze und konnte ihre Panik nicht verbergen. Jetzt erst nahmen wir ihr Unbehagen ernst. Gleich vor dem Haus vom alten Doenhardt, hinten am Garten, war eine schmale Nische frei. Während Hannah mit einer fließenden Bewegung einparkte, zankten sich die Eltern. Ob der Sohn vom alten Doenhardt dort wieder wohnen mochte oder ob seine Mutter noch am Leben war. Das Gartenhaus war neu. Aber neu hieß zweieinhalb Dekaden alt. Die Hecke war so hoch, dass die Eltern sich im Auto sicher fühlten. Als ich ausstieg, schaute ich mit gespielter Überraschung über das Immergrün in den Garten, winkte, grüßte und freute mich darüber, dass die Eltern wirklich glaubten, dass dort jemand war.

Noch im September war der junge Doenhardt in die Wohnung der Galówka gezogen. Ich hatte fest geglaubt, dass Vater es ihm übelnehmen würde. Aber als Klaus im Winter, kurz vor Weihnachten, einen Wasserschaden hatte, half ihm Vater trotz seiner Depression. Gemeinsam räumten sie die Küchenmöbel raus auf den Balkon, tauschten das verquollene Laminat aus, räumten alles wieder ein und buckelten eine brandneue Waschmaschine rauf ins Hochparterre. Klaus revanchierte sich bei meinem Vater, indem ein Stammgast aus dem Hallenbad uns zum Einkaufspreis fünf neue Scheiben ins Auto einsetzte.

Klaus und Apolonias Mutter waren immer noch verliebt, auf eine angenehme Art, und blieben es. Es dauerte nicht lange, nur ein halbes Jahr, bis Klaus ihr einen Antrag machte. Der alte Doenhardt tobte, als er davon hörte. Ein Streit in ihrem Garten, der den halben Ring beschallte. Vater rief mich raus auf den Balkon. Erst war mir *Bim Bam Bino* wichtiger, dann hörte ich den ersten Klatscher und sprintete hinaus. Der alte Doenhardt hatte seinem Sohn mit flacher Hand eine über das Gesicht gezogen. Aber endlich bäumte Klaus sich auf, warf einen Plastikstuhl von der Veranda quer in die Tomaten und beschimpfte den alten Doenhardt als einen verfickten Affenarsch. Vater und ich brachen in Gelächter aus. Der alte Doenhardt hörte uns, sah uns, sah die halbe Nummer 7 hinter den Geranien stehen und gaffen, woraufhin er förmlich explodierte. Er packte Klaus mitten in das Fleisch am Hals, seitlich in die Kehle, zog den breiten Kerl zu sich hinunter und gab ihm fünf oder sechs Schläge mit dem Ballen seiner Faust. Wie im Blutrausch schlug er auf ihn ein, wie mit einem Gummihammer, auf die Schläfe, auf die Augen, auf den Mund und oben auf den Kopf. Dem letzten Schlag aber kam Klaus zuvor. Er griff dem alten Doenhardt in den Schwung, packte ihm links unter die Schulter, mit der Rechten unters Kinn und schob ihn vor sich her, als wäre er selbst ein schwerer Stier und der Alte nur ein zierlicher Torero. Wie ihm das Standbein einknickte, wie er sich wand und an die Pranke seines Sohnes fasste, wie er im Gleitflug mit den Gartenlatschen panisch nach dem Boden tastete, das ist mir bis heute glasklar im Gedächtnis geblieben. Klaus klatschte seinen Vater gegen die Laube, allen aus der Sicht. Aber wie der Arm ihm abstand, hoch und rechtwinkelig vom Körper, die Hand ganz offensichtlich immer noch am Kinn vom Alten, wussten alle, dass der schweben musste. Klaus hob die Faust, nahm unendlich Schwung, dreißig Jahre Anlauf, und holte aus bis hinter Königsberg. In dem Moment packte Vater mir in meinen Blick und alles, was ich nicht sehen konnte, hörte ich: wie der Schlag gegen die Laube prallte. Nicht auf Knochen. Nicht auf Fleisch. Nur auf die lasierte Fichte.

Vater hatte für den Rest des Tages herrlich gute Laune, aber richtig tänzelnd war er erst, hibbelig und zuckend vor Begeisterung, als uns ein langes lautes Martinshorn noch in der gleichen Nacht aus unseren Betten holte. Die Laube vom alten Doenhardt brannte wie ein Osterfeuer. Diesel, Dünger, Dachpappe und der Wintervorrat an Kaminholz stellten eine Flammensäule in den Himmel wie bei den *Zehn Geboten* mit Yul Brynner. Die Feuerwehr besprühte nur die Hecken drum herum, den Rasen, die Zäune und die Lauben der direkten Nachbarn. Keine Stunde dauerte es, bis das Feuer das Dach und alle Wände weggeknuspert hatte. Zweimal wollte mich Vater schon zurück ins Bett schicken, als nochmal eine große Unruhe in die Männer kam, eine ungläubige Gafferei, die selbst die Streifenpolizisten aus ihrem Golf herüberlockte. Vater schaute durch den Feldstecher und konnte es nicht glauben. »Jebana rasa«, sagte er. Den schlimmsten aller Flüche. Er drückte mir das Fernglas gegen die Augen und justierte es so lange, bis die große starre Fratze vor mir aufging: Mitten aus den letzten Flammen, aus der dampfenden Asche und dem verkohlten Schutt starrte eine große, schwarze Hitlerbüste quer durch die vom Feuer versenkte Hecke auf den Ring hinaus.

Plötzlich kam es mir auch selber etwas dumm und albern vor. Ich wollte Hannah durch die Siedlung führen und wusste dabei kaum, was ich ihr zeigen sollte. Wir gingen außen lang, am

Ring. Ich deutete auf die Balkone, auf den von uns im vierten Stock und dann vier Häuser weiter auf den vom alten Szallak, mit einer von den Nischen unten drunter, wo wir früher Höhle gespielt hatten. Den von der Galówka musste ich überspringen, weil hinter dem Geländer zwei breite Männer hockten und an einer Shisha zogen. In der Königsberger Straße wollte ich mit Hannah durch die Hecke steigen und dann über den alten Trampelpfad von Süden in die Siedlung vorstoßen. Aber der Trampelpfad war lange schon gepflastert, und irgendwie war ich enttäuscht darüber. Dem Feld hinter der Burg hatte man Bauland abgerungen. Jetzt wurde der Blick verstellt von schmalen, hohen Reihenhäusern, schicker als das cremefarbene der Eltern, und links daneben ein Vertriebszentrum, das so tief und breit war, dass die ganze Siedlung liegend darin Platz gefunden hätte. Ich stieg an jedem Haus auf jedes steinerne Plateau, schaute auf jede Klingelzeile, suchte nach einem Namen, der mir noch bekannt vorkam oder einem Hakenkreuz, das ich Hannah zeigen konnte. Aber ich fand nur Brandstellen und Aufkleber, von den Grauen Wölfen und der Antifa, von Galatasaray und Fenerbahçe, von Persepolis und Roter Stern Belgrad. Erst bei der 13 ging mir auf, dass die Sticker einen Hintersinn hatten. Einen von Persepolis pulte ich vorsichtig herunter, zeigte Hannah das krumme, dattelgroße Hakenkreuz darunter und strich den Sticker wieder glatt. Ich hätte nicht mehr sagen können, welche von den Klingeln Apolonias gewesen ist. Nicht mehr genau. Dritte Reihe drei oder dritte Reihe vier. Jetzt wohnten hier Sangthong und Dragoumi.

Dreimal kam uns Apolonia im Reihenhaus besuchen. Jedes Mal wurde der Abstand größer. Der junge Doenhardt brachte sie. Mutter bat ihn immer mit herein. Aber jedes Mal fand er eine Ausflucht, auch weil er sah und spürte, dass mein Vater ein kleines Stück zu breitbeinig in unserer Haustür stand. Und trotzdem plauderten die beiden lange miteinander, ohne dass Vater hastig oder wortkarg geworden wäre. Es war ein dummer Grabenkampf zwischen zwei Männern, die sich die frische Sympathie für den jeweils anderen nicht eingestehen wollten. Aber dass Klaus die Laube seines Alten angezündet hatte, das hat unserem Vater noch zwei Jahrzehnte später imponiert. Ich habe ihm die Wahrheit nie erzählt. Wie ich schon im Moment des Feuers wusste, dass es Apolonia gewesen war. Wie Klaus ihre Mutter vergötterte, das war eine konstante Wärme, die auch auf sie abstrahlte. Apolonia wurde sanfter, auch mit mir. Sie hat mir nie aufs Maul geschlagen und es mir nur noch selten angedroht. Einmal noch, mit großem Abstand, hab ich sie in der Burg besucht. Sogar dort geschlafen habe ich. Sie und ich, alleine in der Wohnung der Galówka, wie auf Klassenfahrt, wie in einem Zelt im Wald. Und doch ist der Abstand, der danach kam, niemals mehr verschwunden. Der Mazurka hat erzählt, sie wären '98 weggezogen. Mehr weiß ich nicht.

Vor der 11, 9, 7 gab es keine Bänkchen mehr. Genau wie bei den Baranowskis wüsste ich nicht zu sagen, wann sie verschwunden sind. Die Streugutkiste sah noch aus wie früher, nur die Brandflecken im Deckel hatten sich verdoppelt. Das Indianerzelt war fort, die Fundamente steckten noch im Boden, ebenerdig, mit abgefrästen Bolzen, an den Rändern Gras und Flechten. Ich zeigte Hannah den Sandkasten und unser altes Klingelschild. Familie Al-Hammad. Man hätte den Namen abpulen können, gucken, wer darunter steckte, nochmal pulen und nochmal gucken und herausfinden, wie weit man pulen musste, bis es uns noch gab. Doch wozu. Ich überflog die ganze Klingelzeile. Aber ich habe keinen Namen mehr entdeckt, der mir bekannt vorkam. Nichts was polnisch oder schlesisch klang.

Die Reise war vorbei. Wir stiegen vom Plateau, wollten links herum, erst auf den grünen Gürtel und wieder auf den Ring, zurück zum Wagen, als doch noch jemand, eine helle Stimme rief: »Wen sucht ihr?«

Auf den Garagen stand ein schwarzhaariges Mädchen, vielleicht zwölf. Sie balancierte an der Kante und musterte uns.

»Wir gucken nur«, rief ich. »Aber danke!«, schob ich hinterher.

Drei Köpfe gingen hoch. Alle nacheinander. Noch zwei Mädchen, beide jünger als das erste, dann ein Junge, der im Stehen alle überragte.

»Was suchen Sie?«, rief er uns zu. Seine Stimme kippte schon. Er hatte einen ersten Flaum unter der Nase. Er mochte vierzehn sein. Alt genug, dass er uns siezte. Hannah traute sich, ging einen Schritt nach vorne. »Wir suchen die Schlesenburg«, sagte sie und lachte dem Jungen freundlich ins Gesicht.

»Was?«, rief er zurück.

»Die Schlesenburg«, wiederholte ich.

Wortlos schauten uns die Kinder an, ganz ohne eine Miene, bis der Junge mit den Schultern zuckte und sich alle vier wie auf sein Kommando fortdrehten und verschwanden. Von hier unten sah es aus, als hätte sie die Burg verschluckt. Ich fasste Klein-Hannah ans Handgelenk und führte sie hinaus.